CATHY VASAS-BROWN

DAS BLUTMAL

THRILLER

Ins Deuts…

Martin…

BASTEI LÜBBE

BASTEI LÜBBE TASCHENBUCH
Band 15129

1. Auflage: April 2004

Vollständige Taschenbuchausgabe

Bastei Lübbe Taschenbücher ist ein Imprint der Verlagsgruppe Lübbe

Deutsche Erstveröffentlichung
Titel der kanadischen Originalausgabe: *Every Wickedness*

Published by arrangement with Doubleday Canada,
a division of Random House of Canada Limited, Toronto, Canada.

Einbandgestaltung: Tanja Østlyngen
Satz: hanseatenSatz-bremen, Bremen
Druck und Verarbeitung: Nørhaven Paperback, Viborg
Printed in Denmark
ISBN 3-404-15129-1

Sie finden uns im Internet unter
www.luebbe.de

Der Preis dieses Bandes versteht sich einschließlich
der gesetzlichen Mehrwertsteuer.

Für meinen wunderbaren Mann:
Al, du bist einfach der Beste

DANKSAGUNG

Während meiner Arbeit an diesem Buch wurde ich mit Hilfsangeboten geradezu überschüttet. Meine zutiefst empfundene Dankbarkeit gilt all denen, die zur Verwirklichung meines Traumes beitragen. Tausend Dank dafür, dass ihr zu mir hieltet.

Lieutenant Judie Pursell vom Morddezernat des Polizeipräsidiums San Francisco, die geduldig und charmant meine vielen Fragen beantwortete; Eric Wright, mein außergewöhnlicher Mentor; Nicki Bryant und David Landry, die ihr medizinisches Fachwissen mit mir teilten; Magda Gold, Tim Simmons, Diane Kowalyshyn und Judy Malcolm, meine Leidensgenossen von der schreibenden Zunft; John Pearce und Kendall Anderson, die mich stets unterstützten, anfeuerten und ermutigten, was in gleichem Maße für Margaret Hart und Joe Kertes von der »Humber School for Writers« gilt ...

... und von ganzem Herzen ein Dankeschön an Martin Smith, der nie den Glauben daran verlor, dass ich es doch schaffen würde.

»Der Glaube an einen übernatürlichen Ursprung
des Bösen ist abwegig.
Der Mensch selbst ist zu allen Formen
der Bosheit fähig.«

Joseph Conrad

1. KAPITEL

Das »Gute Nacht« erstarb ihr auf den Lippen. Scheppernd knallte die billige Korridortür zu. Dann stand sie allein im Treppenhaus, dessen von Bierflecken übersäter Teppichboden grotesk mit ihren Designerschuhen kontrastierte. Abgestandene Luft drang ihr in die Lungen. Angeekelt reckte sie dem Widerling jenseits der Tür den Mittelfinger entgegen und eilte die Treppe hinunter zum Hausausgang und auf die Straße.

Dichter Nebel kroch den Bürgersteig entlang, umhüllte nach und nach jeden Laternenpfahl und schien sie mit der Zärtlichkeit, mit der jenes Ekel dort oben im Haus sich nicht lange aufgehalten hatte, zu umgeben. Die Beine taten ihr weh. Ihr Rücken schmerzte, der Unterleib auch. Tief sog sie die frische Luft ein und warf einen Blick auf ihre Armbanduhr. Mist! Der letzte Bus war längst weg. Kein Mensch war zu sehen.

Abrupt fuhr sie herum und sah zum Fenster hoch. Er hatte das Licht bereits ausgemacht. *Schlaf gut, du Dreckskerl! Mir ein Taxi rufen? Bemüh dich bloß nicht!* Sie kramte ihre Zigaretten aus der Schultertasche, zündete sich eine Lucky Strike an und marschierte los.

Zwei Häuserzeilen weiter blieb sie unschlüssig stehen. Was nun? Im Bogen um den Park herum? Dann dauerte der Heimweg bis vier. Quer durch den Park? Dann läge sie um drei in den Federn! Alles drehte sich in ihrem Kopf, in dem der chemisch erzeugte Nebel ebenso dicht waberte wie die Schwaden, die von der Bucht heranwallten.

Also gut, quer durch den Park.

Drei Zigarettenlängen später wiederholte sie ihre Fingergeste, diesmal als Gruß an eine Bande halbwüchsiger Bengel, die mit ihrem Auto über den Martin Luther King Jr. Drive rasten. Ein Penner versuchte etwas Kleingeld zu schnorren und handelte sich gleichfalls nur einen Kraftausdruck ein.

Sie schnipste ihren letzten Zigarettenstummel in eine Dahlienrabatte und sah nach vorn, wo sich eine Holztreppe durch einen höhlenartigen Tunnel aus Dickicht und Gestrüpp ihren Weg bohrte. Halb so wild, dachte sie. Das war zu schaffen. Beim Joggen hatte sie schon steilere Steigungen überwunden. Das gehörte zu ihrem täglichen Ritual, mit dem sie Oberschenkel und Po in Bikiniform hielt.

Ohne auf das dumpfe Trommeln ihres Herzschlags zu achten, nahm sie den Anstieg in Angriff und verwünschte dabei stumm ihre hochhackigen Pumps, ihren blinden Eifer und die reichlich hohe Dosis, die sie intus hatte. Die herbstliche Luft sorgte kein bisschen für einen klareren Kopf. Allmählich spielten die Sinne ihr böse Streiche – ihr war, als rolle und schwanke die Stiege wie ein besonders tückisches Karussell. Sie blieb stehen, musste plötzlich, an die raue Rinde eines Baumstammes gelehnt, gegen einen aufkommenden Brechreiz ankämpfen. Sekunden vergingen, scheinbar eine Ewigkeit, dann stand die Treppe wieder ruhig da, die Übelkeit flaute ab. Der Anstieg konnte weitergehen.

Seitlich, links von ihr, raschelte etwas. Sie erstarrte. Das Rascheln verstummte. Vier Stufen stieg sie wachsam weiter, ehe sie das Knacken eines Zweiges vernahm. Fehlten nur noch keuchender Atem und schrille Orchesterstreicher, fuhr es ihr durch den Kopf, und das Klischee des Horrorfilms war komplett. Menschenskind, es war September! Da knackten

Zweige! Da raschelte Laub! Das lag in der Natur der Sache! Sie musste sich zusammenreißen!

Mit klopfendem Herzen versuchte sie, sich auf die restlichen Stufen zu konzentrieren. Zwei Drittel hatte sie schon geschafft! Und nun? Weiterklettern oder Rückzug? Auf unsicheren Beinen stakste sie weiter. Jetzt ist es doch nicht mehr weit!, mahnte sie sich. Erleichtert hörte sie, wie eine Schar Nachtschwärmer lärmend über die Fulton Street zog. Der Parkausgang Arguello musste ganz in der Nähe sein.

Plötzlich geriet sie ins Stolpern, stürzte, knallte hart mit dem Knie gegen eine Stufenkante. Laut fluchend und wie betäubt kauerte sie auf der Treppe und klammerte sich an der nächsten Stufe fest. Als sie aufschaute, war ihr, als drehten sich die hoch aufragenden Bäume über ihr seltsam im Kreise. Sie blinzelte und rieb sich mit den Fäusten die Augen. Der Reigen der Bäume schien beendet.

Sie kam sich vor wie Dorothy aus dem *Zauberer von Oz* auf dem Weg durch den verwunschenen Wald, hatte das Gefühl, als könne jeden Moment eine grollende Stimme aus einem der schwarzen Astlöcher dröhnen. Doch keine Stimme erschallte, keine Äpfel prasselten nieder. Der plötzlichen Stille nach zu urteilen, brauchte sie auch nicht mehr auf die Nachtschwärmer von der Fulton Street zu hoffen.

Das Knie war aufgeschürft und schwoll an. Einen Moment lang fühlte sie sich so elend, dass sie am liebsten an Ort und Stelle geblieben wäre, sich für den Rest der Nacht unter die Bäume gehockt und sich furchtbar bemitleidet hätte.

Diese Versuchung wich plötzlich dem unheimlichen Gefühl, dass sie nicht allein war. Wieder hörte sie das Rascheln, ein Geräusch, als schleiche jemand durch welke Blätter. Und diesmal offenbar ganz in ihrer Nähe.

Mühsam kam sie auf die Beine, das Gesicht schmerzhaft verzogen. Wo, zum Teufel, blieb sie nur, die verflixte gelbe

Ziegelstraße, auf der Dorothy im *Zauberer von Oz* aus dem Wald herausgeführt wurde? Die hätte sie jetzt gut gebrauchen können.

In Gedanken versetzte sie sich an einen Ort, der ihrer Vorstellung vom Paradies am nächsten kam – nach Paris etwa. Auf einen Laufsteg. Kreuz gerade! Schultern zurück! Kopf hoch! Haltung! Du trägst Versace! Du siehst klasse aus! Umwerfend! Unschlagbar! Los, verdammt nochmal!

Ihr Puls pochte wie ein Presslufthammer. Sie presste die Hand auf die Brust. Bekam sie womöglich einen Herzinfarkt? Oder einen Kokaininfarkt? Am folgenden Morgen würde man sie tot auffinden, die Haare strähnig, das Gesicht mit Wimperntusche verschmiert, Sperma in den Köperöffnungen, die Gesichtszüge fratzenhaft erstarrt, gezeichnet von den Todesqualen. Das finale Foto-Shooting.

Jeden Moment rechnete sie mit dem stechenden Schmerz in der Brust. Doch er stellte sich nicht ein. Kurzatmig, ja, das war sie, doch solange man seinen hämmernden Herzschlag noch spürte, war man nicht tot. Bewusst fest auftretend, setzte sie einen Fuß vor den anderen. Beim nächsten Schritt zuckte eine Schmerzwelle vom Knie zur Hüfte hoch. Doch Schmerzen taten nichts mehr zur Sache, das wusste sie. Sie musste hier weg!

Der Park hallte von Tönen wider. Rascheln, Scharren, Geräusche des Schreckens, knackende Schritte im Unterholz.

Die Angst trieb sie vorwärts, doch je schneller sie lief, desto mehr war ihr, als hocke sie auf einem jener Spielplatzdrehkarussells, als würde das Ding von einem dieser typischen Spielplatztyrannen absichtlich viel zu schnell angekurbelt. Alles geriet außer Kontrolle. Sie wollte herunter! Nur noch ein vorsichtiger Schritt! Wieder wankte der Boden; sie spürte, wie sie stürzte. Instinktiv schossen ihre Arme nach vorn, um den Sturz abzufangen. Ihre Finger griffen in Stoff.

In weichen, kühlen Stoff.

2. KAPITEL

Er wusste, es war nur eine Frage der Zeit gewesen, bis sie stürzte. Ganz offensichtlich stand sie unter Alkoholeinfluss, wahrscheinlich war sie sogar mit Drogen voll gepumpt – bei den kursierenden Gerüchten nicht ausgeschlossen. Amüsiert hatte er verfolgt, wie ihr sonst so selbstbewusster Gang mehr und mehr in den unsicheren, wankenden Schritt einer Betrunkenen übergegangen war.

Mit konfusem, leicht gereiztem Blick hatte sie zu ihm aufgesehen, als wäre er ein lästiges Insekt, das man einfach zerquetschen kann. Genau dieser Blick hatte es ihm leicht gemacht, ihre tastenden Finger von seinem Hosenbein abzuschütteln und ihr einen Tritt gegen den Kopf zu verpassen, einen einzigen nur, wuchtig und gezielt. Sie hatte ein sonderbares Geräusch von sich gegeben, eine Art Stöhnen, und seitdem keinen Ton mehr gesagt.

Bislang hatte er nie handgreiflich werden müssen, aber schließlich war sie anders als die anderen. »Ich hab dir doch gesagt, du sollst dich zum Teufel scheren!«, hatte sie ihn einmal belehrt. »Ich brauche dich nicht!«

Gurgelndes Gelächter drang aus seiner Kehle. Als ob hier auch nur ansatzweise ihre Bedürfnisse eine Rolle spielten!

Es war alles bereit. Noch einmal ging er laut die Liste mit den notwendigen Schritten durch. Sicher war sicher. Perfekt.

Aus dem Zimmer nebenan drang ein Stöhnen. Offenbar kam sie zu sich. Das Spiel konnte beginnen.

3. KAPITEL

Sie konnte nicht mit Sicherheit sagen, wodurch sie aufgewacht war – durch den wahnsinnigen Kopfschmerz, der ihr den Schädel zu zersprengen drohte, oder durch die Schritte im Stockwerk über ihr.

Ein muffiger Geruch drang ihr in die Nase, diesmal nicht der Gestank von Bier oder Marihuana, sondern irgendwie faulig, wie feuchte Erde, Schimmel, Moder. Sie lag in einem fensterlosen Raum auf einer harten Unterlage. Ob es ein Tisch war? Die Arme lagen eng am Körper an, die Handgelenke waren an etwas festgebunden. Auch die Füße waren gefesselt. Ein Stück Klebeband verschloss ihren Mund. Und die Kleider? Wo waren die?

Gütiger Himmel!, schoss es ihr durch den Kopf. Womöglich hatte er dieses Mal etwas besonders Perverses geplant! Als hätte er sich nicht schon genug dergleichen einfallen lassen! Hoffentlich starben ihr nicht die Beine ab! Wohin hatte der Kerl sie nur verschleppt? Sie war in seiner Wohnung gewesen, das wusste sie noch. Hatte sie die aber auch verlassen? Es wollte und wollte ihr nicht einfallen. Sie war viel zu bekokst gewesen.

Das hatte sie nun davon, dass sie auf diesen idiotischen Agenten und seine Sprüche hereingefallen war, die abgedroschener gar nicht sein konnten: Hauptrolle in einer TV-Seifenoper. Vorabendserie. Lächerlich! Angesichts der Bruchbude, in der der Kerl hauste, hätte sie doch auf Anhieb erkennen müssen, dass von Kontakten zu den Großen der Unterhaltungsindustrie keine Rede sein konnte!

Sie versuchte die Lippen zu bewegen, stieß jedoch mit der Zunge gegen die klebrige Unterseite des Klebebands. Wenn nur dieser Knebel nicht gewesen wäre! Sie würde schreien und fluchen, nur um diesen Schweinehund aus seinem Versteck zu locken!

Als sie einsah, dass das Klebeband nicht nachgab, stellte sie ihre Bemühungen ein, drehte den Kopf nach links und nach rechts und erblickte düstere, fensterlose Wände. Und dann begriff sie: Das war kein Horrortrip – das war die Realität!

Neben ihr erstreckte sich eine Galerie des Grauens, Wände voller unaussprechlich grausiger Bilder, wie sie selbst in einem Albtraum nicht grässlicher hätten sein können. Sie stemmte sich gegen die Bänder, mit denen sie gefesselt war, zerrte mit aller Kraft daran. Auch wenn sie sich dabei verletzte, hatte sie nur eins im Sinn: Fliehen!

Als der Schatten im Türrahmen auftauchte, fing sie an zu beten, suchte krampfhaft nach Floskeln aus Kindertagen, nach Worten, deren Bedeutung ihr damals schon unklar war und die sie auch jetzt nicht erfasste. Was ihr einfiel, war unzusammenhängendes Gestammel, aus dem selbst Gott in seiner Allwissenheit nicht klug geworden wäre.

Die Schattengestalt bewegte sich auf sie zu, das schwache Licht einer Glühbirne, die von der Decke baumelte, erhellte einen Teil des Gesichtes. Es war nicht das, welches sie erwartet hatte.

Dennoch meinte sie, dieses Gesicht zu kennen: Züge, auf denen ein sonderbares Lächeln lag, Augen aus Eis, ein kalter, bohrender Blick. Als der Schatten sich näherte und dann ganz im Lichtkegel stand, fiel der Schein der Glühbirne auf etwas Glitzerndes, Glattes, Scharfes, das er in der Hand hielt. Schlagartig wurde ihr die Bedeutung der Bilder an den Wänden klar. Die grauenhafte, entsetzliche Bedeutung.

4. KAPITEL

Beth Wells' letzter Besuch im Hotel »Fairmont« lag einige Zeit zurück. Ginny Rizzuto hatte sie einmal anlässlich einer Hochzeitsfeier dorthin geschleppt. Genau im selben Ballsaal, in dem ihr seinerzeit ein unbeholfener Trampel beim Tanzen dauernd auf die Füße getreten war, musste sie sich nun anhören, was Lieutenant Jim Kearns, ein guter Bekannter, zum Thema Tod zu sagen hatte. Es war in der Tat makaber: Damals hatten Ginnys Verwandte im rappelvollen Saal fröhlich die Tarantella getanzt. Nun saßen hier ganze Reihen von Menschen, die sich nachts vor Angst nicht mehr aus dem Haus trauten, Menschen, die nicht sicher waren, ob sie ihren Nachbarn, ihren Freunden, ihren Angehörigen noch trauen konnten.

Beth warf einen Blick auf das Podium. Kearns stand vor einer Projektionstafel, auf der zwei kurze Sätze in spanischer Sprache prangten:

Oro en Paz

Fierro in Guerra

Im Frieden Gold, im Kriege Eisen. Das war die Losung des San Francisco Police Department, der Polizeidirektion der Stadt. Der Lieutenant machte allerdings nicht den Eindruck, als ob er das Gefecht des heutigen Abends – geschweige denn einen Krieg – mit heiler Haut überstehen könnte. Vor noch gar nicht so langer Zeit hätte man Kearns durchaus mit dem Rausschmeißer einer Spelunke verwechseln können. Er war breitschultrig, hatte prankenartige Hände, Riesenfüße und dazu jenen gefährlichen Gesichtsausdruck, der einem unmissverständlich signalisierte: Komm mir bloß nicht zu nahe! Heute wirkte er dagegen regelrecht zusammengeschrumpft. Er hatte abgenommen. Die Hose schlotterte ihm um die Beine. Seine sonst so düster-drohende

Miene, so schien es, drückte irgendwie Mutlosigkeit aus. Selbst das rote Haar schien merkwürdigerweise seine Farbe zu verlieren. Dass die Ermittlungen in Sachen »Spiderman« allmählich ihren Tribut forderten, lag auf der Hand; der öffentliche Druck auf die Polizei, dieses Killers endlich habhaft zu werden, wurde immer größer. Die in Bataillonsstärke angetretenen Berichterstatter mit ihren Mikrofonen und Kameras machten die Sache nicht leichter. Von Beth' Sitzplatz aus gewann man den Eindruck, dass Kearns von der modernen Übertragungstechnologie geradezu erdrückt wurde.

In der Stadt schlugen die Wellen der Erregung hoch, seit unlängst das Model Natalie Gorman, offenbar das neueste Opfer der Mordserie, tot aufgefunden worden war. Ihre Leiche hatte der Täter in einem Springbrunnen auf der Levi's Plaza auf besonders brutale Weise öffentlich zur Schau gestellt. Um zunehmenden Befürchtungen der Bevölkerung entgegenzutreten, sah sich die Polizei zu einer öffentlichen Informationsveranstaltung veranlasst. Beth fiel ein, wie oft sie bei einem Latte Macchiato im Solarium des »Il Fornaio« in der Battery Street den Springbrunnen, der jetzt durch Natalie Gorman zu solch trauriger Berühmtheit gelangt war, bewundert hatte. Inzwischen zog der grausige Schauplatz dutzende von Sensationslüsternen mit Hang zum Makabren an, von denen einige nicht einmal davor zurückschreckten, mit bis zu den Knien hochgekrempelten Hosenbeinen in das Wasserbecken zu steigen und sich dabei ablichten zu lassen. Womöglich hockten jetzt hier im Saal, ganz in ihrer Nähe, ein paar dieser düsteren Gestalten, nicht der Informationen zur persönlichen Sicherheit wegen, sondern um sich an den grausamen Einzelheiten des Verbrechens zu ergötzen.

Details dieser Art lieferte Kearns allerdings keine. So dumm war er nicht. Die Hinweise, mit denen er die im Saal Versammelten versorgte, hätten ein um ein Vielfaches größeres Publikum erreicht, wäre er bereit gewesen, in Sondra Devereaux' Fernsehshow »Devereaux Direct« aufzutreten, was er abgelehnt hatte. Stattdessen stellte er sich hier im Saal als Ansprechpartner zur Verfügung und bewies, zusammen mit einer Hand voll Mitarbeiter aus seiner Sonderermittlungsgruppe, die Volksnähe der Polizei sowie Verständnis für die Sorgen und Befürchtungen aller.

Wie die Mehrzahl des überwiegend weiblichen Publikums war Beth erschienen, um zu erfahren, wie man sich schützen konnte. Dennoch hätte sie nichts dagegen gehabt, mehr über den Mörder, dem die Medien den Namen »Spiderman« verliehen hatten, zu hören. Sie war also auch aus reiner Neugier da, selbst wenn sie das nur ungern zugab.

»Es sieht so aus, als locke er die Frauen wie eine Spinne ins Netz«, hatte Talk-Queen Sondra Devereaux gemutmaßt, nachdem man das dritte Mordopfer gefunden hatte.

»Spiderman«, dachte Beth. Was für ein raffiniertes journalistisches Schlagwort! Vielleicht zahlte sich die teure College-Ausbildung für die Devereaux ja nun doch noch aus. Glücklicherweise ließ Jim Kearns den unsäglichen Spitznamen in seinen Ausführungen unerwähnt und versuchte stattdessen, durch professionelle Distanz sowie eine sachlich-nüchterne Sprache der von den Medien hochgeputschten Hysterie entgegenzuwirken. Ruhig überlegt informierte er über Abwehrmittel wie Pfefferspray, chemische Reizstoffe oder aufs Trommelfell wirkende Hochtonalarmgeräte und warnte davor, sich durch die bloße Teilnahme an Selbstverteidigungskursen in einem falschen Gefühl der Sicherheit zu wiegen. Einige Frauen machten sich Notizen.

Jemand im Publikum wollte Näheres über den Killer wissen.

»Höchstwahrscheinlich ist der Täter früher ein Opfer von Kindesmissbrauch gewesen«, erläuterte Kearns, »entweder körperlicher, sexueller oder gefühlsmäßiger Art. Zudem kommt das bei Gewaltverbrechern häufig zu beobachtende Dreieck aus Brandstiftung, Tierquälerei und Bettnässen in Betracht. Oft gibt es Hinweise darauf, dass in der Vergangenheit eines Mörders mindestens einer dieser Aspekte eine Rolle spielte. Lehrkräften könnten beispielsweise Einzelgänger oder besonders gewaltbereite Schüler auffallen, die Mitschüler schikanieren, mit Vorliebe deren Eigentum beschädigen ...«

»Au weia«, flüsterte jemand hinter Beth. »Ich bin Lehrerin. Die Beschreibung triff auf die Hälfte meiner Klasse zu!«

»... oder bestimmte abnorme sexuelle Neigungen zeigen, einen Hang zum Voyeuristischen etwa, Exhibitionismus ...«

Von ihrer Sitznachbarin, einer Dame um die sechzig, bekam Beth einen Stups in die Seite. »Ein Perverser in San Francisco? Da werden sie aber einiges zu tun haben!«

Beth rang sich ein höfliches Lächeln ab.

»... charmant und überzeugend im Auftreten«, führte Kearns gerade weiter aus. »Die Frauen scheinen freiwillig mitgegangen zu sein. Es liegen keinerlei Anzeichen für Gegenwehr vor, was die Vermutung zulässt, dass der Killer sich entweder ihr Vertrauen erschlichen hat oder dass Täter und Opfer sich bereits kannten.«

Wer war es, Anne? Wieso bist du mit ihm mitgegangen?

»Und wie alt mag der Killer sein? Was denken Sie?«

Beth reckte den Hals, um die Fragenstellerin zu entdecken, die in der vordersten Reihe saß, eine Frau mit rauchiger Stimme.

»Mindestens fünfundzwanzig«, erwiderte Kearns, wobei er das Mikrofon etwas zurechtrückte, »wahrscheinlich aber zwischen dreißig und vierzig. Jeder neue Mord ist perfekter ausgeführt als der vorige. Wir gehen davon aus, dass er bereits seit einigen Jahren Mordfantasien hegt. Berücksichtigt man dazu noch die Orte, an denen er die Leichen ablegte, darf man wohl annehmen, dass er sich in der Stadt bestens auskennt.«

»Der kippt sie regelrecht weg wie Müll«, flüsterte Beth' Sitznachbarin.

Da hat sie Recht, dachte Beth. Genau das macht er.

Das erste Opfer, Carole Van Horne, eine in Theater- und Opernkreisen stadtbekannte Tänzerin, war von einem Wanderer am Fuß eines steilen Abhangs an der Route 1, unmittelbar an der nördlichen Stadtgrenze, gefunden worden. Beth erinnerte sich noch an die wenig pietätvolle Bemerkung des Wanderers. »Erst wusste ich überhaupt nicht, was es war«, wurde er von der Presse zitiert. »Dachte schon, es wäre 'n Tierkadaver.«

Das zweite Opfer des Killers, die Kosmetikerin Monica Turner, fand man am Fuße der Verbindungstreppe zwischen Lyon Street und Broadway in Pacific Heights. Dabei musste der »Spiderman« sich Mühe gegeben haben, die Leiche oben so abzusetzen und anzustoßen, dass sie dutzende von Stufen hinunterstürzte.

Ein Tourist, der auf dem kreisrunden Parkplatz des Coit Memorial Tower stand und durch sein Fernglas schaute, erschreckte sich zu Tode, als er die Überreste des dritten Opfers entdeckte, einer Verkäuferin namens Lydia Price. Der Mann hatte sich Angel Island angesehen und das Fernglas dann zu einem Rundblick über die entlang der Lombard Street liegenden Blumengärten geschwenkt. Dabei war ihm das Gerät aus der Hand geglitten und geradewegs den Abhang hinunter bis zu der Stelle gefallen, an der Lydias Leiche lag. Ein Maschendrahtzaun trennte sie vom weiter unten verlaufenden Straßenverkehr.

Und das vierte Opfer, Anne Spalding. Wie oft war Beth in ihren Albträumen von diesem Bild heimgesucht worden? An Anne durfte sie jetzt nicht denken. Sie musste sich auf die Zukunft konzentrieren.

»Offenbar macht es ihm nichts aus«, erläuterte Kearns weiter, »mit den Leichen in seinem Fahrzeug herumzugondeln und nach einer ihm geeignet erscheinenden Örtlichkeit zu suchen, wo sie dann aufgefunden werden sollen. Es ist sogar so, dass dieser Tätertyp gern herumreist, kreuz und quer durch die City fährt und sich häufig an von Frauen bevorzugten Lokalitäten aufhält, bis er das nächste Opfer gefunden hat.«

Beth sah sich im Raum um. Der Ballsaal wirkte beinahe ideal für den Täter – eine ganze Halle voller potenzieller Opfer, Frauen jeden Formats und Alters, deren Angst dermaßen spürbar war, dass sie auf einen Killer regelrecht wie ein Aphrodisiakum wirken musste. Hielt er sich vielleicht sogar unter ihnen auf? Weidete er sich an seiner Publicity? Amüsierte er sich über die Polizei? Schluss jetzt!, befahl Beth sich. In letzter Zeit siehst du hinter jedem geparkten Auto und hinter jedem Busch einen Verbrecher!

Und genau da lag das Problem. Der »Spiderman« genoss mittlerweile Kultstatus, war offenbar überall und nirgends, und alle Welt gab an, ihn irgendwo gesehen zu haben. Sicherlich klingelte bei der Nachtschicht der Mordkommission pausenlos das Telefon.

Wenn Beth an die häufigen Abendspaziergänge dachte, die sie – allein wohlgemerkt – zum täglichen Stressabbau unternommen hatte, dann schauderte es sie noch im Nachhinein. Jetzt war es Ende September, sonst immer die Jahreszeit, die ihr am liebsten war, und doch war der letzte abendliche Spaziergang fast einen Monat her. Annes Tod hatte alles verändert.

»Diese Stadt wird nicht noch ein Opfer zu beklagen haben«, versprach Kearns seiner Zuhörerschaft. »Wir werden wachsamer sein und auf alles achten, was uns irgendwie außergewöhnlich vorkommt: jemand, der zu merkwürdigen Zeiten unterwegs ist, der Bekannte, der einen Stapel sadistischer Pornografie besitzt. Der Freund, der ...«

»Freund?« Wieder meldete sich die Frau mit der rauen Stimme, die plötzlich schrill klang. »Wollen Sie damit andeuten, dieser Typ könnte mit jemandem ein Rendezvous haben?«

Kearns nickte. »Ausgeschlossen ist das nicht. Im Übrigen geht er auch einer Arbeit nach, wie Sie und ich, und die ganze Zeit ist er wie ein schlafender Vulkan. Nach dem Ausbruch macht er allerdings eine Phase tiefster Depression durch, wenn er nämlich feststellt, dass der von ihm begangene Mord ihn nicht befriedigen kann.«

Wieder überlief Beth ein Schauder. Durchaus möglich, dass genau in diesem Moment jemand ein Glas Wein mit dem Kerl trank! Vielleicht suchte gerade jemand für ihn eine besonders gelungene Glückwunschkarte zum Geburtstag aus, vielleicht erzählte ihm jemand eine Zote, vielleicht erteilte ihm jemand einen Auftrag! Kein Mensch lebt schließlich im luftleeren Raum. Irgendjemand musste etwas wissen, musste etwas ahnen! Möglicherweise sogar einer der Zuhörer. Niemand konnte ein solches Ungeheuer sein, ohne dass jemand etwas bemerkte!

Beth musste sich einreden, dass der Killer kein menschliches Wesen war. Denn was könnte das für ein menschliches Wesen sein, das tatenlos zusah, wie seine Opfer langsam verbluteten?

5. KAPITEL

Im Saal roch es so, wie er es gemeinhin mochte: nach einem Gemisch aus Schweiß, Urin und Blut, allesamt Ausdünstungen, die, wenn sie zusammenfielen, dem Geruch der Angst nahe kamen. Ob das außer ihm noch jemand wahrnahm? Wohl kaum. Er hatte schon immer über einen außergewöhnlich sensiblen Geruchssinn verfügt.

Der allergrößte Teil der Zuhörer im Saal bestand aus beispiellosen Dummköpfen – lauter arglose Narren, die schlichtweg dämliche Fragen stellten:

»Wann wird der Killer wieder zuschlagen?«

»Wurde das FBI in die Ermittlungen eingeschaltet?«

»Gibt es schon Spuren?«

»Wie können wir uns schützen?«

Er musste sich das Lachen verbeißen. Wussten die denn nicht, wie machtlos sie waren? Er schlug zu, wenn er bereit war, und er würde wieder alle zum Narren halten.

»Augen auf in Ihrem Bekanntenkreis«, mahnte Kearns.

Amüsant zu hören, wie die Polizei sich den Killer vorstellte. Planvoll. Dieser Begriff tauchte häufig in der Präsentation des Täterprofils auf. Das hörte er nicht mal ungern, denn genau so schätzte er sich ein: planmäßig und methodisch vorgehend, wie eine gut geölte Maschine, reibungslos funktionierend wie ein handgefertigtes Uhrwerk von langer Lebensdauer, beständig. Allerdings hatte er, im Gegensatz zu den vorgebrachten Theorien, nie im Leben eingenässt.

Freilich, ganz so unbedarft waren dieser Kearns und seine Truppe nicht. Mit der Annahme, er könne hier heute Abend womöglich unter den Zuhörern sitzen und sich im Glanze seiner Berühmtheit aalen, lagen sie beispielsweise ziemlich richtig. Er versuchte gar nicht erst, den Kameras auszuweichen, wusste er doch, dass die Jeans, das T-Shirt, die Baseballmütze mit dem Logo der New York Giants sowie der Viertagebart sein Aussehen ausreichend veränderten, ohne wie eine Verkleidung zu wirken. Sogar etwas Schmutz hatte er sich unter die Fingernägel gedrückt. Wenn die Polizei also in den kommenden Tagen Videoaufnahmen der männlichen Veranstaltungsteilnehmer analysierte, kam mit Sicherheit nichts dabei heraus. Kein passendes Foto im Fahndungscomputer, keine relevante Polizeiakte mit Vorstrafen. Selbst seinen Platz hatte er nicht dem Zufall überlassen, sondern bewusst sorgsam ausgesucht. Rechts von ihm saß eine Frau, mit der er ab und zu ein paar Worte wechselte, links ein Händchen haltendes Paar. Auf dem Video sah das mit Sicherheit wie ein Quartett aus, wie zwei Ehepaare, die nach dem Vortrag noch irgendwo auf ein Bier einkehren würden.

Er wandte sich der Frau rechts von ihm zu. »Mein Alter würde sagen, man sollte das Auspeitschen wieder einführen, damit solche Strolche auch ordentlich leiden!«

Das klang gut. Ein bisschen nach Stammtisch zwar, aber gut.

Die Frau nickte zustimmend.

»Also, eins kann ich Ihnen sagen«, fügte er hinzu, »wenn ich das hier höre, möchte ich am liebsten schnurstracks nach Hause rennen und meine Frau in den Arm nehmen.«

Die Sitznachbarin beugte sich herüber. Er konnte ihr Parfüm riechen. »Und ich«, sagte sie, »würde am liebsten den nächsten Flieger nehmen und abhauen. Egal, wohin.«

»Aber echt!«

Man fasste es nicht! Trotz aller an diesem Abend erteilten polizeilichen Hinweise und Ratschläge ließen sich Frauen nach wie vor von Unbekannten ansprechen und gaben sich beharrlich höflich und freundlich. Die hier neben ihm zum Beispiel hatte offenbar nicht die leiseste Ahnung, mit wem sie redete.

Er wandte seine Aufmerksamkeit wieder dem Podium zu, wo Kearns gerade weitere Ratschläge erteilte. »Schließen Sie sich zusammen! Rufen Sie an! Teilen Sie bestimmten Personen mit, dass Sie beispielsweise sicher am Ziel angekommen sind! Wenn Sie sich dieselben Verhaltensregeln zu Eigen machen, die Sie Ihren Kindern für die Straße und für den Umgang mit Fremden eingebläut haben, werden Ihre Lieben daheim ruhiger schlafen können.«

Und dann war die Veranstaltung vorbei. Kearns wirkte missmutig. Das Publikum schloss sich, offenbar Schutz suchend, zu Grüppchen zusammen. Die einen, die zu Tiefgaragen mussten, versammelten sich in einer Ecke. Andere wiederum, die zur Straßenbahnhaltestelle hinter dem Hotel wollten, taten sich an einem anderen Ausgang zusammen, bis alle mit mehr oder minder großer Eskorte das Hotel verlassen konnten.

Handeln Sie umsichtig! Das war zum Totlachen!

Es brachte alles nichts. Sein Pech, wenn das dieser Kripotrottel nicht begriff. Es war schon zu spät.

6. KAPITEL

Bei zahlreichen Einheimischen galt San Francisco mittlerweile als heruntergekommen, und zwar seit geraumer Zeit schon. Man schob den Niedergang der Stadt auf den massenhaften Zuzug von Neuankömmlingen, die sich hier der wärmeren klimatischen Bedingungen und großzügigen Sozialleistungen wegen niederließen. Für Beth, Neubürgerin aus Eureka Springs im Bundesstaat Arkansas, blieb San Francisco nach wie vor die schönste Stadt der Welt, ungeachtet der wachsenden Zahl von Obdachlosen. Der Anblick der in Dunst gehüllten Golden Gate Bridge faszinierte sie noch genauso wie am Tag ihrer Ankunft vor acht Jahren.

Als Beth indes an diesem Abend vom Hotel »Fairmont« nach Hause fuhr, konnte sie sich des Gefühls nicht erwehren, dass tatsächlich einiges anders geworden war. Auf der Lombard Street, der Motel-Zeile der Stadt, wirkten die Bürgersteige wie leer gefegt; nicht ein Tourist war zu sehen, und das an einem Freitagabend. Rein mechanisch sah Beth nach, ob ihre Autotüren gesichert waren, wobei ihr auffiel, dass sie es bereits überprüft hatte, zweimal sogar. Beim Einbiegen in die Chestnut Street, einer Straße mit sonst zumeist ausgeprägtem dörflichen Flair, stellte sie etwas mehr Leben fest. Trotzdem waren die Cafés, die Boutiquen und die zwei Kinos im Art-déco-Stil nicht wie üblich bis zum Bersten voll mit Leuten, die sich gut gelaunt aufs Wochenende einstimmten. Der kleine Delikatessenladen, vor dem Beth anhielt, um einen Salat zu sich zu nehmen, war nahezu menschenleer.

Erst als sie den Marina District und schließlich die Straße erreichte, in der sie wohnte, konnte sie ein wenig entspannen. Im Gegensatz zu den Stadtteilen südlich der Market Street, von deren Besuch jeder Taxifahrer den Touristen dringend abriet, galt Marina als sicheres Viertel. »Gutbürgerliche Gegend«, war der Kommentar von Beth' Eltern bei deren erstem Besuch gewesen.

Die selbsteinschaltenden Außenleuchten brannten, wie auch eine Tischlampe auf der Wohnzimmerfensterbank. Das vor knapp einem Monat installierte Einbruchalarmsystem sorgte für ein gewisses Maß an Sicherheit. Nur die letzten paar Stufen im oberen Abschnitt des tunnelartigen Eingangsbereichs, durch den Beth' Haustür vor Sicht von der Straße abgeschirmt wurde, kosteten sie Überwindung. Dort oben konnte durchaus jemand lauern und auf sie warten, ein Gedanke, bei dem ihr ein frostiger Schauer den Rücken hinunterrann. Doch mit energischem Kopfschütteln verscheuchte sie diese Angstvorstellungen, beschämt über die hysterischen Anwandlungen, die sie in jüngster Zeit überkamen. Sondra Devereaux hatte offenbar ganze Arbeit geleistet.

Normalerweise hob sich ihre Stimmung, sobald das südländisch wirkende Gebäude mit der blassgelben Fassade und den tönernen Dachziegeln in Sicht kam. An diesem Abend allerdings erfüllte sie der Anblick der verdunkelten Fenster im ersten Stock mit Grauen. Vor wenigen Monaten erst hatte sie mit Ginny darüber geflachst, welch ideale Untermieterin eine Flugbegleiterin doch war. Anne war schließlich kaum daheim gewesen.

Anne Spalding war vor ihrem gewalttätigen Ex-Ehemann nach San Francisco geflohen, um ein neues Leben zu beginnen. Sie hatte gehofft, sie könne die Stadt, sobald der Staub sich gelegt hatte, wie eine Touristin entdecken. Nur Monate nach ihrer Ankunft fand man Anne im Golden Gate Park, eines der bei Touristen beliebtesten Ausflugsziele der Stadt. Ihre Leiche war unweit der Akademie der Wissenschaften zuerst über ein Geländer gehievt und dann auf einen etwa vier Meter darunter liegenden Pfad geworfen worden. Angesichts der tragischen Ironie hätte Beth gellend aufschreien mögen: Ausgerechnet Anne, die eigentlich unauffällig mit der Umgebung hatte verschmelzen wollen, machte plötzlich Schlagzeilen auf der Titelseite des *Chronicle.* FLUGBEGLEITERIN WIRD VIERTES »SPIDERMAN«-OPFER. Beth' Hals war wie zugeschnürt.

Hellauf begeistert hatte Anne seinerzeit das möblierte Gästezimmer in Beth' Wohnung bezogen. Ihre wenige Kleidung, kaum ein Kleiderschrank voll, war mittlerweile als Spende an die Kleiderkammer einer gemeinnützigen Organisation gegangen; das halbe Dutzend Taschenbuchromane aus Annes Besitz hatte Beth behalten. Innerhalb weniger Tage waren die Hinweise darauf, dass es einmal eine Anne Spalding gegeben hatte, verschwunden. Heftig schluckend, stellte Beth den Motor ab und stieg aus dem Wagen.

Der Wind war aufgefrischt. Beth hatte die ständig wehende Brise schon von jeher als angenehm empfunden und zog sie, sowie überhaupt das Westküstenklima, jener brütenden, unbarmherzigen Hitze vor, die Manhattans kilometerlange Straßenschluchten überlagerte. An diesem Abend jedoch tönte der Wind wie Trauergesang und verlieh damit der unnatürlichen Stille etwas Unheimliches, als sei ein außerirdisches Raumfahrzeug gelandet und habe die Anwohner mitsamt ihren Radio- und Fernsehgeräten einzeln von ihren Ruheplätzen geholt, um mit ihnen auf Nimmerwiedersehen zu verschwinden.

»Idiotisch«, sagte Beth laut. Eine Böe riss ihr das Wort vom Mund und ließ ihre Stimme merkwürdig verstümmelt klingen.

Alle Anwohner waren in ihren Wohnungen. Alle außer Tim O'Malley. Als Beth auf die Treppe vor ihrer Tür zuging, verließ Tim gerade das Haus nebenan. Er war vierunddreißig und permanent unterwegs, nahm sich allerdings die Zeit, die Sträucher und Kleingewächse in seinem üppigen Dachgarten makellos zu pflegen. Nun ging er auf seinen frisch gewienerten Lieferwagen zu, auf dessen Seitentüren stolz der Firmenname »Wearing of the Green« prangte. Der Name des angesehenen Landschaftsarchitekten war eng mit einigen der schönsten Gärten der Stadt verbunden und genoss sogar im Ausland hohes Ansehen.

»Schwer was vor heute Abend, Tim?«, rief Beth ihm quer über den Rasenstreifen zu, der ihr Haus von seinem trennte.

Als Tim sie sah, grinste er. »Zuerst 'nen Happen essen, danach vielleicht ein paar Klubs abgrasen. Das übliche Freitagabendprogramm. Und Sie?«

»Nicht ganz so wild. Bin fix und fertig.«

»Hab Ihre Immergrünen gewässert«, bemerkte er und wies auf die zwei konisch gestutzten Buchsbaumgewächse, die Beth' Hauseingang flankierten. »Ich hoffe, es ist Ihnen recht. In diesen Containern werden die Ballen ziemlich schnell trocken. Ach, übrigens, Ihr Schwarm ist gerade auf seinem Skateboard vorbeigesaust.«

»Bobby? Was wollte der denn?«

Bobby Chandler, der vierzehnjährige Zeitungsbote der Straße, hatte sich gewaltig in Beth verguckt, was Tim offenbar lustig fand. »Wahrscheinlich wieder mal Ihr Auto waschen. Oder Ihre Katze ausführen.«

»Armer Bobby!«, seufzte Beth. »Ich könnte glatt seine ... ältere Schwester sein! Ich will doch hoffen, dass Sie ihn nicht zu arg aufgezogen haben!« Beth musterte Tims athletische Gestalt, das strahlende Lächeln, das sandblonde Haar. Bildete sie es sich nur ein, oder musterte Tim sie auch?

»Ach was! Nur kapier ich nicht, wieso Sie so nett zu dem sind«, antwortete Tim. »Womöglich machen Sie ihm noch Hoffnung!«

Beth wehrte kopfschüttelnd ab. »Der Junge ist einfach einsam.« Einsamkeit – so etwas konnte sich ein so attraktiver Typ wie Tim O'Malley wohl nicht ausmalen. Selbst drüben in einem Provinznest wie Eureka Springs galt ein Vierzehnjähriger, der noch Zeitungen austrug, als Langweiler. Bobby tat ihr einfach Leid, auch wenn sich nicht abstreiten ließ, dass er in letzter Zeit etwas häufiger hier herumlungerte, als ihr lieb war.

»Apropos einsam«, bemerkte Tim. »Schauen Sie mal, wer da kommt!«

Und wer kam auf seinen Inlineskates über den Bürgersteig geflitzt? Bobby Chandler.

7. KAPITEL

Hallo, Leute!«, rief Bobby laut, während er in voller Fahrt herangesaust kam. Kurz vor Beth' Garageneinfahrt versuchte er eine Vollbremsung, verschätzte sich allerdings und entging knapp dem Zusammenstoß mit einem Parkverbotsschild.

»Bobby, wann besorgst du dir endlich ein Paar Schienbeinschützer?«, fragte Beth, als er das Gleichgewicht wieder gefunden hatte. So, wie seine Knie aussahen, war dies offenbar nicht Bobbys erstes Missgeschick.

»Und 'nen Helm!«, fügte Tim O'Malley hinzu.

Bobby übersah ihn geflissentlich. Er fixierte Beth unverwandt. »Ist doch was für Weicheier, so 'ne Ausrüstung! Und in 'n paar Tagen hab ich meine Bremsmanöver sowieso voll drauf. Muss halt 'n bisschen üben!« Er strahlte. »Bald bin ich auf diesen Dingern genauso spitze wie auf meinem Skateboard.«

So manches Wochenende ging bei Bobby fürs Skateboardtraining drauf. Dann schlug er wie dutzende anderer Halbwüchsiger, die auf diese Weise die Zeit totschlugen, auf dem flachen Pflaster des Embarcadero Center halsbrecherische Kapriolen auf seinem Rollbrett.

»Du, Beth«, fragte er plötzlich. »Wo warst du eigentlich den ganzen Abend?«

»Benehmen ist Glücksache, Sportsfreund«, brummte Tim.

»Hab doch bloß gefragt!« Bobbys Stimme nahm einen schmollenden Unterton an. »Weil Beth sonst freitags nie spät kommt! Ich dachte schon, es wär was passiert.«

»Das ist lieb von dir, Bobby.« Beth' Lob kam zwar von Herzen, doch sie hoffte, der Junge werde den Ausdruck »lieb« auch so verstehen, wie er gemeint war. »Ich war in der Stadt. Bei dem Informationsabend der Polizei.«

»Die ›Spiderman‹-Geschichte«, erklärte Tim. »Ich war auch da, aber nur kurz. Komisch, dass wir uns nicht gesehen haben! Die ganze Stadt spielt verrückt. Einige von meinen Kunden haben sich schon Schäferhunde angeschafft. Heute Morgen war ich bei 'ner Kundin, die hatte in jeder Handtasche ein ganzes Abwehrarsenal: Tränengasspray, Hochfrequenzalarmgeber, Nagelfeile, quer durch die Bank. Würde mich nicht wundern, wenn Sie auch so hochgerüstet wären, Beth, nach der Sache mit Anne.«

Beth nickte. »Zuweilen komme ich mir vor wie in einer Festung. Nächstens steht hier womöglich noch ein bewaffneter Posten!«

Darauf hatte Bobby Chandler offenbar nur gewartet. »Keine Bange, Beth«, beruhigte er sie. »Nicht mehr lange, dann schnappe ich jeden mit diesen Dingern.« Er warf wieder einen gezielten Blick auf seine Inlineskates. »Wenn dieser Typ sich hier blicken lässt, dann kriegt er's mit mir zu tun.« Bobby geriet ins Schlingern, fing sich aber wieder.

»Hör mal, Sportsfreund«, sagte Tim, »am besten machst du, dass du nach Hause kommst, und besorgst dir 'n anderes Fortbewegungsmittel. Sonst brichst du dir noch die Gräten!«

Bobby lief krebsrot an, aber Beth sprang rasch in die Bresche. »Wollten Sie nicht noch was essen gehen, Tim?«, fragte sie. Gewiss, Tim wollte ihr nur einen Gefallen tun, doch sich nun offen mit ihm gegen Bobby zu verbünden, das ging zu weit. Einsamkeit war schließlich kein Verbrechen.

»Ach ja, stimmt. Kann ich Sie nicht dazu überreden, mir Gesellschaft zu leisten?«

Beth bemerkte, wie Bobbys Gesicht sich verfinsterte. Sie schüttelte den Kopf. »Ich schaffe es kaum die Treppe rauf. Machen Sie sich einen amüsanten Abend.«

»Mach ich immer.« Tim schloss die Tür des Lieferwagens auf, stieg ein, überprüfte rasch sein Aussehen im Rückspiegel und ließ die Seitenscheibe herunter. »Immer dran denken, Beth: Man kann's mit der Freundlichkeit auch übertreiben!«

»Schon kapiert. Viel Vergnügen!«

»Was sollte das denn?«, wollte Bobby wissen, nachdem Tim abgefahren war.

»Ach, Tim ermahnt mich nur zur Vorsicht«, flunkerte Beth. »Bevor du kamst, sprachen wir gerade über ›Spiderman‹.«

Bobby rollte neben ihr die Einfahrt hinauf und blieb am

Briefkasten neben ihr stehen. »Mann, du kriegst aber 'ne Menge Post!«

Beth' Messingbriefkasten war voll bis obenhin, sodass der Deckel nicht mehr schloss. »Nichts als Rechnungen vermutlich.« Beth zog die Post heraus und ging den Stapel oberflächlich durch. Es wäre ihr lieber gewesen, der Junge bewegte sich etwas weniger selbstverständlich auf ihrem Grund und Boden. »Hier, ein Gutschein für ›Dinos Pizza‹. Halber Preis. Kannst ja vielleicht 'ne Freundin mitnehmen!«

Bobby nahm den Coupon entgegen. »Magst du keine Pizza, Beth?«

Sie verneinte kopfschüttelnd. »Schlecht für die schlanke Linie! Bobby, ich hab 'nen langen Tag hinter mir ...«

Er fiel ihr einfach ins Wort. »Du, Beth, findest du, dass Tim O'Malley gut aussieht?«

Die Frage erwischte Beth auf dem falschen Fuß. Aber Bobbys große Augen verrieten deutlich, dass er eine Antwort erwartete. »Ich hab zwar noch nicht viel drüber nachgedacht, aber ... doch, schon, irgendwie. Tim ist ein attraktiver Mann. Jetzt muss ich aber wirklich ...«

»Also, ich meine ja nur ... Wenn er so gut aussieht, dann müsste er doch öfter mit 'ner Freundin zusammen sein.«

»Was Tim in seiner Freizeit tut oder lässt, geht uns nichts an. Ich gehe jetzt rein, Bobby«, sagte sie mit Nachdruck. »Man sieht sich, okay?«

»Ich warte noch, bis du sicher drin bist«, rief Bobby ihr nach.

Beth stieg die Stufen zu ihrer Wohnungstür hinauf, öffnete mit ihrer Kodenummer und trat eilig ein. Sonderbar, im Grunde war sie froh, dass Bobby noch in der Einfahrt stand, auch wenn ihr schleierhaft war, wie er im Ernstfall auf seinen Skates die Treppe bewältigen würde, um einen potenziellen Unhold zur Strecke zu bringen.

Seit Annes Tod hatte sich Beth' Feierabendroutine geändert. Früher hatte sie alles im Foyer fallen lassen, sich Samson geschnappt, ihre gelbbraun getigerte Katze, und ihr in der Küche unter liebevollem Schmusegemurmel eine Dose Katzenfutter geöffnet. Nunmehr behielt sie alles in der Hand – Post, Handtasche, Fahrzeugschlüssel – und schaltete zuerst die Einbruchsicherung wieder ein. Danach spähte sie um eine Korridorecke in die Küche, öffnete die Tür zur Vorratskammer und überprüfte sämtliche Schränke im Ober- und Untergeschoss, um nach diesem Kontrollgang in die Küche zurückzukehren, wo ihre Katze bereits missmutig neben der Futterschale wartete. Jim Kearns hatte Beth glaubhaft versichert, dass diese Übervorsicht normal sei, allerdings nicht verraten, wie lange diese neurotische Zwangskontrolle notwendig war. Beth konnte nur hoffen, dass ihre Panikattacken nachließen, ehe sie völlig durchdrehte.

Dass der Junge nach wie vor in der Einfahrt stand, fiel ihr erst auf, als sie ihren Stapel Briefe auf den Wohnzimmertisch legte und dann aus dem Fenster sah. Verdutzt guckte sie ihn einen Moment an, bis sie begriff, wieso Bobby noch nicht fort war. Mit hochgerecktem Daumen signalisierte sie ihm, dass alles in Ordnung war, formte mit den Lippen das Wort »okay« und winkte Bobby zu, als er sich auf den Heimweg begab, allerdings nicht ohne vorher sein breites Grinsen aufblitzen zu lassen.

Mein vierzehnjähriger Schutzengel, dachte Beth, während sie die Fensterläden mit den schrägen Lamellen über die unteren Hälften der Fenster zog. Habe ich ein Glück!

8. KAPITEL

Beim Anblick der Clement Street erhellte ein Lächeln das Gesicht von Jim Kearns – seit Wochen das erste echte Lächeln, zu dem er sich hatte durchringen können. Fast körperlich spürbar fiel die Last der auf grausame Weise beendeten Menschenleben von ihm ab. Es kam ihm so vor, als funktioniere er seit einer Ewigkeit wie eine Maschine. Roboterhaft war er bereits hunderten von Hinweisen nachgegangen, hatte Telefonanrufe überwachen und vermeintlich im Gebüsch lauernde Übeltäter verfolgen lassen. Als greifbares Ergebnis herausgekommen war letztlich bloß serienweise falscher Alarm und ein zu Tode verängstigtes Stinktier.

Auch die Befragung der Bekannten, Verwandten und Kollegen der Opfer erwies sich als fruchtlos. Die Ex-Lover von Lydia Price konnten samt und sonders eine ganze Latte von Alibis vorweisen; von den Kolleginnen wurde sie in den höchsten Tönen gepriesen. Nicht anders verhielt es sich bei Carole Van Horne. Keine Eifersüchteleien hinter der Bühne, auch nicht reihenweise enttäuschte Liebhaber – schlicht eine sympathische junge Frau, die Freude am Singen und Tanzen gehabt hatte.

Die Überprüfung von Monica Turners Kundendatei förderte ebenfalls nichts Weltbewegendes zu Tage, sah man davon ab, dass erheblich zu viele Herren in der Stadt der Pediküre frönten, zumindest nach Kearns' Geschmack. Der Agent, der Natalie Gorman in der Nacht ihres Verschwindens aufs Kreuz gelegt hatte, mochte durchaus allerhand auf dem Kerbholz haben, beispielsweise Kokainbesitz in solchen Mengen, dass sich ein komplettes Footballteam bis zum Abwinken hätte zudröhnen können. Das langte indes nicht, um ihm den Mord anzuhängen, mochte er auch Natalie mit leeren Versprechungen geködert und sein Sperma in ihr hinterlassen haben. Auch dem Exmann von Anne Spalding war vermutlich kaum zuzutrauen, dass er auf tiefstes Killerniveau abgesunken war, selbst wenn er die Flugbegleiterin halb zu Tode geprügelt hatte, was weiß Gott mies genug war. Die Lebenssituationen der Toten waren Kearns somit keine Hilfe, und das stank ihm gewaltig.

Sämtliche polizeibekannten Sittlichkeitsverbrecher, Perverse wie Spanner, Exhibitionisten und Fummler also, waren einkassiert oder zum Verhör bestellt worden. Einige verfielen dem Größenwahn, indem sie sich als »Spiderman« ausgaben. Sie nutzten den Kultstatus des Killers, sich für kurze Zeit wichtig zu machen und allerlei Vergünstigungen zu erhalten. Wie Hotelpagen mussten Kearns und Fuentes hin und her rennen, um die Bestellungen der perversen Gesellschaft heranzuschaffen: Kaugummi, Wasser, Cola Light, alles, was das Herz begehrte, wenn's nicht gerade Kaviar oder Champagner war. Die Polizei hatte gefälligst für das leibliche Wohl des Gesindels zu sorgen, denn es genoss Rechte. Vorausgesetzt, man schnappte den Killer, würde dieser mit derselben Dreistigkeit auf seinen Rechten bestehen – wieder etwas, das Kearns verdammt quer runterging.

In der Erwartung, der Killer werde womöglich wie von Zauberhand erscheinen, um seiner Taten zu gedenken, überwachten Zivilstreifen die Fundorte der Leichen. Doch statt des Mörders liefen jede Menge kamerabewehrter Gaffer zusammen, Einheimische wie Touristen, um sich an einem der Schauplätze, an dem der Schlächter die Mordopfer abgeladen hatte, fotografieren zu lassen. Wär's nach Kearns gegangen, hätte man sie zur Anwesenheit bei einer der Obduktionen zwangsverpflichtet. Das wäre ihnen eine Lehre gewesen. Sie hätten sich die Seele aus dem Leib gekotzt und wochenlang Albträume gehabt. Dann wäre wahrscheinlich Feierabend gewesen mit der Faszination des Grausigen.

Über den Zustand der Leichen geisterten die wildesten Gerüchte durch die Gegend. Die weniger zart besaitete Journaille berichtete von bestialischen Verstümmelungen und unterstellte, die Polizei sei nur deshalb mit der Herausgabe von Einzelheiten so kleinlich, weil etwas ganz Schauderhaftes passiert sein musste.

Das war auch nicht von der Hand zu weisen, doch ging es hier nicht um einen zweiten Jack the Ripper. Jedes der Opfer war bei seiner Auffindung vollständig bekleidet gewesen. Es gab keinerlei Hinweise auf sexuelle Penetration, keine Speichelrückstände, keine Fingerabdrücke. Allerdings hatte der Killer bei jeder der getöteten Frauen eine Art Signum auf dem rechten Handgelenk hinterlassen, ein zirka fünf Zentimeter langes Zeichen des Horrors.

Um der Wahrheit die Ehre zu geben: Auch das Verhalten seines Chefs ging Kearns gewaltig auf die Nerven. Bis zu dieser Woche war Kearns stets davon ausgegangen, zornig geblähte Nüstern kämen lediglich in Romanen vor. An diesem Morgen allerdings waren sie ihm vor Augen geführt worden. Captain Elliott Lloyd, der Leiter der Mordkommission, machte gehörig Dampf.

»Fünf Tote, Kearns!« Die Bemerkung quetschte er durch den linken Winkel seines fortwährend verzogenen Mundes.

Als ob Kearns das nicht selber wüsste!

»Zwei Sonderkommissionen sind auf die Sache angesetzt, vierzehn unserer besten Leute, alle von Ihnen handverlesen.«

Als ob Kearns nicht zählen könnte!

»Wie hoch sind nochmal Ihre Bezüge pro Jahr?«

Nicht hoch genug, dachte Kearns verbittert.

Ob Lloyd sich in jungen Jahren eine bestimmte Art angewöhnt hatte, um damit seine schmächtige Statur zu überspielen, das entzog sich Kearns' Kenntnis. Jedenfalls musste sich der Captain im Laufe seines Lebens die Kunst der Einschüchterung antrainiert und dabei seinen eisigen Blick dermaßen perfektioniert haben, dass er damit selbst den Teufel in der Hölle hätte einfrieren können.

Kearns hätte gern entgegnet, dass es sich bei »Spiderman« um keinen gewöhnlichen Kriminellen handelte und dass sich diese Schlange auch nicht durch noch so viel herkömmliche kriminalistische Ermittlungsarbeit ausräuchern ließ. Lloyd durchbohrte ihn allerdings schon wieder mit einem solchen Blick, dass Kearns lieber den Mund hielt.

Jetzt schüttelte er die letzten Gedanken an seinen Job ab, parkte seinen Wagen und marschierte über den Bürgersteig in Richtung des Hauses, in dem er über einer russischen Bäckerei ein Ein-Zimmer-Apartment bewohnte. Hier lebte man unter richtigen Menschen. Das unverkennbare Aroma asiatischer Küche, vermischt mit dem reichen Tomaten- und Basilikumgeruch eines kleinen italienischen Bistros, stach Kearns in die Nase. Zwar war das deutsche Delikatessenlädchen, in dem er sonst seine heiß geliebte Knackwurst mit Brötchen erstand, schon geschlossen, doch in dem irischen Pub, in dem er sich gelegentlich ein Bier oder mehr genehmigte, herrschte noch reger Betrieb. Für einen Cop lohnte sich das Wohnen in einem solchen Viertel, konnte man doch mit Ladenbesitzern und Kunden jeglicher Couleur verkehren, was sich unter Umständen als hilfreich erwies. Man verstand sowohl die Gesetzesbrecher als auch deren Opfer besser.

»Hallo, Jimmy!« Vor ihm erschien Henry auf dem Bürgersteig, eine fleckige Schürze um die Taille, in einer Hand eine geköpfte Ente. »Nächste Woche fertig mit Abendschule. Du kommen für Dinner. Ich sprechen Englisch schon ganz gut, was?«

Kearns lächelte. »Du sprichst wie der zweite Richard Burton, Henry.«

»Weiß ich. Gut, was? Hast du Spinne schon gecatcht?«

»Nur 'n paar unter meiner Spüle, Henry«, antwortete Kearns und überquerte die Fahrbahn.

»Du fangen Scheißkerl!«, rief Henry ihm aus vollem Halse nach, wobei er mit dem kopflosen Federvieh wedelte. »Ich ihn machen wie Ente!«

Kearns nickte, und mit einem Male war die erdrückende Last der Verantwortung wieder da. Dass die vierzehn Beamten seiner Sonderermittlungsgruppe allein mit dem Aktenstudium ausgelastet waren, interessierte keinen. Solange dieser Wahnsinnige umging, hielt Kearns den Kopf hin.

Sein Versprechen vom Abend fiel ihm ein, wonach die Stadt kein Opfer mehr zu beklagen haben sollte. Dennoch wusste er insgeheim eines ganz genau: Wollte er die Fährte dieses Verrückten aufnehmen, war ein weiterer Mord exakt das, was er brauchte.

Kearns betrat sein Apartment, rief »Bin wieder da, Mary!«, löste die Schnürsenkel und stellte seine Schuhe wie immer im Korridor ab, die Absätze zur Fußleiste gekehrt. Er und Mary hatten sich häufig über dieses Ritual amüsiert, darüber, dass er mit solcher Hingabe seine Treter wie Zwillingssoldaten ausrichtete, obwohl keinen halben Meter daneben ein Schuhschrank stand.

Er wackelte mit den Zehen, überzeugt, dass die geschwollenen Füße nie wieder in ein Paar Schuhe passen würden, und schaltete wie üblich den Fernseher ein. Das Programm war ihm ziemlich egal, allein die Gesellschaft menschlicher Stimmen, so geistlos das Gequassel auch sein mochte, verscheuchte die Grabesruhe, die in seinen vier Wänden herrschte.

Kearns hörte seinen Anrufbeantworter ab. Schon die ganze Woche spielte seine Psychotherapeutin übers Telefon mit ihm Haschmich. Der vorliegende Anruf stellte den dritten Versuch dar, einen Termin abzusprechen. Er löschte ihre Nachricht. Wenn er sich vorstellte, was passieren würde, falls seine Dienststelle Wind von seinen Besuchen bei einem Seelenfachmann bekäme, überkam ihn das kalte Grausen. Er selber predigte seinen Mitarbeiterinnen und Mitarbeitern zwar stets, Gefühle außen vor zu lassen, und ermutigte sie permanent zu Kommunikation, wusste allerdings, dass er selber genau hier versagte. Die pure Heuchelei, doch so war's nun mal: Ein Bulle, der Antidepressiva nahm und regelmäßig zu psychotherapeutischen Sitzungen ging, wurde in null Komma nichts zu einem ruhigen Schreibtischjob bei der Wasserschutzpolizei versetzt, inklusive verstohlener Heimlichtuerei bei den Kollegen. Solange die Vorgesetzten also noch nicht mit der Zeit gingen, war es für ihn klüger, seine depressiven Anwandlungen unter der Decke zu halten.

Kearns richtete sich für den Feierabend ein: eine Flasche Gingerale, Salzbrezel, Fernbedienung, das im »Fairmont« aufgenommene Video und seine tägliche Tablettendosis. Sank er erst einmal in seinen Lieblingssessel, dann, so wusste Kearns, hieß es ohnehin bald »Game over«, dann schlief er irgendwann ein, in seinen Klamotten, wie an den meisten Abenden. Mary war nun schon fünf Jahre fort, und noch immer konnte er sich nicht recht entscheiden, was schlimmer war: allein zu schlafen oder allein zu frühstücken.

Er fühlte sich ausgepowert bis ins Mark, spürte die knochentiefe Erschöpfung, eine Folge der Medikamente und der ständig lauernden Depression, ein Gefühl völliger Zerschlagenheit.

Die Federn des mit Kunstleder bezogenen Fernsehsessels ächzten, als Kearns es sich bequem machte. Das Ale war schal. Das Video mit den vielen anonymen Gesichtern, die sich alle darauf verließen, dass er den Killer zur Strecke bringen würde, machte ihn nur noch mutloser. Befand er sich unter diesen Menschen, der Irrsinnige, der den Hilflosen auflauerte? Falls ja – es wäre unmöglich, ihn ausfindig zu machen. Dass eine Videokamera bei ihren flüchtigen Schwenks den Doppelgänger eines Charles Manson einfing, war kaum zu erwarten.

Für Kearns war viel wichtiger, dass man damit aufhörte, den Killer als Monster zu bezeichnen oder ihm gar metaphysische Größe zuzuschreiben. Den von der Devereaux erfundenen Namen fand er geschmacklos. Nach Kearns' Dafürhalten verlieh die Bezeichnung »Spiderman« dem Killer animalische Kräfte – eine übermenschliche Fähigkeit, Beute anzulocken, zu verstümmeln und sich dann blitzschnell davonzustehlen. Die einzige Namensgeberin war die Devereaux allerdings nicht. Ein Journalist des *San Francisco Independent* beschrieb mit dem Ausdruck »Mordmaschine« die nüchtern-mechanische Vorgehensweise, mit welcher der Mörder seine Opfer in die Falle lockte und tagelangem Horror aussetzte, um sich dann ihrer zu entledigen, wie man sich eines Müllsacks entledigte.

Kearns beharrte hartnäckig darauf, dass dem Killer kein besonderer Titel verliehen werden dürfe. Analogien zu Bestien oder Maschinen lehnte er ab und wies seine Spezialeinheit an, den Ausdruck »Spiderman« in Wort oder Schrift zu vermeiden. Schließlich sollten die Menschen weiterhin einander trauen; ja, sie mussten es sogar. Der Glaube an das Gute im Mitmenschen hatte einst die Vampir- oder Werwolflegenden hervorgebracht, wonach die Verstümmelung eines Körpers aus schierer Lust an der Grausamkeit nicht das Werk eines gewöhnlichen Sterblichen sein konnte.

Dieser Täter hingegen war ein Mensch, weiter nichts, ein Mensch wie jeder andere, der im Supermarkt Schlange stand, der seine Wasserrechnung bezahlte und dessen Socken Löcher bekamen. Möglicherweise besaß er einen Mikrowellenherd. Seine Exkremente stanken. Er konnte Bruder, Neffe, Onkel sein und auch so aussehen. Und als menschliches Wesen konnte er auch von einem Menschen gefasst werden. Um ihn unschädlich zu machen, bedurfte es keines Superhelden. Entweder Kearns, jemand aus seiner Sonderkommission oder eine grauhaarige Richterin am

Obersten Gerichtshof von Kalifornien würde zur rechten Zeit am richtigen Ort sein, und das war dann das Ende für »Spiderman«!

Von dieser festen Überzeugung mochte Kearns nicht lassen. Solange der Killer ihm, Kearns, und seinem Team gleichberechtigt gegenüberstand, war die Lage nicht hoffnungslos. Ohne diesen Glauben hätten sämtliche Antidepressiva der Welt nicht ausgereicht, um Kearns vor dem Fall in das bereits gähnende düstere Loch zu bewahren.

Er spulte gerade das Band zurück, um es sich, für den Fall, dass ihm etwas entgangen wäre, nochmals anzusehen, als das Telefon läutete.

»Jim? Können Sie kommen? Ich habe schon wieder einen bekommen!«

9. KAPITEL

Ein Gutschein offerierte kostenlose Beinenthaarung per Wachs bei der Wahrnehmung eines Termins für Gesichtsbehandlung, Pediküre und Maniküre. Ein weiterer warb mit einem einmaligen Sonderangebot für Teppichreinigung: drei Zimmer für knapp 60 Dollar. Harmlose Postwurfsendungen allesamt, doch als Jim Kearns den Stapel durchblätterte, hatte er das Gefühl, als wühle er sich durch die Schublade mit Beth Wells' Dessous. Ganz zuunterst stieß er auf den schlichten weißen Umschlag – keine Absenderangabe, nur Beth' Name maschinengeschrieben auf der Vorderseite. Die Nachricht, die das Kuvert enthielt, war unmissverständlich: ICH BEOBACHTE DICH, DU MISTSTÜCK. Darunter befand sich die ungelenke Zeichnung einer Spinne.

Kearns legte den Stapel auf die Arbeitsplatte in Beth' Küche. »Ich weiß, was Sie denken«, sagte er. »Dass die Nachricht von dem Killer stammt.«

»Können Sie's mir verdenken, Jim? Passiert es einmal, tut man's vielleicht als Scherz ab. Aber zweimal? Das ist nicht mehr witzig.«

»Nein. Da haben Sie Recht.«

Bewaffnet mit Kaffeekanne, zwei Kaffeebechern und einem Teller Haferkekse begaben sie sich ins Wohnzimmer, wo Kearns sich in die daunenweichen Polster eines chintzbezogenen Zweiersofas sinken und den Blick durch den Raum schweifen ließ. Jede einzelne Leuchte war eingeschaltet. Selbst ein Zierlämpchen auf dem antiken Schreibtisch in der Ecke steuerte seine vierzig Watt bei, ebenso wie zwei Kerzenleuchter aus Messing beiderseits eines Gemäldes über dem Kaminsims. Hier wohnte ganz offenbar eine Frau, die Angst hatte.

Selbst um ein Uhr morgens und ohne Make-up sah Beth Wells umwerfend aus. Die Beleuchtung war dabei völlig unerheblich. Das lange, dunkle, noch vom Duschen feuchte Haar trug sie hochgesteckt, feine Strähnen umrahmten ihr Gesicht. Sie nahm neben Kearns Platz, schenkte entkoffeinierten Kaffee ein und zog die angewinkelten Beine unter den Körper.

Der erste Brief mit dem Wortlaut DER KUSS DES SPINNENMANNS war vor einer Woche eingetroffen, genau einen Monat nach Auffinden von Annes Leiche. Kearns hatte zwar Verständnis für Beth' Besorgnis geäußert und sich den Vorfall notiert, sie aber gleichzeitig mit dem Hinweis zu beruhigen versucht, da sei wohl ein Witzbold auf den schnellen Kick aus. Der Brief hatte Beth dennoch ziemlich verstört, und dass Kearns ihr seine Privatnummer gab, tat ihr sichtlich wohl. »Achten Sie auf Ihre Bekannten«, hatte er ihr seinerzeit geraten, genau der Ratschlag, den er dem Publikum im »Fairmont« heute am früheren Abend gegeben hatte.

Beth Wells hatte Recht. Beim zweiten Mal hörte der Spaß auf, und er hatte bei ihrem Anruf auf Anhieb gewusst, dass sein Kommen unerlässlich war. An dem Abend, an dem er Beth mitgeteilt hatte, dass die Leiche von Anne Spalding aufgefunden worden war, hatten sie sich, so makaber es klingen mochte, irgendwie angefreundet. Um sich kooperativ zu zeigen, hatte Beth sich den Kopf zerbrochen und über einem möglicherweise nützlichen Hinweis bezüglich Anne gegrübelt, letztlich allerdings nichts gefunden. Dass sie ihre Untermieterin nicht besser kannte, hatte bei ihr Schuld- und Angstgefühle verursacht. Und jetzt, hier in ihren eigenen vier Wänden, saß ihr sicher aufs Neue die Angst im Nacken. Dennoch bemühte sie sich, eine gute Gastgeberin zu sein.

»Erzählen Sie mal, wie Ihr Abend verlief und wie Sie auf den Brief gestoßen sind«, ermunterte Kearns sie und genehmigte sich ein Plätzchen.

»Ich bin bei Ihrer Veranstaltung gewesen«, begann Beth. »Haben Sie übrigens sehr gut gemacht. Dann bin ich nach Hause gefahren, habe kurz vor der Tür mit den Nachbarn geplauscht, meine Post aus dem Kasten genommen und ins Haus. Die Post ist mir erst vor einer halben Stunde wieder eingefallen.«

»Und wie sind Sie drauf gekommen?«

»Wie üblich. Ich konnte nicht schlafen, dachte also, ein gutes, dickes Buch wäre das Richtige. Dabei fiel mir die Post wieder ein. Ich bin Mitglied in einem Buchclub und hoffte, dass vielleicht die neuen Bücherlisten eingetroffen wären.« Sie nippte an ihrem Kaffee. »Jim, ich habe anfänglich gezögert, Sie anzurufen. Ich habe gesehen, wie erschöpft Sie heute nach der Veranstaltung waren. Aber der Schreck war mir dermaßen in die Glieder gefahren ...«

Jim Kearns bemerkte, wie ihre Finger, die den Steingutbecher umschlossen, zitterten. »Nach dem Lesen der Nachricht – was haben Sie dann gemacht?«

Beth wurde rot. »Was jedes hysterische weibliche Wesen tun würde: sämtliche Lichter eingeschaltet, unters Bett geschaut. So getan, als sei der Brief unerheblich. Ich hab auch auf die Straße hinausgesehen, durch die Lamellenschlitze in den Läden. Da war natürlich niemand, kein Verdächtiger stand unter der Straßenlampe. Trotzdem konnte ich mich des Gefühls nicht erwehren, dass ich beobachtet wurde.«

»Genau darauf zielt der Kerl ab.« Kearns nahm einen ordentlichen Schluck Kaffee und ließ sich von Beth nachschenken. Einen Schuss Cognac in das schwarze Gebräu hätte er auch nicht abgelehnt. »Das ist nicht der Mörder, Beth.«

»Wie können Sie da so sicher sein? Die Spinnen ...«

Kearns schüttelte den Kopf. »Die anderen Opfer bekamen keine Briefe. Unser Mann umgarnte sie charmant, er erschreckte sie nicht. An der Angst seiner Opfer würde er sich von Anfang an hautnah ergötzen wollen. Das gehört zum rituellen Rausch. Wenn der Killer Briefe schriebe, dann würde er auch dabei zusehen wollen, wie Sie die Umschläge öffnen.«

»Vielleicht hat er seine Taktik geändert, um die Polizei abzuschütteln.«

Kearns lächelte. Die Flut von Krimis, in denen es um Serienmörder ging, machte anscheinend aus jedem Leser einen Kriminologen. Allerdings wurde er angesichts Beth' verängstigten Gesichtsausdrucks sofort wieder ernst. Sie sollte auf keinen Fall den Eindruck gewinnen, er mache sich über sie lustig. Ein besserwisserischer Bulle – das hätte ihr in dieser Situation gerade noch gefehlt.

»Meiner Meinung nach funktioniert die augenblickliche Taktik des Killers einwandfrei. Wir sind ihm in den vergangenen Monaten keinen Deut näher gekommen.«

»Sagten Sie nicht, Sie gingen verschiedenen Spuren nach?«

»Natürlich! Es sind zirka fünftausend. Bisher ohne Ergebnis. Jemand machte uns zum Beispiel auf einen Freund aufmerksam, dessen Cousin eine Sammlung von mit Nadeln befestigten Spinnen in einer Glasvitrine besitzt. Oder ein anderer berichtete von einem Nachbarn, der nach Aussage seines Untermieters eine Schwäche für Damenschuhe zeigt. Die Leute sehen plötzlich in jedem Spinner einen Verdächtigen. Sie verstehen, worauf ich hinauswill?«

Beth nickte. »Wenn wir jetzt alle in sämtliche Ecken schauten, würden wir sicher 'ne ganze Reihe komischer Käuze entdecken.«

»Und wollten wir die zudem noch alle festnehmen, gäb's bald niemanden mehr auf freiem Fuß. Mich selbst eingeschlossen. Dieser Fall geht mir genauso unter die Haut wie allen anderen.«

»Dennoch, Jim – die ganze mühselige Kleinarbeit muss sich doch eines Tages auszahlen! Nehmen Sie nur diejenigen, die Sie schon mal aus Ihrer Verdächtigenliste streichen können!«

»Kein schlechter Beitrag, Beth, und ich möchte nicht den Eindruck erwecken, als wüsste ich Ihren Enthusiasmus nicht zu würdigen. Aber es wäre nicht das erste Mal, dass man einen Verdächtigen aus der Liste streicht, wenn er eigentlich hätte draufbleiben müssen. Es ist durchaus nicht auszuschließen, dass der Typ mit der Spinnensammlung unser Mann ist.«

»Das meinen Sie nicht ernst, oder?«

»Vielleicht auch der mit den Damenschuhen?«

Beth lächelte. Kearns nahm sich noch einen Keks. »Spaß beiseite, diese Mordfälle an Zugezogenen, die geben uns gewaltig zu denken. Wir haben das Gefühl, als drehten wir uns permanent im Kreise, wie die Katze, die den eigenen Schwanz jagt. Aber eines Tages werde ich den Schwanz zu fassen kriegen.«

Zu seiner Erleichterung bewies sie genug Taktgefühl und lachte nicht. »Das bedaure ich sehr, Jim. Es muss schrecklich für Sie sein. Der Druck, meine ich.«

Er roch den Duft ihres Shampoos, ein süßes Aprikosenaroma, und atmete tief ein. »Ja«, seufzte er, »es ist nicht leicht, so zwischen allen Stühlen zu sitzen – der permanente Druck der Presse, mein Boss, der mir die Hölle heiß macht, und dann hockt mir auch noch der Bürgermeister im Nacken! Von dieser Fernsehtussi, dieser Sondra Devereaux, ganz zu schweigen! Die hat's nämlich ganz besonders auf mich abgesehen.«

»Und Sie haben keine Ahnung, wieso die Ihnen das Leben so schwer macht?«

Er zuckte mit den Schultern. »Zuerst glaubte ich, sie wolle damit Quote machen. Mittlerweise neige ich eher zu der Annahme, sie macht's schlicht aus Hass auf die Polizei. Jeder muss doch mal irgendjemandem sein Herz ausschütten, und ich frage mich, wem die Devereaux erzählt, was *ihr* auf der Seele lastet. Übrigens: Dieses Gespräch wandelt sich allmählich in eine meiner psychotherapeutischen Sitzungen! Wie haben Sie das geschafft?«

»Sie erwähnten doch gerade, jeder müsse mal irgendwann sein Herz ausschütten! Und dass Sie sich ein wenig bemitleiden, geht völlig in Ordnung.«

»Jedes Mal, wenn das Selbstmitleid überhand nimmt, denke ich an die Opfer, ihre Familien, an das, was dieser Wahnsinnige ihnen angetan hat. Dass diese Talkshow-Zicke den ›Spiderman‹-Mythos noch verfestigt und dem Kerl den Stellenwert verpasst, auf den er's abgesehen hat, das treibt mich die Wände hoch! Unter dem Hornissennest, das die Devereaux als Frisur bezeichnet, tickt ein Fliegenhirn!« Er trank seine zweite Portion Kaffee aus und grinste. »Eigentlich wollten wir Ihre Briefe besprechen. Verdrängen Sie Ihre Angst fürs Erste und vergessen Sie die ›Spiderman‹-Unterschrift. Irgendjemand schickt Ihnen anonyme Schreiben. Wer, glauben Sie, käme als Verfasser in Frage? In Ihrer Branche laufen Ihnen doch alle möglichen Leute über den Weg! Denken Sie nach!«

Beth legte den Zeigefinger an die Lippen. Kearns wartete. »Ein Feigling«, sagte sie schließlich. »Ein unreifer Feigling.«

»Genau!«

10. KAPITEL

Personal Touch Interiors« in der Sacramento Street war auf Anhieb an der feschen, grün-weiß gestreiften Markise zu erkennen. Auch wenn Beth geistig an diesem Morgen noch nicht voll da war, erfüllte der Anblick ihres Innenausstattungsgeschäfts sie dennoch mit Stolz. Sieben Jahre war sie nun dabei, und in dieser Zeit hatte »Personal Touch« eine ziemliche Wandlung durchgemacht. Besuchten den Laden anfangs eher Kunden, die zufällig vorbeikamen, oder einige wenige Individualisten, kam mittlerweile die großstädtische Schickeria. Die wohlhabende Klientel gab sich die Klinke in die Hand, und Beth hatte sich als innovativste Innenausstatterin etabliert. Voller Dankbarkeit für ihr bisheriges Glück, schloss Beth die Tür zum Geschäft auf und trat ein.

Beim Öffnen der Tür erblickte sie auf dem Boden einen weißen Umschlag, dessen Vorderseite bereits der schmutzige Abdruck ihres Schuhs zierte. Für einen Moment krampfte sich ihr Magen zusammen, denn jener Umschlag, den sie vor gar nicht langer Zeit geöffnet hatte, kam ihr in den Sinn. Dann aber entspannte sie sich, denn vorn auf dem Kuvert stand das Wort VERMIETERIN gekritzelt.

Rex McKenna, Versicherungsvertreter und Mieter des Büroraums im Obergeschoss, hatte offenbar, zur Abwechslung sogar pünktlich, den Scheck mit der Mietzahlung für Oktober eingereicht. Beth bückte sich, hob den Umschlag auf und schloss die Ladentür hinter sich. Sie öffnete das Kuvert und überprüfte die Angaben auf dem Scheckformular – Betrag, Datum und Unterschrift. Es war durchaus vorgekommen, dass Rex mit unsauberen Tricks gearbeitet hatte und Beth ihn dann zur Rede stellen musste. Doch anscheinend war mit dem vorliegenden Scheck alles in Ordnung. Erleichtert steckte Beth ihn in die Handtasche, um ihn später, bevor sie sich mit Ginny zum Abendessen traf, an einem Bankautomaten gutschreiben zu lassen.

In weniger als einer Stunde würden die Kunden mit ihrem samstäglichen Einkaufsbummel entlang der Shopping-Meile zwischen Spruce Street und Divisadero Street beginnen, bis dahin musste Beth fertig sein. Rasch holte sie eine Gießkanne aus dem Lager im hinteren Ladenbereich, füllte sie und trat auf den Bürgersteig vor dem Geschäft, wo sie die leuchtend roten Geranien, die üppig in riesigen gusseisernen Pflanztöpfen blühten, gründlich wässerte und die welken Blüten entfernte. Als sie zufällig aufschaute, sah sie, wie Rex McKenna über den Bürgersteig geschlendert kam.

»Nanu, Sie arbeiten am Samstag, Rex?«, rief sie ihm in ihrem freundlichsten Ton zu. Sie konnte den Kerl zwar nicht ausstehen, hielt jedoch viel von der Philosophie, wonach Freundlichkeit viele verschlossene Türen öffnet.

»Das wüsste ich aber!«, brummte er unwirsch und marschierte stur an ihr vorbei. »Wollte nur ’n paar Papiere holen.«

Normalerweise erschien Rex immer in einem seiner beiden karierten Anzüge. Heute allerdings trug er eine limonengrüne Hose, ein kariertes Hemd, eine orangefarbene Windbluse sowie einen weißen Gürtel und weiße Schuhe. Beth blinzelte verblüfft, als Rex schnurstracks die Treppe zu seinem Büro hinaufstieg. Im Nu war er wieder zurück, sauertöpfisch wie immer. »Wie ich sehe, ist der Deckenventilator noch nicht repariert. Wird teuflisch heiß da oben! Man sollte meinen, für die Miete, die ich zahle ...«

»Stimmt, Rex«, unterbrach Beth ihn rasch. »Ich lasse gleich Anfang der Woche jemanden kommen.«

Am Straßenrand stoppte ein rostiger Honda Civic. »Menschenskind, Rex! Leg mal 'nen Zahn zu! Wir müssen in zwanzig Minuten da sein! Vielleicht kannst du deine Vermieterin ein andermal becircen, Superman!«

Ungeduldig klopfte Ida McKenna aufs Lenkrad, eine fuchsienrote Sonnenkappe auf der üppigen blonden Dauerwelle. Wenn jemals zwei einander verdient haben, fuhr es Beth durch den Kopf, dann diese beiden! Ihr Vater hätte gesagt: Ein Glück, dass die keine *zwei* Ehen kaputtmachen!

Kleinlaut schob Rex ab in Richtung Auto, wobei Beth auffiel, dass ihr Mieter offenbar etwas hinkte. Wenn er meint, er kann damit heute eine Golfrunde über volle achtzehn Löcher spielen, dann braucht er wohl einen Elektrokarren, dachte Beth und ging ins Geschäft zurück.

Beim Anblick von Horace Furwell, dem ersten Kunden dieses Tages, krampfte sich alles in ihr zusammen. Horace verfolgte nämlich ein ganz eigenes Projekt. Er hatte vor, seine Eigentumswohnung so ausstaffieren zu lassen, dass sie aussah wie das Bordell, das er während seines Kriegseinsatzes in Frankreich des Öfteren aufgesucht hatte: rote Bettdecken, Lampenschirme mit schwarzen Fransen und goldgerahmte Spiegel. Beth hatte sein Ansinnen bislang immer höflich abgelehnt und sich vorgenommen, ihr Nein dieses Mal energischer klingen zu lassen. Es gelang ihr, Furwell mit allem Nachdruck aus ihrem Ausstellungsraum hinauszukomplimentieren, trotzdem verfolgte das Bild dieses großväterlich aussehenden Herrn mit dem sanften Gesicht sie noch geraume Zeit, nachdem er den Laden verlassen hatte.

Er entsprach äußerlich so gar nicht dem Typ Mann, dem Beth einen derart anstößigen Geschmack zugetraut hätte. Jeder hatte wohl so seine kleinen Geheimnisse.

Der Rest des Samstags verflog im Nu. Beth war sogar zu beschäftigt, um zu merken, wie müde sie war. Als sie allerdings am Abend ihren Umsatz berechnete, fiel ihr auf, dass jeder einzelne ihrer Muskeln schmerzte.

Sie hätte liebend gern die Verabredung mit Ginny rückgängig gemacht, wusste jedoch, dass man sie telefonisch jetzt nicht erreichen konnte. Ginny hatte den ganzen Tag Geigenunterricht erteilt und nahm in diesem Moment inmitten der Kirchengemeinde St. Peter and Paul an der Abendmesse teil.

Beth versuchte, die Dinge positiv zu betrachten. Dreißig Minuten bei einem Mineralwasser irgendwo in North Beach seine Ruhe zu haben, stellte sie sich durchaus als Wohltat vor. Doch dann fiel ihr der defekte Ventilator ein. Um einer erneuten Beschwerde von Rex am Dienstagmorgen aus dem Weg zu gehen, schloss sie das Geschäft ab und stapfte hundemüde die Stufen zu Rex McKennas Büro hinauf.

Als sie die Tür öffnete, wusste sie zuerst nicht, ob sie hysterisch kreischen oder einen Wutanfall bekommen sollte. Noch bevor sie das Licht eingeschaltet hatte, begriff Beth, dass sie sich an einem Ort befand, der ihr zwar noch vage vertraut, aber gleichzeitig absolut unwirklich vorkam. Das von ihr so sorgfältig renovierte Büro war zu einer Bruchbude verkommen.

Ihrem Zorn zum Trotz drückte sie auf den Lichtschalter und betrat den Raum. Kalter Zigarrenrauch schlug ihr entgegen. Aschenbecher quollen über. Die eigens von ihr angebrachten Jalousetten waren vollkommen hinüber, die Lamellen stellenweise verbogen oder herausgebrochen. Der strapazierfähige blaue Bodenbelag aus Wolltweed war von Flecken und Brandmalen übersät und musste ersetzt werden. Dass der Deckenventilator sich nicht rührte, war das kleinste Übel.

»So eine Schweinerei!«, schimpfte Beth unterdrückt. Den Teufel würde sie tun und einen neuen Teppich anschaffen, nur damit Rex gleich wieder Löcher hineinbrennen konnte! In neun Monaten lief der Mietvertrag ohnehin aus. Dann würde sie Rex an die Luft setzen, den Teppichboden herausreißen, die darunter liegenden Holzdielen abschleifen und das Büro zu einem Musterraum für ihre Dekorationen umfunktionieren. Die Mietzahlungen brauchte sie mittlerweile nicht mehr, um das Geschäft über Wasser zu halten. Und wenn Rex in der kommenden Woche wieder zur Arbeit auftauchte, dann wollte sie ihm sagen, er solle sich einen Standventilator anschaffen. Das Ding unter der Decke jedenfalls wurde nicht repariert.

Falls Rex überhaupt kam. In der vergangenen Woche hatte er sich nicht allzu oft blicken lassen, und wenn er kam, blieb er ohnehin nicht den ganzen Tag. Kein Wunder! Bei diesem Schweinestall von Büro konnte man sich beim besten Willen nicht vorstellen, dass sich ein Kunde Rex gegenüber hinsetzte und sich eine weitere Versicherung von ihm aufschwatzen ließ. Kunde? Von Kunden hatte Beth in jüngster Zeit auch nicht viel gesehen. Und falls die Versicherungsnehmer ausblieben – wie lange mochte es dann noch dauern, bis Rex McKennas Dampfer sank? Es roch nicht nur nach Zigarren – es stank nach Pleite!

Neun Monate. Das erinnerte Beth an kurz vor der Entbindung stehende Schwangere, die es kaum noch abwarten konnten, die Strapazen endlich hinter sich zu bringen. Noch neun Monate Rex ertragen! Beth sinnierte über eine Lösung nach. Je zügiger man dem Kerl einen Tritt in den polyesterbetuchten Allerwertesten versetzen konnte, desto besser.

Sie trat an die Dachfenster, entriegelte sie nacheinander

und öffnete sie. Wahrscheinlich zum ersten Mal seit Wochen strömte frische Luft ins Zimmer. Schon machte Beth Pläne zur Gestaltung des Raums, falls sie tatsächlich ihre Ausstellungsstücke hier herauf verlegte: Stoffe an die Wand zur Rechten drapiert, Musterstücke für Teppichböden links, Tapetenbücher auf einem zweigeteilten Laminattresen unter den Fenstern ausgelegt, eine Kaffeemaschine in einem Regal daneben. In der Raummitte vier bequeme Stühle um einen großen Tisch, an dem die Kunden in aller Ruhe die Herstellerkataloge wälzen konnten ...

Ihre Tagträumereien wurden von hartnäckigem Tröpfeln unterbrochen, das aus der angrenzenden Doppeltoilette drang. Ein undichter Wasserhahn! Darüber beschwerte sich Rex wahrscheinlich als Nächstes, also ging Beth lieber dem Geräusch nach. Der Zustand des Büros an sich war schon ein schlimmer Schock gewesen, doch harmlos im Vergleich zu dem, was Beth nun beim Anblick der Toilette erwartete.

Jeder Quadratzentimeter Wand, vom Boden bis zur Decke, war mit allen möglichen Abbildungen von Frauen beklebt, allesamt nackt oder halb nackt. Allerdings gingen die Bilder weit über das Erotische hinaus. Die Frauen nahmen grausam anzuschauende Posen ein, die Gesichter schmerzhaft verzerrt, Rücken gewölbt, die Hälse verdreht. Viele waren gefesselt – an Baumstämme, Flaggenmasten, Bahngeleise. Einige der Opfer waren geknebelt, die Lippen mit allen nur denkbaren Mitteln verklammert und verklebt. Ein zwischen die Zähne gerammter Golfball erstickte den Schrei eines der abgebildeten armen Wesen.

Und von diesen Bildern gab es hunderte – an der Wand hinter der Toilettenschüssel, über und unter dem Handwaschbecken, selbst auf der Scheibe des winzigen, nach hinten zum Parkplatz hinausgehenden Fensters. Sogar auf seinen Rasierspiegel hatte Rex eines geklebt. Das Foto zeigte eine auf dem Rücken liegende Frau in Kleidung, die an eindeutigen Stellen zerrissen war. Ein mit Stahlkappe versehener Männerstiefel drückte auf ihren Hals. Ob das Rex' Lieblingsbild war? Diente der Spiegel als eine Art Display, auf dem er nach Belieben die Abbildungen ändern und austauschen konnte?

Angewidert riss Beth das Bild vom Spiegel, warf es zusammengeknüllt in den Mülleimer und ging. Den Wasserhahn ließ sie tröpfeln.

11. KAPITEL

Senior Inspector Manuel Fuentes trat in Kearns' Dienstzimmer und schloss die Tür. Kearns merkte sofort, wenn der Inspector um den heißen Brei herumschlich, was offensichtlich jetzt der Fall war. Dann bewegte sich Fuentes immer besonders umsichtig und steckte nur zaghaft den Kopf durch die Tür – Vorsichtsmaßnahmen eines Beamten, der schon zu oft etwas abbekommen hatte. Kearns legte sein angebissenes Salami-Sandwich auf den Ablagekorb mit der eingehenden Post.

»Kaugummi?«, fragte Fuentes und steckte sich selbst eines in den Mund. »Übrigens, wolltest du dir nicht heute einen Tag frei nehmen?«

Kearns verzichtete auf das dargebotene Kaugummi. »Hab nichts Besseres zu tun«, erwiderte er. »Da wollte ich noch ein bisschen auf Spinnenjagd gehen.«

Die Wahrheit sah so aus, dass Kearns jeden Tag sowie eine beträchtliche Anzahl von Nächten am Schreibtisch zubrachte und sich in die Arbeit flüchtete. Sie war zu einer Art Ersatzdroge für den Alkohol geworden. Anders als in seiner Wohnung verfolgten ihn hier im Büro nicht die Totenstille und das Echo seiner Schritte auf dem Linoleum. Fuentes wusste davon, und Kearns rechnete es seinem zuverlässigen Freund hoch an, dass er taktvoll genug war, es unerwähnt zu lassen.

Ein Wust von Papier lag auf Kearns' Schreibtisch. Aktenstöße stapelten sich auf dem Fußboden, schiefe Miniaturtürme aus Ordnern, die umkippen würden, wenn nur jemand einmal ordentlich nieste. Fuentes zog einen Kunststoffstuhl über einen noch nicht von Akten versperrten Pfad heran und setzte sich. Kearns wartete darauf, dass sein Kollege die übliche Pose einnahm, nämlich die Füße auf seinen Schreibtisch legte. Diesmal allerdings verblieben sie fest am Boden.

»Was hast du da?«, wollte Kearns wissen und wies auf eine Videokassette, die Fuentes in der Hand hielt. »Schmuddelfilme für dich und deine Liebste?«

»Natürlich, echte Sauereien! Stehst du etwa auch auf so was?«

»Quatsch! Sag schon, was ist drauf?«

»'ne echt heiße Braut«, sagte Fuentes und hielt die Kassette hoch. »Blonder Wuschelkopf, Fingernägel wie 'ne Harke, Typ Barbie-Puppe.«

»Das darf doch nicht wahr sein!«, ächzte Kearns. »Die Devereaux?«

»Aufnahme von heute Morgen. Lust auf ein bisschen Fernsehen?«

»Warum nicht? Hab sowieso keinen Appetit.« Kearns warf die Reste des Sandwiches in den Papierkorb, stand auf und folgte Fuentes hinüber zum großen Einsatzdienstraum, einem lärmerfüllten, nüchternen Großraumbüro, das mit Holz- oder Metallschreibtischen in allen möglichen Formen und Größen voll gestopft war. Auf jedem zweiten stand ein Laptop mit LAN-Verbindung zum Zentralrechner. Einige der hier tätigen Beamten hatten sich gar nicht erst die Mühe gemacht, ihren Arbeitsbereichen eine persönliche Note zu verleihen. Andere Schreibtische hingegen wimmelten von Fotos und anderen persönlichen Dingen – kleine Hinweise darauf, dass es dort draußen, außerhalb dieses fensterlosen Lochs, tatsächlich ein Privatleben gab.

Ganz hinten in einer Ecke stand ein fahrbares Fernsehgerät mit Videorecorder. Mit dem Hinterteil schob Kearns einen Kaffeebecher aus dem Weg und hockte sich auf die Kante eines gerade unbesetzten Schreibtisches, während Fuentes das Video in den Kassettenschacht schob.

Wenig später schrillte Jazzmusik, mit der der Trailer zu »Devereaux Direct« unterlegt war, aus den Lautsprechern des Geräts.

»Könnte sich mal 'nen neuen Titel zulegen, was, Jimmy?«

»Eher 'n neues Gesicht.«

»Warte bis zum Ende der Show. Dann hast du richtig Grund, Dampf abzulassen.«

Mittlerweile war die Devereaux auf Sendung und offensichtlich klar zum Gefecht. Ihre Augenlider wirkten zwar schwer wegen einer dicken Schicht Wimperntusche, doch es gelang ihr dennoch, Kearns mit Blicken zu durchbohren. »Weichlinge!«, kreischte sie und ließ sich erregt in einen bottichartigen Sessel fallen. »Seit Monaten treibt sich ein Mörder unbehelligt in der Stadt herum. Und wir Frauen, wir sollen schön artig sein, zu zweit reisen und unsere Angehörigen wie Verdächtige behandeln, bis dieser Irre gefasst ist? Die Polizei dreht Däumchen, und Frauen werden aufgeschlitzt!«

»Ach du Scheiße!«, stöhnte Kearns.

»Sei zufrieden, sie hätte auch sagen können, wir säßen da mit den Daumen im Hintern!«

»Mach ich schon seit Jahren nicht mehr.«

»Pass auf, es kommt noch besser!« Fuentes drehte am Lautstärkeregler.

Als Nächstes wurden drei Frauen interviewt, die alle gestanden, sie hätten Angst, abends das Haus zu verlassen.

»Mein Privatleben ist ruiniert«, klagte die erste.

»Mit Männern hab ich nichts mehr am Hut«, sagte eine andere.

»Mist!«, bemerkte Kearns. »Und genau die wäre mein Typ gewesen.«

»Wieso fährt die Polizei nicht auf den Straßen Streife?«, forschte der dritte Studiogast, eine Frau um die vierzig mit Strähnchen im Haar.

»Meine Damen, Sie haben vollkommen Recht«, versicherte die Devereaux. »Los, ihr faulen Säcke! Steht Streife an der Ecke!«, fuhr sie theatralisch in die Kamera schauend fort.

»Faule Säcke? Wen meint sie damit?«, spöttelte Kearns und tätschelte sich den Bauch. »›Spiderman‹ könnte uns allen einen Gefallen tun! Die einzig gute Devereaux ist eine tote Devereaux! Dass diese blöde Zicke noch mehr Öl ins Feuer gießt, hat uns gerade noch gefehlt.«

»Allerdings. Welcher von den drei Israeliten im Feuerofen möchtest du denn sein? Shadrach, Meshach oder Abednego?«

»Groucho von den Marx Brothers«, seufzte Kearns. »Hoppla, das war ja gar kein biblisches Trio.«

Fuentes nickte. »Von nun an werden sich die Leute zu Bürgerwehren zusammenschließen, die Waffenhändler werden begeistert sein.«

Sondra Devereaux geriet erst richtig in Fahrt. Die drei weiblichen Studiogäste hatten ihre Schuldigkeit getan und wurden, nach einem beiläufigen Dankeschön für ihre Mühe, von der Bühne geleitet. Jetzt gab die Gastgeberin eine Solovorstellung.

»Alle Opfer ›Spidermans‹ waren fleißige, angesehene Frauen«, stellte sie fest. »Das zumindest sollte dieser Verbrecherjagd einen gewissen Schwung verleihen. Diese Stadt braucht keine neue Version des Zodiac-Killers ...«

»Ja, zum Kuckuck!«, schrie Kearns. »Wo hat die das denn her?«

»Hab mir gedacht, dass dich das umhaut«, bemerkte Fuentes.

Der so genannte Zodiac-Killer hatte während der späten 60er-Jahre mehrere Morde im Raum San Francisco begangen, die Strafverfolgungsbehörden mit kryptischen Botschaften genervt und als Markenzeichen ein Kreuz in einem Kreis benutzt. Nach einigen Monaten hörten die Morde schlagartig auf, ohne dass eine Verhaftung stattgefunden hatte. Die Polizei nahm damals an, so erinnerte sich Kearns jetzt, dass der Mörder entweder wegen eines anderen Delikts, das mit den Tötungen nichts zu tun hatte, verhaftet und hinter Gitter verfrachtet oder aber in einer geschlossenen Anstalt untergebracht worden war. Für Kearns waren beide Theorien inakzeptabel. Er hoffte, dass der Killer sich umgebracht hatte.

Der Öffentlichkeit war bekannt, dass »Spiderman« seine Opfer ausbluten ließ. Das Ausbluten selbst wurde dadurch verstärkt, dass den Opfern im Zuge ihrer Gefangenschaft massive Dosen an Blut verdünnenden Mitteln verabreicht worden waren. Bislang war allerdings die Tatsache, dass er zudem rituelle Schnitte vollzog, ein sorgsam gehütetes Geheimnis geblieben. Nur Kearns und seine Truppe wussten, dass sich »Spiderman«, ähnlich wie damals der Zodiac-Killer, ein eigenes Symbol zugelegt hatte: das Christogramm, also der Buchstabe X über der senkrechten und etwas nach unten verlängerten Linie des großen P. Der erste Schnitt des Killers, der die Vertikale des P zeichnete, war tödlich. Er verlief senkrecht an der Schlagader des Handgelenks entlang, wodurch das Blut mit jedem weiteren Herzschlag stoßartig herausschoss. Bis zur Vollendung aller Verstümmelungen musste der Mörder in Blut gebadet sein.

Nach Auffinden des ersten Opfers hatte Fuentes, selbst

praktizierender Katholik, Kearns das Christogramm erklärt. Nach seiner Aussage handelte es sich bei einem Christogramm um ein aus ein oder zwei Buchstaben bestehendes Symbol, in das häufig noch weitere Symbole, wie etwa Lorbeerkränze, verflochten waren, um so Gott oder die Dreifaltigkeit darzustellen. Das Monogramm aus den griechischen Buchstaben Chi und Rho, die übereinander gelegt einem Kreuz ähneln, kombinierte die ersten beiden Buchstaben des griechischen Wortes für Christus. Andere Interpretationen sahen in dem P und dem X eine Abkürzung für das lateinische »pax«, der Vokabel für »Frieden«. Was immer der Killer damit bezwecken mochte, dass er seinen Opfern das Christogramm in die Handgelenke schnitt – mit Frieden hatte es nichts zu tun. Vielmehr verfügte er über Kenntnisse religiöser Strukturen, konnte sogar ein ehemaliger Priester oder Zögling eines Priesterseminars gewesen sein.

Und irgendwie musste dieses Wissen auch der Devereaux bekannt sein.

»Mit wem das Weib wohl geschlafen hat, um an den heißen Tipp ranzukommen?«, fragte Kearns. »Irgendjemandem werde ich dafür die Hammelbeine lang ziehen.«

Mittlerweile war die Moderatorin fast am Ende der Sendung. Sie schloss mit der Feststellung, die Bürger von San Francisco könnten es sich nicht leisten, darauf zu warten, bis ein albernes Fetzchen Faser auftauche, damit man den Serienmörder mit seinen Opfern in Verbindung bringen könne. Dann erschien gnädigerweise der Abspann, und Fuentes spulte das Band zurück.

Im Augenblick, so fuhr es Kearns durch den Kopf, wäre ich für ein Fitzelchen Faser dankbar. In Verbindung mit eindeutig belastendem Haar- und Hautgewebe hatte sich eine solche Fussel als ausreichend erwiesen, um den Kindermörder Wayne Williams in Atlanta zu überführen. Er und seine Leute hingegen hatten nichts. Keine Fingerabdrücke, keine

Speichelreste, keine Metallpartikel von dem Werkzeug, mit dem die Frauen verletzt worden waren.

Kearns Sonderermittler durchkämmten sämtliche Geschäfte, die Messer verkauften. Einige besonders eifrige Beamte vertieften sich in die Geschichte des Walfangs und berichteten Kearns von Messern aus Walknochen, wie sie die Eskimostämme benutzten. Von den San Juan Islands wurde ein Messerfachmann eingeflogen. Mittlerweile standen Kearns haufenweise Informationen über Messer zur Verfügung. Er wusste Bescheid über Klingen und darüber, welche Schneide zu welchem Schnitt führte – alles gut und schön, es half ihm nicht.

Serienkiller! Kearns hasste diesen zum Klischee verkommenen Ausdruck. Vergebens hatten er und seine Spezialeinheit die Wahrscheinlichkeit zu kaschieren versucht, dass sie genau mit einem solchen Serienmörder zu tun hatten, weil sie wussten, dass die Grenze zwischen Vorsicht und Panik sehr schmal war. Nur Sekunden nach Auffinden des zweiten Mordopfers hatten die Presseleute sich arbeitswütig an ihre Tastaturen gesetzt und ihre Artikel in die Textverarbeitungsprogramme gehämmert. »Spiderman« hatte wieder sein Handzeichen hinterlassen, erhob somit Anspruch auf den Bekanntheitsgrad eines Serientäters, und die Presse tat ihm den Gefallen.

Wenn er gefasst würde, erhielte er von Damen deren Dessous zugeschickt oder Heiratsanträge gemacht, und die unvermeidlichen Bücher würden publiziert werden. Die Geschichte des »Spiderman«. Man würde sein Gehirn röntgen und seine Kindheit analysieren, Mitschüler befragen und ehemalige Lehrer nach Erinnerungen löchern. An die Namen der Opfer würde sich kein Mensch erinnern: Carole Van Horne, Monica Turner, Lydia Price, Anne Spalding, Natalie Gorman. Die Devereaux hatte sie in ihrer Sendung mit keinem Wort erwähnt. Niemand konnte die Familien entschädigen oder die Qualen begreifen, die sie erduldet hatten, als die Presse über sie herfiel und die Kinderzimmer in Beschlag nahm, in denen die Opfer einst mit Puppen gespielt, Tagebücher geschrieben und von der Zukunft geträumt hatten.

Kearns wusste, dass das Täterprofil, welches die Polizei für den Killer entwickelt hatte, auf jeden x-beliebigen Durchschnittssonderling zutraf. Die Informationen, die Kearns im Hotel »Fairmont« zum Besten gegeben hatte, gehörten zur Marke 08/15. Jeder, der moderne Kriminalromane las oder sich kriminalistische Dokumentarfilme im Fernsehen ansah, kannte das Profil bereits. Im Übrigen hatte man sich mit solchen Profilen auch schon mal gewaltig in die Nesseln gesetzt. Oben in Kanada hatte sich mal ein Fall zugetragen, bei dem die Kriminalpolizei zu dem Schluss gekommen war, der Mörder von zwei Teenagern könne nur jemand sein, der in seinem Beruf körperliche Schwerstarbeit verrichte. Am Ende stellte sich heraus, dass der Täter Buchhalter war. Eine noch eklatantere Fehlinterpretation konnte man sich kaum vorstellen.

Ein Astrologe aus Mill Valley stellte die Behauptung auf, »Spiderman« gehöre zum Tierkreiszeichen Steinbock und sei deshalb hyperorganisatorisch veranlagt, ein Mann, der sich nicht von Angst fesseln lasse und einen starken Hang zu Kontrolle habe. Zwar fehle es ihm an Elan, doch bemühe er sich um die Aufrechterhaltung einer normalen Fassade. Möglicherweise leide er unter einem Defizit, weil der Vater die Familie verlassen habe.

Nach Ansicht eines Psychologen, dessen Spezialgebiet die Geburtenfolge nach der Individualpsychologie von Alfred Adler war, handelte es sich bei dem Killer um das älteste Kind einer Familie, durch die Geburt von Geschwistern entthront und von seiner Lieblingsposition gestoßen, jedoch mit ausgeprägtem Machtstreben ausgestattet.

Möglich, dass sie beide Recht oder Unrecht hatten. So

oder so, es war immer noch ein zu weites Feld, und die Polizei hatte nicht einmal annähernd die Nase dran. Verschlimmernd kam hinzu, dass weder die Presse noch die Öffentlichkeit mit ihrem Druck nachlassen würden.

Das Klicken des Videorecorders brachte Kearns zurück in die Wirklichkeit. Er wandte sich an Fuentes. »Wir brauchen einen Verdächtigen.«

»Wir brauchen den Täter«, stieß Fuentes aus, bevor ihm sein Verstoß gegen die Dienstanweisung auffiel.

»Aber sicher! Sei du ruhig begehrlich! Ich wäre mit 'nem Verdächtigen schon zufrieden. Das würde uns zumindest vorerst die Bluthunde vom Leib halten.«

Zurück in seinem Dienstzimmer, angelte Kearns das Sandwich aus dem Papierkorb, pustete ein paar hartnäckig daran klebende Papierschnipsel weg und vertilgte es in drei Bissen.

12. KAPITEL

Die Doppeltürme von St. Peter and Paul stießen sich in den Himmel über North Beach. Während sie an der Vorderseite der neuromanischen Kirche vorbeiging, nahm Beth die architektonischen Besonderheiten in sich auf. Vor einem Jahr war sie zusammen mit Ginny einmal im Innern des Gotteshauses gewesen und erinnerte sich noch an den prunkvollen, mosaikverzierten, mit weißem Marmor verkleideten Altar. Damals war ihr besonders aufgefallen, dass von weihevoller Stille, wie man sie eigentlich von einer Stätte des Gebets erwartet hätte, keine Rede sein konnte. Gemeindemitglieder drängten sich in den Kirchenbänken und grüßten einander in allen Sprachen. Im hinteren Kirchenschiff wimmelte es von Touristen, die kamen und gingen, wie es ihnen gerade passte, und die sich trotz des gerade stattfindenden Gottesdienstes nicht ehrfürchtiger als bei einem Ausflug nach Disneyland benahmen. Ein zu Besuch weilender Missionar hielt eine fünfundzwanzigminütige Moralpredigt über die Übel der materialistischen Gesellschaft und schloss mit der Bitte um großzügige Spenden für sein ehrgeiziges Missionsprojekt. Seitdem hatte Beth St. Peter and Paul oder irgendeine andere Kirche nicht mehr von innen gesehen.

Vor einem der Zeitschriftenkioske am Washington Square blieb sie stehen, kaufte sich den *Chronicle* sowie die *New York Times*, stieß dann die untere Hälfte der quer geteilten, scheunentorähnlichen Eingangstür zu »Mama's Girl« auf und trat ein. Von ihrem Fenstertisch aus konnte sie sehen, wie ein Grüppchen Italiener im Park jenseits der Straße Boccia spielte, während gleichzeitig eine Hand voll Asiaten ihre Tai-Chi-Übungen absolvierte. Von diesem Platz aus bekam man gut mit, wann die Messe gleich nebenan aus war, und Beth würde Ginny dann sicher zuwinken können.

Sie bestellte sich ein Mineralwasser und schlug den *Chronicle* auf. Unter der Schlagzeile »SPIDERMAN« LOCKT MODEL IN FALLE starrten ihr auf der Titelseite die Fotos der Opfer entgegen. Ironischerweise, so mutmaßte Beth, musste man der Devereaux wohl zu ihrem journalistischen Coup gratulieren. Alle Welt benutzte inzwischen die arachnoide Metapher. Jeder, nur Jim Kearns nicht. Beth hatte nicht nur Verständnis für Kearns' Einstellung gegenüber der Moderatorin – sie teilte sie sogar. Als was man die Frau und ihren Beruf bezeichnen sollte, war schwer zu definieren. Weder war sie eine ernst zu nehmende Journalistin noch lediglich die Moderatorin einer Vormittags-Talkshow – sie war eine sonderbare Mischung aus beidem. Vermutlich hätte es die Devereaux nicht ungern gehört, als Medienpersönlichkeit bezeichnet zu werden. Ihre Fernsehsendung »Devereaux Direct« ging jeden Morgen über den Sender. Zudem verfasste sie unter demselben Titel eine wöchentliche Kolumne für irgendeine Gazette, und zuweilen hörte man ihre durchdringende Stimme auch noch in einem lokalen Radiosender, wo sie sich kreischend über »wichtige Themen« ausließ. Heutzutage war es offenbar völlig gleichgültig, welchen Knopf man drückte oder welche Zeitung man aufschlug – der Devereaux entkam man nicht. Beth konnte sich beim besten Willen nicht erklären, wieso die Menschen in San Francisco etwas darauf gaben, was das Weib zu sagen hatte.

Aber sie gaben etwas darauf. Das war das Problem. Und im Augenblick erschien die Devereaux glaubwürdiger als die Polizei.

Der Leitartikel im *Chronicle* zerriss Kearns Informationsabend in der Luft. Er tat die Veranstaltung als kläglichen Versuch ab, besorgte Bürger mit zweifelhaften Ratschlägen abzuspeisen und zu beruhigen. Nach der Lektüre des dritten Absatzes hatte Beth begriffen, worauf der Chefredakteur hinauswollte, und schlug wieder die Titelseite auf, wo sie mit einer Mischung aus Ungläubigkeit und Ekel die neueste Fortsetzung der Berichterstattung über den Killer und seine Opfer verfolgte. Nach Beth' Ansicht war das Foto von Natalie Gorman unangemessen sensationslüstern: Auf dem Bild trug Natalie, die versucht hatte, als Model für Wäschemoden bei der Dessous-Kette »Victoria's Secret« Karriere zu machen, ein schwarzes Spitzenbustier. Der Artikel beinhaltete außerdem einen Stadtplan, auf dem hellgrüne Pfeile die Fundorte der Leichen kennzeichneten. Wie die anderen Opfer war Anne Spalding in der Presse auf einen Schwall aus Worten und Diagrammen reduziert worden. In der Hoffnung, mehr über die Frau herauszufinden, die sie aus Zeitgründen nie richtig kennen gelernt hatte, las Beth den Artikel ein zweites Mal.

Sie war so vertieft in die Zusammenfassung des Mordgeschehens und die Berichte über das Leben der Opfer, dass sie darüber die Zeit vergaß. Erst ihr knurrender Magen sowie der Kellner, der ihr noch ein Mineralwasser anbot, versetzten sie wieder in die Gegenwart zurück. Es war halb sieben. Beth nahm das Angebot des Kellners an. Ginny musste eigentlich jeden Moment auftauchen.

Ein paar Passanten schlenderten über den Bürgersteig, offenbar ohne ersichtliches Ziel. Ginny befand sich nicht darunter. Das überraschte Beth nicht sonderlich, denn ihre Freundin verspätete sich häufig, wobei sie in der Vergangenheit die ganze Skala möglicher Entschuldigungen durchgegangen war.

»Ich kam zufällig an diesem tollen Laden für alte Hippie-Klamotten vorbei, Beth. Auf der Hight Street. Da musste ich einfach rein!«

»Ich musste meiner Mutter beim Pastateigrollen helfen. Konnte sie nicht allein damit sitzen lassen!«

»Hab gerade meine Periode gekriegt. Halt mir jetzt bloß keine Vorträge übers Verspäten, okay?«

Beth kannte sie alle, hatte einige gar doppelt gehört und bezweifelte deshalb nicht eine Sekunde, dass Ginny sich auch diesmal wieder eine tolldreiste Geschichte einfallen ließ. Womöglich hatte sie urplötzlich den unüberwindbaren Drang verspürt, die Beichte abzulegen, kniete genau in diesem Moment im Beichtstuhl und flüsterte einem Beichtvater eine ganze Litanei lässlicher Sünden ins Ohr. Doch dann verwarf Beth diese Vorstellung rasch. Viel wahrscheinlicher wäre gewesen, wenn Ginny den Priester über seine noch unverheirateten männlichen Angehörigen ausgequetscht hätte. Als Freundin konnte man bei ihr durchaus zuweilen die Krise kriegen, doch eine Langweilerin war Ginny nicht.

Um Viertel vor sieben bestellte Beth sich einen Obstsalat.

Nach einer weiteren knappen halben Stunde wurde sie so besorgt, dass sie erwog, die Kirche nebenan Bank für Bank zu durchsuchen.

Genau in dem Augenblick entdeckte sie Ginny auf dem Washington Square, ein farbenfroher Wirbelwind, den Geigenkasten unter dem Arm. In einer Menschenmenge fiel sie mit ihrer zierlichen Gestalt nie auf, weshalb sie mit Nachdruck dafür sorgte, auffällig zu wirken, und wie! Ihr heutiges Ensemble bestand aus einem Kaftan, dessen Farbenvielfalt Beth an einen Papagei erinnerte. Wie ein Windstoß kam sie ins Lokal gefegt und ließ sich Beth gegenüber auf einen Holzstuhl plumpsen.

»Au weia«, sagte Ginny und zupfte ihre Klamotten zurecht. »Du siehst aber nicht sehr glücklich aus! Du weißt doch, ständiges Verspäten macht die Menschen besonders anziehend!« Der übergroße Schulterbeutel aus Bast und der Geigenkasten rumsten dumpf auf den Boden. Mit der ins Haar geschobenen Nickelbrille wirkte Ginny wie das Mitglied einer Hippie-Band.

»Und du bist viel zu gut gelaunt«, konterte Beth. »Die Periode kann's also diesmal nicht sein. Wo hast du bloß gesteckt, um Himmels willen?«

»Beichte?«

»Nicht schlecht. Ich hab dich aber über den Washington Square rennen sehen!«

»Na schön! Da saß während der Messe so ein niedlicher Typ neben mir – die ganzen Singles gehen doch immer in die Vorabendmessen –, also bin ich ihm nach dem Schlusschoral gefolgt.«

»Wie bitte? Was bist du?« An Ginnys Unberechenbarkeit war Beth mittlerweile längst gewöhnt, doch das hier grenzte an Schwachsinn.

»Bis runter nach ›Duds and Suds‹ auf der Columbus Avenue.« »Duds und Suds« war eine Art Café mit angeschlossenem Waschsalon, ein Wallfahrtsort für Singles. »Ich muss das Eisen schmieden, solange es heiß ist! Ein Typ, der sich zwischen zwei Waschgängen 'ne Dosis Religion abholt, der ist doch echt zum Verlieben!«

»Unwiderstehlich. Mal sehen, ob ich das richtig verstanden habe: Du lässt mich hier über eine halbe Stunde schmoren, während du durch ganz North Beach einem Unbekannten hinterherläufst?«

»Nicht bloß einem simplen Unbekannten, Beth! Er hätte der Mann fürs Leben sein können!«

»Ginny«, seufzte Beth, »für dich ist doch fast jeder Besitzer eines Rasiererapparats der Mann fürs Leben! Und dann?«

»Sein Zimmergenosse faltete bereits die Laken, als ich eintraf. Warum sind die Hübschen alle schwul? Ach, egal! Hast du schon was gegessen?«

Beth nickte. »Obstsalat.«

»Sonst nix?« Ginny winkte den Kellner heran, schenkte ihm ein strahlendes Lächeln und bestellte das Tagesgericht, schwarze Bohnensuppe und Pasta.

»Wozu schleppst du die Geige mit?«, wollte Beth wissen, nachdem Ginny bestellt hatte.

»Hab heute Abend noch Probe mit Dieter. Du weißt doch, der Cellist, mit dem zusammen ich beim West Marin Festival aufgetreten bin. Vielleicht bringt er später ja noch bei mir die Saiten zum Schwingen.«

Der Kellner stellte einen Korb mit Brot auf den Tisch, und Ginny biss herzhaft in ein Stück hinein.

»Ginny«, mahnte Beth, »du musst vorsichtig sein!«

»Wozu? Die paar blöden Pfunde, die bleiben halt drauf.«

»Das meine ich nicht! Ich will sagen, du kannst nicht einfach hinter fremden Kerlen herrennen! Besonders unter diesen Umständen nicht! Und was ist mit diesem Dieter?«

»Na hör mal, warum denn nicht? Netter Typ, Katholik – Musiker obendrein! Der käme glatt infrage!«

Beth hielt ihrer Freundin die Titelseite des *Chronicle* unter die Nase. »Virginia Rizzuto! Nimm endlich Vernunft an!«

»Du schmeichelst mir, Beth! Die auf den Fotos sehen ja umwerfend aus!«

»Mensch, die Frauen sind *tot!* Ich bin wenig scharf drauf, eines Tages auch noch ein Bild von *dir* unter diesen Fotos hier im *Chronicle* zu sehen!«

Ginnys Blick streifte über die Fotografien und verharrte einige Zeit auf Natalie Gorman. »Also, eins ist sicher, in Unterwäsche würde ich mich nicht ablichten lassen. Da träfe Mama der Schlag!«

»Gin ...«

»Mensch, Beth, mach mal 'nen Punkt!« Der Kellner erschien mit der Suppe und stellte sie vor Ginny auf den Tisch. »Diese Stadt hat schon immer die Randgruppen der Gesellschaft beherbergt! Die Symbionesische Befreiungsarmee, Jim Jones, der mit den Tempeljüngern, und jetzt ist eben ›Spiderman‹ dran.«

»Du verharmlost die Gefahr, Gin.«

»Und du übertreibst! Wegen Anne«, versetzte Ginny heftig. »Beth, das hatten wir doch alles schon! Nur wegen diesem Typen werde ich meinen Lebensstil nicht ändern. Ich weiß, es gibt Finsterlinge, die schlimme Sachen treiben. Das mit Anne tut mir Leid, und ich bedaure auch diese Natalie Gorman. Aber eins ist doch wohl klar: Mitten in der Nacht durch den Park zu laufen, war schiere Dummheit. Jeder Reiseführer weist darauf hin, man soll sich an die belebtesten Straßen halten. Aber die Möglichkeit, dass dieser Killer es ausgerechnet auf mich abgesehen hat, ist zu vernachlässigen.«

»Trotzdem, Gin! Man muss doch das Schicksal nicht auch noch herausfordern, indem man einem Unbekannten folgt!«

»Mich kriegt dieser ›Spiderman‹ nicht, Beth. Ich bin nicht sein Typ. Du hingegen ...«

»Was willst du damit andeuten?«

Ginny biss ein Stück kross gebackene Kruste von dem Brot ab. »Manchmal«, sagte sie kauend, »bist du höflicher, als es dir gut tut. Wenn bei dir einer vor der Haustür steht und dir ’ne zehn Jahre alte Enzyklopädie andrehen will, dann würdest du ihn reinlassen, weil’s draußen kalt ist.«

»Würde ich nicht!«

»Ach nee? Und wie oft hat dich dieser Hampelmann von McKenna schon um die Miete beschissen?« Ginny verstummte, und weil Beth ebenfalls nichts sagte, fügte sie hinzu: »Siehst du? Was hab ich gesagt? Gute Manieren spart man sich für die Familie und für enge Freunde auf!«

»Danke, Ginny. Jetzt geht’s mir schon viel besser.«

»Hör mal, halt dich an deinen eigenen Rat! Sei vorsichtig!«

»Anne hat sich auch vorgesehen. Trotzdem hat er sie erwischt.«

»Ich weiß!« Ginny wurde nachsichtiger. »Aber weder wurde sie aus der Nähe deiner Wohnung entführt noch dort umgebracht! Du darfst es nicht zu verbissen sehen! Lass nicht zu, dass dieser Unbekannte so viel Macht über dich ausübt, dass er dein Handeln bestimmt!«

Beth nickte, nicht so sehr zum Zeichen der Zustimmung als vielmehr um anzudeuten, dass sie das Thema als erledigt ansah, damit Ginny in Ruhe ihre Suppe löffeln konnte.

Bin ich vom Gedanken an diesen Killer etwa schon besessen?, fragte sich Beth. Seit Anne Spaldings Tod hatte sie kaum an etwas anderes gedacht. Wo war Anne ihrem Mörder wohl begegnet? Warum hatte sie sich so rasch und rückhaltlos einem Fremden anvertraut, obwohl sie doch gerade erst vor einem gewalttätigen Ehemann, der sie bewusstlos geschlagen hatte, geflohen war? Hatte sie eine derartige Sehnsucht nach männlicher Gesellschaft gehabt? Oder war der Killer lediglich so verflucht gerissen?

In vielen schlaflosen Nächten seit Annes Tod hatte Beth sich eingebildet, sie höre jemanden über den Teppichboden in ihrem Gästezimmer tappen. Eines Nachts war sie gar im Bett aufgefahren und absolut sicher gewesen, dass Anne auf der Polsterliege im Schlafzimmer saß. Sie hatte sie einmal sogar sprechen gehört. »Beth, ich kann nicht in mein Zimmer! Er ist da drin!«

Sie erinnerte sich nun, wie oft Anne auf einen kleinen Abendimbiss in die Küche hinuntergekommen war, während sie selber, in ihre Buchhaltungsakten vertieft, am Wohnzimmertisch gesessen und kaum einmal aufgeschaut hatte – so sehr war Beth um Abschottung und Privatsphäre bemüht gewesen. Sie hatte Anne zwar ein Dach über dem Kopf geboten, ansonsten jedoch keinen Kontakt gewünscht. Keine Verantwortung. Wäre sie doch nur etwas mitfühlender, etwas offener gewesen! Vielleicht hätte Anne sich ihr dann anvertraut und ihr etwas über sich erzählt. Möglicherweise würde Beth dann über Informationen verfügen, die Jim Kearns weiterhelfen konnten.

»Hmm, das war lecker!« Ginnys Suppenschüssel verschwand im Handumdrehen und wurde durch einen Teller dampfender Fusilli ersetzt. »Köstlich!«, sagte Ginny und ging mit der Gabel auf ihre Pasta los. Tomatensauce spritzte über das Bild von Natalie Gorman. Genussvoll kauend, sagte Ginny mit vollem Mund: »Schluss mit Mord und Totschlag! Sag mir lieber, was es bei dir Neues gibt!«

»Ich hab gestern wieder einen anonymen Brief gekriegt.«

»Ach, du liebe Zeit! Schon wieder 'ne Hiobsbotschaft? Kein Wunder, dass du unter Verfolgungswahn leidest. Was stand denn in diesem?«

Beth gab eine Zusammenfassung des Briefinhalts und von Kearns' Reaktion.

»Kearns hat Recht«, versicherte Ginny, wobei sie sich den Mund abwischte. »Ist nicht der Stil von ›Spiderman‹. Der

Typ, der dir diese Dinger schreibt, pirscht lauernd rum wie ein Raubtier. Da wette ich meinen Kopf drauf. Wahrscheinlich ein ganz Dreister, der nur mal austestet, wie du auf seine literarischen Ergüsse reagierst.«

Ein ganz Dreister! Bobby Chandler fiel ihr ein, der in letzter Zeit zweifellos mit einer Dreistigkeit sondergleichen in ihrem Vorgarten und ihrem Leben auftrat. War Bobby eine solche Niederträchtigkeit zuzutrauen? Beth' Vorstellung des Skateboardfahrers mit dem frechen Grinsen wollte absolut nicht zu der stählernen Kälte der beiden Briefe passen. Bobby war vierzehn, ein Teenager also. Litten die Teenager nicht schon selbst unter genügend düsterer Existenzangst, dass es sogar einen Sigmund Freud verblüfft hätte? Konnte man sich in dem Alter mit genug eigenen Problemen so etwas ausdenken? Wenn sie an ihre Jugendzeit zurückdachte, krampfte sich alles in Beth schmerzhaft zusammen. Sie dankte dem Himmel, dass die Zeit vorbei war!

Die Tomatensauce hinterließ eine trockene, braun-rote Kruste auf dem Zeitungspapier, sodass man den makabren Eindruck gewann, das Gesicht des ermordeten Models sei blutbesudelt.

»In deinem Geschäft, Beth, muss dir doch ab und zu mal ein Spinner über den Weg laufen! Fällt dir da niemand von deiner Kundschaft ein?«

»So einer wie Horace Furwell?«

»Ist das dieser Abartige, von dem du mir erzählt hast?«

Beth nickte. »Obwohl er keinerlei Andeutungen in der Richtung gemacht hat. Der glaubt, sein Bordellprojekt brächte mir eine Erwähnung im *Architectural Digest* ein.«

»Als ob du dafür auf seine Unterstützung angewiesen wärst! Jetzt hör mal zu, Beth! Wenn einer kommt und von einer Innenausstatterin deines Kalibers fordert, sie solle sein Schlafzimmer in das naturgetreue Abbild eines Freudenhauses umwandeln, dann hat der 'ne Schraube locker – und nicht nur eine! Um so 'nen Typ würde ich einen großen Bogen machen. Nächstes Thema: Wann triffst du deine Neueroberung wieder?«

»Montagabend«, erwiderte Beth, schon erheblich besser gestimmt. »Kann's kaum erwarten.«

»So spitze im Bett?«

»Weiß ich noch nicht.«

»Verschossen bis über beide Ohren? Nach ein paar Wochen nur? Das sieht meiner sonst so vernünftigen Beth aber gar nicht ähnlich!« Grinsend drohte Ginny ihrer Freundin mit dem Finger.

»Vielleicht ist etwas von der impulsiven Art einer gewissen Ginny Rizzuto auf mich übergesprungen.«

Ginnys Lächeln verflog so schnell, wie es gekommen war.

»Was ist?«, fragte Beth. »Verdauungsschwierigkeiten?«

»Hab nur nachgedacht.« Ginny schluckte die letzte Nudel herunter und tunkte ein Stück Brot in die Sauce. »Du hast doch den ersten Brief vor einer Woche gekriegt ...«

»Richtig. Und?«

»Und wie gut kennst du diesen Jordan Bailey?«

13. KAPITEL

Die Westminsterschläge der Türglocke klangen durch die Flure der Nobelvilla im Stadtviertel Russian Hill. In ihren handgenähten Schuhen schwebte Nora Prescott anmutig über den kostbaren orientalischen Läufer.

Bis sie endlich im Foyerspiegel ihre Frisur überprüft und ihren Lippenstift kontrolliert hatte, war der Besucher, wer immer es gewesen sein mochte, bereits verschwunden. Auf der vorderen Veranda stand, gegen einen über und über mit blühenden Azaleen bepflanzten Betonkübel gelehnt, ein aufwändig dekoriertes Paket.

Nora musste einen Jauchzer unterdrücken. Ganz offensichtlich konnte Phillip es nicht lassen, ihr schon mal eine kleine Überraschung zu präsentieren, obwohl ihr Geburtstag noch drei Wochen hin war – ihr fünfundfünfzigster bereits, doch eiserne Disziplin und allersorgfältigste Pflege ließen sie zehn Jahre jünger wirken. Nora schaute links und rechts die Straße entlang und hielt Ausschau, ob vielleicht irgendwo ein Lieferwagen zu sehen war oder schon Phillips Limousine um die Kurve bog. Da ihr nichts dergleichen auffiel, nahm sie das Paket und ging ins Haus.

Im Inneren der Box stieß Nora auf eine weitere, danach auf eine dritte. Schon als Kind hatte sie für derlei dümmliche Spielchen nichts übrig gehabt, weil das Geschenk, das schließlich dabei herauskam, nie mit ihren Erwartungen übereinstimmte. In diesem Falle allerdings gab es nichts zu meckern. Das letzte Schächtelchen enthielt eine N-förmige, perlenbesetzte Brosche. Nora machte sich eigentlich nichts aus solcher Art Schmuck; er erinnerte sie immer an die Versandhausunterwäsche für bestimmte Wochentage. Bei dieser Brosche hingegen, auch wenn sie nicht gerade das Lösegeld eines Sultans wert war, handelte es sich um ein antikes Stück mit offenbar echten Perlen. Wie echt, das würde sich herausstellen, wenn sie das Schmuckstück schätzen ließ.

Nora stellte sich vor den Spiegel und steckte die Brosche an das Jackett ihres Edelkostüms. So ganz passte sie nicht zu dem Designeroutfit, doch Nora ließ sie trotzdem an Ort und Stelle. Sie war gespannt, wie Phillip darauf reagieren würde, wenn er nach Hause kam.

Zu der Armbanduhr und den Brillantohrsteckern hatte er nämlich kein Wort gesagt. Die Vase aus Delfter Porzellan, die sie bekommen hatte, zierte nun den ansonsten nackten

Kaminsims in dem in reinem Weiß gehaltenen Wohnzimmer. Auch das hatte Phillip kommentarlos hingenommen.

Ob das wohl zu diesem Versteckspiel gehörte? Dass Phillip ihr Geschenke schickte und dann ihre Reaktion abwartete? Gewiss, wenn sie nichts sagte, nahm er womöglich an, sie habe einen heimlichen Verehrer, vielleicht sogar zwei. Vermutlich erwartete Phillip, dass sie sich ihm schnurstracks in die Arme warf und ihm entzückt etwas vorgurrte. Vielleicht musste sie auch mit ihm schimpfen, weil er so ein unartiger Junge gewesen war und sie auf diese Weise zappeln ließ.

Wenn die Geschenke nun aber nicht von Phillip stammten ...

Was Nora an ihrem Verlobten schier zur Verzweiflung trieb, war die Tatsache, dass er stets so praktisch dachte. Phillip hatte das Haus erworben, weil es »solide« war. Er hatte den Lexus gekauft, weil er als zuverlässiges Auto galt. Oft gab Phillip damit an, dass er seine Uhr schon acht Jahre besaß. Teurer Schmuck war nach Phillips Denkart infantil, und ein Phillip Rossner war zu phlegmatisch, um sich mit Kinderkram zu beschäftigen. Nun, vielleicht hatte sich ihr treuer Lebensgefährte ein paar neue Tricks angeeignet.

In ihrem mit Seidentapeten verkleideten Schminkzimmer puderte Nora ihr Gesicht und grübelte dann weiter über die Geschenke nach. Das Maniküre-Set, das man ihr zugeschickt hatte, war geschmacklose Billigware, das schwarze Kunstlederetui mit Stickereiimitat verziert. Auch die Delfter Vase kam ihr merkwürdig vor. Nora war nie in den Niederlanden gewesen; ihre Vorfahren stammten aus Schottland. Was das Porzellanobjekt also zu bedeuten hatte, war ihr unbegreiflich. Die CD mit Musik von Andrew Lloyd Webber hätten manche möglicherweise ganz romantisch gefunden, doch an die Cartier-Uhr reichte sie bei weitem nicht heran. Der Absender, ob's nun Phillip war oder sonst jemand, verfügte jedenfalls über einen außergewöhnlichen Geschmack.

Nora war anfangs versucht gewesen, die Präsente in den Mülleimer zu werfen, ehe sie merkte, dass offensichtlich jemand ein Spiel mit ihr spielte. Also beschloss sie, das Spiel mitzuspielen. Die Regeln verstand sie zwar noch nicht, doch neugierig war sie schon, das ließ sich nicht abstreiten. Im Übrigen konnte man eine Cartier weiß Gott vorzeigen.

Für den Bruchteil einer Sekunde verfiel sie erneut auf den Gedanken, Phillip wegen der Geschenke offen anzugehen. Schließlich beschloss sie, lieber den Mund zu halten. Entweder würde Phillip nach einiger Zeit schmollend und frustriert behaupten, sie benehme sich undankbar gegenüber seinen Gaben, oder aber ein anderer Verehrer, womöglich einer mit einer dickeren Brieftasche, offenbarte sich und die Bedeutung der Geschenke schon bald.

14. KAPITEL

Der Montag war Beth heilig, ihr freier Tag, an dem sie sich morgens gewöhnlich eine halbe Stunde länger Schlaf gönnte. An diesem Morgen allerdings war sie schon um sechs Uhr auf den Beinen. Im Laufschritt marschierte sie die Chestnut Street hinauf – ständig auf der Hut vor am Straßenrand geparkten Wagen –, doch kein Unhold lag auf der Lauer. In ihrem Lieblingscafé bestellte sie sich einen Kaffee, kletterte auf einen Hocker, von dem aus man auf die Straße schauen konnte, und versuchte die Morgenzeitung zu lesen. Allerdings fiel es ihr schwer, sich zu konzentrieren, da sie auf der Suche nach verdächtig aussehenden Fremden ständig den Blick durch das Lokal schweifen ließ und gleichzeitig über ihre jüngste Unterhaltung mit Ginny grübelte – besonders über deren eindringliche Bemerkung bezüglich Jordan. So war es immer gewesen: Wenn bei Ginny der Männer-Notstand ausbrach, dann ließ sie sich nicht davon abbringen, allen anderen den Spaß zu verderben. Dabei gehörte es zu ihren misslichen Angewohnheiten, das eigene Gesicht dadurch zu wahren, dass sie Beth' Herrenbekanntschaften kritisierte. Ab und zu hatte sie mit ihren Einschätzungen sogar richtig gelegen. Die Unterstellung allerdings, Jordan könne womöglich hinter den hasserfüllten Briefen stecken, die Beth bekommen hatte, nagte stark am letzten Rest von Beth' verbliebener Geduld und Sympathie.

Beth hatte Verständnis für Ginnys mangelndes Selbstbewusstsein und versuchte auf jede erdenkliche Art und Weise, die Selbstsicherheit ihrer Freundin zu unterstützen. Als jüngstes von fünf Kindern der Familie Rizzuto aufzuwachsen, war sicherlich nicht einfach gewesen. Ihre vier Brüder machten Musik in einer Tanzband, die zu allen Hochzeiten europäischstämmiger Brautpaare im Raum San Francisco aufspielte. Ginny reichte es nicht, mit »diesen Rizzutos« in einen Topf geworfen zu werden. Also versuchte sie, ihre Brüder zu übertreffen. Als sie zwanzig wurde, wähnte sie sich endlich am Ziel ihrer Wünsche, indem sie sich eine Stelle bei den Ersten Geigen im Symphonieorchester von San Francisco sicherte. Beth wusste jedoch, dass Ginnys Eltern die musikalische Laufbahn ihrer Tochter mehr als Hobby betrachteten – als etwas, mit dem Ginny sich beschäftigen durfte, bis sie einen Ehemann fand. Als Ginny merkte, dass ihr musikalisches Talent nicht für die gewünschte Anerkennung reichte, versuchte sie mit aller Macht, auf anderen Gebieten aufzufallen, nicht zuletzt durch die Zurschaustellung einer Persönlichkeitsstruktur, die selbst Chaos-Komiker wie

Don Rickles das Fürchten gelehrt hätte. Ginny wurde zur selbst ernannten Expertin auf allen Gebieten – insbesondere in Sachen Männer.

»Der klingt zu gut, um wahr zu sein«, war Ginnys Kommentar gewesen, nachdem Beth ihr erstmals von Jordan berichtet hatte. »Pilot ist er? Den kriegst du doch nie dazu, mal sesshaft zu werden. Die lieben ihre Freiheit, die Jungs!«

Wenn du gestattest, Gin, möchte ich das lieber selbst herausfinden.

Für diesen Abend hatte Beth eine Verabredung mit Jordan, und sie bemühte sich verzweifelt, positiver zu denken. Sie wusste, dass sie bald ein ernstes Wörtchen mit Ginny reden musste. Gut und schön, wenn Ginny sich einen Konkurrenzkampf mit ihren Brüdern lieferte, doch Beth hatte nicht die geringste Lust, für den Frust, der aus diesem Kampf resultierte, zu büßen. Ginny musste sich ihr gegenüber einfach etwas zurückhalten.

Auf dem Kaffee schwamm ein durchsichtiger Film. Beth schob ihre Tasse beiseite und nahm sich wieder die Zeitung vor.

Zu Hause besserte sich Beth' miese Stimmung auch nicht. Der Zweigstellenleiter ihrer Bank rief an und teilte ihr mit, dass der von Rex McKenna ausgestellte Scheck über die Mietzahlung nicht gedeckt war. Mit einem Kraftausdruck schmetterte Beth den Hörer auf die Gabel und versuchte dann, Rex in seinem Büro zu erreichen, doch es nahm niemand ab. Ihr fiel ein, dass Rex bei ihrem letzten Zusammentreffen gehumpelt hatte. Möglicherweise hockte er daheim und erholte sich bei einer Schachtel Zigarren und ein paar Pornomagazinen. Einen Versuch war's wert.

»Wie war das?«, krakeelte Ida McKenna in den Hörer. »Soll das heißen, der ist nicht bei der Arbeit, der Schwachkopf? Na, der kann sich auf was gefasst machen!« Woher nahm

Ida bei ihrer Körpergröße von höchstens einsfünfzig bloß das Volumen für diese schrille Stimme?

»Vielleicht macht er gerade einen Kundenbesuch, Mrs. McKenna«, versuchte es Beth in freundlichem Ton.

»Nie im Leben!«, erwiderte Ida und legte auf. Beth stürzte sich in die Hausarbeit und machte dann ihre tägliche Gymnastik.

Als es auf den Abend zuging, war ihr Ärger verraucht. Sie gönnte sich ein Schaumbad, stylte sich das Haar und verpasste ihrem Make-up den letzten Feinschliff. Dann zwängte sie sich in eine hauchdünne schwarze Strumpfhose, zog ein rotes Leinenkostüm an und schlüpfte in ihre Wildlederpumps.

»Was meinst du, Samson? Sehe ich wie eine Geschäftsfrau aus und trotzdem sexy? Ich hab's nämlich auf beides abgesehen.«

Samson, der ihr wie gebannt zugesehen hatte, räkelte sich gähnend, sprang von Beth' Wäschekommode herunter und strebte zügig zur Treppe. Beth folgte ihrem Stubentiger in die Küche, wo sie ihm eine Dose mit einem unappetitlichen Mischmasch öffnete und vorsetzte. Dann schloss sie die Haustür ab und ging zu ihrem Wagen.

Nach Beth' Einschätzung führte der schnellste Weg zu Jordans Haus in Noe Valley über die Van Ness Street. Doch als sie die Einmündung in die O'Farrel Street erreichte, gab es plötzlich ein hoffnungsloses Verkehrschaos. Ein uniformierter Polizist leitete die Fahrzeuge in östliche Richtung weiträumig um eine Unfallstelle herum.

Während die Autoschlange die O'Farrel Street entlangkroch, hatte Beth Gelegenheit, den Hinweis zu lesen, der auf der Außenwand eines der berüchtigsten Kino-Paläste der Stadt prangte: Zutritt nur für Volljährige, die an Pornografie keinen Anstoß nehmen.

Reflexartig betätigte Beth die automatische Türsicherung

ihres Wagens. Dabei fiel ihr eine Person auf, die unter der Markise am Eingang des Pornokinos aus dem Halbdunkel hervortrat. Sie trug einen hellgrün karierten Freizeitanzug sowie einen beigefarbenen Strohhut, merkwürdig ins Gesicht gezogen. Dennoch konnte Beth die Person unschwer erkennen. Es war ein Mann – Rex McKenna.

Einem ersten Impuls folgend, wäre sie am liebsten hinter dem Lenkrad abgetaucht, um nicht von Rex entdeckt zu werden. Das nächste Zusammentreffen würde weiß Gott unerfreulich genug ausfallen und nur ein einziges Thema zum Gegenstand haben: den geplatzten Scheck. Rex' Blick indes war fest auf den Bürgersteig geheftet.

Was Rex in seiner Freizeit treibt, geht mich nichts an, dachte Beth. Dennoch: Falls er weiter sein Geld in Etablissements wie dem verpulvert, an dem ich gerade vorbeigefahren bin, wenn er keine neuen Kunden wirbt und auch nichts unternimmt, um alte zu halten, dann bekomme ich meinen Muster- und Ausstellungsraum vielleicht doch eher als geplant.

15. KAPITEL

Manuel Fuentes legte die Füße auf Jim Kearns' Schreibtisch. Bei seinem Status als Senior Inspector stand ihm das Privileg dienstgradmäßig zu. Außerdem waren er und Kearns einst zu früheren Zeiten Streifenkollegen gewesen, bevor Kearns mit der Beförderung zum Lieutenant der entscheidende Durchbruch gelang. »Du witterst ihn noch immer nicht, was, Jimmy?« Fuentes' dunkle Augen blickten glanzlos, das übliche Funkeln war erloschen.

»Nicht die Spur. Du?«

Fuentes schüttelte den Kopf.

Kearns malte Männchen auf einen gelben Schreibblock. Fast eine Stunde hatte er zuvor in Grübelstellung verharrt, die Finger im Nacken verschränkt, den Blick unter die Decke gerichtet. Als ihm allmählich der Hals steif wurde, war er zu seinen Kritzeleien übergegangen. Nun musterte er Fuentes, der einen Kaugummistreifen zwischen Daumen und Zeigefinger drehte, mit durchdringendem Blick. »Diese Devereaux-Zicke hat Recht, Manny. Der Kerl macht mir Angst.«

»Warum solltest du auch dagegen gefeit sein? Wir haben alle Angst. Lass dich bloß nicht von dieser Fernsehtussi weich machen!« Er schnipste sein Kaugummi in den Mülleimer.

»Soll das heißen, sie lebt noch? Mist!«

Mittlerweile war es zwei Tage her, seit er sich das Video mit der Devereaux-Sendung angesehen hatte. Dennoch verfolgten ihn nach wie vor Bilder der Talkshow, in denen die Frau mit sich überschlagender Stimme den Massen ihre Ansichten nahe brachte. Es hatte nicht lange gedauert, bis andere Medienvertreter dem Devereaux-Beispiel gefolgt waren und bei der Hetzkampagne gegen die Polizei tüchtig mitmischten. Die heutige Nachmittagsausgabe des *Examiner* war mit der Titelzeile DEMORALISIERTE POLIZEI WIRBT FÜR VERSTÄNDNIS IN DER ÖFFENTLICHKEIT erschienen. Kearns wurde mit der Aussage zitiert: *»Wir als Polizei geraten stets negativ in die Schlagzeilen, wenn in der Öffentlichkeit Angst um sich greift und wir als gleichgültig erscheinen. Dabei sind wir heute mehr denn je auf die Unterstützung unserer Mitbürger angewiesen. Die Polizei arbeitet rund um die Uhr, geht jedem Hinweis nach, verfolgt dutzende von Anrufen, um dieses Verbrechers habhaft zu werden.«*

Der Verfasser des Artikels führte aber zahlreiche Vorfälle aus der jüngsten Vergangenheit an, bei denen sich die Polizei Verfehlungen vorhalten lassen musste. Eine Kriminalinspektorin hatte kürzlich Sozialdienst ableisten und mehrere Wochenenden hinter Gittern verbringen müssen, weil sie ihrem Lover, der bei ihr eingezogen war, einen vollen Weinkrug auf den Schädel gedonnert hatte. Ein anderer Beamter, einer aus dem Dezernat Jugendkriminalität, der gemeinhin Jugendliche über die Gefahren des Alkohols und anderer Drogen aufklärte, war wegen Trunkenheit am Steuer festgenommen worden.

»Gewiss sind Fehler begangen worden«, hatte Kearns der Presse gegenüber eingeräumt. »Aber die Polizei unterliegt fortwährender genauester Kontrolle. Selbst die Besten von uns können jederzeit plötzlich wegen Fehlverhaltens ihren Job verlieren. Ich versichere der Öffentlichkeit, dass erzieherische und vorbeugende Maßnahmen getroffen werden, um bestmögliche Polizeiarbeit sicherzustellen.«

Kearns war davon ausgegangen, dass der Artikel in der Öffentlichkeit Verständnis und Unterstützung hervorrufen werde. Stattdessen trug er dazu bei, die Polizei vor aller Augen als machtlos und inkompetent hinzustellen. In einer Zeit, in der die Frustration sich epidemieartig ausbreitete und die Dienstmoral auf dem Tiefpunkt angelangt war, waren das traditionelle aufmunternde Schulterklopfen und die spielerischen Boxhiebe unter den Kollegen nahezu verschwunden: So oberflächlich diese Kameradschaftsrituale auch gewirkt haben mochten, so wichtig waren sie dennoch immer gewesen. War schon in der Öffentlichkeit das Bedürfnis nach einer männlich-robusten, furchtlosen Polizeitruppe deutlich spürbar, so war die Entschlossenheit, genau dieses Image aufrechtzuerhalten, in Kearns' Sonderermittlungsgruppe dreimal so hoch. Kearns' Team steckte die jüngsten Angriffe auf die polizeiliche Unfehlbarkeit weg. Die Männer kompensierten alle Komplexe, indem sie wie Halbstarke mit stolz geschwellter Brust herumliefen.

Die Veränderungen im Dienstgeschehen, um die sich

Kearns mit solchem Einsatz bemüht hatte, wurden durch die Medienberichterstattung über die Mordfälle zunichte gemacht. Kearns musste weiter seine Depression, die Einnahme von Antidepressiva und die Termine bei seiner Psychotherapeutin kaschieren, koste es, was es wolle.

»Ich weiß nicht, wie lange wir dieses ständige Eindreschen auf die Polizei noch ertragen sollen«, bemerkte Fuentes kopfschüttelnd.

Kearns neigte dazu, Beschwerden vonseiten seines Teams einfach nicht zur Kenntnis zu nehmen. Die so genannten VICAP-Blätter, vom FBI entworfene Formulare für die Analyse von Gewaltverbrechen, waren zu lang; man brauchte eine Ewigkeit, um sie auszufüllen. Kein Mensch wollte sich damit herumschlagen, und wozu auch? Kearns verteilte Lob, wann immer es ging, und wenn's sein musste, machte er Druck, wobei Letzteres in jüngster Zeit zur Norm geworden war. Wenn Kearns seine Leute mit Zuckerbrot und Peitsche behandelte, gehörte das zu den dienstlichen Unwägbarkeiten, mit denen sie sich abfinden mussten. Er hatte sich fest vorgenommen, dass sich ein Fiasko wie die Sache mit dem Green River Killer nie wiederholen dürfe. Damals hatte sich ein wahnsinniger Mörder in Seattle der Verhaftung entzogen, weil die zuständigen Kriminalbeamten ihre enormen Egos pflegten und die jeweiligen Polizeidirektionen sich weigerten, über Kompetenz- und Zuständigkeitsbereiche hinweg Informationen auszutauschen. In seinem Bereich, da war sich Kearns sicher, würde es keine undichten Stellen geben, selbst wenn dazu ganze Regenwälder für den Papierkrieg abgeholzt und tausende Telefonanrufe getätigt werden mussten. Der Preis lohnte sich allemal.

Kearns starrte auf das gelbe Blatt mit seinem Gekritzel. Die Seite war voller Spinnenzeichnungen.

»Deine künstlerischen Fähigkeiten in allen Ehren, Jimmy«, sagte Fuentes, »aber sie bringen uns nicht weiter.«

Wie allen anderen, so ging es auch Fuentes an die Nieren, dass die Ermittlungsarbeiten nicht von der Stelle kamen. Kearns merkte, wie der Stress sich von Tag zu Tag weiter aufbaute, auch bei Fuentes, dem die ganze Sache allmählich über den Kopf wuchs und der einiges an Frust zuweilen an Kearns abließ. »Lass uns nochmal alles durchgehen, was wir bis jetzt haben«, schlug Fuentes vor. »Vielleicht taucht dabei ja ein neuer Aspekt auf.« Man hörte es seiner Stimme an, dass er von dem Vorschlag selbst nicht überzeugt war.

Kearns verkniff sich ein Stöhnen, gähnte stattdessen und riss sich zusammen. Es war mal wieder Zeit für den Kearns-Fuentes-Tango, bei dem sie sich abwechselnd aufzählten, was die Ermittlung bislang erbracht hatte, in der Hoffnung, es könne sich doch noch etwas Wichtiges ergeben. Kearns hoffte, dass bei dieser ermüdenden Übung – eine positive Einstellung vorausgesetzt – vielleicht mehr als nur ein Gähnen und der Wunsch nach einem Schluck Johnny Walker herauskommen würde. Es kostete ihn alle Kraft, seine Müdigkeit zu unterdrücken.

Als Erster war Fuentes an der Reihe. »Fünf Opfer. Zwei Blondinen, zwei Brünette, eine Rothaarige.«

»Kosmetikerin, Flugbegleiterin, Mannequin, Verkäuferin, Tänzerin«, leierte Kearns unter Aufbietung seiner letzten Enthusiasmusreserven herunter. Fuentes versuchte über das Persönlichkeitsprofil der ermordeten Frauen eine eventuelle Beziehung zwischen den Opfern und der Psyche des Täters herzustellen.

»Alles Berufe, bei denen ein gewisses attraktives Äußeres unerlässlich ist ...«

»Sie sahen alle wirklich klasse aus. Aber sie hatten keinerlei Bekannte im selben Umfeld und keine festen Partner... Mensch, merkst du nicht, dass wir mit dem Kopf gegen die Wand rennen?«

»Sie waren mehr als nur hübsch, Jimmy. Sie haben hart an sich gearbeitet, um möglichst feminin zu wirken.«

»Wie bitte?«

»Jede Einzelne von ihnen präsentierte sich in der Öffentlichkeit immer nur von der besten Seite, was ihr Aussehen anging. Sie waren alle fünf körperlich gut in Form, hatten eine schöne Haut ...«

»Worauf willst du hinaus, Manny?«

»Erinnerst du dich an Lydia Price? Reich war sie bestimmt nicht! Was hat uns noch ihr älterer Bruder erzählt? Wofür gab sie ihr ganzes Geld aus?«

Kearns kratzte sich den Schädel bei dem Versuch, sich den Bruder von Lydia Price vorzustellen und sein Gesicht aus der Masse von befragten Bekannten und Verwandten hervorzuheben. »Kapiert«, sagte er. »Für Klamotten. Und für schlichten, klassischen Schmuck. In der Woche vor ihrem Tod hatte sie sich ein teures Fitnessgerät zugelegt.«

»Siehst du? Nicht einfach nur attraktiv. Die hat richtig was für sich getan!«

»Und du meinst, wir sind hinter 'nem Killer her, der Frauen deshalb hasst, weil sie sich ab und zu mal was gönnen? Nun mach aber mal halblang!« Kaum war der Kommentar heraus, da begriff Kearns, auf was Fuentes abzielte.

»Vielleicht hält der Killer sie für egoistisch.«

Kearns ließ diese Möglichkeit eine Zeit lang auf sich wirken und nickte dann. »Könnte was dran sein.«

»An unterschiedlichen Wochentagen entführt«, fuhr Fuentes fort. »Im Durchschnitt einmal monatlich, seit April. Wie ein makabrer Menstruationszyklus. Nur im Mai, da muss seine Periode wohl ausgeblieben sein.«

Kearns nickte. Es gab tatsächlich Theorien, nach denen Täter sich quasi an eine Art hormonellen Ablaufplan hielten. »Ließ die Frauen drei bis acht Tage am Leben. Und nie hat irgendjemand irgendwo Hilfeschreie gehört.«

»Jedenfalls bis jetzt nicht. Die Frauen verbluteten entweder lautlos oder isoliert. Wo kriegt er wohl die gerinnungshemmenden Mittel her?«

»Das haben wir schon besprochen«, sagte Kearns frustriert. »Keinerlei Meldungen über Diebstähle aus Krankenhäusern oder Apotheken.«

»Er könnte ja Zugang haben. Vielleicht ist er Arzt. Oder er arbeitet in einer Apotheke.«

»Oder er spaziert wie du und ich hin und wieder in den heimischen Baumarkt und kauft sich sein wasserlösliches Rattengift.«

Kearns schwenkte auf ein anderes Thema über. »Wieso ließ er die Leichen immer von etwas herunterfallen oder einen Abhang hinunterrollen?« Das war ein ganz neuer Gedanke, auf den sie bislang nicht gekommen waren. »Natalie Gorman wurde in dem Springbrunnen förmlich zur Schau gestellt. Ironisch, wenn man ihr Metier betrachtet. Die einzige Leiche, die der Killer nicht irgendwo runterfallen ließ. Was aber, wenn er ursprünglich gar nicht vorhatte, sie in dem Brunnen liegen zu lassen? Vielleicht sollte sie eigentlich die Treppe zur Filbert Street runtergestoßen werden.«

»Oder die zur Greenwich.« In Fuentes Augen trat ein Leuchten. Beide Treppen führten vom Parkplatz des Coit Tower herunter. Auf der anderen Seite hatte der Täter erfolgreich die Leiche von Lydia Price abgeladen.

»Irgendwas muss ihm dazwischengekommen sein.«

Fuentes bot eine Vermutung an. »Die Filbert-Treppe ist schmal. Da würde 'ne Tote nicht weit fallen, ohne irgendwo hängen zu bleiben. Wahrscheinlich nicht der Effekt, den er sich gewünscht hätte.«

»Und in der Nähe der Greenwich-Treppe stehen zu viele Häuser. Jede Menge Panoramafenster.« Kearns erinnerte sich jetzt, denn er hatte die Gegend nach dem Tod der Verkäuferin erkundet. »Da würde er gesehen werden. Also kurvte er bis zum Fuß des Hügels und deponierte die tote Gorman auf der Levi's Plaza.«

Fuentes tippte sich mit beiden Zeigefingern rhythmisch an die Schläfen. »Wie würde dir das gefallen, Jimmy«, sagte er sichtlich erregt, »wenn du ein Killer wärst, einer mit Stil und Methode und mit 'ner Vision, und du müsstest dich mit der zweitbesten Lösung zufrieden geben ...«

»Stinksauer wäre ich«, antwortete Kearns schlicht. »Den nächsten Mord würde ich besser planen. Ich würde auf der Suche nach dem idealen Platz überall herumfahren und dafür sorgen, dass die Sache von vorn bis hinten garantiert meine Vorstellungen befriedigt.«

»Genau. Und wenn der Kerl sich an einen bestimmten Ablaufplan hält, dann sollten wir mal allmählich in die Gänge kommen. Wir haben schon Oktober und können es uns nicht leisten zu warten, bis seine mörderischen Hormone wieder verrückt spielen.«

»Also, dann nichts wie zurück an die Telefone! Ran an die zahllosen Hinweise, die wir immer zu haben vorgeben.« Er hörte die Verbitterung in seiner Stimme. Der Gedanke, erneut einen Riesenaufwand an Zeit auf Telefongespräche mit irgendwelchen Schwätzern zu vergeuden, gefiel ihm überhaupt nicht, doch kreative Alternativen waren Mangelware. Er spürte, wie seine Energie schwand und wie sich die Erschöpfung wie ein nasses Leichentuch über ihn legte. »Und als hätten wir nicht schon genug zu tun«, ergänzte er, »habe ich nun noch einen Spinner am Hals.«

»Echt? Wo?«

»Irgendeiner schreibt Beth Wells Drohbriefe. Unterschreibt sie mit ›Spiderman‹.«

»Und?«

»Ich hab das überprüft.«

»Persönlich? Warum schickst du da keinen vom Fußvolk hin?«

»Sie ist sympathisch, Manny. Eine ... gute Bekannte. Und sie hatte 'ne Heidenangst.«

Das Gesicht sorgenvoll verzogen, nahm Fuentes die Füße vom Schreibtisch.

»Was guckst du so?«, wollte Kearns wissen.

»Pass auf«, begann Fuentes, »aber reiß mir nicht gleich den Kopf ab! Erstens: Alle Welt fährt augenblicklich auf ›Spiderman‹ ab. Zweitens: Du bist die große Nummer im Zentrum der Ermittlungen, der Lokalmatador sozusagen. Drittens: Beth Wells wäre nicht die Erste, die sich in einen starken, liebenswerten Bullen wie dich verknallt.«

»Was willst du damit sagen, Manny?«

»Was ich sagen will, ist Folgendes: Vielleicht schreibt sich die schöne Beth die Briefe selbst.«

16. KAPITEL

Sobald Beth dem Chaos des Innenstadtverkehrs entronnen war, verdrängte sie auch das zwielichtige Schmuddelbild von Rex McKenna aus ihren Gedanken und wandte sich Jordan Bailey zu.

Sie war überrascht davon, wie lebhaft sie ihn sich vorstellen konnte. Jordan war groß gewachsen und hatte braunes Haar, dessen Fassonschnitt die Augen markant hervorhob, Augen, in denen etwas verborgen lag, das Beth faszinierte und unwiderstehlich anzog. Bislang waren sie erst zweimal miteinander ausgegangen, einmal zum Lunch, das andere Mal zum Dinner – Arbeitsessen, bei denen es um die Einrichtung von Jordans Haus gehen sollte. Allerdings hatten sie über alles Mögliche geredet, nur über das eigentliche Thema nicht. Zu guter Letzt waren sie übereingekommen, dass Beth sein Domizil persönlich in Augenschein nehmen sollte. Nun hoffte sie, dass das Geschäftliche möglichst schnell abgehakt sein würde.

Ginny hatte Recht. Gewöhnlich widersetzte Beth sich einer beginnenden Beziehung und ließ durch und durch passable Männer, die sie zu einem zweiten Rendezvous einluden, mit der Begründung abblitzen, sie sagten ihr nicht auf Anhieb zu. »Kannst du nicht wenigstens einige mal näher an dich ranlassen, während du auf deinen Traumprinzen wartest?«, lamentierte Ginny oft genug.

Nein, augenscheinlich konnte Beth das nicht. Als jedoch Jordan ihr Geschäft betreten hatte, nachdem er zuvor, offenbar um Anlauf zu nehmen, unschlüssig auf dem Bürgersteig hin und her gestapft war, da hätte sie ihn ohne weiteres an einen Stuhl geschnallt, damit er nicht Reißaus nehmen konnte. Er hatte, wie er sagte, all seinen Mut zusammennehmen müssen, um überhaupt hereinzukommen.

Nun also, zwei Wochen später, war sie auf dem Weg zu einem Haustermin, und zwar genauso nervös, wie Jordan es damals gewesen war. Während sie ihren Wagen durch die steilen Straßen von Upper Noe manövrierte, versuchte sie sich das Haus vorzustellen, das er als sanierten Altbau beschrieben hatte. Auf das, was sie schließlich zu sehen bekam, war sie nicht gefasst.

Das Haus, ein klassisches Beispiel für viktorianischen Baustil, hatte einen blauen Fassadenanstrich. Die Zierkanten wurden in Türkis unterschiedlichster Schattierungen hervorgehoben. Eine an einer Messingkette hängende Milchglaslaterne beleuchtete das Treppenpodest, dessen zierlich geschwungene Überdachung einer perlenbesetzten Krone glich. Die runden Scheiben neben einem der Erkerfenster wirkten mit ihrem Blattgoldanstrich wie eine Münzsammlung. Alles war bis ins Detail durchdacht.

In Gedanken versunken blieb Beth im Auto sitzen und

ließ diese heimelige und einladende Gebäudefassade auf sich wirken. Beth wusste, dass sie von Häusern und deren Eigentümern etwas verstand. Vermutlich sagte dieses Gebäude schon einiges über Jordan aus. Von außen betrachtet war der sanierte Altbau jedenfalls ein Schmuckstück. Möglich indes, dass im Hausinneren Renovierungen vonnöten waren. Beth stellte den Motor ab und stieg aus.

Angetan mit bequemen, ausgewaschenen Jeans und einem weißen Baumwollhemd, stand Jordan in der Haustür und hieß Beth lächelnd willkommen. Als sie an ihm vorbeiging, nahm sie den Moschusduft seines Rasierwassers wahr. Sie drehte sich zu ihm um, und seine Lippen streiften federleicht ihre Stirn. Beth musste sich mahnend daran erinnern, dass sie hier in erster Linie einen geschäftlichen Termin wahrnahm.

»Schön, Sie wiederzusehen.« Jordan bat Beth herein und schloss die Haustür. Es war eines jener Häuser, in denen man sich verkriechen wollte, wenn der Nebel die Stadt umhüllte. Hier im einladend beleuchteten Foyer, mit Blick auf den Empfangssalon, ließ sich unschwer vorstellen, dass Jordan weder Kosten noch Mühen gescheut hatte, um sich das Refugium zu schaffen, an dem ihm nach eigenem Bekunden so viel lag.

Im Erdgeschoss war ein Zimmer schöner als das andere. Hell flackerte ein gasbefeuerter Kamin im Wohnzimmer. Das Esszimmer präsentierte sich mit einer wunderschönen Relieftapete. Die Küche wäre der Traum eines jeden Chefkochs gewesen. Selbst Jordans Mobiliar, ein erlesener Mix aus Antiquitäten und Modernem, fügte sich perfekt in das Ambiente ein.

Auf dem Tresen im Zentrum der Küche stand eine Flasche Weißwein, gut gekühlt in einem Keramikkühler. »Möchten Sie sich das Obergeschoss ansehen?«

Sie ging vor ihm die Vordertreppe hinauf. Der Handlauf

des massiven Holzgeländers fühlte sich kühl und glatt an. Jordans Nähe war überwältigend. Der engen Stufen wegen stützte er Beth' Ellbogen, trat auch nicht beiseite, als sie auf der obersten Stufe anlangten. Er legte seine Hand mit fühlbarem Druck auf ihren Rücken und eskortierte Beth so von Zimmer zu Zimmer.

Die ganze Zeit wartete sie gespannt auf zumindest einen renovierungsbedürftigen Raum, kahl und ausgeräumt, den Putz bis auf die nackten Wände abgeschlagen, doch vergebens. Von den zwei kleinen, vor kurzem erst renovierten Schlafzimmern war eins zu einem Arbeitszimmer umfunktioniert worden. Lange konnten diese Umbauarbeiten noch nicht her sein, denn Beth erkannte die aus einer nagelneuen Kollektion stammende Tapete.

Beim Anblick der antiken Badewanne, die auf einem etwas erhöhten Podest mitten im Badezimmer des Obergeschosses stand, lösten sich Beth' Bemühungen um sachlich-professionelle Distanz in Luft auf. So sehr war sie von der Vorstellung überwältigt, bei Kerzenlicht zusammen mit Jordan ein Vollbad zu nehmen.

»Sie finden sie sicher ziemlich unkonventionell, nicht wahr?«

»Was, bitte?«, fragte Beth.

»Die Wanne. So mitten im Badezimmer. Wenn man erst darin sitzt, kommt man sich vor wie auf einer Insel. Kommen Sie, nur ein Zimmer noch!«

In Jordans geräumigem Schlafzimmer, in dem ein großes Erkerfenster nach hinten zum Garten ging, stand ein aus Holz und Messing gefertigtes Teleskop auf einem Dreibeinstativ.

»Werfen Sie ruhig einen Blick hindurch«, forderte er Beth auf. »Die Aussicht ist hinreißend.«

Beth ging zu dem Fernrohr und äugte hindurch. Mehrere benachbarte Häuser schoben sich scharf in ihr Blickfeld.

»Und? Haben Sie schon mal was Pikantes durch das Ding hier erspäht?« Auf der Stelle bereute sie die Frage. Offensichtlich färbte etwas von Ginnys schnoddriger Art auf sie ab.

Jordan lachte. »Nur Frauen mit Lockenwicklern.«

»Wie enttäuschend!«

»Durchaus nicht«, widersprach er, wobei seine Stimme plötzlich ganz dicht an Beth' Ohr war. »Lockenwickler törnen mich regelrecht an!«

Beth trat nun etwas näher an die mit Schnitzereien versehenen Pfosten von Jordans antikem Bett. Es war aus Kirschbaumholz gefertigt. Sie fragte sich schon, wie sie jemals wieder aus diesem Zimmer herauskommen sollte, ohne sich Jordan an den Hals zu werfen, da läutete die Türglocke.

»Sie haben doch noch nicht gegessen, oder?«, fragte er.

Sie schüttelte den Kopf.

»Dann ist jetzt aufgetragen. Ich darf vorausgehen.«

Beth stieg hinter ihm die Treppe wieder hinunter, wobei sie etwas länger als schicklich den Sitz seiner Jeans begutachtete, deren blassblauer Denimstoff sich an die muskulösen Schenkel schmiegte. Geschäftstermin?, fragte sie sich. Mach dich doch nicht lächerlich!

Kurze Zeit später war der Wein entkorkt und auf dem Teppich vor dem Kamin eine Art Picknick angerichtet.

»Lachs, gefüllte Weinblätter, Krabben«, zählte Jordan auf und wies dabei auf die jeweiligen Gerichte. »Ist etwas für Sie dabei?«

»Es ist perfekt.« Beth ließ sich auf dem Teppich nieder, winkelte die Beine an und streifte die Papierhülle von ihren Essstäbchen. »Solange Sie mir hinterher nicht eröffnen, es seien Schnecken darunter gewesen. Alles, was das eigene Haus auf dem Rücken trägt, rühre ich nicht an.«

»Wahrscheinlich deshalb nicht, weil Sie's einrichten wollen«, neckte er und ließ sich dabei im Schneidersitz gegenüber Beth nieder.

»Apropos einrichten: Für welches Zimmer suchten Sie denn meinen professionellen Rat? Für den Abstellraum vielleicht?«

»Wie meinen Sie das?«

»Ihr Heim ist doch wunderschön so, wie es ist!«

»Vielleicht möchte ich das ja nur einmal aus berufenem Munde hören!« Jordan schaute ihr tief in die Augen.

»Soll ich Ihnen sagen, was ich denke? Ich denke, Sie haben mich nur unter einem Vorwand herbestellt. Sie spazieren an meinem Laden vorbei, tun so, als bräuchten Sie eine Innenausstatterin, und locken mich hierher ...«

»... und dann traktiere ich Sie mit Alkohol und japanischen Häppchen, um Ihre Hemmschwelle zu senken?« Er lächelte. Wie ein Säuseln drangen Ginnys Worte an Beth' Ohr: *Wie gut kennst du diesen Jordan Bailey eigentlich?*

Höflich nippte Beth an ihrem Wein, stellte das Glas beiseite und sah sich im Zimmer um. »Jordan«, sagte sie, »es ist einfach unglaublich, wie schön Ihr Haus ist. Hat Ihnen jemand beim Einrichten geholfen? Ihre Schwester vielleicht, oder Ihre Mutter? Oder war es Ihre Exfrau?«

Er grinste. »Aha! Sie wollen ein bisschen vorfühlen!«

Sie spürte, wie Hitze in ihr aufstieg, ließ sich jedoch davon nicht beeindrucken. »Ich weiß jetzt, was Sie gern essen, kenne Ihren Musikgeschmack, Ihre liebsten Reiseziele – aber damit hat sich's auch schon.« Als die Worte heraus waren, wusste sie nicht, ob sie erleichtert oder peinlich berührt sein sollte. Vielleicht war Jordan ja nur auf eine oberflächliche Beziehung aus! Ob sie einen klassischen Fehlstart hingelegt hatte?

»Ich bin Einzelkind«, erzählte Jordan. »Hier in San Francisco geboren. Mit meiner Mutter habe ich schon seit Jahren nicht mehr gesprochen, und ich habe es auch in Zukunft nicht vor. Mein Vater muss ein prima Kerl sein – Sie brauchen mich ja nur anzusehen –, nur habe ich keinen Schimmer, wer er ist.«

»Es lag nicht in meiner Absicht, unangenehme Dinge aufzurühren. Ich ...«

Er legte ihr den Finger auf die Lippen. »Nur keine Sorge. Mit meiner Vergangenheit gehe ich realistisch um. Viele sind schlechter dran. Im Augenblick führe ich ein schönes Leben. Ich mag meinen Job, habe einige gute Freunde, und die Arbeit an meinem Haus hat mir Spaß gemacht. Als ich es erwarb, war es wirklich ziemlich verkommen. In den Sechzigerjahren hat eine Rock-Band darin gehaust, dann war's jahrelang vermietet. Auf die Mauer da drüben ...«, er wies zum Speisezimmer, »... waren lauter Sprüche aufgesprüht.«

»Kaum zu glauben.«

»Das hab ich damals auch gedacht. Im Keller war übrigens ein Aufnahmestudio.«

»Und was ist jetzt da unten?«

»Sägemehl. Abbeizmittel. An meinen dienstfreien Tagen arbeite ich gern alte Möbel auf. Die Besichtigung wollte ich Ihnen ersparen.«

»Was haben Sie im Moment in Arbeit?«

»Eigentlich müsste ich einen eichenen Schaukelstuhl mit Speichenlehne abschleifen, aber das dauert ewig. Da verbringe ich meine Zeit doch lieber mit Innenausstatterinnen.«

Beth merkte, wie ihr die Röte in die Wangen stieg. »Dann haben Sie mich also doch unter einem Vorwand hergelockt!«

»Das will ich meinen! Aber nun greifen Sie zu und essen Sie, bevor Ihnen bewusst wird, dass Sie mit einem Fremden allein sind!« Er lächelte.

Beth räusperte sich, schaute auf ihr noch fast volles Weinglas und wünschte sich, es wäre Mineralwasser. Sie beobachtete, wie geschickt Jordan mit den Stäbchen jonglierte. Er schaffte es sogar, winzige Reiskörner damit zum Mund zu führen. Ihr Gegenüber ging erheblich besser mit seinem Essbesteck um als sie, die das Gefühl hatte, sie habe zwei linke Hände.

»Jetzt weiß ich endlich, warum die Japaner so schlank sind«, sagte Beth. »Mir ist schon das halbe Essen auf den Teppich gefallen.«

»Dafür haben die da drüben riesige Teppichkäfer.« Er lächelte wieder. »Darf ich?«

Gekonnt klemmte Jordan ein zartes Stückchen Lachs zwischen die Stäbe und führte es an Beth' Lippen. Sie kaute langsam, wusste, dass sie errötete, und konnte nur hoffen, dass es ihm im Halbdunkel nicht auffiel.

»Und, wie ist es?«, fragte er leise. »Schmeckt es Ihnen?«

Sie nickte.

Sein Gesicht war dem ihren ganz nah. »Jetzt sind Sie an der Reihe.«

Beth nahm ihm die Stäbchen aus der Hand, wobei sich ihre Fingerspitzen leicht berührten. »Vielleicht habe ich mit Ihren mehr Glück.«

Es gelang ihr, ein Stückchen Lachs einzuklemmen, und als sie den Bissen gerade in ihren Mund stecken wollte, sagte Jordan: »Halt! Hierher!« Er wies auf seinen Mund und öffnete ihn leicht.

Eine Zeit lang übten sie so weiter. Mal gelangte ein Happen in den Mund, mal purzelte etwas zu Boden. Beth bemühte sich immer wieder aufs Neue, die Essstäbchen einigermaßen fachgerecht zu halten. »Schon viel besser«, lobte Jordan, als beide genug von diesem Spiel hatten. »Sehen Sie? Übung macht den Meister.«

Jordan nahm eines der Essstäbchen zur Hand. »Sie haben ja kaum etwas getrunken.« Er fuhr mit dem Stäbchen den tiefen V-Ausschnitt von Beth' Kleid entlang.

Sie erschauerte. »Woher kannten Sie mich, Jordan? Was hat Sie zu meinem Geschäft geführt?«

»Kommen noch mehr Fragen?«

»Das ist die letzte. Versprochen.«

»Die Antwort wird Ihnen nicht gefallen.«

»Kommt auf den Versuch an.«

»Ich sah Sie beim Frühstück in dem Café in der Nähe Ihres Ladens.«

»Im ›Beyond Expectations‹?«

Er nickte. »Ich trank gerade einen Kaffee, als ich Sie entdeckte, und überlegte mir, wie ich Sie ansprechen könnte, ohne lächerlich zu wirken. Gerade wollte ich Sie fragen, ob Sie mit dem Zeitunglesen fertig sind, da standen Sie auf und gingen. Also ...«, er zögerte etwas, »... folgte ich Ihnen.«

»Was?« Hatte Ginny nicht vor kurzem dasselbe mit einem Unbekannten gemacht? »Was hätten Sie denn getan, wenn ich in ein Taxi gestiegen und weggefahren wäre?«

Er zuckte mit den Achseln. »Vermutlich wäre ich hinterhergerannt und hätte gebrüllt, wie attraktiv ich Sie finde – so etwas in der Art. Schauen Sie, ich tingle nicht durch Kneipen. Ich bin kein Aufreißertyp. Ich sah Sie, Sie gefielen mir, also wollte ich mehr wissen. Daher ging ich Ihnen nach und nahm meinen ganzen Mumm zusammen, um Sie anzusprechen. Nur wusste ich nicht recht, was ich sagen sollte. ›Entschuldigen Sie, aber ich folge Ihnen jetzt schon einige Zeit und würde Sie gern einladen!‹ So etwa?«

»Als ich ein Teenager war, scheint mir, war das einfacher mit den Dates. Mittlerweile kommt es mir auch immer ziemlich gestelzt vor.«

»Das sagen Sie nur, um mich zu trösten. Dabei hätten Sie allen Grund, sauer zu sein.« Er rutschte etwas näher heran und strich ihr eine widerspenstige Strähne aus dem Gesicht, wobei seine Finger ihre Wange berührten. »Sind Sie's?«

»Offensichtlich haben Sie mir etwas vorgemacht, das dürfte klar sein«, sagte Beth ernst. »Sie brauchen keine Innenausstatterin. Sie räumen ein, dass Sie mir gefolgt sind, und Sie haben mich unter einem Vorwand hergelockt, mir einen guten Tropfen eingeschenkt ... das könnte alles sehr gefährlich werden.«

»Gefährlich nur bis zu dem Grad, wie du es zulässt«, sagte er sanft und plötzlich ganz vertraulich.

»Da stecke ich wohl in Schwierigkeiten, wie?«

»Ziemlich tief.«

»Gut«, erwiderte sie und hob ihm das Gesicht entgegen. »Ich hatte schon Angst, ich könnte deine Signale fehlinterpretiert haben.«

Und dann küssten sie sich lange und innig, vergaßen jegliche Zurückhaltung. Beth spürte, wie seine Arme sie umfingen, fühlte die mächtige Kraft seines Körpers an dem ihren, als er aufstand und ihr auf die Füße half. Sie glaubte, ihn nicht lange genug, innig genug zu küssen, sich nicht eng genug an ihn zu schmiegen, und als er flüsterte »Komm mit nach oben!«, da war sie nicht sicher, ob sie es schaffen würde.

So wie in den Kinofilmen lief es nicht ab. Das tat es ohnehin nie. Es war nicht so, dass sie plötzlich auf wundersame Weise keine Kleider mehr am Leib hatten. Im Gegenteil: Die Sachen spielten überhaupt nicht mit. Jordans Hemd verhedderte sich im Reißverschluss seiner Jeans. Das Gliederarmband seiner Uhr verhakelte sich in Beth' Strumpfhose und riss eine Laufmasche hinein. Abwechselnd murmelten sie Kommentare wie »Ach, verflixt!« oder »Sorry!« und »Ich glaub es nicht!« Als sich einer von Beth' Ohrringen in ihrem Haar verhakte, kamen sie endlich auf die Idee, dass es bei etwas gemäßigterem Tempo vielleicht besser gehen könnte. Doch sie schafften es nicht. Erst als sie sich endlich aufs Bett fallen ließen, merkte Beth, dass Jordan noch seine Socken trug. Doch da war keine Zeit mehr, es war nicht mehr zu ändern. Sie fanden sich hitzig, hastig, ekstatisch, und alles war zu schnell vorüber.

Danach lagen sie eng umschlungen, amüsiert darüber, dass Jordan sich so wenig hatte im Zaum halten können, und fanden es trotzdem ganz wunderbar.

»Na, das nennt man wohl Höchstgeschwindigkeit«, flüsterte er an ihrem Hals. »Beim nächsten Mal gehe ich so langsam vor, dass du um Erbarmen flehst. Versprochen. Du wirst es kaum aushalten können.«

Seine Lippen liebkosten ihre Halsbeuge. »Du hast nicht zufällig vor, mit dieser Folter schon in nächster Zukunft zu beginnen?«

»Du bist ja unersättlich!« Seine Zunge schlängelte sich zwischen ihren Brüsten hindurch.

»Im Augenblick ja. Insbesondere dann, wenn ein Mann mit mir Liebe macht, der dabei nicht die Augen schließt. Das wirkt hypnotisch.«

Sogleich spürte sie, wie er sich von ihr löste.

»Was ist das für ein Geräusch?«, fragte Jordan.

»Was denn?«

»Da klickt doch was!«

»Das ist mein Herzschlag«, erklärte Beth.

»Nein, im Ernst!«

»Das ist mein voller Ernst! Eine künstliche Herzklappe.« Sie erklärte ihm, dass sie unter einem Mitralklappenvorfall litt. »In meinem Fall führte das zu größeren Erschöpfungszuständen als bei Patienten mit gleicher Diagnose. Bei der kleinsten Anstrengung geriet ich außer Atem. Also wurde ich stolze Besitzerin einer maschinell hergestellten Herzklappe. Zuweilen etwas laut, das Ding, aber es funktioniert.« Sie zeigte ihm das Handgelenk. »Daher auch mein Notfallarmband, der Verzicht auf alkoholische Getränke und ...«, sie fuhr sich über ihr Brustbein, »... diese Narbe.«

Jordans Lippen glitten über die dünne weiße Linie. »Und dabei dachte ich schon, *ich* hätte dafür gesorgt, dass du Herzrasen kriegst.«

Sie lachte. »Na ja, ein bisschen darfst du es dir schon anrechnen.«

»Musst du denn da nicht vorsichtig sein? Also, dein Herz ...«

»Keine Angst, Jordan! Von ein wenig Sex falle ich nicht tot um! Jedenfalls nicht, solange du keine außergewöhnlichen Neigungen zeigst.« Beth kicherte.

»Mach keine Witze, Beth! Ich bin einfach besorgt.«

»Nicht nötig. Ich nehme meine Medizin, werde regelmäßig untersucht, benutze eine Zahnbürste mit weichen Borsten und einen Elektrorasierer.«

»Wozu denn das?«

»Ich kann mir keine Schnittwunden leisten. Aber nun Schluss damit. Du ruinierst mein ganzes Nachglühen!«

Sie schmiegte sich in seine Armbeuge und streichelte seine Brust. Zum ersten Mal fiel ihr ein gewundenes Goldkettchen auf, an dem ein verziertes Medaillon mit einem blutroten Stein hing.

»Ein Überbleibsel aus Schultagen«, erklärte Jordan, wobei seine Hand sich über die ihre legte.

»Eine kirchliche Privatschule?«

Er nickte. »›Good Shepherd‹. Die Schule zum Guten Hirten. Ein bisschen weiter die Küste herunter. Züchtige, abgeschirmte Jugendjahre, Weihrauch ...«

»Dann habe ich dich also verdorben«, sagte Beth und rollte sich so, dass sie auf ihm lag.

»Nein«, murmelte er und sah zu ihr auf, »noch nicht. Aber du könntest es ja mal versuchen. Würde mir gefallen.«

Dieses Mal gingen sie bewusst langsam vor, wobei Beth auch die Kunst des Sockenausziehens anwandte. Die anfängliche Unbeholfenheit war verflogen. Die Sorge, sie könnten zu schnell, zu laut, zu passiv sein, machte ungestümem, ungezwungenem, fröhlichem Sex Platz. »Du machst mich wahnsinnig!«, japste Beth atemlos, während er sie mit Händen, Lippen, Zunge wiederholt an den Schwindel erregenden Rand der Ekstase führte.

Wieder scherzten sie, als es vorüber war – jetzt über die Macht ihrer Begierde. »Sie sind verhaftet, Pilot Bailey«, wisperte sie ihm ins Ohr. »Stellenweise Gewalt über Maschine verloren. Zu unruhig geflogen. Jedenfalls unter meinem Einfluss.«

»Ich bin gern unter deinem Einfluss geflogen«, versicherte er ihr, »und ich würde es jederzeit wieder tun!«

17. KAPITEL

Als Beth am folgenden Morgen in ihre Einfahrt bog, war es halb acht. Ihr blieb gerade genug Zeit, um sich schnell unter die Dusche zu stellen und einen Muffin in die Mikrowelle zu werfen, bevor sie sich auf den Weg ins Geschäft machen musste.

»Lass deinen Laden doch heute mal zu!«, hatte Jordan gebettelt. Beth war mehr als nur einmal versucht gewesen, der Bitte nachzukommen, weil Jordan, im Bett zumindest, von solcher Überzeugungskraft war, dass es die Richterskala gesprengt hätte. Letztlich siegte allerdings das Geschäft über die Lust, denn Beth wusste, es würden weitere Nächte wie die vergangene folgen. Jordan war erst in der kommenden Woche wieder für einen Flug eingeteilt, und während der Nacht hatte er, als Beth schlief, seinen Namen in ihren Terminkalender eingetragen. Für jeden Abend.

Beth fütterte ihre Katze, zog ein marineblaues Kostüm an, aktivierte ihre Einbruchsicherung und ging zu ihrem Wagen zurück. Barfüßig, gähnend und mit verschlafenen Augen tauchte Tim O'Malley aus dem Nachbarhaus auf,

Hemd und Khakihosen allerdings frisch gebügelt. Selbst total verkatert sah Tim immer wie aus dem Ei gepellt aus.

»Hatten Sie einen anstrengenden Abend, Tim?«, rief Beth ihm zu.

»Nicht so anstrengend, dass ich es nicht hätte bewältigen können!«, lachte er zurück. Tim fuhr sich über seine ohnehin schon ordentlich gekämmte Frisur.

»Wie Sie das schaffen, ist mir schleierhaft«, sagte Beth. »Bei Ihrem hektischen Arbeitsalltag! Ich hätte gedacht, allmählich würde es in Ihrem Job etwas ruhiger zugehen, der Sommer geht doch zu Ende.«

Tim hob die Schultern. »Ich bin immer schon so arbeitswütig gewesen und konnte trotzdem die Nächte durchmachen. Allerdings haben Sie Recht. Allmählich kommt das Geschäft etwas zur Ruhe.« Er schenkte ihr ein breites Lächeln, um sich dann zu räuspern. »Wie ich sehe, hat Ihnen Ihr junger Verehrer die Zeitung direkt in den Postkasten gesteckt. Wie angenehm.« Er selber musste sich bücken, um seinen *Chronicle* aus einem Rosenstock herauszupflücken.

Zusammen mit der Vortagspost nahm Beth ihre Zeitung aus dem Briefkasten. »Mal sehen, wie viel Einfluss ich auf Bobby ausüben kann. Vielleicht schaffe ich es, ihn dazu zu bewegen, so gut zu zielen, dass Ihre Zeitung beim nächsten Mal auf dem Treppenpodest statt in den Rosen landet.« Damit wünschte sie Tim einen angenehmen Tag, stieg in ihren Wagen und fuhr davon.

Als Beth vor ihrem Geschäft ankam, marschierte Ginny bereits, zwei Plastikbecher mit Kaffee in der Hand, auf dem Bürgersteig hin und her. Ginnys Outfit war dieses Mal einen Hauch weniger verwegen als die Kluft, in der Beth sie zuletzt gesehen hatte. An diesem Morgen trug sie weite Hosen mit Streifen in allen Regenbogenfarben zu einem Häkelpullover in Übergröße. Ein mit einer riesigen Blume verzierter Schlapphut aus Samt vervollständigte diesen Look.

»Was führt dich denn vorbei?«, wollte Beth wissen, nachdem sie ihren Wagen abgestellt hatte.

»Probe mit Dieter. Der Cellist, weißt du? Er wohnt in Laurel Village, daher dachte ich, ich könnte zuvor bei dir hier ein wenig die Zeit totschlagen.«

Beth schloss die Eingangstür auf, und Ginny trat hinter ihr in den Laden. Sie nahmen auf einem hinten im Ausstellungsraum stehenden lederbezogenen Sofa Platz und stellten die Kaffeebecher auf einem Beistelltischchen ab. »Mit diesem Dieter hast du dich seit eurem Auftritt beim West Marin Festival schon einige Male verabredet, nicht wahr?«

»Ausschließlich zu musikalischen Zwecken«, erwiderte Ginny. »Allerdings: Falls er die Frauen genauso beherrscht wie sein Instrument, würde ich schon gern mal bei ihm das Cello sein. Vielleicht ist ja heute der entscheidende Tag. Ich weiß, dass er scharf auf mich ist.«

Das war auch bei den drei verflossenen Kandidaten der Fall gewesen. Zumindest hatte Ginny das behauptet.

»Es wird so kommen, wie's kommen soll«, bemerkte Beth beiläufig. »Falls es aber nicht nach deinen Vorstellungen läuft, kann ich dir möglicherweise helfen. Du bist zu einer Party eingeladen.«

»Echt? Wo?«

»Übernächsten Samstag. Bei einem Bekannten von Jordan. Er spielt offenbar mit ihm Squash. Zumindest hat er das gesagt. Interessiert?«

»Klar bin ich interessiert! Muss ich einen Partner mitbringen?«

»Das sollst du gar nicht! Alle Gäste müssen im Dreierpack erscheinen.«

»Super! Endlich zahlt es sich mal aus, ewig die Dritte im Bunde zu sein!«

»Das ist wohl der Grundgedanke bei der Sache. Interessante Art, neue Gesichter kennen zu lernen.«

»Und außerdem krieg ich endlich deine neue Flamme zu Gesicht und kann ihm auf den Zahl fühlen. Ich muss wissen, ob er ehrliche Absichten mit dir hat!«

Beth lächelte.

»O-la-la! Hat sich meine liebe Freundin letzte Nacht auf etwas Unschickliches eingelassen?«

»So würde ich es nicht ausdrücken wollen.«

»Doch, jetzt merke ich es, du siehst verändert aus! Du glühst, nein, du strahlst ja förmlich! Diesen Blick erkenne ich sofort!«

»Wie bitte? Welchen Blick?«

»Na, der, den man hat, wenn man frisch verliebt ist und die Nächte nicht unbedingt zum Schlafen nutzt!«

»Danke für den Kaffee«, lenkte Beth vom Thema ab. »Sehr aufmerksam von dir.«

»Jemand mit einer so raschen Auffassungsgabe wie ich kriegt sofort mit, dass du nicht darüber reden willst.« Ginnys Blick fiel auf den auf dem Tisch neben den Kaffeebechern liegenden Poststapel.

»Momentan hab ich tatsächlich Manschetten davor, meine Post zu öffnen.« Beth blätterte den Stapel durch. »O nein! Das ist nicht wahr!«

Es war ein weißer Briefumschlag, genauso einer wie die anderen zuvor. Nur die Aufschrift BETHANY WELLS prangte auf der Vorderseite.

»Allem Anschein nach kein Liebesbrief«, bemerkte Ginny. »Schauen wir doch mal, was der Schmierfink sich diesmal hat einfallen lassen.«

»Hier«, sagte Beth und reichte ihrer Freundin den Umschlag. »Mach du auf!«

Ginny griff nach einem Brieföffner, der auf einem in der Nähe stehenden Schreibtisch lag, schlitzte das Kuvert auf und äugte hinein. »Da sind nur Papierschnipsel drin, Beth! Guck mal!« Sie schüttete den Inhalt des Umschlags auf den

Tisch. Einige der Schnipsel waren eng bedruckt, andere wiederum hatten lediglich verschiedene Graustufen. »Warte mal! Wenn ich diese Fetzen hier drehe, dann ...« Ginny verteilte die Papierstücke mit den Druckzeilen ganz nach unten. »Jetzt kommen wir der Sache schon näher!« Sie schob das Durcheinander hin und her wie ein Puzzle. »Ein Foto, glaube ich!«

Noch ehe Ginny das Bild fertig hatte, stieß Beth entsetzt aus: »O Gott, das bin ja ich!« Ihre bebende Stimme kam ihr selbst fremd vor.

»Du hast Recht!«, rief Ginny, während sie die noch fehlenden Teile zurechtrückte. »Wo kommt das denn her?«

»Ich weiß zwar nicht, wer es geschickt hat, aber das Bild stammt aus dem *Chronicle*. Erinnerst du dich an die Reportage, die das Blatt mal über den Innendesigner-Wettbewerb brachte?«

»Logisch!« Ginny nickte. »Du und dein Geschäft, ihr wurdet ganz groß erwähnt.«

Die besten Dekorateurinnen und Dekorateure aus dem Raum San Francisco hatten sich damals zu einem Wettbewerb zusammengefunden, in dem die Teilnehmer jeweils ein Zimmer in einem heruntergekommenen Herrenhaus original wieder herrichten mussten. Die eingenommenen Eintrittsgelder gingen an eine Stiftung für an *AIDS* erkrankte Kinder. Beth' Beitrag, die Ausstattung eines Musikzimmers inklusive Flügel, hatte ihr überschwängliche Kritiken eingebracht, und ihr Foto war in der Presse erschienen.

»Aber Beth!«, wandte Ginny mit eindringlich werdender Stimme ein. »Dieser Wettbewerb ist doch schon über ein Jahr her!«

»Ich weiß. Was denkst du – was muss das für einer sein, der mein Foto so lange aufbewahrt?«

Noch lange, nachdem Ginny sich verabschiedet hatte, grübelte Beth darüber nach, was hinter den Briefen und dem Bild stecken mochte. Sie verstaute den Umschlag in einer Schublade und versuchte später, als es im Laden etwas ruhiger war, Jim Kearns anzurufen. Der allerdings war nicht in seinem Dienstzimmer. Ob sie eine Nachricht hinterlassen wolle, wurde Beth gefragt. »Sagen Sie ihm bitte nur: Beth hat wieder einen Brief erhalten.« Als sie um Wiederholung der Nachricht gebeten wurde, brannten ihr vor Scham die Wangen so, dass sie auflegte.

Nun fiel ihr Tim O'Malleys Hinweis wieder ein, dass Bobby ihr die Zeitung in den Briefkasten gesteckt hatte. Dabei hätte er durchaus auch den Brief mit einfügen können. War der Junge lediglich vereinsamt oder wirklich verhaltensgestört? Sie versuchte sich vorzustellen, wie er allein in seinem Zimmer hockte, vor sich ein Geheimdepot mit Zeitungsausschnitten, alles zwischen den Seiten eines längst überfälligen Buches aus der Leihbibliothek versteckt. Mit einem Male war sie es leid, ihrem Bekanntenkreis ständig zu misstrauen. Sie wünschte sich, Jim Kearns hätte den Zuhörern seinerzeit im »Fairmont« den entsprechenden Rat nie gegeben. Allmählich ging ihre Vorsicht in Verfolgungswahn über. Absurd, sich den sommersprossigen Bobby Chandler vorzustellen, wie er über ihrem Foto saß und es in Stücke schnitt. Fast absurd. In Zukunft, so nahm sie sich vor, wollte sie Tims Ratschlag folgen und sich nicht ganz so entgegenkommend verhalten. Falls Bobby einen Gesprächspartner braucht, muss ich es ja nicht unbedingt sein, dachte sie.

Als gegen Mittag auch noch Ida McKenna auftauchte, hatte Beth das Gefühl, dass ein Unglück in der Tat selten allein kam.

»Rex wird heute nicht arbeiten, deshalb bringe ich Ihnen das hier vorbei. Den Scheck mit der Miete«, sagte sie mit zusammengebissenen Zähnen. Ihre Stimme klang einige Dezibel leiser als beim letzten Mal, an dem Beth sie gehört hatte.

»Ich nehme an, das war der Grund für Ihren gestrigen Anruf. Der andere Scheck ist wohl geplatzt, was?«

»Leider.«

»Er hat's mir gestanden, nachdem ich ihn lange genug ausgequetscht hatte. Man weiß nie, ob ein Kerl lügt, oder? Entschuldigen Sie bitte die Unannehmlichkeit. Das Geschäft lief in letzter Zeit nicht besonders.«

»Die Zeiten sind nicht einfach«, sagte Beth zustimmend.

»Ihnen scheint es aber ganz gut zu gehen.« Ida drehte das Preisschild an einer Sheraton-Anrichte um.

»Es gibt gute und schlechte Tage«, erwiderte Beth, um einem potenziellen Ausbruch von vornherein die Brisanz zu nehmen.

Ida sah sich noch einmal um, brummte etwas, machte dann auf dem Absatz kehrt und ging hinaus. Mit einem Seufzer der Erleichterung sah Beth zu, wie die Frau die Straße überquerte, in ihren zerbeulten Civic stieg und abfuhr.

18. KAPITEL

Am Montagmorgen wachte Jim Kearns mit mordsmäßigen Kopfschmerzen auf. Nach einer Dienstbesprechung mit seiner Sonderkommission ging es ihm noch miserabler. Der Polizeipräsident hatte mit dem Bürgermeister eine Partie Tennis gespielt und danach mit ihm im Klubraum des Fitnessstudios noch ein Gläschen zur Brust genommen. Natürlich war dabei die Frage aufgekommen: Wann endlich sitzt »Spiderman« hinter Schloss und Riegel? Kearns war sich ganz sicher: Als die beiden Herren den kleinen Ball über das Spielfeld gejagt hatten, prügelten sie in Wirklichkeit auf ihn ein. Er hatte eine gewaltige Zigarre verpasst bekommen, und als jemand, der gern redlich teilte, hatte er den Druck natürlich – zumindest teilweise – an seine Sondertruppe weitergegeben. Die Besprechung war äußerst unsachlich und voller gegenseitiger Vorwürfe in einer äußerst unangenehmen, demoralisierenden Atmosphäre verlaufen. Nach Feierabend würde in mindestens einer Polizistenfamilie ein Cop seinen Frust an der Ehefrau oder am Nachwuchs auslassen. So drehte sich alles im Kreis. Dafür hatte »Spiderman« gesorgt.

Bis zehn Uhr morgens hatte Kearns bereits ein ganzes Arsenal an Schmerzmitteln intus, trotzdem wollte der hämmernde Kopfschmerz nicht nachlassen. Das Frühstück, zu dem er sich gezwungen hatte, half auch nicht. Mit der grauen Wolkenlast schien der Himmel noch tiefer zu hängen, und Kearns' Kopf fühlte sich infolge des veränderten Luftdrucks wie eine Bowlingkugel an.

Kein Wunder, dass er krank war! Mittlerweile machte selbst das Zeitunglesen keinen Spaß mehr. Da wagten sich nämlich die Befürworter der Todesstrafe in großen Scharen hervor und forderten den Kopf des Killers. Wie seine Kollegen vom polizeipsychologischen Dienst hielt Kearns allerdings nichts davon, den Drecksack auf dem elektrischen Stuhl enden zu lassen. Er zog es vor, ihn auf seinen Geisteszustand untersuchen zu lassen. Außerdem wäre ein schneller Tod viel zu gnädig. Die Leitartikel befassten sich nahezu ausschließlich mit den Ansichten der Bevölkerung zu der Frage, wie man mit dem Killer und – fatalerweise – auch mit der Polizei verfahren sollte. Kearns fragte sich, hinter wessen Kadaver diese Pressegeier eigentlich mehr her waren.

Ein Hysteriker verlangte in einem Leserbrief nach mehr Engagement vonseiten des FBI, was Kearns zum Totlachen fand. Da konnte man sich an den Kopf greifen! Scheinbar glaubten immer noch einige, ein Trüppchen Trenchcoatträger bräuchte nur mal mir nichts, dir nichts die Straßen zu durchkämmen, und schon wäre der Fall gelöst! FBI-Agenten analysierten Tatorte und werteten die Ergebnisse aus, sie erstellten Täterprofile, leisteten Amtshilfe und trugen ansonsten ihre schicken Anzüge spazieren. Aber wenn's interessant wurde, wenn es um Observierung, Zugriff und Festnahme ging, dann überließen sie die Arbeit lieber der normalen Kripo. So sah die Realität aus.

Und die Fraktion der total Durchgeknallten, die Psychologen nämlich, die hatte ihre helle Freude an dem ganzen Fiasko und gab ebenfalls ihren Senf dazu, indem sie sich über die freudlose Kindheit des Täters ausließ und einige Binsenweisheiten über Missbrauch im Allgemeinen zum Besten gab. Kearns war sicher: Noch ein Wort über kaputte Familien und vernachlässigte Jugend in seinem Beisein und er würde dem Quacksalber über die Schuhe kotzen. Menschenskinder! Seine eigene Jugend war auch nicht gerade ein Zuckerschlecken gewesen! Deshalb war er trotzdem nicht auf die Idee gekommen, er müsse ein paar Frauen aufschlitzen, damit es ihm besser ging!

Angeekelt feuerte er die Zeitungen in den Papierkorb. Unterm Strich stand eins fest: Da draußen glaubte eine ziemliche Menge Leute offenbar, sie wüsste alles besser als er selbst. Bitte schön! Sollten sie ihn doch machen, diesen Scheiß-Job!

Kearns starrte die Batterie von Kopfschmerzmitteln an, die vor ihm auf dem Schreibtisch stand. Möglich, dass das Mittel, das er genommen hatte, dafür sorgte, dass seine Kopfschmerzen langsam nachließen. Allerdings hatte er das Gefühl, dass sein Magen vorher aufgeben würde.

Mittlerweile rief der stellvertretende Chef der Kriminalpolizei nahezu täglich an, um sich über die neuesten Fortschritte der Sonderkommission unterrichten zu lassen. Zudem saß Kearns der Dienststellenleiter im Nacken – und die

Devereaux blieb sich ebenfalls treu. Anscheinend wollten ihm alle an den Kragen.

Einer Eingebung folgend, fuhr er zum Ghirardelli Square.

Eins der schicken Geschäfte in der ehemaligen, nun renovierten Schokoladenfabrik bot eine interessante Kollektion von Hilfsmitteln, mit denen sich angeblich körperliche Spannungszustände abbauen ließen. Für den preisbewussten Kunden gab es einen harten, mit abgestumpften Dornen besetzten Kunststoffball, den man sich über den Körper rollen konnte. Am entgegengesetzten Ende der Preisskala rangierte ein lederbezogener Massage- und Ruhesessel, den Kearns gern einmal ausprobiert hätte, auch wenn ein Schildchen mit einem horrenden Preis daran hing. Fast glaubte er zu hören, wie Mary sich über seine albernen Anwandlungen lustig machte. Er versuchte sich vorzustellen, wie ein solches Möbel sich inmitten der zwanzig Jahre alten Einrichtung in seiner winzigen Bude wohl machen würde. Allerdings sah es nicht danach aus, dass er mal in die Verlegenheit kam, sich zu entspannen wie die Reichen, nicht einmal Gelegenheit zu einem Versuch bekam, denn gerade hockte ein Tourist mit dickem Bierbauch in dem verdammten Ding und machte keinerlei Anstalten aufzustehen.

Zum Schluss erwog er allen Ernstes, sich ein tragbares, batteriebetriebenes Massagegerät mit einer Art vibrierender Mündung anzuschaffen, mit dem man gegen seine unterschiedlichen Verspannungen vorgehen konnte. Die verlangten neunundneunzig Dollar war ihm das Ding durchaus wert. Es fühlte sich toll an, wenn man es sich an den Nacken hielt, und bei der handlichen Größe ließ es sich sogar in der Schreibtischschublade aufbewahren.

Gerade griff er nach seinem Portemonnaie, da sah er sie – die verschlossene Glasvitrine mit dem Messerangebot des Geschäfts. Er wäre glatt daran vorbeigegangen, hätte er sich nicht von einem ganz besonderen Instrument angezogen gefühlt, einem Tranchiermesser mit einer rein weißen, über zwanzig Zentimeter langen Klinge.

»Entschuldigen Sie«, sprach er einen vorbeikommenden Verkäufer an. »Die Klinge von dem Messer da – woraus besteht die?«

Der Verkäufer, eine Art Ralph-Lauren-Werbung auf zwei Beinen, war offenbar froh, sein Wissen an den Mann bringen zu können. »Das ist eine Keramikklinge, Sir!«

»Wird die viel gekauft?«

»Kann ich nicht genau sagen. Aber es ist ein ausgesprochenes Qualitätsmesser. Die Klinge ist absolut rostfrei.«

Und hinterlässt auch keine Metallpartikel für die Faserexperten der Spurensicherung ..., fügte Kearns im Stillen hinzu. Dann fragte er: »Was kostet das Messer?«

»Nur 69,95 Dollar, Sir.«

Kearns kaufte das Messer. »Wenn ich bar bezahle, kann man dieses Messer nie mit mir in Verbindung bringen, stimmt's?«

»Stimmt, Sir«, erwiderte der junge Mann, dessen Stirn sich nun nachdenklich in Falten legte.

»Nur keine Angst, mein Junge. Ich bin nicht Jack the Ripper.«

Kearns beruhigende Worte zeigten wenig Wirkung. Der Verkäufer wickelte das Geschäft rasch ab, obwohl Kearns das Gefühl hatte, als präge sich der Bursche jede Einzelheit seines Gesichts ein.

»Ehe Sie Ihr Gedächtnis unnötig belasten: Alter fünfundvierzig, Körpergröße einsachtundsiebzig, Gewicht neunzig Kilo. Beruf: Polizist.« Die Sorgenfalten verschwanden. »Aber – alle Achtung«, fügte Kearns lobend hinzu, »wir brauchen mehr wachsame Bürger wie Sie.« Er hatte den Türgriff schon in der Hand, als er plötzlich stehen blieb, seine Dienstmarke zückte und sie dem Verkäufer unter die Nase hielt. »Nur eins noch«, sagte er, »glauben Sie nie jemandem, er sei Polizist, nur weil er's behauptet.« Mit einem Grinsen nahm er das eingepackte Messer an sich und ging.

Ob der Täter exakt so ein Messer als Tatwaffe benutzt hatte? Gut möglich! Trotz aller Forschungsarbeit, trotz aller Befragungen, Verhöre und Ermittlungsbemühungen seiner Truppe war es möglicherweise Kearns, der, von verheerenden Kopfschmerzen geplagt, zufällig darauf gestoßen war, ausgerechnet in so einem Yuppie-Schuppen wie diesem hier. Logisch, dass der Täter bar bezahlt hatte. Für den Fall aber, dass er doch dümmer war als angenommen, nahm Kearns sich vor, einen Beamten zu dem Laden zu schicken und die Kreditkartenrechnung für das Messer mit der Artikel-Nummer ID050 überprüfen zu lassen. Auch einen Vergleich der Klinge mit den Schnittwunden an den Handgelenken der Toten wollte er umgehend in die Wege leiten. Viel war's nicht, was er erreicht hatte, doch immerhin mehr als eine Stunde zuvor.

Was er nun noch brauchte, und zwar dringender als ein elektronisches oder medizinisches Wundermittel gegen den Druck, der auf ihm lastete, war eine Festnahme.

19. KAPITEL

Seinen Wodka mochte er nicht missen. Schon von jungen Jahren an hatte er ihn jedem anderen alkoholischen Getränk vorgezogen, obwohl man seinerzeit nicht besonders wählerisch sein durfte. Damals nahm er mit dem vorlieb, was er und die älteren Jungs klauen konnten. Nunmehr allerdings hieß die Devise: russischer Wodka oder gar nichts. Er gab etwas Eis in das Glas und füllte es dann bis etwa zwei Zentimeter unter den Glasrand.

Mit dem Trinken hatte er schon früh begonnen, zunächst – wie die meisten Halbwüchsigen –, um dazuzugehören. Darüber, dass man ihn isolieren könnte, zerbrach er sich nun nicht mehr den Kopf. Er wusste, er war anders. Man konnte es von zwei verschiedenen Perspektiven betrachten: Entweder war man ein Sonderling oder etwas Besonderes. Er jedenfalls wusste, wie er sich einschätzen musste. Auch wenn er des Öfteren das Gefühl hatte, man wolle ihn aus den gängigen Strömungen der Gesellschaft herausdrängen, kannte er doch dutzende von Biografien bekannter Persönlichkeiten, die sich ähnlich gefühlt hatten wie er. Als Genie nämlich.

Lächelnd nahm er einen ausgiebigen Schluck. Unglaublich – früher hatte man ihn dafür bestraft, dass er anders war. Jetzt war er wegen seines Andersseins zur Berühmtheit geworden.

Er liebte die vollkommene Sinnlichkeit des Rituals, das Gefühl, wenn die Klinge die Haut durchdrang, wenn beim sanftesten Schnitt bereits das Blut in Stößen aus der Speichenschlagader pulsierte. Die überhastete Metzelei vieler seiner Vorgänger hatte er nie begriffen, hatte sich nie vorstellen können, wieso ein Ted Bundy oder ein Andrej Tschikatilo eine solch einzigartige Situation nicht länger auskosten wollten. Wie die Grande Cuisine oder einen edlen Wein musste man Kunst genießen und den Nachgeschmack möglichst lange bewahren. Das aus den Frauen herausspritzende Blut besudelte auch ihn und hüllte ihn warm ein wie ein Mutterleib.

Mit den Gerüchen hatte er sich zunächst allerdings nicht anfreunden können, hatte den Gestank von Blut, Urin und Exkrementen anfangs mit aromatisierten Kerzen, Räucherstäbchen oder Duftsprays zu überdecken versucht. Mittlerweile begleiteten ihn diese Ausdünstungen überallhin. Sie übertünchen zu wollen wäre ihm falsch vorgekommen.

Die Geräusche, die seine Opfer von sich gaben, ähnlich einem Opferlamm, das zur Schlachtbank geführt wurde, hatten eine ganz eigene berauschende Wirkung.

Er hob das Glas und trank auf die beiden Priester, die ihn die Kraft des Symbolismus, die Ästhetik des Todeskampfes gelehrt und ihm, manchmal zumindest, beigebracht hatten, wie man fühlt. Wäre es möglich gewesen – er hätte ihnen vor Dankbarkeit die Hände geschüttelt, aber die zwei waren ja nicht mehr am Leben. Es war den beiden Alten zu verdanken, dass er jetzt so verlässlich und routiniert vorgehen konnte, auch wenn ihm ihre Bemühungen seinerzeit ganz und gar nicht zugesagt hatten.

Bei den beiden Priestern war es anders gewesen als bei ihr.

Das Weib hatte die Haarfarbe so häufig gewechselt wie die Wäsche, ebenso ihre Wohnung und die Männer. Immer wartete an der nächsten Ecke etwas Besseres. Selbstverständlich erwartete er keinen Dankanruf für die Geschenke. Wahrscheinlich war die Frau nach wie vor selbstverliebt und glaubte, irgendein liebeskranker Millionär wolle sich ihre Zuneigung sichern.

Ganz so taktvoll würde das nächste Präsent nicht werden. Er hatte lange genug mit ihr herumgespielt. Allmählich war es an der Zeit, Dampf zu machen und dafür zu sorgen, dass *sie* zur Abwechslung einmal etwas fühlte.

Er leerte sein Wodkaglas und schaute auf die Uhr. Höchste Zeit! Patricia Mowatt hatte ihren freien Tag. In neunzig Minuten joggte sie wahrscheinlich, wie es ihre Art war, den Grünstreifen des Marina Green entlang und würde sicherlich überrascht tun, wenn sie ihn sah. Dabei wusste er genau: Insgeheim fühlte sie sich geschmeichelt, dass er sich sehen ließ. Frauen waren eben leicht zu durchschauen.

Er schnürte seine Laufschuhe und machte sich auf.

20. KAPITEL

Herrgott nochmal!«, brummte Kearns verärgert. Am liebsten hätte er ausgespuckt. »Du bringst mich noch um mit deinem Kaffee!« Mit übertrieben dramatischer Grimasse würgte Kearns das bittere Gebräu hinunter und knallte den noch fast vollen Becher dermaßen heftig auf den Schreibtisch, dass die braune Brühe über einen Stoß Akten schwappte.

»Bin nun mal kein Meisterkoch«, konterte Fuentes. »Wenn du was für Feinschmecker suchst, geh deine Freundin besuchen!«

»Lass den Quatsch, Manny! Beth ist nicht meine Freundin!« Kearns dachte an seinen letzten Besuch bei Beth zurück. Mittlerweile bereute er schon, dass er ihn Fuentes gegenüber erwähnt hatte, denn sein Kollege hatte ihn seither bei jeder Gelegenheit damit aufgezogen. »Die kann sich die Männer nach Belieben aussuchen. Im Augenblick ist sie übrigens mit 'nem Piloten liiert.«

»Sagt sie. Und was hältst du davon?«

»Spar dir deine psychologischen Nachforschungen! Ich hege keine Absichten in Bezug auf die Dame.«

»Würde dir aber keiner übel nehmen! Mary ist schon ziemlich lange fort. Da kann einen an einem kühlen Herbstabend durchaus die Einsamkeit überkommen.«

»Einsamkeit gibt's immer und zu jeder Jahreszeit«, bemerkte Kearns, um dann rasch hinzuzufügen: »Aber, Manny, du vergisst etwas: Ich hab ja dich!« Er schürzte die Lippen zu einem Kussmund. »Und meine pflichtbewussten Mitarbeiter. Schau nur!«

Fuentes wandte sich in die Richtung, in die Kearns wies. Die Mordkommission tat offensichtlich etwas für ihr Geld. Einige Beamte waren bereits unterwegs, um die neueste Serie von Vorfällen, bei denen der Killer angeblich gesichtet worden war, zu überprüfen. Ted Weems saß geduldig nickend am Telefon und hörte sich an, was der Gesprächspartner am anderen Ende der Leitung zu sagen hatte. Sharon Anscombe, die gegen Fuentes' Kaffee anscheinend nichts einzuwenden hatte, nippte bereits an der dritten Tasse und wühlte sich dabei auf der Suche nach der Bedeutung des Christogramms durch einen Text über religiöse Symbole. Daneben lagen kirchliche Verlautbarungen, die sie gesammelt hatte, dazu Listen mit den Namen der Buchgeschäfte, die sich auf religiöse Literatur spezialisiert hatten, sowie von Priesterseminaren im Bereich der San Francisco Bay. Vielleicht, so hoffte sie, sprang ihr ja das Zeichen des Killers von einer der Seiten als Logo entgegen. Bislang allerdings Fehlanzeige.

Erik Bauer, der an dem am weitesten entfernt stehenden Schreibtisch saß, hatte seine Cordjacke abgelegt und die Krawatte gelockert und brütete über einem Stapel Schnellhefter. Die Art und Weise, wie Bauer mit seinen kleinen Händen geschäftig die Kreditkartenquittungen durchblätterte, erinnerte Kearns an ein aufgeschrecktes Insekt. Der Gerichtsmediziner hatte die Klinge des Keramikmessers mit den Schnittwunden an den Handgelenken der Mordopfer verglichen, und nunmehr versuchte Bauer, eine mögliche Verbindung zwischen einem Kunden des Yuppie-Ladens und diesem Messer, das der Mordwaffe vermutlich sehr nahe kam, herzustellen. Offenbar hatten Kearns elende Kopfschmerzen ein mittleres Wunder vollbracht.

»Ist das nicht ein befriedigender Anblick? Mehr kann ein Mann nicht verlangen!«

Vergebens versuchte Kearns, ein Gähnen zu unterdrücken.

»Du solltest nach Hause gehen. Nimm dir einen Tag frei!«

Verdammte Antidepressiva!, dachte Kearns. Wenn er davon mal nicht das Gähnen kriegte oder an Schlaflosigkeit litt, dann bekam er prompt Durchfall. Trotzdem sagte er vernehmlich: »Mir geht's gut!«

»Du siehst aber müde aus!«, beharrte Fuentes.

»Du nervst. Hab dir doch gesagt, ich fühl mich prima!«, wiederholte er. Es klang schärfer als beabsichtigt.

Fuentes warf ihm einen schnellen, halb neugierigen, halb vorwurfsvollen Blick zu und schickte sich gerade zu einer Antwort an, als er durch ein Klopfen an der Tür unterbrochen wurde. Eine Frau trat ein.

Sie war ein zartes junges Ding mit Augen, die so groß waren, dass sie das ganze Gesicht einzunehmen schienen. Die Lider waren geschwollen, als hätte sie den ganzen Tag geweint. Ein Baumwollkleid mit rundem Ausschnitt schien sie nahezu zu verschlingen. Sie war so mager, dass ihre Schlüsselbeinknochen fast schmerzhaft deutlich hervortraten. Selbst das strohblonde Haar war dünn. Fünfzehn Pfund mehr auf den Rippen, dazu ein guter Friseur, dachte Kearns, und das Mädchen wäre eine Granate!

Ted Weems, für Kearns im Allgemeinen »der Junge«, geleitete das Mädchen ins Dienstzimmer. Neben dem breitschultrigen, stiernackigen jungen Polizisten wirkte es noch zerbrechlicher. »L. T.«, sagte Weems unter Benutzung der Abkürzung für Kearns Dienstgrad, »das ist Stefanie Gorman. Natalies Schwester.«

Kearns und Fuentes erhoben sich gleichzeitig. Fuentes winkte sie näher heran und bot ihr seinen Stuhl an. »Setzen Sie sich, Miss Gorman. Bitte!«

»Ich möchte Sie nicht stören ...«

»Sie stören überhaupt nicht«, beruhigte Fuentes sie, hielt ihr den Stuhl, während sie sich setzte, und lehnte sich dann gegen einen Aktenschrank. Weems zog sich aus dem Büro zurück.

Kearns schüttelte dem Mädchen die Hand. »Miss Gorman, darf ich Ihnen zunächst unser aller Beileid ...«

»Danke«, unterbrach sie. Offenbar hatte sie sich genug Beileidsbekundungen anhören müssen. »Die Polizei war sehr rücksichtsvoll.« Aus ihrer Stimme schien alle Lebendigkeit gewichen. Ihre Haltung indes signalisierte Verzweiflung, das Bedürfnis, sich auszusprechen, solange sie dazu noch die Worte fand. Kopf und Schultern vorgebeugt, hockte sie vorn auf der Stuhlkante, die Finger krampfhaft im Schoß verschränkt.

Kearns setzte sich wieder, froh, seine massige Figur zumindest teilweise hinter dem riesigen Metallschreibtisch verstecken zu können. Angesichts des zarten Persönchens kam er sich vor wie ein schwerfälliger Kodiakbär. »Wie kann ich Ihnen helfen, Miss Gorman?«, fragte er, wobei er sorgfältig darauf achtete, dass seine Stimme nicht zu grob klang.

»Meine Schwester ... irgendetwas von ihr fehlt. Ich habe ihr Zimmer aufgeräumt und ihre Sachen durchgesehen ...«

Die Stimme brach ihr. Kearns ließ das Mädchen in Ruhe schluchzen und hörte zu, wie es leise nach Luft rang. Offenbar befanden sich die Angehörigen im Augenblick in der allerschlimmsten Phase, die, in der man Fotoalben durchforstete, Sachen zusammenpackte und karitative Einrichtungen kontaktierte, um festzustellen, wer was gebrauchen konnte. Die Trauerfeierlichkeiten waren vorüber, Freunde und Verwandte gingen wieder ihrer Wege, während Natalies Eltern und dieses junge Mädchen hier sich selbst und ihrem Leid überlassen blieben.

Kearns nahm eine Packung Papiertaschentücher aus der untersten Schreibtischschublade und legte sie dem Mädchen in Reichweite. Es musste etwa achtzehn, höchstens zwanzig Jahre alt sein. Er vermutete, dass sie zu ihrer älteren Schwester Natalie eine besondere Beziehung gehabt hatte.

Kearns versuchte, der jungen Frau ein wenig entgegenzukommen. »Etwas fehlt?«, fragte er, sobald er glaubte, dass sie zu einem Neuanfang in der Lage war.

Sie nickte und tupfte sich die Augen mit einem der Taschentücher. »Eine Brosche. Der Großbuchstabe N, mit Perlen verziert. Ein Geschenk unserer Großmutter.«

»Woher wollen Sie wissen, dass Natalie die Brosche nicht verloren hat?«, erkundigte sich Fuentes.

Die junge Frau schüttelte heftig den Kopf, als ob jeder, der jemals etwas von ideellem Wert besessen hatte, eigentlich begreifen müsste, dass dies ausgeschlossen war. »Natalie wäre am Boden zerstört gewesen«, erklärte sie. »Hätte sie die Brosche verloren, hätte die gesamte Familie davon erfahren. Sie hätte das Haus auf den Kopf gestellt, alle Freunde alarmiert, eine Anzeige in der Zeitung aufgegeben.« Stefanie Gorman bemühte sich sichtlich um Fassung. Offenbar frustrierte es sie, dass die Polizei ihre Schwester nicht richtig einschätzte.

Kearns bedauerte seine Frage fast. »Das Stück stellte für Ihre Schwester also etwas Besonderes dar?«

Sie nickte erneut. »Ja. Wenn Natalie die Brosche nicht trug, bewahrte sie sie auf ihrer Schminkkommode auf, auf einem kleinen Satinkissen. Da ist sie aber nicht. Sie muss sie also getragen haben. Doch die Brosche war nicht aufzufinden, als das Bestattungsunternehmen ...«

... uns ihre Sachen übergab, dachte Kearns.

Der Besuch ging auf unbeholfene Weise zu Ende. Stefanie Gorman hatte das Anliegen, dessentwegen sie gekommen war, vorgebracht, lehnte aber Kearns' Angebot einer Tasse Kaffee ab. Kearns suchte das Schweigen durch beruhigende Worte zu überbrücken, doch selbst für seine eigenen Ohren hörten sie sich eher wie auf Tonband aufgenommene Floskeln an. Als sein Vorrat an Banalitäten erschöpft war, stand Kearns auf und schob geräuschvoll seinen Stuhl zurück. Stefanie erhob sich gleichfalls, obwohl ihre verstörte Miene verriet, dass sie nicht recht wusste, wohin sie nun gehen sollte. Kearns war, als setze er einen jungen Hund irgendwo im Gelände aus. Eins war sicher: Sobald Stefanie

Gorman unten auf dem Bürgersteig stand, würde sie in Tränen ausbrechen. Er wahrte sorgsam Distanz, während er sie zur Tür geleitete. Es war über die Jahre häufig vorgekommen, dass ihm die Frauen in den Armen zusammenklappten; er hatte weiß Gott oft genug Trost gespendet. Diesmal allerdings, bei diesem Mädchen, war er nicht sicher, ob es ihm nicht zu viel werden würde. Fuentes übernahm den Rest der Begleitung.

Das Gesicht von Stefanie Gorman verfolgte Kearns noch lange, nachdem sie gegangen war. Die Trostlosigkeit des Mädchens wirkte ansteckend und brachte ihm sein eigenes Elend mit aller Macht zu Bewusstsein. Die Leere, die er angesichts des Verlustes von Mary nach wie vor verspürte, hatte dort, wo einmal seine Seele gewesen war, eine klaffende Wunde hinterlassen. Doch hatte er Mary zumindest Lebewohl sagen können. Diese Gnade war der Familie Gorman vom Killer nicht gewährt worden. In ihrem beklagenswerten Zustand irrte Stefanie wahrscheinlich so lange herum, bis der Täter gefasst war. Erst dann konnte sie ihre Fassungslosigkeit ablegen und durch Hass ersetzen.

Es fehlte also ein Schmuckstück. Kearns nahm sich vor, Bauer zu dem Typen zu schicken, der Natalie in der Nacht ihrer Entführung flach gelegt hatte. Aber der Scheißkerl hatte die verdammte Brosche mit Sicherheit auch nicht.

Sammelte der Killer Trophäen? Es sah so aus.

Kearns wusste, ungewöhnlich war das nicht. Allerdings hatte keine der anderen Trauerfamilien den Verlust irgendeines Gegenstandes angezeigt. Vielleicht war ihnen nicht bewusst, dass überhaupt etwas fehlte, wonach sie suchen mussten. Also würde er die Sonderermittlungsgruppe erneut losschicken und die Angehörigen drängen, nochmals nachzusehen. Man durfte nicht erwarten, dass jedes der Opfer so eine Bezugsperson hatte wie Natalie Gorman, das war Kearns natürlich auch klar.

Von den vielen erfolglosen Bemühungen hatte er allmählich die Nase gestrichen voll.

Später am Abend, als Kearns versuchte etwas zu entspannen – er schlug sich mal wieder mit einer Migräne herum, gegen die er schon vier Tabletten genommen hatte –, läutete das Telefon. Die Nachricht versetzte ihm einen wuchtigen Tiefschlag. Ellen Sims, Kunststudentin am Art Institute, hatte ihre Zimmergenossin Patricia Mowatt, Aerobic-Trainerin in einem Fitnessstudio in der Innenstadt, als vermisst gemeldet. Patricia war vom Joggen nicht nach Hause gekommen.

21. KAPITEL

In den Jahren, seitdem seine Frau ihn verlassen hatte, hatte Kearns sämtliche Mittel gegen Einsamkeit erschöpft. Als am schlimmsten erwiesen sich die Wochenenden, wenn Mary ihm so sehr fehlte, dass sich die ständige dumpfe Benommenheit, unter der er normalerweise litt, zu einem scharfen, stechenden Schmerz ausweitete, der weit schwieriger zu bewältigen war als sein häufiges Kopfweh. Anfangs hatten sich mitfühlende Freunde die Zeit genommen und zugehört, wenn er sich den Kummer von der Seele redete. Allmählich jedoch bekam Kearns mit, wie sie ihm mit ungeduldigen Seufzern und geschürzten Lippen signalisierten: Es reicht. Das Leben geht weiter, hatten jene Freunde ihn belehrt. Einige Zeit hatte er sich in seinem Stammlokal mit Alkohol zu betäuben versucht, bis dieses Heilmittel logischerweise Teil des Problems wurde. Die ausgelassene Pub-Atmosphäre und den willkommenen Bittergeschmack von Importbier hatte Kearns sodann durch die Kommunion und die ehrfürchtige Stille der täglichen Messfeier in St. Dominic zu ersetzen versucht. Als nach der Heirat konvertierter Katholik gab er sich alle Mühe, die spirituelle Seite seines Daseins intakt zu halten, während sein übriges Ich in Scherben fiel. Auch wenn er mittlerweile nicht mehr ganz so häufig den Gottesdienst besuchte, hielt er sich doch an die sonntägliche Teilnahmepflicht. Irgendwie tat er es außerdem Mary zum Gefallen.

Nun war die Arbeit seine Droge, Aufputschmittel und Sedativum zugleich, und er wusste, an diesem Abend brauchte er sie. Patricia Mowatt war noch immer nicht aufgetaucht, und obschon die Mitglieder der Sonderkommission den ganzen Tag über Verwandte sowie die Mitarbeiter des Fitnessclubs vernommen hatten, waren sie bei der Frage nach Patricias Verbleib kein bisschen weitergekommen. Als es dunkelte, saß Kearns nach wie vor am Schreibtisch, bis ihm Fuentes' missbilligender Blick auffiel. Manny, schon auf dem Sprung zu einem Abend bei Pizza und Kartenspiel mit Rosalies Eltern, hatte bereits den Mantel an und warf Kearns die Jacke zu. Kearns tat ihm den Gefallen, zog sie an und machte sich auf den Heimweg. Er konnte genauso gut in seiner Wohnung arbeiten.

Wenn Kearns es grob überschlug, konnte er sich in etwa ausrechnen, dass dies sein zweihundertfünfzigstes Wochenende in Folge ohne eine Verabredung war. Lieblingssessel, Großbildfernseher und ein Schälchen Knabberzeug sollte man ja auch nicht verachten, aber es gab Aufregenderes. Frustriert schenkte er sich ein Mineralwasser ein und warf in Gedanken eine Münze. Als sie mit dem Wappen nach oben landete, entschied er sich für das kleinere Übel und schluckte seine Paxil. Seine Psychotherapeutin hätte wahrscheinlich wohlwollend genickt. Mit einer Erektion konnte er ohnehin nichts anfangen.

Freitag, ein idealer Abend für ein paar Horrorstreifen. Kearns griff in seinen begrenzten Vorrat an Videos, allesamt sorgsam etikettiert, und lud die Kassette, beschriftet mit dem Namen Lydia Price, in das Kassettenfach des Recorders. Weder die Beerdigung von Monica Turner noch die von Carole Van Horne waren auf dem Band. Zum Zeitpunkt der Bestattungen hatte die Polizei noch nicht geahnt, mit was für einem Schlächter sie es zu tun hatte. Der »Spiderman«-Mythos war erst nach der Ermordung von Lydia Price entstanden.

Die Trauerfeier für Lydia war unter großer Anteilnahme der Öffentlichkeit in der First Congregational Church of San Francisco in der Mason Street erfolgt. Als Einheimische hatte die Ermordete einen großen Kreis von Verwandten und ehemaligen Mitschülern, die ihr die letzte Ehre erwiesen. Allerdings erschienen auch jede Menge Gaffer, Fremde zumeist, um die Beerdigung des dritten Opfers des Killers nicht zu verpassen. Für die, so mutmaßte Kearns zynisch, musste der geschlossene Sarg eine Enttäuschung bedeuten. Bekannte, Angehörige und Fremde – alle Teilnehmer an der Trauerfeier wurden gebeten, sich in das aufwändig gestaltete Kondolenzbuch einzutragen, und zwar unter den wachsamen Augen von zwei als Mitarbeiter des Beerdigungsinstituts getarnten Beamten.

Ein Vergleich dieser Namensliste mit den Eintragungen in die Kondolenzbücher der Familien Turner und Van Horne erbrachte nichts. Keine zwei Namen stimmten überein.

Er könnte einen anderen Namen benutzt haben, dachte Kearns. Möglicherweise hatte er sich nicht in alle Kondolenzbücher eingetragen, vielleicht auch nicht an allen Beerdigungen teilgenommen.

Vielleicht ist er cleverer als du, du Blödmann!

Wiederholt stellte sich Kearns die Frage, was eigentlich dabei herauskommen sollte, wenn er sich immer und immer wieder die Bänder ansah. Es verstärkte nur seine Depression. Der Anblick so vieler Trauernder in ihrem Leid nagte an seiner Seele.

Kearns zwang sich, an die noch immer vermisste Patricia Mowatt zu denken, und stellte sich vor, welche Sorgen sich die Eltern, die Freunde und die Mitbewohnerin, die völlig aufgelöst bei der Polizeiwache angerufen hatte, wohl um sie machten.

Patricia Mowatt hatte keinen festen Freund, obgleich es in dem Fitnessclub, in dem sie Aerobic-Kurse leitete, mehrere Verehrer gab, die sich für sie interessierten. Die jüngeren Polizeibeamten, die geradezu darauf brannten, sich endlich einmal körperlich betätigen zu können, waren allesamt unterwegs, um mögliche Männerbekanntschaften der jungen Frau aufzutreiben und zu überprüfen. Lieber verrannte sich Kearns' Spezialeinheit in einer Sackgasse, als ständig mit rauchenden Köpfen am Schreibtisch zu hocken, wobei die Unerfahrensten in erster Linie auf die Art von Action aus waren, wie man sie aus dem Kino kennt. Kearns wusste, man würde des Killers allein durch Intelligenz habhaft werden. Aber nun gut, wenn die Grünschnäbel sich unbedingt bei einer vermeintlich filmreifen Schnitzeljagd die Hacken ablaufen wollten – bitte sehr! Für Kearns bedeutete das eine Sorge weniger.

Ellen Sims, Patricias Zimmergenossin, hatte Kearns' Beamten bereits versichert, dass Patricia ganz bestimmt nicht bei irgendeinem Typen in Mendocino oder Napa untergetaucht war. Die beiden Freundinnen hatten einander stets ihre jeweiligen Ziele und Aufenthaltsorte mitgeteilt, und zwar nicht erst von dem Zeitpunkt an, seitdem der Killer die Stadt in Atem hielt.

Das Schwein hatte sie in seiner Gewalt. In weniger als einer Woche würde Patricia Mowatts Leiche irgendwo gefunden werden. Während das Videoband zurückspulte, entfaltete Kearns einen Stadtplan und breitete ihn auf dem Couchtisch aus. Wo würde er sie dieses Mal abladen? Es konnte überall und nirgends sein. San Francisco verfügte über mehr Grünflächen als jede andere amerikanische Großstadt. Der Killer konnte sich also einen anderen Park aussuchen. Griffith Park? Den Palace of Fine Arts?

Wie in aller Welt sollte man dem Prinzip folgen, besser zu agieren statt zu reagieren, wenn sich nicht einmal ansatzweise die Handlungsweise dieses Irrsinnigen vorhersagen ließ? Aufgebracht fegte Kearns die Karte vom Tisch. Er war bereits drauf und dran, Patricia Mowatt abzuschreiben und zu einer numerischen Größe zu reduzieren, die nur noch in einer Statistik untergebracht werden musste. Dabei brauchte er doch eins ganz dringend: Zugang zu den Gedankengängen des Killers!

Er zog die Price-Kassette aus dem Schacht und schob das Video von Natalie Gormans Trauerfeier in den Recorder.

Natalie war römisch-katholisch getauft gewesen, auch wenn die meisten der Trauergäste, die ihr die letzte Ehre erwiesen, wahrscheinlich noch nie eine Kirche von innen gesehen hatten. Das Video enthüllte eine recht mondän wirkende Trauergemeinde – Models, Schauspieler, ein paar lokale Berühmtheiten. Einige waren bemüht, es den frommeren Kirchgängern gleichzutun, indem sie unbeholfen im Mittelgang das Knie beugten und sich mehr oder weniger geübt bekreuzigten. Die meisten allerdings sparten sich diese Mühe und quetschten sich mit gelangweilten Mienen in die Kirchenbänke.

Das traurigste Video war das von Anne Spaldings Trauerfeier. Die hübsche Flugbegleiterin hatte keinerlei noch lebende Angehörige und, da sie neu in der Gegend war, auch nur einen kleinen Bekanntenkreis. Ihr Exmann, das Abbild leidgeprüften Grams, befand sich unter der Hand voll Trauernder, zumeist Kolleginnen oder Piloten, die gerade mal drei Reihen in der Cavalry Presbyterian Church in Pacific Heights füllten. Nicht einmal Beth Wells hatte teilnehmen können, da sie in Begleitung eines Kunden nach England gereist war, um Ausschau nach Antiquitäten zu halten.

Kearns wusste, dass Beth sich deswegen mit Gewissensbissen quälte. In den vergangenen Jahren hatte Anne Spalding ein freudloses Leben geführt und sich aus ihrer angestammten Umgebung lösen müssen, um in einer anderen Stadt wenigstens einigermaßen zur Ruhe zu kommen. Nach Beth' Aussage war auch eine Besserung eingetreten. Der Job bei der Fluglinie hatte Anne Spaß gemacht; sogar von einem neuen Freund war die Rede gewesen. Kearns sah sich das Video sehr genau an. Vielleicht steckte er ja unter den männlichen Trauergästen. Gut möglich, dass Flugbegleiter ein bisschen wie Cops waren und sich stets an ihresgleichen hielten.

Mittlerweile juckte seine Spürnase. Da er sich viel zu gut kannte, als dass er dieses Zeichen hätte ignorieren können, spulte er das Band zurück und spielte es noch einmal von vorn ab. Irgendetwas am Täterprofil des Killers ließ ihm keine Ruhe.

Benimmt sich nach außen hin so normal wie jedermann. Schauspielert gut. Täuscht häufig irgendeine Form von Beziehung vor. Ist mobil. Hat ein verzerrtes Zeitgefühl.

Wessen 24-Stunden-Rhythmus konnte ungeordneter sein als der eines Piloten?

Ruckartig fuhr Kearns aus seinem Sessel auf und stapfte in seinem winzigen Wohnzimmer hin und her. Fast hätte er Fuentes angerufen, verwarf aber den Gedanken, weil ihm Rosalies Reaktion vom letzten Mal, als er auf Mannys Hilfe hatte zurückgreifen wollen, gut in Erinnerung war. Er steckte die Videos in eine Einkaufstüte und machte sich auf zum Polizeipräsidium in der Bryant Street.

In seinem Dienstzimmer schloss er den Aktenschrank

auf und zerrte die Akte »Spalding« heraus. Die fotokopierte Seite aus dem Kondolenzbuch enthielt weniger als dreißig Namen. Eine Überprüfung per Polizei-Computer hatte die dazugehörigen Daten wie Alter, Beruf und Adresse ergeben.

Am Freitag, dem 19. August, hatten fünf Piloten Anne Spalding die letzte Ehre erwiesen: Brent Turnbull, Peter Samuelson, Linc Gaudette, Martin DiMascio und Jordan Bailey.

22. KAPITEL

Beth spürte, wie sich ihr Gesicht allmählich verkrampfte, holte tief Luft und bemühte sich, gegen die aufsteigende Unruhe anzukämpfen. Seit annähernd zwanzig Minuten wühlte sie auf der Suche nach dem passenden Outfit in ihrem Kleiderschrank herum. Das schwarze Cocktailkleid war ihr zu förmlich, das gelbe Sommerkleid zu luftig, das grüne Wollkostüm zu dezent. Frustriert schob sie die Kleiderbügel beiseite.

Hätte sie nur gewusst, zu welcher Art von Party Jordan sie mitzuschleppen gedachte! Gewiss, sie ging tagtäglich mit dutzenden von Menschen um, und sie war damit aufgewachsen, dass im Gasthof ihrer Eltern die Leute kamen und gingen. Doch bei gesellschaftlichen Anlässen, bei denen es eher förmlich zuging, fühlte sie sich unwohl, und es sah ganz danach aus, als werde Geplauder und Smalltalk mit lauter Unbekannten bei dieser Dreier-Party groß geschrieben. Nach einer anstrengenden Arbeitswoche hätte sie viel lieber einen geruhsamen Abend zu Hause oder, was ihr noch lieber gewesen wäre, in Jordans Bett verbracht.

Seit ihrem ersten Beisammensein hatte Jordan sie jeden Abend in unterschiedlichem Outfit erlebt: chic, leger oder ausgezogen. Nach seiner Ansicht sähe sie selbst in einem Kleidersack umwerfend aus. Trotzdem – sie wollte für Jordan perfekt erscheinen. Da sein Dienstplan für den folgenden Tag einen Überseeflug vorsah, würde sie ihn die nächste Zeit nicht zu Gesicht bekommen.

Schließlich entschied sie sich für einen elfenbeinfarbenen zweireihigen Blazer und die dazu passende Hose. Quasi in letzter Sekunde, gerade als die Türglocke läutete, bekam sie den Verschluss des engen Colliers mit dem vierreihigen Perlenimitat zu. Wenn jetzt alle anderen Partygäste in Jeans antanzten, dann hatte sie eben Pech gehabt.

Als sie Jordan die Haustür öffnete, trug er zu ihrer Erleichterung ein schwarzes Leinensakko zu sandfarbenen Sommerhosen, und als er Beth in die Arme nahm, da fragte sie sich, wieso sie überhaupt zu der Party gingen.

»Komm her, du!«, sagte er und zog sie an sich. »Mann, war das ein Tag!«

»Was ist denn los?«

»Jetzt nichts mehr«, murmelte er, das Gesicht in ihr Haar geschmiegt.

»Ganz sicher? Du hörst dich erschöpft an!«

»Alles in Ordnung«, versicherte er. »Wirklich.«

»Müssen wir überhaupt hin?« Sie presste sich eng an ihn. »Ich mach mir eigentlich nichts aus Partys.«

»Ich auch nicht, aber du vergisst deine Freundin Ginny. Die würde es uns nie verzeihen, wenn wir jetzt absagen würden. Hast du mir nicht selbst erzählt, dass sie von nichts anderem mehr spricht?«

»So ein gewissenhafter Mann kann ganz schön nerven«, stöhnte Beth. »Na schön, meinetwegen. Ich komme mit, wenn auch unter Protest. Aber dass ich meine Libido beherrsche, kann ich nicht garantieren. Sei also nicht überrascht, wenn ich dich auf der Party überfallartig in einen Kleiderschrank zerre.«

»Überrascht?« Seine Lippen fuhren federleicht an ihrem Hals herunter. »Entzückt wäre ich! Jetzt aber los! Je eher wir eintreffen, desto früher können wir gehen.«

Ginny wartete bereits am Fahrbahnrand, als Jordan vor ihrem Wohnblock in der North Beach vorfuhr. Statt in der üblichen psychedelischen Aufmachung erschien sie im Outfit eines Beatniks aus Greenwich Village – schwarzer Rollkragenpullover, Wildlederstiefel und schwarze Jeans, die sich eng an ihre üppigen Waden schmiegten. So relativ zurückhaltend ihre Kleiderwahl diesmal auch sein mochte – auf ihr Temperament schien das nicht abzufärben. Kaum hatte sie sich umständlich auf dem Rücksitz eingerichtet, da überfiel sie Jordan ungeniert mit Fragen.

»Was war denn das Unglaublichste, was Ihnen bei so einem Flug passiert ist? Gibt's tatsächlich schon mal Sex bei einem Flug? Und stimmt es, dass die meisten Piloten schwul sind?«

Zu Beth' Erleichterung fand Jordan Ginnys Temperament offenbar amüsant. Er ließ ihr Verhör mit der Langmut eines Vorschulpädagogen über sich ergehen. Zuvor war er allerdings schon von Beth vor der unverblümten Art ihrer Freundin gewarnt worden.

Als es über die Golden Gate Bridge ging, sagte Ginny: »Da Beth' Eltern gerade nicht in der Nähe sind, erlaube ich mir als beste Freundin ersatzweise folgende Frage: Welche Absichten hegt eigentlich der designierte Partner meiner designerisch so hoch begabten Freundin?«

»Ginny«, mahnte Beth tadelnd, »du sitzt gerade mal zehn Minuten hier im Auto, und schon fragst du Jordan ein Loch in den Bauch! Fehlt nur noch, dass du wissen willst, ob er vorbestraft ist! Ein bisschen Konversation fände ich angenehmer.«

»Lass sie doch!« Jordan fasste ihre Hand und drückte sie. Halbwegs über die rechte Schulter gewandt, sagte er in Ginnys Richtung: »Ginny, Beth kann von Glück sagen, dass eine Freundin wie Sie auf sie Acht gibt. Was meine Absichten angeht ... nun, ich wäre erst mal zufrieden, wenn Beth sich in mich verliebt. Und dann würde ich Himmel und Hölle in Bewegung setzen, damit das so bleibt. Übrigens habe ich keine Vorstrafen.«

Ginny lachte. »Das reicht mir vollkommen. Jordan, Sie sind akzeptiert!«

Beth sah ihn an. »Ich glaube, ich habe mich bereits in dich verliebt.« Sie war allerdings nicht sicher, ob die aus dem Autoradio tönende Musik ihr Bekenntnis nicht übertönt hatte.

Er lächelte.

Während der Fahrt auf der Route 1 in nördlicher Richtung senkte sich kühler Dunst über die Landschaft. Beth hoffte, dass sie nicht bis weit hinaus nach Stinson Beach fahren mussten, denn von den zahlreichen Haarnadelkurven und dem langen Sitzen im Auto wurde ihr regelmäßig übel. Einer ihrer Kunden residierte in der Seadrift Road, einer vornehmen, abgeschirmten Villengegend mit eigener Privat-Lagune. Immer, wenn sie ihm einen Besuch abstatten musste, wurde ihr auf der Fahrt übel. Vorsichtshalber warnte sie Jordan entsprechend.

Er konnte sie beruhigen. »Wir müssen nur bis Muir Beach. Schaffst du's bis dorthin? Lass ein bisschen die Seitenscheibe herunter!«

Nach den vielen schlaflosen Nächten wirkte das monotone Geräusch der Scheibenwischer dermaßen einschläfernd auf Beth, dass sie sich in einer Art Dämmerzustand seitlich gegen Jordan sinken ließ und den Kopf bequem an seine Schulter bettete. Auch Ginny war verstummt. Aus dem Radio dudelte sanfte Musik.

Angesichts der gefährlichen Strecke und des mittlerweile heranwallenden dichten Nebels fuhr Jordan bewusst umsichtig. Die Straße verengte sich, und kurz darauf kam ein weißes, hell beleuchtetes Flachdachgebäude in Sicht, aus dem dröhnende Rockmusik wummerte. Da Anklopfen oder Läuten zwecklos gewesen wäre, traten die drei ohne Umschweife ein. Die Party war bereits in vollem Gange.

»Mein lieber Mann!« Ginny staunte nicht schlecht.

Es hielten sich gut und gerne vierzig Gäste im Wohnzimmer auf, doch es wirkte immer noch riesig. Auch wenn er eher spärlich eingerichtet war, nahm Beth jede Einzelheit des Raums ganz genau wahr. Dem Zeitgeist entsprechend, hatte der Gastgeber sich minimalistisch eingerichtet, ein Stil, der perfekt zum Haus passte: Nichts beeinträchtigte die Aussicht vom Hügel herunter auf die Landschaft. Alles im Zimmer war schlicht und elegant – die Eckgarnitur aus weißem Leder, der Cocktailtisch aus schwarzem Marmor, die schwarz-weißen Bodenfliesen, die massive Schrankwand mit den schwarzen Acrylfronten. Der einzige Einrichtungsgegenstand, der etwas Wärme ausstrahlte, war ein Läufer in Zebrastreifenoptik, der vor dem aus weißem Klinker gemauerten Kamin lag. Die Musik schien in der Kargheit des Raums besonders laut zu dröhnen.

»Egal, wer der Kerl ist«, lamentierte Ginny, »ich hasse ihn!«

»Menschenskind«, stöhnte Beth. »Wir kennen ihn doch nicht mal!«

»Schau dir diese Bude an! Alles tipptopp!« Ginny fuhr mit der Hand über einen Beistelltisch aus Plexiglas. »Nicht ein Stäubchen! Und das Essen!« Der Esszimmertisch bog sich unter der Last auserlesener Gerichte: Krabben, Frühlingsrollen, geräucherter Lachs. In einem Warmhaltegerät aus Edelstahl schmorten Garnelen in Knoblauchsauce vor sich hin.

Beth war inzwischen genauso gespannt auf den Gastgeber wie ihre Freundin.

»Also, Jordan«, sagte Ginny, »mit meinen Kochkünsten werde ich Ihren Bekannten keinesfalls beeindrucken können. Was macht der Gute denn von Beruf?«

»Egal, was er macht«, bemerkte Beth, »aber ziemlich gut muss er's machen. Der Kasten hier kostet gewiss ein Vermögen.«

»Los, ihr zwei«, drängte Jordan. »Schauen wir uns um!« Er ging mit den beiden einen nach rechts vom Windfang wegführenden, breiten Gang hinunter. Wie überall, so glänzten auch hier die von Einbauleuchten angestrahlten Wände in makellosem Weiß. Über die gesamte Länge des Flurs erstreckte sich eine Sammlung von Foto-Essays, Schwarzweiß-Aufnahmen in verchromten Rahmen thematisch geordnet. Einige Fotos befassten sich offenbar mit dem Altern – verrunzelte Gesichter, welkes Laub, abgeholzte Berghänge, bröckelnde Wasserspeier an Kirchenfassaden. Andere wiederum hatten vermutlich die Unschuld zum Thema, sie zeigten herumtollende Kinder, eine Braut sowie eine Reihe zum Vespergebet schreitender Nonnen in weißer Tracht mit Kerzen in den Händen. Dann gab es Aufnahmen von Armut und Naturkatastrophen; selbst eine Serie von Brücken fehlte nicht. Beth erkannte die Pont Alexandre III in Paris und die Londoner Tower Bridge. Auf einer besonders gelungenen Nachtaufnahme war eine hölzerne Zugbrücke zu sehen, umrahmt von tausenden von Lichtern, die sich in den Fluten eines Flusses spiegelten.

»Und die soll Brad gemacht haben?«

Jordan zuckte mit den Schultern. »Keine Ahnung, aber klasse sind sie.«

»Jetzt langt's aber langsam«, maulte Ginny. »Ich halte es kaum noch aus vor Spannung! Der Typ ist reich, schön und gut, aber ist er auch sympathisch? Und noch zu haben? Steckt er hier irgendwo?« Sie verdrehte ihren Hals, um sich eine bessere Sicht zu verschaffen.

»Da hinten.« Jordan wies auf zwei Schiebetüren, durch die man vom Esszimmer auf eine Terrasse gelangte. »Aber, Ginny, ich muss Sie vorwarnen – Brad ist verlobt!«

Ginny verschlug es den Atem. »Das ist er? Und wenn er zehn Kinder hätte – den darf ich mir nicht entgehen lassen! Tschüss, bis später! Vorstellen kann ich mich selbst!«

Brad Petersen, der Gastgeber, war zwar nicht so groß wie Jordan, dafür aber von so imposanter Erscheinung, dass er kaum zu übersehen war. Seine Haut war tief gebräunt, das Haar weißblond. Er hatte eine Top-Figur und das charmanteste Lächeln, das Beth je gesehen hatte. Mittlerweile stand Ginny bereits neben ihm und half ihm dabei, Eiswürfel aus einem Plastikbeutel in eine riesige kristallene Bowleschale zu füllen.

»Das ging aber fix«, bemerkte Jordan.

»Der arme Brad weiß gar nicht, wie ihm geschieht.« Beth wandte sich an Jordan. »Hut ab, du hast Ginnys hochpeinliches Verhör schadlos überstanden! Nur gut, dass ich dich vorgewarnt hatte!«

»Das weiß ich zu schätzen! Ginny ist schon ulkig. Andererseits«, fuhr er fort und wies in die Richtung des Tisches, an dem Ginny und Brad standen, »macht das Brad anscheinend nichts aus.« Jordans Freund lächelte Ginny, die regelrecht hinzuschmelzen schien, unentwegt an.

»Ich zweifle nicht daran, dass Brad auf sich selbst aufpassen kann«, meinte Beth, »aber dennoch wollen wir ihn lieber nicht mit unserer temperamentvollen italienischen Freundin allein lassen.«

Sie mussten sich durch dutzende tanzender Paare hindurchzwängen, um sich den Weg zur Küche zu bahnen, in der Ginny sich soeben von Brad einen Drink mixen ließ.

»Jordan!«, rief Brad aus und begrüßte seinen Freund mit einem freundschaftlichen Schulterklopfen. »Freut mich, dass du's doch geschafft hast. Und Sie müssen Beth sein.« Er strahlte sie an. »Seit Jordan Sie kennt, lässt er beim Squash gewaltig nach. Wie ich jetzt sehe, darf man's ihm nicht verdenken, dass er sich nicht konzentrieren kann!«

Offenbar war Ginny wenig begeistert darüber, dass Brad einer anderen Frau seine Aufmerksamkeit schenkte. Beth erkannte es mit einem Blick. »Meine Freundin Ginny«, sagte sie deshalb rasch, »haben Sie ja schon kennen gelernt. Sie ist eine begnadete Geigerin sowie eine Meisterin im Herstellen von Lasagne.«

»Deshalb mag ich Partys so«, erwiderte Brad und sah auf Ginny herunter. »Man trifft die nettesten Leute!«

Ginny strahlte.

»Wie wär's, wenn du uns mal deine Verlobte vorstellst?«, schlug Jordan vor.

»Ingrid? Die ist nicht da. Sie ist in Europa. Ein Auftrag für eine Foto-Session. Gestern Abend rief sie an. Kommt erst Dienstag zurück.«

»Sind die Fotografien drüben im Flur von ihr?«, erkundigte sich Beth. »Die sind wirklich gut!«

Brad nickte, offensichtlich stolz über dieses Kompliment. Ginnys Enttäuschung hingegen nahm deutlich zu. »Sagen Sie mal«, erkundigte sich Brad, wobei er Ginny den Arm um die Schulter legte, »stehen Musikerinnen mit klassischer Ausbildung eigentlich auch auf Heavy Metal?« Ginny lachte. »Gleich fragen Sie mich, ob Italiener die besseren Liebhaber sind, oder?«

»Könnte sein! Doch eins nach dem anderen. Jetzt lassen Sie uns erst einmal tanzen!« Er warf Beth erneut ein Lächeln zu und geleitete Ginny dann durch die Schiebetüren auf eine Terrasse, auf der zahlreiche Paare zu den Rhythmen von Bon Jovi ausgelassen tanzten.

»Na«, meinte Beth, »wie's aussieht, wird Ginny einen tollen Abend haben.«

»Mal seh'n!«, sagte Jordan, indem er Beth den Arm um die Taille legte. »Der Abend fängt ja erst an. Komm, wir genehmigen uns ein paar Häppchen, dann können wir überlegen, was wir später sonst noch so alles unternehmen.«

23. KAPITEL

Drei Beamte der Ermittlungsgruppe »Spiderman« waren zum Rapport angetreten. Sie standen im Halbkreis um Kearns' Schreibtisch. Kearns' Finger wies zuerst auf Weems, den Jüngsten und Nervösesten der Truppe, der mit seinem glatten, rosigen Gesicht stets so aussah, als habe er sich gerade zum ersten Mal rasiert. Wenn Kearns unter Druck stand, neigte er dazu, den jungen Nachwuchspolizisten zu piesacken.

»Haben Ihre Gespräche mit den Mowatt-Verehrern irgendwas ergeben?«

Weems verneinte kopfschüttelnd. »Offensichtlich hatten 'ne ganze Reihe Männer im Fitnessstudio ein Auge auf sie geworfen. Das gilt nicht nur für die Mitglieder, sondern auch für den einen oder anderen Kursleiter. Aber alle sagen dasselbe aus, L. T. Danach war die Mowatt zwar zupackend, freundlich und hilfsbereit, hat aber keinem von ihnen je in irgendeiner Weise Hoffnung gemacht. Einer der Typen meinte, seinem Eindruck nach sei sie in festen Händen gewesen.«

»Hat sie ihm vielleicht nur weisgemacht, um ihn abzuwimmeln. Bestimmt haben Sie jeden einzelnen Mowatt-Fan gefragt, wo er am zwölften war.«

»Alle überprüft, L. T.«, meldete Weems, dessen Blick nervös durch Kearns' Dienstzimmer irrte und schließlich auf dem Schnellhefter verweilte, der vor dem Lieutenant auf dem Schreibtisch lag. »Steht alles in meinen Aufzeichnungen. Sind sauber, die Typen.«

Kearns musterte seine Untergebenen frustriert über den Schreibtisch hinweg. »Das höre ich aber äußerst ungern«, bemerkte er.

Erik Bauer, dem noch ein wenig getrockneter Senf am Mundwinkel klebte, übernahm mit betretener Miene. »Die Zimmernachbarin hat mir eine Liste der Lokalitäten zusammengestellt, in denen Mowatt sich gern aufhielt. Ich hab ihr Foto überall herumgezeigt, in ihrem Stammcafé, in dem Sportgeschäft, wo sie ihre Fitnessausrüstung kauft, sogar auf ihrer Laufstrecke hab ich ein paar Jogger angehalten. Kein Mensch hat sie gesehen, L. T. Ihr Friseur nicht, ihr Arzt nicht, niemand.«

»Tja, Bauer«, sagte Kearns und fixierte seinen Beamten mit einem missbilligenden Blick. Höchste Zeit, dass der Bursche sich mal das Haar schneiden ließ! »Versucht haben Sie's immerhin. Hoffentlich hing Ihnen nicht schon das halbe Mittagessen im Gesicht, als Sie mit Ellen Sims und all den anderen Personen sprachen, denen Patricia Mowatt nahe stand! Will ich schwer hoffen, Mann!«

»Nein, Lieutenant.« Er verlegte sich aufs Improvisieren, da er so schnell keine Serviette auftreiben konnte, und versuchte es mit Spucke und den Fingerspitzen.

Wie es ihre Art war, suchte Sharon Anscombe zu vermitteln. »Uns liegt genauso viel daran, das Mädchen unbedingt zu finden, wie Ihnen, L. T. Und auch den Mistkerl, in dessen Gewalt sie sich befindet. Aber ihre Eltern und ihre Mitbewohnerin stehen unter Schock. Wir müssen ihnen das Recht zugestehen, die Geschehnisse zu verarbeiten. Es geht nicht, dass wir uns quasi bei ihnen im Wohnzimmer einquartieren.

Einige Angehörige der Opfer kriegen schon Zustände, wenn sie uns nur sehen. Die Familie Van Horne ganz besonders. Die Leute benötigen Zeit, um sich zu finden und miteinander zu trauern. Die brauchen mal ihre Ruhe, L. T.!«

»Glaub ich gern«, versicherte Kearns. »Wenn unser Killer uns das Versprechen gäbe, er wolle niemandem mehr ans Leder, dann würde ich sagen: Lasst uns mal 'ne Pause einlegen! Aber dass das eintritt, wage ich zu bezweifeln. Deshalb müssen wir uns leider Gottes wieder dem zähen, unerquicklichen Geschäft widmen, das man gute Polizeiarbeit nennt. Falls wir unser Lager in jemandes guter Stube aufschlagen müssen, um an 'ner heißen Spur dranzubleiben, dann wird das gemacht! Klar?«

Sharon Anscombe nickte. Bauer tat so, als klebten ihm nach wie vor Essensreste im Gesicht, und Weems inspizierte zunächst seine Fingernägel, um dann den Blick auf seine Schuhe zu senken.

»Und glaubt bloß nicht, mir ginge das, was die Familie Mowatt oder die anderen durchmachen müssen, nicht an die Nieren«, fügte Kearns hinzu. »So gut müsstet ihr mich eigentlich kennen.«

Er hätte ihnen durchaus noch länger die Leviten lesen können, doch Sharon Anscombe murmelte etwas von einem Gespräch mit Carole Van Hornes Choreografin, für das sie den Termin festlegen müsse. Ihr unbeholfener Abgang verschaffte Weems und Bauer die Gelegenheit, sich ebenfalls mit Ausreden von dannen zu machen.

Na bitte, dachte Kearns. Botschaft angekommen.

Sobald er wieder allein in seinem Büro war, merkte er, dass er sich kleinlich verhalten hatte – nicht so sehr aus Gereiztheit über das Gejammer seiner Leute, sondern wegen des Gesprächs, das er zuvor mit den Piloten geführt hatte. Die fünf Besatzungsmitglieder, die an Anne Spaldings Beisetzung teilgenommen hatten, waren zur Befragung vorgeladen worden. Obwohl sie bereits im August nach dem Mord an Anne Spalding von Sharon Anscombe vernommen worden waren, hatte Kearns sich jeden Einzelnen noch einmal persönlich vornehmen wollen.

Brent Turnbull, glücklicher Familienvater, wohnte mit Frau und drei Kindern in einem hübschen Fachwerkhaus in St. Francis Wood. Peter Samuelson war frisch vermählt, Linc Gaudette hauste mit einem männlichen Lebensgefährten im Schwulenviertel Castro. Martin DiMascio, schon neun Jahre geschieden, hatte in dieser Zeit mit nahezu jeder Stewardess angebändelt, die ihm über den Weg gelaufen war. Außer mit Anne Spalding. Führte Kearns sich die bei den Gesprächen gesammelten Erkenntnisse vor Augen, blieb nur das Prädikat »unauffällige Lebensläufe«. Sicher, jeder mittelmäßige Psychologe hätte mithilfe einiger Fallstudien sowie mit ein bisschen Fachchinesisch und Fantasie diese Leute zu blutrünstigen Schlächtern ummodeln können. Gegen wasserdichte Alibis, die jeder Einzelne von den fünfen vorwies, war allerdings nichts auszurichten, so sehr sich Kearns auch bemühte, das Haar in der Suppe zu finden und die Geschichten, welche die Piloten ihm auftischten, zu durchlöchern. Die Alibis der ersten vier Flieger auf seiner Liste erwiesen sich als hieb- und stichfest, auch nach mehrfacher Überprüfung und nach Durchsicht der Dienstpläne. Die vier waren aus dem Schneider.

Der fünfte Flieger indes ließ bei Kearns sämtliche Alarmglocken schrillen. Jordan Bailey sorgte bei ihm nicht nur für Verwunderung, sondern für Verblüffung.

Bailey hatte unumwunden eingeräumt, er habe sich zum Zeitpunkt der Morde in San Francisco aufgehalten, was auch mit seinem Dienstplan übereinstimmte. An das, was er an den betreffenden Tagen gemacht hatte, konnte er sich nach eigener Aussage zwar nicht erinnern, doch an dem Abend, als Anne Spalding als vermisst gemeldet wurde, hatte er mit Bekannten in einem Lokal in der City Geburtstag gefeiert. Weder nahm das fragliche Restaurant Tischreservierungen vor, noch akzeptierte es Zahlung per Kreditkarte, aber Baileys vier Freunde, allesamt ebenfalls Flieger, bestätigten seine Angaben. Er habe, so gab er zu Protokoll, diese Aussagen bereits in Gegenwart von Inspector Anscombe gemacht, wiederhole sie jedoch gern, wenn es dazu beitrage, Anne Spaldings Mörder dingfest zu machen. Bereitwillig teilte er Kearns auch mit, er habe sich einige Male mit Anne verabredet, doch sei eine eventuelle Beziehung bereits beendet gewesen, bevor es auch nur zum Händchenhalten gekommen sei. Am fraglichen Mordabend habe er Gäste zum Dinner geladen, und er erinnerte sich noch daran, dass die Besucher über Anne Spalding gesprochen und gehofft hätten, sie möge unversehrt wieder auftauchen. Die angesprochenen Gäste hatten Baileys Version bestätigt.

Unwillig hatte Kearns den Piloten seiner Wege ziehen lassen müssen. Bailey war ihm allerdings nicht aus dem Sinn gegangen und hatte seinem Polizistenhirn keine Ruhe gelassen. Ein paar Anrufe sowie einige Nachforschungen, auf eigene Faust und auf traditionelle Weise, förderten Informationen von solcher Tragweite über den Mann ans Tageslicht, dass Kearns regelrecht zu Hochform auflief.

Nach Aussage der von Kearns kontaktierten Lehrpersonen hatte Bailey bis zu seinem neunten Lebensjahr bei seiner allein erziehenden Mutter Rita, einer Kellnerin, gelebt, die ihrem Sohn ein zwar einfaches, doch anständiges Leben ermöglicht hatte. Gewohnt hatten sie in einer schmucklosen Zwei-Zimmer-Wohnung in Protero Hill, einer Arbeitersiedlung mit dem angenehmsten Klima der ganzen Stadt. Es war nicht die schlechteste Umgebung, um ein Kind aufzuziehen. Der kleine Bailey erzielte überdurchschnittlich gute schulische Leistungen, wurde dann aber, kurz nach seinem neunten Geburtstag, auf eine hunderte von Meilen entfernte kirchliche Schule geschickt.

Diese Verbannung hatte Kearns stutzig gemacht. Ein umständliches Telefonat mit dem bereits pensionierten ehemaligen Schulleiter erbrachte, dass Bailey nie durch schlechtes Betragen aufgefallen war und auch nie wegen eventueller häuslicher Probleme seinen Beratungslehrer aufgesucht hatte. Regelmäßige Briefe und Anrufe zeugten von einem soliden Mutter-Sohn-Verhältnis.

Bis zu seinem dreizehnten Lebensjahr. Danach blieben die Briefe aus, und Jordan brach jeglichen Kontakt zur Mutter ab. Pubertät, das wusste Kearns, war für jeden ein schwieriges Alter, erst recht für Jungen, die auf Geistliche als Bezugspersonen angewiesen waren. Hatte nicht seine eigene Mutter oft genug gesagt, sie hätte lieber lauter Mädchen bekommen?

Durch weiteres Bohren hatte Kearns herausbekommen, dass Rita Bailey in der Folge andere Namen angenommen, sich zunächst Sally Monroe, danach Leigh Childs genannt hatte. Bei den Kollegen des Sittendezernats war sie keine Unbekannte. Obgleich bereits über fünfzig, verdiente Jordan Baileys Mutter nach wie vor gutes Geld als eines der erfahreneren Callgirls der Stadt. Mit ihrer aristokratisch anmutenden Art und ihrer Eloquenz, die sie zu einer angenehmen Gesprächspartnerin etwa bei Restaurantbesuchen machte, sowie nicht zuletzt ihrer erotischen Kunstfertigkeit wegen war sie bei prominenten Geschäftsleuten sowie den üblichen Teilnehmern an Tagungen und Kongressen gleichermaßen begehrt. Irgendwann in ihrem Leben musste Rita wohl erkannt haben, dass auf dem Strich mehr Geld zu machen war als beim Kellnern. Zu ihrem Sohn hatte sie schon lange keinen Kontakt mehr. Wann hatte Jordan die Wahrheit über seine Mutter herausgefunden? Vielleicht zu der Zeit, als er dreizehn wurde?

In ihrer Gesamtheit ergaben die Erkenntnisse, die Kearns über Bailey gewonnen hatte, einen Mix, der den Zutaten eines Ramschladenparfüms glich. Und der aufdringliche Geruch dieser Mischung blieb an Jordan Bailey haften.

Er war mit Anne Spalding ausgegangen. Und nun war Anne Spalding tot.

Aus einem ganz bestimmten Grund jedoch schrillten Kearns' Alarmglocken besonders laut: Jordan war auf ein gestrenges kirchliches Internat gegangen, eine Schule, die das gleiche Christogramm im Wappen führte, das »Spiderman« seinen Opfern ins Handgelenk geritzt hatte.

24. KAPITEL

Beth schenkte sich etwas zu trinken nach und nahm sich vor, nie wieder eine Party zu besuchen. Neckische Albereien waren ihr ein Gräuel; zudem mochte sie es überhaupt nicht, wenn sie von Unbekannten um kostenlosen Rat in Ausstattungsfragen angegangen wurde. Und dauernd erklären zu müssen, wieso ihr Glas nur einen Soft-Drink und nichts anderes enthielt, ging ihr mehr und mehr auf die Nerven. Es ging niemanden etwas an, dass sie eine künstliche Herzklappe hatte und darauf achten musste, kein zu hohes Quantum an alkoholischen Getränken zu sich zu nehmen. Lieber hätte sie sich als ehemalige Alkoholikerin geoutet.

Anscheinend kam Jordan besser mit diesen Smalltalkern zurecht. Bedachte man, dass Beth ihn ursprünglich als eher zurückhaltend eingeschätzt hatte, konnte man nur darüber staunen, mit welcher Leichtigkeit er drei äußerst attraktive Frauen mit seinen Gesprächsbeiträgen fesselte. Während Beth an ihrem Drink nippte, sah sie sich im Zimmer um.

»Soll ich Ihnen aus der Hand lesen?«

Beth wandte den Kopf und schaute über die Schulter. Eine hagere junge Frau mit blonden Haaren lächelte ihr zu.

»Wie bitte?«

»Ich mache das beruflich«, erklärte die Frau. »Handlesen. Heute Abend kostenlos.«

Beth hatte sich bereits über die Ansammlung komischer Käuze bei dieser Party gewundert. Ob Brad wohl wusste, was für ein kurioses Völkchen sich unter sein Dach verirrt hatte? »Na, von mir aus«, willigte sie ein.

Die Frau, die sich als Peggy vorstellte, wirkte etwas eingeschnappt. »Die Kunst des Handlesens ist eine Wissenschaft«, sagte sie sichtlich verschnupft. Sie geleitete Beth zu einer einigermaßen ruhigen Sitzecke am Wohnzimmerfenster. »Wenn Fingerabdrücke schon über unsere Individualität Ausdruck geben, dann stellen Sie sich nur mal vor, was Ihre Handlinien alles andeuten können! Wussten Sie, dass Menschen mit dem Down-Syndrom lediglich eine einzige horizontale Linie im Handteller haben? Zwei horizontale Linien von gleicher Länge könnten ein Hinweis darauf sein, dass der Betreffende anfällig für Leukämie ist. Auch Serienmörder haben ziemlich aussagekräftige Hände!«

»Vielleicht, wenn Blut dran klebt«, bemerkte Beth.

Erneut schob Peggy schmollend die Unterlippe vor, weswegen Beth sich umgehend um Schadensbegrenzung bemühte. »Sicher ein interessanter Beruf, den Sie da haben«, sagte sie.

Die Bemerkung stimmte Peggy offenbar versöhnlicher. »Zu meinen Kunden zählen viele Ärzte und Rechtsanwälte. Sogar einige Polizeibeamte sind darunter.«

Angesichts derartiger Referenzen drehte Beth nun doch ihre Handfläche nach oben. »Was sagt denn meine Hand über mich aus?«

Es folgten die üblichen Erklärungen bezüglich Herz- und

Lebenslinie, doch auf einmal schaute Peggy auf und legte die Stirn in Falten. »Sie hatten schmerzliche Erfahrungen mit einem Mann, stimmt's?«

»Hatten wir die nicht alle?«

»Sie haben es nie verwunden, dass er Sie hintergangen hat.«

Beth schluckte, blieb aber stumm.

»Sie sind zu vertrauensselig.«

»Das höre ich nicht zum ersten Mal.« Beth erinnerte sich an Ginnys Ermahnung, dass sie zu höflich sei.

»Sie sollten vorsichtiger sein«, fügte Peggy hinzu. »Gerade momentan sind Sie emotional stark verwundbar.« Ihr Finger folgte einer Linie in Beth' Handfläche. »Gesundheitsprobleme sehe ich ebenfalls.«

Mit einem Male stand Jordan hinter der Sofalehne und beugte sich über die beiden. »Was hält denn die Zukunft für uns zwei bereit, Beth?«

Peggy empfahl sich lächelnd.

»Nichts«, erwiderte Beth. »Es sei denn, du lotst mich hier raus. Ich fürchte, Partys sind nicht mein Fall.«

Jordan nickte und warf einen Blick auf seine Armbanduhr. »Meiner auch nicht. Ich melde uns noch schnell bei Brad ab und schnappe mir Ginny, dann verkrümeln wir uns.«

»Uhrzeitvergleich!«, flüsterte Beth verschwörerisch. »Treffpunkt an der Haustür in zehn Minuten!«

Am hinteren Ende von Brads Korridor befanden sich zwei Toiletten – eine im Badezimmer, vor dem bereits vier Frauen anstanden, und eine kleinere direkt neben Brads Schlafzimmer, wo eine Person weniger in der Schlange stand. Beth stellte sich hinter Peggy und zwei der Damen an, mit denen Jordan sich zuvor unterhalten hatte.

»Man sollte sich einfach an den Strand hocken«, meinte eine vor Peggy stehende Rothaarige. »Das hier ist doch ein Witz!«

Beth sah sich um. Da haben wir also Brads Schlafgemach, dachte sie. Was die Wände wohl erzählen würden, wenn sie reden könnten? Ein riesiges französisches Bett, auf dem sich Berge von Trenchcoats, Windjacken und Regenschirmen stapelten, dominierte das Zimmer. Das Nachttischchen zierte das gerahmte Foto einer atemberaubend schönen Brünetten – Ingrid, wie Beth vermutete.

Ein auf Maß gefertigtes, lackiertes TV-/Video-Eckregal mit eingebautem Großbildfernseher, Videorecorder und einer Sammlung von Videos stand in der Beth am nächsten gelegenen Ecke. Einige der Filmtitel konnte sie entziffern: BLONDINEN BEVORZUGT, ICH TANZ MICH IN DEIN HERZ HINEIN, IN ACHTZIG TAGEN UM DIE WELT – eigentlich nicht das, was sie bei jemandem wie Brad erwartet hätte.

Die Badezimmertür öffnete sich. »Na, Gott sei Dank!«, stöhnte die Rothaarige.

Beth bemerkte, dass sich der auf dem Bett liegende Kleiderberg kaum merklich bewegte, was auch dem Rotschopf nicht entgangen war. »Ich glaub es nicht! Können die nicht abwarten, bis sie zu Hause sind?«

Peggy verdrehte die Augen.

Die Rothaarige redete sich in Fahrt. »Aber andererseits – wenn es Brad Petersen wäre, der mich dazu überredete, würde ich nicht lange überlegen!«

»Er soll aber verlobt sein«, warf Peggy ein.

»Ach, bei Verlobten gibt's solche und solche, wenn ihr versteht, was ich meine!« Die Rothaarige drehte sich zu Beth um. »Du bist mit Jordan hier, nicht?«

»Ja«, sagte Beth.

»Noch so 'n Adonis. Gut, dass er wieder in Umlauf ist.«

Erneut ging die Badezimmertür auf. Endlich war die rothaarige Männerexpertin an der Reihe. Beth sah auf ihre Uhr. Fünf Minuten noch, dann saß sie wahrscheinlich angeschnallt im Auto.

Als Beth endlich das begehrte Badezimmer für sich hatte, stellte sie zu ihrer Bestürzung fest, dass kein Toilettenpapier mehr da war und auch keine Ersatzrolle auf dem Spültank lag. Sie durchsuchte den Schrank unter dem Waschbecken. Außer auf Toilettenpapier stieß sie auf eine Schachtel Kondome, Rasierwasser, Medikamente gegen Magenbeschwerden, dazu Beruhigungsmittel und Aspirin.

Was denn – auch ein Brad Petersen plagte sich mit Wehwehchen? Beth hätte vermutet, dass sich einer wie er, attraktiv, topfit und mit diesem Zahnpastalächeln, mit derlei Banalitäten nicht abzugeben brauchte.

Als sie aus dem Badezimmer trat, bemerkte sie, dass der Kleiderstapel zur Ruhe gekommen und offenbar kein Mensch mehr im Schlafzimmer war.

Plötzlich stand Brad im Türrahmen. »Schade, dass Sie sich unwohl fühlen, Beth. Migräne kann echt unangenehm sein.«

»Migräne?«

Er grinste. »Ja, die Ausrede hat Jordan erfunden, damit ihr zwei euch schon verdrücken könnt. Ihr Freund flunkert hundsmiserabel. Aber ehe Sie gehen – was halten Sie von folgendem geschäftlichen Vorschlag: Meine Eigentumswohnung in St. Croix auf den Virgin Islands müsste renoviert werden. Sie könnten doch kommen, Jordan und Sie, und Ingrid und mich für eine Woche in der Sonne besuchen! Dann könnten wir unsere Ideen kombinieren.«

»Wenn es bis Dezember Zeit hat, gern! Im Oktober und November bin ich so gut wie ausgebucht.«

»Abgemacht! Dezember ist in Ordnung!« Brad lächelte.

Beth kramte ihren Terminkalender aus der Handtasche.

»Planen Sie mich fest ein. Wir hocken uns zusammen, wälzen ein paar Ideen und läuten dann alle vier gemeinsam das neue Jahr auf der Insel ein.«

Silvester mit Jordan! In der Karibik! Was gab es da noch

zu überlegen? Beth nickte, während sie Brads Namen auf die Seite kritzelte. »Meine Teilzeitkraft ist so gut, die schafft es auch ohne mich. Sie wird froh sein, wenn sie mich nach der Weihnachtshektik mal los ist.«

»Prima. Und übrigens, Beth: Bei Jordan wirken Sie wahre Wunder. Schön, ihn wieder glücklich zu sehen.«

»Wieder glücklich? Wieso? Ging es ihm nicht gut?«

»Annes Tod hat ihn ziemlich mitgenommen.«

»Anne?«

»Anne Spalding! Vielleicht sagt Ihnen der Name nicht mehr viel; sie war eine der Frauen, die von diesem Killer umgebracht wurden. Flugbegleiterin. Jordan war mit ihr befreundet.«

Ein kalter Schauder überlief Beth. Die makellos weißen Wände drohten über ihr einzustürzen.

»Beth? Alles in Ordnung mit Ihnen? Langsam, langsam! Eifersucht ist nicht angebracht! Annes Tod war zwar tragisch, doch das ist nun passé. Wenn Jordan Sie anschaut, erkennt man, dass er's ernst meint. Das sieht jeder sofort!«

Aus der Küche erscholl ein lautes, splitterndes Klirren, gefolgt von einem Kraftausdruck.

Brad verging das Lächeln. »Entschuldigen Sie mich. Ich muss wohl nach dem Rechten sehen. Wir sprechen bei Gelegenheit weiter über die Eigentumswohnung. Okay?«

Sobald Brad sie losließ, war Beth, als müsse sie jeden Moment zusammenklappen. Dass Jordan Anne gekannt hat, das allein hätte mich doch misstrauisch machen müssen, ging es ihr durch den Kopf. Wieso habe ich vorher nie bedacht, dass Jordan und Anne bei derselben Fluggesellschaft beschäftigt waren?

Anne hatte von einem neuen Partner gesprochen, von jemandem, den sie wirklich gern gehabt hatte. Und nun war sie tot. Hatte es sich bei diesem neuen Mann in Annes Leben etwa um Jordan gehandelt?

Fakten über Fakten stürmten auf Beth ein. Jordan hatte sie gesehen, war ihr vom Café zum Geschäft gefolgt. Er hatte eine schlimme Kindheit gehabt, so abscheulich, dass er sich weigerte, darüber im Detail zu sprechen.

Das von Kearns dargestellte Täterprofil fiel ihr ein – ein Irrer, der seinen Opfern auflauerte, vermutlich ihr Vertrauen gewann, sie dann überwältigte und ihre Körper verstümmelte.

Nein! Ausgeschlossen! So sehr konnte sie sich nicht in Jordan täuschen!

Trotz allem, was Ginny gesagt hatte, kannte Beth Jordan, kannte ihn so gut wie sich selbst. Und sie pfiff auf den Hokuspokus mit der Handleserei! Galt es nicht als positiver Charakterzug, Mitmenschen Vertrauen entgegenzubringen? Hatte man ihr nicht als Kind beigebracht, an das Gute im Menschen zu glauben? Und überhaupt: Falls Jordan darauf aus war, ihr etwas anzutun, dann hätte er es längst tun können. Gelegenheit hätte er reichlich gehabt!

Sie begab sich zurück in die Küche, wo Brad auf den Knien lag, Handfeger und Kehrblech in der Hand, und die Scherben eines kristallenen Weinglases zusammenkehrte.

Starke Arme umfassten von hinten ihre Taille. »Gute Nachrichten«, flüsterte Jordan ihr ins Ohr. »Ginny amüsiert sich so köstlich, dass sie noch bleiben will. Sie sagt, sie besorgt sich eine Mitfahrgelegenheit zurück in die City. Also: Wir haben den Rest des Abends für uns!«

25. KAPITEL

Als Manuel Fuentes um halb eins in der Nacht vom Läuten des Telefons unsanft aus dem Schlaf geholt wurde, war er alles andere als begeistert. Neben ihm drehte sich Rosalie stöhnend im Bett um. Beide wussten, wer anrief.

»Hoffentlich hast du ’nen guten Grund«, flüsterte Fuentes barsch in den Hörer.

»Redet man so mit seinem besten Freund?«

»Um diese Uhrzeit behandle ich dich höchstens wie einen obszönen Anrufer!«

Rosalie seufzte.

»Bleib dran!«, sagte Fuentes. »Ich gehe runter an den anderen Apparat!« Er reichte seiner Frau den Hörer.

Rosalie deckte die Sprechmuschel mit der Hand ab. »Hat der Kerl vergessen, dass du Familie hast?«, zischte sie durch die Dunkelheit. »Luisa muss um sechs zum Eiskunstlauftraining! Und du bist mit Fahren dran!«

»Psst! Er kann dich hören!«, mahnte Fuentes und tastete, weil er nicht wagte, das Licht anzumachen, im Finstern nach einem T-Shirt.

»Das ist mir völlig schnuppe! Der soll sein Leben mal endlich in den Griff kriegen!«

Fuentes streifte das T-Shirt über. »Weiß ich«, brummte er. Er hatte es verkehrt herum an.

Rosalie war noch lange nicht fertig. »Um diese Zeit anzurufen! Wenn der jetzt keinen Toten hat, bring ich ihn um!«

Fuentes schnappte sich den Hörer und stopfte ihn unter sein Kopfkissen. »Rosa, wie kannst du so etwas sagen?«

»Ich meine es ernst! Wenn dein gestörter Kumpel bloß anruft, um sich auszuheulen, dann kriegt er’s mit mir zu tun. Aber dann hat er wirklich was zum Jammern!«

»Dazu braucht er deine Hilfe nicht. Der jetzige Fall geht ihm gewaltig an die Nieren. Er hat eben kein verständnisvolles Weib, dem er sich mitteilen kann.« Fuentes versuchte, seiner Frau die Wange zu streicheln, doch Rosalie rückte von ihm ab. »Er ist einsam«, sagte er.

»Einsam?« Scharf wie ein Messer schnitt Rosas Flüstern durch die Dunkelheit. »Wie einsam kann der schon sein? Mary Kearns wohnt doch nur fünf Häuserzeilen weiter!«

Rosa hatte Recht. Seit Mary ihn verlassen hatte, wusste Jimmy nicht mehr, was es hieß, eine schlafende Ehefrau neben sich zu haben und ein Zimmer weiter zwei Kinder, die überallhin chauffiert werden mussten. Kearns übertrug den Lebensstil eines Geschiedenen einfach auf seinen Kollegen, mit dem er inzwischen über fünfzehn Jahre befreundet war. Er ging ganz selbstverständlich davon aus, dass Fuentes genau wie er keinen Schlaf oder Sex nötig hatte und stets gleichsam wie auf Kommando parat stand. Im Dezember war Mary fünf Jahre fort. Jimmy benahm sich aber immer noch so, als wäre alles erst gestern passiert. Er führte sich auf wie ein Witwer.

Fuentes bückte sich, um Rosalie auf die Stirn zu küssen, doch seine Lippen landeten auf dem Kissen. Nach einer hastig gemurmelten Entschuldigung tappte er auf bloßen Füßen die Treppe hinunter zur Küche.

»Kannst auflegen, Rosa«, meldete er und vernahm postwendend das abrupte Klicken am anderen Ende. Im Finstern setzte er sich auf den stabilsten der vier kunststoffbezogenen Drehstühle und hievte die Füße auf die Resopaltischplatte. »Jimmy, wehe du hast den Killer nicht geschnappt! Rosalie macht mir die Hölle heiß!«

»Geschnappt hab ich ihn nicht«, antwortete Kearns. »Aber riechen kann ich ihn.«

»Du holst mich aus den Federn, weil du was riechst? Du tickst wohl nicht richtig!«

»Manny, du enttäuschst mich! Sonst hast du mehr Achtung vor meiner Spürnase!«

»Um diese Zeit würde ich selbst über den Papst lästern! Nun leg schon los, ich bin ganz Ohr!«

Kearns erinnerte seinen Kollegen an die Befragung der Piloten, die bei den Beisetzungsfeierlichkeiten von Anne Spalding zugegen gewesen waren, und berichtete ihm insbesondere von dem Verdacht, den er gegen Jordan Bailey hegte.

»Hab ich das richtig verstanden?«, fragte Fuentes, als Kearns mit seinem Bericht fertig war. »Verdächtige Person, männlich, sehr mobil, ledig, Ende dreißig. Mutter Prostituierte, was mit unglücklicher Kindheit gleichzusetzen ist. Korrekt? Das Symbol, das der Täter den Opfern eingeritzt hat, deckt sich mit dem Emblem des kirchlichen Internats, auf das der Typ ging. War mit der Spalding befreundet.«

»So ist es.«

»Mensch, Jimmy, das ist ja tatsächlich was! Sonst noch was?«

»Pass auf, wie wär's hiermit: Bailey wohnt in Noe Valley.« Er gab die genaue Adresse durch. »Denk mal zurück an deine Zeit im Drogendezernat! Na? Fällt der Groschen?«

Fuentes überlegte kurz, dann fiel es ihm ein. »Gibt's doch nicht!«, sagte er. »Doch nicht die alte Bruchbude? Kenn ich in- und auswendig!« Er erinnerte sich an zahllose Drogenrazzien in den späten Siebziger- und frühen Achtzigerjahren. »Und in dem Loch soll dieser Bailey hausen?«

»Allerdings. Was fällt dir zum Keller ein?«

»Da mussten wir dauernd über Schlafsäcke staksen, in denen verkannte Musikgenies pennten.«

»Aufnahmestudio! Weißt du noch?«

»Ja, langsam kommt's wieder.« Fuentes merkte, dass Kearns ihm ein wenig auf die Sprünge helfen musste, schob es aber auf die nächtliche Stunde, dass er noch nicht ganz klar denken konnte.

»Schalldicht«, fuhr Kearns fort. »Also, wenn du da unten eine Frau eingesperrt hättest, die sich auf wundersame Weise von ihren Fesseln befreien könnte, dann würde wahrscheinlich kein Mensch hören, wenn die an die Tür wummerte oder um Hilfe schrie.«

»Ich räume ein, da ist was faul. Darf ich dich jedoch daran erinnern, Bullen tendieren oft zum ...

»Schon gut, ich weiß, zum Tunnelblick.«

»Genau. Wir dürfen uns jetzt nicht nur auf diesen Bailey konzentrieren und alles andere ignorieren.«

»Also, Manny! Komm in die Hufe! Gleich morgen Früh schicke ich jemanden zu diesem Bay Club in der Greenwich Street. Patricia Mowatt leitete da einen Aerobic-Kurs und wird nach wie vor vermisst. Vielleicht ist unser Mann ja Mitglied in dem Verein!«

Eins war Fuentes klar: Jetzt, da Kearns vermeintlich eine heiße Spur verfolgte, war er nicht mehr aufzuhalten. Ganz überzeugt hatte er ihn dennoch nicht. Möglich, dass dieser Bailey dem Täterprofil entsprach. Das traf aber auch auf tausende andere zu. Die Polizei wurde tagtäglich von allen Seiten bepflastert, Kearns ganz besonders. Erst am vergangenen Nachmittag hatten ihn der Dienststellenleiter sowie der stellvertretende Polizeipräsident dermaßen zusammengefaltet, dass ihm, wie er behauptete, Hören und Sehen vergangen war.

Vielleicht lag Kearns ja doch richtig. Mehr als diesen Bailey hatten sie nicht vorzuweisen, und die Sache mit ihm stank derart, dass man die Fährte aufnehmen musste. Man hatte schon Fälle gelöst, bei denen die Gefühle noch weit mehr aus dem Bauch heraus gekommen waren.

»Packen wir's an, Jimmy!«, sagte er. »Wir können schließlich nicht abwarten, bis die Mowatt von selbst auftaucht. Ich geh schnell rauf und sag meiner Frau Bescheid, muss 'n bisschen was für die Stimmung tun, damit sie mir nicht stiften geht. Wenn sie noch mit mir spricht, könnten wir den Rest der Nacht gut nutzen.«

»Bestell Rosalie, es täte mir Leid.« Kearns' Stimme verriet eine Spur von Wehmut.

»Ach, eins noch«, unterbrach Fuentes. Jetzt, mit einem Schlag hellwach, durchzuckte ihn plötzlich ein Gedanke. »Deine Bekannte ... diese Beth Wells.«

»Was ist mit ihr?«

»Ihr neuer Freund! Sagtest du nicht, der sei Pilot?«

26. KAPITEL

Dichter Nebel senkte sich wie ein Kissen auf den Wagen, als wolle er alles Leben ersticken. Beth spähte angestrengt nach der weißen Mittellinie, sah jedoch nur grau in grau vor sich. Jeden Augenblick, so war sie fest überzeugt, würde der Wagen auf den unbefestigten Seitenstreifen geraten, in einen Straßengraben rutschen oder über eine Klippe geschleudert werden.

Obwohl er vorsichtig fahren musste, machte Jordan einen entspannten Eindruck. Die gefährlichen äußeren Bedingungen schienen ihm nichts auszumachen. Die linke Hand am Steuer, suchte er mit der rechten nach einem Radiosender mit sanfter Musik. Nachdem er einen solchen eingestellt hatte, tastete er über die Mittelkonsole hinweg nach Beth' Hand.

»Entspann dich«, sagte er, wobei er ihr die verkrampften Finger löste. »Ich habe schon bei schlimmerem Mistwetter Jumbo-Jets geflogen und bislang nicht einen Passagier verloren.«

»Trotzdem solltest du beide Hände ans Steuer nehmen«,

ermahnte sie ihn. »Es geht nicht darum, wie *du* fährst, sondern wie *andere* fahren. Das macht mir Sorgen, nicht deine Fahrweise.«

Jordan tat zwar, wie ihm geheißen, machte jedoch eine enttäuschte Miene. Eine Weile blieben beide stumm. Hin und wieder summte Jordan eine Melodie mit. Beth schaute durch das Seitenfenster, versuchte angestrengt, sich der hypnotischen Wirkung des Nebels zu entziehen.

Als Jordans Hand ihr Knie streifte, schreckte sie auf. Sofort zog er die Hand zurück.

»Meine Güte, Beth, was ist denn los mit dir?«

»Nichts«, erwiderte sie, viel zu schnell allerdings. »Liegt wohl am Nebel. Nebel mag ich nicht. Ziemlich dumm, wenn man in San Francisco wohnt, was?« Sie raffte sich zu einem gequälten Lachen auf.

»Versuch dich zu entspannen«, sagte Jordan.

»Mir wär's lieber gewesen, Ginny wäre mit uns zurückgefahren. Gefällt mir gar nicht, dass sie möglicherweise mit einem Fremden mitfährt.«

»Ginny ist erwachsen. Außerdem wird Brad sie wahrscheinlich nach Hause bringen. Sie würde es dir nie verzeihen, wenn du ihr diese einmalige Gelegenheit vermasselt hättest.«

»Aber Brad ist verlobt. Eigentlich dürfte ich nicht zulassen, dass meine Freundin sich dazwischendrängt!«

»Sicher nicht. Doch das ist Ginnys Entscheidung. Ihre und Brads.«

»Mag sein. Trotzdem ...«

»Ginny kommt schon klar«, versicherte Jordan energisch.

Anscheinend lichtete sich der Nebel ein wenig, was allerdings nicht dazu beitrug, Beth zu beruhigen. Bei der angespannten Stille im Wagen gab sich Jordan alle Mühe, die Nervosität mit humorvollen Kommentaren über Brads Gäste aufzulockern. Einige davon, ebenfalls Squash- oder Tennisspieler, hatten darüber debattiert, wer Gastgeber der nächsten Party sein würde. Nur am Rande bekam Beth mit, dass Jordan erklärte, wie froh er sei, seine Pflicht schon erfüllt zu haben. Sie konnte sich kaum konzentrieren und gab deshalb nur einsilbige, banale Antworten.

Jordan und Anne!

»Beth«, sagte Jordan nach einer Weile, »was ist das hier für eine absonderliche Unterhaltung! Wir reden ja wie zwei bei einem Blind Date, die besonders höflich sein wollen! Sag mir doch, was dich bekümmert!«

»Nichts. Ehrlich!«

»Du lügst«, sagte er gepresst, den Blick unverwandt auf die Fahrbahn gerichtet.

Beth kämpfte gegen die Gänsehaut an, die ihr den Rücken heraufkroch. Ein leichtes Zittern überlief sie. Sie musste schlucken. »Bitte?«

»Du lügst«, wiederholte er und sah sie mit versteinertem Gesicht an. »Heute Abend während der Party muss irgendetwas passiert sein. Hat Brad sich an dich herangemacht?«

Die Frage traf Beth völlig überraschend. »Wie kommst du denn darauf?«

»Ach, jetzt komm aber, Beth! Brad sieht klasse aus, ist gesellig und sportlich ... Falls etwas zwischen euch vorgefallen sein sollte ...«

»Gar nichts ist vorgefallen! Brad war ein vorbildlicher Gastgeber. Ein richtiger Gentleman!«

»Wenn nicht Brad, dann ... Ah!« Er schnippte mit den Fingern. »Ich erspare dir die üblichen Sprüche. ›Jordan, an dir liegt es nicht. Es liegt an mir. Mir geht das alles zu schnell. Ich brauche mehr Zeit, mehr Ruhe. Vielleicht in ein, zwei Monaten ...‹«

»Das wollte ich überhaupt nicht sagen! Nichts dergleichen!«

»Na, dann raus damit! Was ist der Grund für dein frostiges Verhalten?«

Beth hielt inne und versuchte, sich zwischen zwei tiefen Atemzügen zu sammeln. Sie merkte, wie ihr Herz raste. Wahrscheinlich werkelte die kleine mechanische Herzklappe unermüdlich. Man konnte es sich lebhaft vorstellen.

»Los, Beth!« Jordan wurde zusehends ungeduldiger. »Brauchst nicht zimperlich zu sein. Beleidigt bin ich so oder so.«

Sie waren noch meilenweit weg von der Golden Gate Bridge, viel zu weit von zu Hause. Irgendetwas musste sie sich einfallen lassen. »Ich bin krankhaft eifersüchtig«, platzte sie heraus und erinnerte sich an Brads Worte. »Eifersucht ist der Grund! Ich gebe es zu, und es ist mir peinlich.«

Mist! Stehe ich das durch? Sie hatte keine Wahl.

»Bei der Party hab ich gehört, wie eine der Frauen sagte, es sei schön, dass du wieder in Umlauf bist.« Sie merkte gleich, wie albern und unglaubwürdig das klang.

»Ja, und?«

Genau. »Also«, sagte sie. »Dein Verhalten mir gegenüber – ist das für dich nur so etwas wie die Reaktion eines enttäuschten Liebhabers?«

»Ich fasse es nicht!«, sagte Jordan kopfschüttelnd. »Du meinst, du bist so 'ne Art Ersatz? Für eine Frau, die mich abgewiesen hat, und die ich nur von weitem verehren kann?«

»Alles schon vorgekommen.«

»Mag ja sein, doch nicht in diesem Fall. Oder hab ich dir das Gefühl vermittelt, ich hielte mich an dir schadlos?«

»Nein, natürlich nicht! Es ist eben nur ... sag mir, wie sie war.«

»Überhaupt nicht wie du, Beth. Eher wie ein verängstigtes Kaninchen. Ohne Selbstvertrauen. Voller Geheimnisse. Sehr verschlossen.«

In diesem Moment, dachte Beth, sieht mir Anne ziemlich ähnlich.

»Was hat dich denn dann zu ihr hingezogen?«

Er lächelte sie unsicher an. »Wahrscheinlich möchte jeder Mann mal den Retter einer schönen Frau spielen, einmal im Leben zumindest. Und die Seite in mir hat sie angesprochen, meinen Beschützerinstinkt. Auf lange Sicht wäre ich ihrer Hilflosigkeit wohl irgendwann überdrüssig geworden.«

»War das der Grund, warum die Beziehung zu Ende ging?«

Er schüttelte den Kopf. »Eine Beziehung konnte man das kaum nennen. Nichts weiter als ein paar Drinks und ein-, zweimal ins Kino. Dann hat sie einen anderen kennen gelernt.«

»Und jetzt ist sie glücklich?«

Jordan zuckte nur stumm mit den Schultern.

»Wie hieß sie?«

»Was spielt das für eine Rolle?« Seine Stimme füllte das ganze Wageninnere aus. »Schluss mit dem Verhör, Beth! Die gesamte Palette ritueller Vorsichtsmaßnahmen haben wir zwei schon durch, haben uns unsere sexuellen Vorgeschichten gebeichtet und gemeinsam Kondome gekauft. Ich habe dir offen meine Erfahrungen mitgeteilt. Wir sind beide HIV negativ. Das muss reichen. Namen von früheren Bekanntschaften schulde ich dir nicht.«

»Aber Jordan ...«

»Hör bitte auf, ja? Seit wir bei Brad losgefahren sind, benimmst du dich schon so merkwürdig! Gibt's dafür 'ne Erklärung?« Er wartete einen Augenblick ab und sagte dann: »Nein. Hab ich mir gleich gedacht.«

Er drehte das Autoradio lauter. Stevie Wonders »Part-Time Lover« dröhnte durch den Wagen.

Endlich überquerten sie die Golden Gate Bridge, auf der nach wie vor Nebelbänke, tastenden Fingern gleich, die sechsspurige Fahrbahn entlangwallten. Über Telegraph Hill ragte die Silhouette des Coit Memorial Tower in den Himmel. Der Obelisk der Transamerica Pyramid, die Lichter von Fisherman's Wharf – für Beth alles vertraute Wahrzeichen der Skyline von San Francisco. Dennoch fühlte sie sich in eine fremde Welt versetzt.

Wieso hatte Jordan ihr Annes Namen nicht genannt? Weil es sie einen feuchten Kehricht anging? Oder weil er wusste, kein Mensch würde es ihm abnehmen, wenn er erzählte, es sei reiner Zufall, dass er mit zwei Wohnungsgenossinnen, von denen nun eine tot war, etwas angefangen hatte? Sie würde es nie erfahren. Sie würde sich nicht mehr mit Jordan verabreden.

Ihr Bedürfnis, mit offenen Karten zu spielen, kollidierte mit Jordans Wunsch, sich eben nicht in diese Karten sehen zu lassen. Dieser Konflikt war unüberbrückbar. Beth hatte gepokert und alles verloren.

Sie warf Jordan einen Blick zu. Seine rechte Hand ruhte lässig auf dem Lenkrad, als sei das Fahren für ihn eine Kleinigkeit. Hätte Beth ihn nicht besser gekannt – sie hätte schwören können, dass er sich langweilte. Doch sein Gesicht verriet seine wahren Gefühle. Er war fuchsteufelswild.

Wenige Minuten später bog Jordan in Beth' Garageneinfahrt. Doch statt den Motor abzustellen, ließ er ihn im Leerlauf weiterlaufen und starrte zu Beth' verdunkelten Schlafzimmerfenstern hinauf.

Sich aufdrängen, das würde er bestimmt nicht, und Beth hatte nicht vor, ihn noch heraufzubitten. Doch trotz ihres nagenden Verdachts und ihres akut paranoiden Zustands machte sie keine Anstalten auszusteigen. Irgendwie war ihr die Sache nicht geheuer.

»Jordan, ich ...«

»Gute Nacht, Beth«, sagte er, wobei er weiterhin zu ihrem Fenster hinaufstarrte.

»Bitte! Ich wollte dich nicht ...«

»Gute Nacht.«

Noch ehe sie die zehn Schritte zum Garagentor zurückgelegt hatte, rollte das Auto bereits die Scott Street hinauf und verschwand.

Schon als sie nach ihrem Haustürschlüssel kramte, wusste Beth, dass wieder eine schlaflose Nacht auf sie wartete. Schnell abschminken, das bequemste Nachthemd anziehen und sofort ins Bett kuscheln, im Hintergrund die Geräusche aus dem Fernseher, dann würde sie sich den Kopf zermartern, wer an diesem Fiasko die Schuld trug: Jordan mit seinem zwanghaften Drang nach Privatsphäre, der Killer, der dafür sorgte, dass jede Frau irgendwelche Unholde unter dem Bett wähnte, oder – was am schlimmsten gewesen und der Wahrheit vermutlich am nächsten gekommen wäre – sie selbst.

27. KAPITEL

Als Beth sich um acht Uhr am Sonntagmorgen im Spiegel sah, wurde ihr klar, dass sie sich keine weitere Nacht mit weniger als zwei Stunden Schlaf leisten konnte. Sie hatte dunkle Ringe unter den Augen und war kreidebleich. Umgehend krabbelte sie ins Bett zurück, um noch ein paar kostbare Minuten Schlaf herauszuschinden. Allerdings machte nebenan Tim O'Malley, der anscheinend nie schlief, mit irgendeinem Elektrogerät bereits Radau.

Auch nach dem Duschen fühlte Beth sich nicht sonderlich besser. Ihre Haut sah immer noch zum Fürchten aus. Sie fuhr sich mit dem Kamm durchs Haar und stellte dankbar fest, dass es offenbar noch nicht dünner wurde, denn das war eine der Nebenwirkungen bei der Einnahme blutverdünnender Mittel. Bis zum Mittag war sie dreimal drauf und dran, zum Hörer zu greifen, fast überwältigt von der Versuchung, Jordan anzurufen. Mit ihrem paranoiden Verdacht hatte sie sich idiotisch aufgeführt, und genau das hätte sie Jordan gern gesagt. Für ihr Verhalten gab es zwar Gründe, doch machten sie, je länger sie darüber nachdachte, immer weniger Sinn.

Die Tatsache, dass Jordan sich mit Anne getroffen hatte, machte ihn noch lange nicht zum Killer. Beim Abschied am Vorabend hatte sein Blick Beth beinahe das Herz zerrissen. Jetzt, da sie einen langen, einsamen Sonntag vor sich hatte, wollte sie das einzig Vernünftige tun: sich auf die Chaiselongue in ihrem Schlafzimmer kuscheln und überlegen, wie man am besten aus dieser Misere herauskam.

Sie streifte Leggins und ein übergroßes Football-Trikot über und legte dann, um ihrer Gesichtshaut eine Verjüngungskur zu gönnen, eine Gesichtsmaske auf. Verstört von dem Anblick, starrte Samson sie einen Augenblick an und verzog sich dann schleunigst unters Bett.

Beth fuhr erschreckt hoch, als das Telefon läutete. Falls es Jordan war – was mochte er wohl wollen? Sie holte tief Luft und zwang sich zur Ruhe. Nach dem vierten Klingelton traute sie sich noch immer nicht an den Apparat und beschloss, die Sache dem Anrufbeantworter zu überlassen.

Als das rote Lämpchen zu blinken begann, tippte Beth ihre Codenummer ein und lauschte der Botschaft. Am anderen Ende war Ginnys fröhliche Stimme zu hören. »Beth, ich bin's. Ruf mich an, sobald du aus den Laken krabbelst. Bis Mitternacht bin ich jederzeit erreichbar.«

Im Nu hatte Beth ihre Nummer gewählt.

»Hallo!«, tönte es schrill aus dem Hörer. »Dass du zu Hause bist! Sicher nicht allein, jede Wette!«

»Doch, Ginny. Allerdings.« Samson zwängte sich unter den Volantrüschen des Bettüberwurfs hervor, warf einen prüfenden Blick auf Beth' Gesicht und rollte sich zu ihren Füßen auf der Chaiselongue zusammen.

»Ich wollte mich nur schnell bedanken, dass du mich zu der Fete gestern Abend mitgeschleppt hast. Mensch, hab ich einen Spaß gehabt!«

Na, dachte Beth, wenigstens eine von uns! »Freut mich zu hören«, sagte sie. »Offenbar bist du ja wohlbehalten heimgekommen. War mir überhaupt nicht recht, dich dort allein zu lassen.«

»Hast du sie noch alle? Das war die beste Idee, die mir je eingefallen ist! *Brad* hat mich nach Hause gefahren.«

Die Anzüglichkeit in dem Hinweis war nicht zu überhören. »Mach's nicht so spannend!«

»Na ja, ich will ja nicht angeben, aber ...«

»Du und Brad?« Beth merkte, wie ihre Schönheitsmaske Risse bekam. »Du kennst ihn doch kaum!«

Nach kurzem Zögern sagte Ginny: »Jetzt schon. Außerdem – gerade du musst über Hals-über-Kopf-Romanzen lästern! Wie lange kennt ihr euch denn, du und Jordan? Drei Wochen? Wenn's passt, dann passt es eben! Ich wusste gleich, dass Brad scharf auf mich war. Von der ersten Sekunde an hab ich's ihm angesehen.«

Beth gab sich Mühe, etwas Anteilnahme zu simulieren. »Trefft ihr euch wieder?«

»Wahrscheinlich nicht«, erwiderte Ginny lapidar.

»Was soll das denn heißen?«

»Na, hör mal! Es schwimmen noch genug Karpfen im Teich! Wieso sollte sich die Rizzuto nicht erst mal einige davon angeln? Sicher, Brad war toll, 'n richtiger Gentleman sogar. Wollte mich eigentlich nächste Woche zum Lunch ausführen, aber ich lass es erst mal langsam angehen.«

Beth' Gesichtsmaske begann zu bröckeln. Verglich Ginny ihre Verehrer tatsächlich mit Fischen? Beth konnte sich kaum vorstellen, dass ihre Freundin einen solch kapitalen

Fang wie Brad einfach davonschwimmen ließ, ohne zumindest zu versuchen, ihn an die Angel zu bekommen. Möglich, dass Brad die übliche Tour angewandt hatte: ein bisschen Süßholz raspeln, Ginny mit gutem Essen und Trinken verwöhnen, ein wenig Wange an Wange schwofen – was die Männer so machten, um eine Frau postwendend ins Bett zu kriegen. Und wenn Ginnys Telefonnummer schon als Papierknäuel in Brads Autoaschenbecher gelandet war? Für so etwas fand Beth die Freundin dann doch zu schade. »Alles in Ordnung mit dir, Ginny?«

»In Ordnung? Mir ging's nie besser! Was soll die Frage?«

»Ach, was weiß ich! Mag sein, dass ich mehr Brimborium erwartet habe.«

»So sehr interessieren dich die Details? Schäm dich! Du wirst mir mit jedem Tag ähnlicher. Brad Petersen entsprach im Bett genau meinen Vorstellungen. Mehr kann man nicht verlangen. Nur: Er ist verlobt.«

Beth fielen die Worte der Rothaarigen ein: *Bei Verlobten gibt es solche und solche.* Augenscheinlich schloss Brads Definition des Wortes einen kleinen Seitensprung mit einem mehr als bereitwilligen weiblichen Wesen ein. Ob Ingrid diese Auffassung von Treue teilte? Darüber hinaus fragte sich Beth, wieso Brad angesichts dieser talentierten und wunderschönen Verlobten überhaupt an einer Eskapade mit Ginny interessiert war. Erneut stellte sie ihre Menschenkenntnis infrage.

»Und da wir gerade über Happyends reden: Dein Jordan ist absolut klasse. Ich nehme meine Verdächtigungen zurück. Außerdem liegt er dir zu Füßen.«

Zumindest tat er das, dachte Beth, als sie ihr Gespräch mit Ginny beendete. Die Vorderseite ihres Trikots war voller pinkfarbener Brösel. Jetzt bedurfte es wohl mehr als ein paar sanfter Spritzer ins Gesicht, um die Maske zu entfernen. Sie sah aus wie ein zu lange gekochter Hummer.

Den größten Teil des Nachmittags schmökerte Beth sich durch einen Liebesroman, schaffte es schließlich bis zu dem herzerweichenden Höhepunkt, den die Inhaltsangabe des Buches versprochen hatte. Just in dem Moment, als sie das Buch zuklappte, klingelte das Telefon zum zweiten Mal.

Jim Kearns war dran. »Hat sich Ihr mysteriöser Brieffreund mal wieder gemeldet?«

»Seit der Geschichte mit dem zerschnittenen Foto nicht, Jim. Vielleicht ist er des Spielchens überdrüssig.« Zumindest hoffte Beth das. Sie wusste, Jim Kearns hatte Wichtigeres zu tun, als hinter diesem schrägen Typen herzujagen. Sie wollte zwar weder die Bedeutung der Briefe verharmlosen noch die Gefühle, die sie in ihr hervorriefen. In letzter Zeit hatte sie allerdings keine Post mehr erhalten, und verglichen mit dem Vorabend-Fiasko mit Jordan waren die Dinger ihrer Ansicht nach auch keine weitere Aufregung wert.

»Na ja, wahrscheinlich haben Sie Recht. Geben Sie mir aber trotzdem Bescheid, falls noch etwas kommt. Solchen Schurken muss man mal ordentlich die Ohren lang ziehen. Übrigens, was treiben Sie an einem so schönen Tag wie heute zu Hause? Ich will doch nicht hoffen, dass es Zoff im siebten Himmel gibt!«

»Jordan hat heute Abend einen Europaflug«, erwiderte sie, wobei sie merkte, wie sie in Verteidigungsstellung ging. »Deshalb hat er den ganzen Tag zu tun.« Weder sich selbst noch Kearns mochte sie eingestehen, dass die Beziehung mit Jordan schon zu Ende war, bevor sie überhaupt richtig begonnen hatte.

»Hat der auch einen Nachnamen, Ihr Jordan?«

»Bailey. Warum?«

»Sie kennen mich doch«, sagte Kearns. »Ich hab's mit den Einzelheiten.«

»Apropos Einzelheiten – wie kommt denn die Ermittlung voran?«

»Allmählich krabbelt ein möglicher Verdächtiger aus dem Unterholz«, berichtete Kearns. »Jedenfalls haben wir mehr als letzte Woche.«

Erneut verfiel Kearns in die Darstellung des Täterprofils und schloss seinen Vortrag mit dem üblichen Credo: Augen auf im Bekanntenkreis! Beth wusste, unter welchem Druck er stand, und machte sich langsam Sorgen um ihn. Dennoch fragte sie sich noch lange nach dem Gespräch, wieso er sich am Telefon in solcher Ausführlichkeit über den Killer ausgelassen hatte. Mehr noch: Sie hätte zu gern erfahren, was Kearns mit seinem Anruf überhaupt bezweckt hatte.

Beth konnte kaum still sitzen. Sie vertrieb sich die Zeit, indem sie das Badezimmer putzte und den Kleiderschrank neu ordnete. Selbst Samsons Katzenklo wurde gründlich gescheuert. Ein Blick auf die Küchenuhr verriet, dass nicht mehr als eine Stunde vergangen war.

Trotz allem vermisste sie Jordan bereits und wünschte sich seinen Anruf herbei. Gut möglich, dass sie sich in ihn verlieben konnte. Was sie bereits über ihn wusste, gefiel ihr sehr gut. Was aber war mit all dem, worüber er nicht sprechen wollte? Irgendwie musste doch mehr herauszubekommen sein! Wenn aber Jordan selbst nichts erzählte – wer dann?

Später am Tag – Beth spritzte gerade ihren Wagen in der Einfahrt mit dem Wasserschlauch ab – kam Bobby Chandler angeschlendert. Entgegen seiner sonstigen Angewohnheit sprudelte er nicht sofort heraus mit seinen Neuigkeiten, sondern starrte Beth skeptisch an.

»Sonntag ohne Skateboard, Bobby?«, fragte sie und schloss das Mündungsventil der Regulierspritze. »Sieht dir aber gar nicht ähnlich!«

»Keine Lust«, antwortete er, wobei er sie nach wie vor verwirrt ansah.

Beth tauchte einen weichen Waschhandschuh in einen Eimer Seifenlauge und fing an, den Wagen einzuseifen. »Alles okay?« Sie musste fragen, trotz Tim O'Malleys Mahnung, sie möge sich etwas weniger entgegenkommend verhalten. Falls Bobby der mysteriöse Briefschreiber war, plagte ihn womöglich das schlechte Gewissen. Nicht ausgeschlossen, dass er, ging man nur behutsam genug vor, mit der Wahrheit herausrückte.

»Klar! Alles paletti. Hast du 'n Boyfriend, Beth?«

Beth stutzte ob dieser unvermittelten Frage. »Ja, Bobby, ich habe einen Freund.«

»Du stehst wohl eher auf ältere Typen, hm?«

Wie sollte man diese Frage beantworten, ohne dem Jungen zu nahe zu treten? Oder ihn wütend zu machen? Sie versuchte Zeit zu schinden, schaute instinktiv auf zum ersten Stock, wo Tim O'Malley ihnen vom Fenster aus zusah, sich aber bei Beth' Blick ins Innere der Wohnung zurückzog. Beth richtete ihre Aufmerksamkeit wieder auf Bobby und wählte ihre Worte mit Bedacht. »Ich mag Männer, die ähnliche Interessen haben wie ich.« Sie hoffte, die Antwort werde ihm genügen. Vielleicht fasste Bobby das Wort »Männer« ja als Wink auf und lenkte seine fehlgeleiteten Anwandlungen fortan in eine andere Richtung. »Halloween steht vor der Tür«, fuhr sie fort, um die Rede auf ein unverfänglicheres Thema zu bringen. »Veranstaltet ihr einen Maskenball in der Schule?«

»Schon. Aber ich geh nicht hin. Halloween ist was für Kinder. Kostüme find ich ätzend.«

»Als ich in deinem Alter war, habe ich mich noch gern verkleidet. Meine Eltern dekorierten dann immer den Gasthof, und wenn die Sängergruppen zum Sammeln kamen, begrüßten wir sie als die drei Musketiere.«

Zu ihrer Erleichterung vernahm sie das schwache Läuten ihres Telefons. Die Unterhaltung mit Bobby wurde nämlich mit jeder Minute schwieriger.

»Geh ruhig dran«, sagte Bobby. »Ich wasch das Auto zu Ende.«

»Jordan?«, rief sie atemlos in den Hörer des Wandapparats in der Küche.

Es war Rex McKenna. »Musste Sie daheim anrufen. Werde für 'n paar Tage nicht kommen. Wollte mal fragen, ob Sie mir wegen der Mietzahlung für November etwas entgegenkommen könnten.«

Noch zwei Wochen bis zum Ersten des Monats, und dennoch wusste Rex schon, dass er nicht würde blechen können! Beth seufzte. »Wie hatten Sie sich das denn vorgestellt?«

»Den Dezember zahl ich doppelt, Ehrenwort! Geschäft läuft momentan etwas schleppend, weiter nichts.«

Beth konnte förmlich hören, wie Ginny sie tadelnd darauf hinwies, sie falle immer zu leicht auf Gauner herein, erst recht, nachdem der letzte Scheck von Rex geplatzt war. »Das Einzige, was ich Ihnen anbieten kann, sind sieben Tage Überziehungsfrist. Sie müssen zugeben, das ist mehr als anständig!«

Er brummte sich etwas Unverständliches in den Bart und legte auf.

Zumindest verhält sich Rex so, dass man sich einigermaßen auf ihn einstellen kann, dachte Beth. Nur die Gespräche mit Jim Kearns, Ginny und Bobby Chandler – warum lassen die mich derartig verwirrt zurück? Haben sich alle verändert, oder reagieren sie nur auf Veränderungen, die sie bei mir festgestellt haben? Beth schüttelte den Kopf. Offenbar wirkte sich ihre Erschöpfung allmählich auf ihr Denkvermögen aus.

Als sie endlich wieder draußen auftauchte, hatte Bobby Chandler bereits das Auto abgespült und war verschwunden.

Für den Rest des Tages blieb Beth' Telefon stumm.

Am Donnerstagabend derselben Woche erfuhr Beth, dass Jordan aus Europa zurück war.

Am Freitag wurde die Leiche von Patricia Mowatt am Fuße einer Kinderrutsche im Alta Plaza Park aufgefunden.

28. KAPITEL

Gelbes Trassierband versperrte die vier Zugänge zum Alta Plaza Park, häufiger Aufenthaltsort für Kindermädchen und deren kleine Schützlinge aus den Nobelvillen von Pacific Heights. Mitunter versammelten sich die Sonnenhungrigen auf einer Wiese zwischen Jackson und Scott Street, von wo man einen herrlichen Blick auf die Zwillingshügel, die Twin Peaks, hatte. Bis zum Abschluss der Ermittlungen allerdings war ausschließlich Jim Kearns, Manuel Fuentes und den mit Müllzangen und Plastiksäcken bewaffneten Leuten von der Spurensicherung der Zutritt zum Parkgelände gestattet. Kearns duckte sich unter der Absperrung am Eingang Steiner Street durch und stieg, zwei Stufen auf einmal nehmend, die gewundene Treppe hinauf.

Genau in der Mitte der Parkanlage befand sich der Kinderspielplatz, auf dem man Patricia Mowatt tot aufgefunden hatte. Offensichtlich hatte der Täter die Leiche hinauf auf die Kinderrutsche gewuchtet, oben abgesetzt und dann herunterrutschen lassen wie Abfall durch den Müllschlucker. Bekleidet war sie mit einem weißen Top, pinkfarbenen Jogginghosen, Sportsocken und Joggingschuhen. Ihr Haar, jetzt verdreckt und mit Unrat verklebt, war ursprünglich – das konnte man noch erkennen – modisch gestylt und mit Strähnchen durchwirkt. Sie war zierlich, jedoch nicht mager.

Ins rechte Handgelenk hatte ihr der Mörder das Christogramm geschnitten.

Kearns ging neben der Leiche in die Hocke und prägte sich Patricia Mowatt ein, wie sie aussah, ehe der Pathologe mit seiner Säge ans Werk ging. Morgen um diese Zeit würde der Körper, nach Y-Sezierschnitt und Obduktion, nur noch eine organlose Gewebemasse sein, mit medizinischen Angaben versehen. Die hellrosa lackierten Fingernägel waren zu perfekten Ovalen gefeilt. Unter den Augen, dort, wo sich Tränen mit Lidschatten vermischt hatten, zeigten sich dunkel verschmierte Spuren. Winzige Stecker verzierten die Ohrläppchen. Mit behandschuhten Fingern untersuchte Kearns jede Einzelheit der Leiche. Die rosa Streifen der Laufsocken passten perfekt zur Farbe des Nagellacks.

»Du warst gerne Frau, was, Patricia? Hast Wert auf dein Äußeres gelegt, viel Zeit und Mühe darauf verwandt, gut auszusehen, selbst wenn du nur zum Joggen gingst.«

Jene Kollegen, die schon des Öfteren mit Kearns einen Tatort untersucht hatten, kannten seine Zwiegespräche mit den Toten und ließen ihn dabei in Ruhe. Kearns hörte ihr Gemurmel im Hintergrund, bekam hin und wieder ein Wort mit. Er merkte, dass die Beamten sich über alles Mögliche außer über den Mord unterhielten, als er unterdrücktes Gelächter vernahm. Er hatte Verständnis für den Wunsch nach Distanz und Ablenkung, wusste er doch, dass Galgenhumor häufig mithalf, das Entsetzen, dem seine Leute so oft ausgesetzt waren, zu verdrängen.

Jeder verarbeitete die Belastung eben auf seine ganz persönliche Weise. Richtig oder falsch war dabei kein Kriterium. Kearns gestand den Männern seiner Truppe die eigenen Methoden der Stressbewältigung zu, und umgekehrt hatten sich seine Leute zu gedulden, bis er mit der seinen fertig war. Vermessen, durchsuchen, im Dreck herumtasten – alles das konnte ein paar Minuten warten, für ihn selbst als Leiter des Tatortuntersuchungsteams galt das auch. Bei einem Todesfall, so sagte sich Kearns immer wieder, musste man besonders sensibel vorgehen.

Seine Angewohnheit, stets auch das Menschliche an den Opfern zu berücksichtigen, tat verflucht weh, doch Kearns musste ihren Schmerz selber fühlen. Er brauchte das, sowohl als Antrieb als auch als Motivation. Seine Therapeutin hatte ihm davon abgeraten, und zwar mit der Begründung, er verhindere damit, dass seine Medikamente ihre volle Wirkung entfalten konnten. Das Antidepressivum bewahrte ihn zwar davor, in Tränen auszubrechen oder vor Wut aus der Haut zu fahren, sorgte allerdings dennoch nicht für die gewünschte mentale Balance. Sein vor Übermüdung oft entkräfteter Körper hielt häufig nicht Schritt mit seinem Kopf, in dem unzusammenhängende Gedanken einander immerfort jagten.

Er beugte sich über Patricia Mowatts Leiche, schloss die Augen und stellte sich vor, wie sie ihre Laufschuhe schnürte, sich mit den Fingern durchs Haar fuhr, ihr Aussehen noch einmal kurz im Spiegel überprüfte, bevor sie loslief, eine quietschvergnügte junge Frau mit rosigen Wangen.

»Du warst beim Joggen, Patricia«, flüsterte er. »Bist du müde geworden? Hast du Seitenstiche bekommen? War dir kalt? Bist du deshalb mit ihm gegangen?«

Kearns machte die Augen wieder auf und warf einen raschen Blick dorthin, wo noch immer die Rettungssanitäter, die Kollegin vom Fotolabor sowie die beiden Streifenbeamten und deren vorgesetzter Sergeant standen. Niemand beachtete Kearns. Auch die Kriminalanwärter Bauer und Weems hielten sich respektvoll zurück. Die meisten hatten sich an Kearns' Methoden gewöhnt, und diejenigen Beamten, denen er sonderbar vorkam, hätten das nie offen gesagt. Er beugte sich noch tiefer über die tote Patricia. »Deine Mitbewohnerin hielt dich für eine vorsichtige Frau, die sich nie einem Fremden anvertraut hätte. Du kanntest den Kerl, nicht wahr? Wo habt ihr euch getroffen?«

Von Patricia Mowatt erhielt Kearns keine Antwort.

Vorsichtig fasste er die Leiche bei der Hand und drückte sie durch den Plastikbeutel, den man ihr über die Finger gestreift hatte. Es war noch gar nicht so lange her, dass er gedacht hatte, ein weiteres Todesopfer könnte ihm eventuell mehr Informationen verschaffen. »Dass du es sein musstest, das habe ich nicht gewollt«, flüsterte er dem toten Mädchen zu. »Ich habe es keiner gewünscht.« Er ließ die Hand los und stand auf.

Selbst unter freiem Himmel haftete dem Tod ein übler Geruch an. Nasenspray oder kein Nasenspray – jeder Ermittler hatte da seine Eigenheiten. Kearns fiel das erste »Spiderman«-Opfer ein, Carole Van Horne. Im Laufe der Zeit und durch die sich entwickelnden Fäulnisgase war die Leiche aufgebläht worden und schließlich geplatzt, sodass man sie nur mit aufgesetzter Gasmaske hatte untersuchen können. Eigentlich ging man davon aus, dass der Verwesungsgestank den Geruchssinn schon nach wenigen Minuten abstumpfen ließ. Kearns wusste aber: Stieg einem der Geruch erst in die Nase, gab's kein Entrinnen mehr. Er nahm sich vor, am Abend ausgiebig zu duschen, sich die Haare mit Essig auszuwaschen und bei Henry chinesisch zu essen. Mit etwas Glück würde der Gestank am folgenden Morgen fort sein.

Janos Horvath, der Pathologe, ein untersetzter Ungar, untersuchte die Leiche nach verwertbaren Spuren. Nach einer Weile schüttelte er den Kopf, brummte etwas auf Ungarisch und trat den Rückzug an. Kearns hörte, wie er sich mit einem der Rettungssanitäter für eine Golfpartie verabredete.

Im direkten Umfeld des Leichenfundorts fanden sich keine Blutspuren, obwohl das Blut bei Patricias Tod eimerweise geflossen sein musste. Kearns war sich sicher, dass Horvath, sobald er das Mädchen auf dem Seziertisch liegen hatte, Leichenflecken finden würde, blau-violette Blutrückstände, und zwar an der Körperrückseite, nicht an der Vorderseite. Patricia Mowatt war in Rückenlage umgebracht und danach wegtransportiert worden. Auch Hämatome würden sich finden, ausgelöst weder durch Sturz noch durch Kampf mit dem Täter, sondern durch innere Blutungen nach Verabreichung einer Überdosis Gerinnungshemmer. Schon jetzt konnte Kearns den Obduktionsbericht vorhersagen – Gelbsucht, vergrößerte Leber, Tod durch massive Blutungen. Kearns beneidete Horvath nicht um dessen Job: das Starren in jene blicklosen, trüben Augen, das Röntgen und Sezieren, das penible Festhalten jeder Narbe, jedes Muttermals, jeder Zahnfüllung. Kearns konnte immerhin ins Land der Lebenden zurückkehren – ein Luxus, der Horvath nicht vergönnt war.

Kearns betrachtete die den Park umgebenden Gebäude, malerische Häuser im viktorianischen Stil, die seine Beamten zurzeit auf der Suche nach möglichen Zeugen abklapperten. Irgendjemand musste doch etwas mitbekommen haben! Der Killer wurde immer waghalsiger. Weder konnte er die Leiche unbeobachtet die gewundenen Stufen am Eingang Steiner Street hinaufgeschleppt haben, noch boten ihm die anderen Parkzugänge Sichtschutz und Deckung durch Bäume. Dass Patricia Mowatt für nichts und wieder nichts gestorben sein sollte, wollte Kearns einfach nicht akzeptieren. Diesmal musste etwas in Erfahrung zu bringen sein.

»Keine beneidenswerte Aufgabe, Jim«, bemerkte Janos Horvath und versetzte Kearns einen Hieb auf die Schulter.

»Ich könnte drauf verzichten«, antwortete Kearns. »Wann ist sie gestorben?«

Ganz genau würde Horvath sich nicht festlegen, das wusste er. Das gab es nur im Fernsehen. Ihm reichte schon eine ungefähre Zeitangabe. Der Gerichtsmediziner hatte wahrscheinlich bereits die Körpertemperatur gemessen, Einsetzen und Fortgang der Leichenstarre festgestellt sowie den Insektenbefall abgeschätzt.

»Der Tod erfolgte gestern Abend zwischen den Sechs-Uhr-Nachrichten und der Jay Lenos Talkshow. Die Leiche wurde hier deponiert, als die Nachbarn dort drüben sich schon längst die Bettdecke über die Ohren gezogen hatten.«

Nach Kearns' Ansicht musste der Täter so reichlich Zeit gehabt haben, um etwaige Spuren am Tatort zu verwischen.

Er hörte, wie eine Autotür geöffnet wurde, und sah, dass Fuentes aus einem schwarzen, auf der Clay Street abgestellten Ford Taurus stieg. Gerade meldete er sich bei einem Streifenpolizisten, der seinen Namen in einer Dienstkladde notierte.

Kurz darauf stand Fuentes neben ihm. Instinktiv rammten beide die Hände in die Hosentaschen, wie sie es stets bei der Anfangsuntersuchung des Tatorts machten, wohl wissend, dass Polizeibeamte ebenso unabsichtlich etwas anfassen und damit Spuren vernichten konnten wie andere auch. Den überwiegenden Teil des Tages würden nun alle möglichen Polizeibediensteten der toten Patricia Gesellschaft leisten, Spuren in Beuteln sammeln, alles vermessen und fotografieren. Sonst noch etwas Negatives? Es sah nach Regen aus.

Er warf einen letzten Blick auf die Leiche, deren weiße, an eine japanische Theatermaske erinnernde Haut ihn in der kommenden Nacht verfolgen würde. »Manny? Das Mädel hier verschwand am 12. Oktober. Erinnerst du dich?«

»Ja. Ellen Sims, ihre Mitbewohnerin, hat ausgesagt, dass Patricia nach dem Abendessen das Haus verließ. Tauchte nicht wieder auf.«

»Hatte sie 'ne feste Laufstrecke?«

Fuentes nickte. »Normalerweise joggte sie von ihrer Wohnung auf dem Russian Hill zur Bucht runter, wandte sich dann entweder nach Osten und folgte dem Embarcadero, oder sie lief in westlicher Richtung am Marina Green entlang und in den Presidio hinein.«

»Ehrgeiziges Mädchen«, bemerkte Kearns, der nie begriff, wieso sich jemand bei klarem Verstand überhaupt sportlich betätigte, wenn's nicht unbedingt sein musste. »Ziemlich windig unten an der Bay an 'nem Herbstabend. Wenn ich mich recht erinnere, hat's sogar geregnet.«

»Sie trägt 'ne wetterfeste Laufhose.«

Er starrte auf die schlammverschmierte hellrosa Nylonhose und dann auf die durchtrainierten bloßen Arme. »Na dann ... und wo ist die Jacke?«

29. KAPITEL

Was Kearns vermutet hatte, bestätigte ein Besuch von Inspector Bauer bei Ellen Sims in deren in der Nähe des Art Institute gelegenen Apartment auf der Leavenworth Avenue. Patricia Mowatt hatte in der Tat einen pinkfarbenen wasserdichten Laufanzug besessen. Beschwören wollte es Ellen zwar nicht, doch sie war sich einigermaßen sicher, dass Patricia am Abend ihres Verschwindens die Jacke beim Joggen getragen hatte. Wie sich Ellen erinnerte, hatte es nämlich zur Abendbrotzeit genieselt. Gerade erst von einer Erkältung genesen, hatte sie selbst eigentlich einen Spaziergang machen wollen, es sich jedoch angesichts des Regens anders überlegt. Patricia hingegen, die allergrößten Wert auf ihre abendlichen Trainingsrunden legte, hatte höchstwahrscheinlich sogar die Kapuze ihrer Trainingsjacke übergestülpt. Die Jacke war nirgendwo aufzutreiben, weder in der Wohnung noch in Patricias Wagen, noch im Haus ihrer Eltern in Sausalito.

Ergo war die Sache mit Natalie Gormans verschwundener Brosche kein Zufall. Zusammen mit Patricias Laufjacke zählte Natalies Schmuckstück zu des Killers Privatkollektion, zu einer makabren Sammlung von Oscars, die der Mörder sich selbst für überragende schauspielerische Leistungen in seiner Rolle verliehen hatte. Für Kearns indes zeigte das Trophäensammeln das Gegenteil an. In dieser Hinsicht zählte der Kerl zur Kategorie derjenigen Mörder, die von ihren Opfern etwas zurückbehielten.

Das Ganze stellte für Kearns den idealen Anlass dar, sich mit Beth Wells zum Lunch zu verabreden, um ihr einige Fragen zu Anne Spaldings Habseligkeiten zu stellen. Gewiss ging er nicht davon aus, dass Beth ihm allzu viel mitteilen konnte, doch dieses Verhör war ein Teil von Kearns' Kalkül.

Neulich beim letzten Telefongespräch war Beth vermutlich noch viel zu verliebt gewesen, um ihm richtig zuzuhören. Seine Darstellung des Täterprofils hatte sie eher gelangweilt denn aufgerüttelt. Diesmal wollte er sich in aller Deutlichkeit ausdrücken, ganz gleich, ob sie ihm die Unterhaltung übel nahm oder nicht. Sie musste erfahren, dass der Mann, in den sie sich verguckt hatte, möglicherweise ein Mörder war.

Zehn Tage vor Halloween wurde Nora Prescott fünfundfünfzig. Deshalb war sie auch nicht überrascht, als der Westminsterschlag der Türglocke zu Mittag die Ankunft eines riesigen Blumenstraußes ankündigte. Den Lilien lag eine Grußkarte von Phillip bei, auf der Nora gebeten wurde, für den Tag daheim zu bleiben. Um ein Uhr traf ein Kaschmirpullover in ihrer Lieblingsfarbe ein, gefolgt von einer Flasche Edel-Champagner. Das Geschenk um drei war ihr Lieblingsparfüm sowie eine Schachtel Konfekt. Eigentlich sah Phillip eine derartige Spendierfreudigkeit gar nicht ähnlich, doch dann fiel Nora ein, welch kreative Lehrstunde sie ihm in der vergangenen Nacht im Bett erteilt hatte. Für sexuelle Dienste erwiesen sich die Herren der Schöpfung als überaus dankbar, und wie andere Männer auch trug Phillip einen Teil seiner grauen Zellen zwischen den Beinen. Später würde sie ihn dafür tadeln, dass er so viel Geld ausgab, indem sie ihm den Hintern versohlte.

Als es um vier Uhr nachmittags wieder läutete, sprang sie mit einem Satz vom Sofa auf, verhielt aber kurz an der Haustür. Was das nächste Päckchen wohl enthalten mochte? Erst letzte Woche hatte sie einen wunderschönen antiken Frisierspiegel aus Silber gesehen. Vielleicht war Phillip eingefallen, dass sie das Stück erwähnt hatte!

Sie riss die Haustür auf. Auf der Veranda vor dem Haus lag ein Paket, wunderhübsch in goldverziertes Geschenkpapier geschlagen und kunstvoll mit einer Schleife dekoriert. Nora schaute nach links und nach rechts. Kein Kleintransporter oder Lieferwagen auf der Straße zu sehen? Nichts. Da hatte gerade ein Dummkopf ein fürstliches Trinkgeld sausen lassen.

Für Schmuck war die Schachtel zu groß, für ein Abendkleid oder einen Pelz wiederum zu klein. Nora schüttelte das Kästchen. Dessous etwa?

Sie wickelte die Box aus, nahm den Deckel ab und fand eine Art Windjacke aus glänzendem Material, bei dem sie eine Gänsehaut überlief. Auch die Farbe, ein leuchtendes Pink, war grässlich – ein Ton, den sie niemals getragen hatte und auch nie und nimmer zu tragen gedachte. Was mochte Phillip sich bei dem Geschenk gedacht haben? Wollte er etwa, dass sie mit dem Golfspielen anfing? Dass sie so alberne kleine Schirmmützen mit Schottenkaro trug und in diesen unmöglichen Schuhen herumlief, diesen zweifarbigen Tretern mit dem sattelartigen Einsatz dort, wo der Schuh geschnürt wird? Wollte er sie auf einen Golfurlaub mitnehmen? Auf die Bermudas? Sie fühlte in den Jackentaschen nach, ob sich womöglich gar ein Flugticket darin fand.

Bei genauerem Hinsehen merkte Nora, dass es sich um eine gebrauchte Jacke handelte. Auf der rechten Seite, neben der schrägen Tasche, fand sich ein Tintenklecks, und dann nahm sie ganz deutlich den Geruch von Körperschweiß und Parfüm wahr.

Phillip konnte ein wahrer Geizkragen sein, das wusste Nora. Doch nicht einmal bei aller Sparsamkeit würde er sich auf das Niveau begeben, ihr bereits benutzte Textilien zum Geschenk zu machen. Angesichts der geschmacklosen Jacke in ihrer wunderschönen Umgebung empfand sie plötzlich regelrechten Ekel.

Als sie hörte, dass sich Phillips Schlüssel im Haustürschloss drehte, stopfte Nora die Jacke hastig wieder in die Schachtel zurück, ballte das Geschenkpapier zu einem Knäuel zusammen und schob beides unter das Sofa mit den Rüschenvolants.

»Liebling!«, flirtete Phillip, bereits auf dem Weg ins Wohnzimmer. »Hab ich dir gefehlt?«

Dass jemand wie Phillip, ein gewiefter Geschäftsmann von gewaltiger Körpergröße und mit einem dröhnenden Bass ausgestattet, sich in einen Schmusekater verwandelte, sobald er nur zur Tür hereinkam und sie ansah, konnte Nora mitunter kaum fassen. Heute nervte sie auch noch dieser Schmusekater.

Nora stand auf und breitete die Arme aus. »Aber sicher habe ich dich vermisst, Liebster«, flötete sie, während sie ihm entgegenschwebte und ihn mit einem Wangenkuss begrüßte. »Und die schönen Geschenke! Wirklich, Phillip, das war doch nicht nötig!« Mit großem Getue ließ sie sich über die Präsente aus, die sie wie unbezahlbare Statuen auf dem antiken Sideboard drapiert hatte. Die pinkfarbene Windjacke erwähnte sie mit keiner Silbe. »Du hast mir einen ganz und gar denkwürdigen Geburtstag bereitet, Liebster! Nun aber genug von mir! Mach es dir auf dem Sofa bequem. Ich kredenze dir einen Sherry, dann kannst du mir erzählen, wie dein Tag verlaufen ist.«

Das tat er liebend gern, und zwar eine geschlagene halbe Stunde lang. Schon seit langem beherrschte Nora die Kunst, so zu tun, als hinge sie an seinen Lippen. Sie wusste, wann sie nicken musste oder wann Bemerkungen wie »O je!« oder »Ach, wie schön!« oder »Nein, wie furchtbar!« angezeigt waren, und sie wusste auch, wann derlei verbale Zuwendungen den handfesteren Übungen zum Stressabbau weichen mussten.

»Gütiger Himmel!«, rief er schließlich aus. »Sicherlich langweile ich dich!«

»Aber ganz und gar nicht, mein Schatz!« Ein weiterer kühler Kuss auf die Wange.

»Entsetzlich, die Sache im Alta Plaza! Hast du schon die Nachrichten gesehen?«

Nora schürzte die Lippen und gestattete sich ein pikiertes Stirnrunzeln. »Du weißt doch, dass ich mir die Nachrichten grundsätzlich nicht ansehe. Sie sind mir zu deprimierend.«

»Die Polizei hat das vermisste Mädchen gefunden. Diese Mowatt, weißt du? Die Joggerin! Wohnte hier ganz in der Nähe.«

»O je! Nein, wie furchtbar!«

»Allerdings. Fuhr dem Kollegen Warwick bei uns in der Bank mächtig in die Glieder. Dachte zuerst, es wär seine Tochter. Der wurde weiß wie die Wand, als es im Radio kam.«

Nora blickte Phillip unverwandt an, wobei sie sich fragte, wieso jemand, der in San Francisco geboren und aufgewachsen war, ständig in diesem britischen Stakkato-Englisch daherschwadronieren musste.

»Scheint so, als hätte sich seine Tochter, ziemlicher Freigeist offenbar, in Carmel fürs Kunststudium immatrikuliert. Hatte schon Wochen nicht angerufen. Klar, dass Warwick sich Sorgen machte.«

Nora schenkte Phillip nach und genehmigte sich selbst einen ordentlichen Schluck Whisky. »Wieso sollte Warwick darauf kommen, das tote Mädchen könnte seine Tochter sein?«

»Wegen der pinkfarbenen Jogginghose«, erklärte Phillip. »Hat 'nen Laufanzug in der Farbe, die Tochter, und als die Leiche in der Nähe des Instituts für bildende Kunst aufgefunden wurde, da dachte Warwick ...«

Phillip erzählte noch weiter, doch Nora bekam es nicht mit, ihr gingen wichtigere Dinge im Kopf herum: eine Audio-Kassette mit Melodien aus Musicals von Andrew Lloyd Webber sowie ein Maniküre-Set. Erst kürzlich hatte Nora etwas von einer Tänzerin gelesen, die nach einer Probe verschwunden war, dazu von einer Kosmetikerin, einem jungen Ding, das seinen Lebensunterhalt verdiente, indem es Haare mit heißem Wachs entfernte, Gesichtskuren durchführte und Nägel lackierte. Es hatte noch weitere Mädchen gegeben – und weitere Geschenke. Mit einem Schlag begriff Nora, von wem die Präsente stammten. Aus ihrem Gesicht sprach das blanke Entsetzen.

Unterschiedlichste Gedanken wirbelten ihr durch den Kopf. Die Joggingjacke musste sie unverzüglich loswerden. Vielleicht gelang es ihr ja, später im Bett, besonders gut zu sein und Phillip zum Vorziehen des Hochzeitstermins zu bewegen. Sie würde ihn fragen, ob es wohl ginge, sich auf der Stelle auf Hochzeitsreise zu begeben, da sie sich die Schiffsreise rund um die Welt doch so gewünscht habe. Schließlich hatte sie es doch nicht zu diesem Haus und diesem Lebensstandard gebracht, um alles wieder zu verlieren! Wegen so einer dummen Jacke doch nicht! Phillip mit seinen einflussreichen Freunden und seinem makellosen Ruf durfte nie davon erfahren.

»Liebling!«, dröhnte Phillips Stimme.

»Ja, Schatz?« Nora spürte, wie sich die Verlegenheitsröte auf ihrem Gesicht ausbreitete.

»Du wirktest in Gedanken ganz woanders! Und was hast du da eigentlich für Sachen an?«

Nora schaute an sich herab und betrachtete ihr Freizeit-Ensemble, den marineblauen Kittel aus Rohseide und die dazu passenden Hosen. »Ich dachte, ich gefalle dir in diesem Anzug, Liebster!«

»Hast es vergessen, nicht wahr?« Phillips Miene gemahnte an ein Kind, dem man einen Extra-Keks verweigert. Am liebsten hätte sie ihm eine Ohrfeige verpasst.

Plötzlich fiel ihr der Grund für Phillips Schmollen ein. »Ach, unser Verlobungs-Foto! Termin ist heute Abend, nicht wahr? Was sollte ich noch anziehen?«

»Dein türkisfarbenes Kostüm, Schatz. Passt wunderbar zu deinen Augen«, sagte er und schaute ihr tief in dieselben. »Jetzt aber schnell nach oben, umziehen! Dauert höchstens noch 'ne halbe Stunde, bis der Fotograf kommt!«

Während sie Phillip einen weiteren Kuss auf die Wange drückte, stieß Nora zur Sicherheit mit dem Absatz gegen das unter dem Sofa versteckte Paket. Sie nahm sich vor, an diesem Abend, nachdem sie in die Linse gelächelt hatte, eine Jahrhundertvorstellung im Bett abzuliefern. Binnen Wochenfrist würden dann Mr. Und Mrs. Phillip Rossner in See stechen, und Noras wegen konnten sich in Zukunft die Pakete auf der Veranda stapeln, bis sie verrotteten.

Nora begab sich nach oben. Die Flasche Scotch nahm sie mit.

30. KAPITEL

Als Kearns endlich das Lokal betrat, in dem er sich mit Beth Wells verabredet hatte, war es bereits zwanzig nach zwölf. Zwei Runden hatte er um Laurel Village drehen müssen, bevor er endlich, sechs Häuserzeilen von seinem Treffpunkt entfernt, einen Parkplatz erwischte. Beth, stets auf die Minute pünktlich, würde sicher schon warten.

Kearns nahm einen Eistee aus dem Getränkekühler vorn im Café und zwängte sich damit an einem punkigen jungen Mädchen vorbei, das in einer Jugendzeitschrift blätterte. Wieso bloß, so fragte sich Kearns, während er »Verzeihung!« brummte, ließ sich jemand freiwillig die Nase piercen? Und nicht bloß einmal, sondern gleich doppelt! An der Theke bezahlte er sein Getränk und bahnte sich dann den Weg zum hinteren Bereich des Cafés, wo Beth bei einem Cappuccino die *San Francisco Weekly* las.

»Entschuldigen Sie die Verspätung«, bat Kearns und setzte sich auf einen der mondänen Stühle des Eiscafés. »Chic, aber unbequem, stimmt's?«

Beth lächelte. »Aus Ihnen würde nie ein guter Innenausstatter, Jim!« Als Kearns sich setzte, sah Beth ihm geradewegs in die Augen. »Ich hab von Patricia Mowatt gelesen. Wie schrecklich für Sie!«

Kearns zuckte mit den Schultern »Um mich geht's hier nicht. Ich werde es überleben.« Dennoch war er dankbar für das Mitgefühl.

»Meine Briefchen nehmen sich vergleichsweise lächerlich dagegen aus.«

»Lächerlich nicht, Beth. Nur ... anders. Sie haben doch nicht noch einen bekommen, hoffe ich!«

»Glücklicherweise nein. Allmählich neige ich mehr und mehr zu Ihrer Theorie – eher pubertär denn bedrohlich. Mir scheint, Bobby kapiert endlich, wie töricht seine Fantastereien sich ausnehmen. Briefe sind jedenfalls keine mehr gekommen, und der Junge lässt sich in letzter Zeit auch nicht mehr so oft blicken.«

»Trotzdem könnte etwas an der Sache dran sein. Gar nicht so selten, dass jene, die uns am meisten schaden, quasi direkt vor unserer Tür wohnen.«

Beth stimmte ihm zu. »Das entspricht dem, was Sie über den Täter sagten. Er ist auch jemandes Sohn, jemandes Nachbar ...«

»Er könnte sogar eine Freundin haben, nach allem, was wir wissen. Welche Tarnung wäre wirksamer als die, eine Beziehung vorzutäuschen? Das Dumme ist nur: Nach außen wird der Bursche nicht allzu viel zeigen, was auf seine Abnormität hindeutet. Meistens erkennen wir diese Art von Mörder erst, wenn es zu spät ist.«

Beth rutschte nervös auf dem Stuhl herum. »Jim, am Telefon deuteten Sie an, Sie bräuchten meine Hilfe. Um was geht es?«

Kearns nahm einen ausgiebigen Schluck Eistee und räusperte sich. »Um Anne Spalding.«

»Ach, Jim«, seufzte Beth, »da gibt es nichts hinzuzufügen. Ich kannte sie kaum. Das mag furchtbar klingen, aber so ist es.«

»Schauen Sie, Beth, ich sitze hier nicht, um Ihnen ein schlechtes Gewissen zu machen. Anscheinend besorgen Sie das in ausreichendem Maße schon selbst. Bisweilen allerdings fällt einem später noch etwas Wichtiges ein.«

Kearns wartete. Nichts geschah, obwohl er sah, dass Beth sich nach Kräften bemühte.

»Es bringt nichts, Jim«, erwiderte sie, offenbar nicht weniger frustriert als er selbst. »Wir standen uns nicht besonders nahe, Anne und ich. Sie denken vielleicht, weil wir zwei unter einem Dach wohnten, hätten wir alles Mögliche zusammen unternommen und bis früh in den Morgen über Männer und Sex gequatscht, aber so war's nicht. Tut mir Leid.«

Kearns ließ nicht locker. »Eine attraktive Frau wie Anne muss doch ein Privatleben gehabt haben! Einen Freund! Sie hat doch gewiss mal was am Rande erwähnt ...«

Und genau in diesem Moment bemerkte er ihn, jenen Blick – die Feldmaus sah, dass der Habicht sie erspäht hatte, doch zu spät. Beth verriet sich durch ihre Augen.

»Ich ... ich hab's Ihnen doch gesagt, Jim! Anne lebte sehr zurückgezogen. Und es war uns beiden recht. Halt, stimmt nicht – *mir* war es recht so!«

»Keine Herrenbesuche? Niemand, der sie zu einer Verabredung abholte?«

Beth schüttelte den Kopf. »Nichts dergleichen. Nicht mal ein Anruf. Wenn Anne zu Hause war, saß sie vorm Fernseher oder schmökerte in Liebesromanen.«

Kearns zog einen kleinen Spiralblock aus der Innentasche seines Jacketts. »Sagen Sie mal – als Annes Sachen aus Ihrem Gästezimmer geräumt wurden, fehlte da vielleicht etwas?«

»Ob etwas fehlte? Sie besaß doch so gut wie nichts! Wenn ich sage, dass Anne vor einem gewalttätigen Ehemann flüchtete, dann meine ich das wörtlich. Sie kam direkt vom Flughafen her, tauchte vor meiner Haustür auf, in der Hand die Zeitungsausgabe mit meiner Anzeige, rot umrandet. Außer der Reisetasche mit Toilettenartikeln und ein paar Anziehsachen hatte sie nichts dabei. In dem halben Jahr, in dem sie bei mir wohnte, hat sie sich ein par Freizeitklamotten und zwei Paar Schuhe gekauft. Ein Kleid besaß sie nicht, ihr einziger Schmuck war eine teure Armbanduhr.«

Kearns erinnerte sich an Inspector Anscombes Liste mit Annes persönlichen Gegenständen. Die Uhr war darauf aufgeführt gewesen.

»Mein Gästezimmer ist klein«, fuhr Beth fort. »Das wissen Sie ja. Aber Annes Siebensachen füllten nicht mal die Schubladen oder Schränke. Bei weitem nicht.«

»Klingt traurig.«

»Das war's auch. Ich hätte sie besser kennen lernen sollen.«

Kearns hörte das Bedauern in ihrer Stimme etwa zum hundertsten Mal.

»Warum fragen Sie, ob etwas fehlte?«

»Es hat den Anschein, als sammle unser Bösewicht methodisch Trophäen – ganz nach dem Profil des Mörders. Und ich frage mich, was er Anne wohl weggenommen haben könnte.« Kearns warf Beth einen bedeutungsvollen Blick zu. »Dass ich Ihnen hier dienstliche Verschlusssachen mitteile, brauche ich wohl nicht extra zu betonen, oder? Bekäme die Devereaux Wind davon, müsste ich Sie umbringen.«

Beth erwiderte sein Lächeln nicht. Sie wirkte gequält und verspannt, als versuche sie mit aller Macht, sich an etwas zu erinnern. Sie hätte schrecklich gern geholfen, und doch ahnte Kearns: Die Chancen, dass Beth tatsächlich noch einfiel, was eventuell fehlte, waren gleich null. Eine Spalding-Trophäe würde erst zusammen mit den übrigen Schätzen wieder auftauchen, und zwar dort, wo der Mörder hauste – falls er gefasst wurde.

Irgendetwas musste fehlen; nur hatte Kearns keinen Schimmer, was es war, und Beth konnte ihm nicht helfen. Mit Befriedigung sah er aber, wie sehr sie sich konzentrierte. Die Trophäen als Grund für das Treffen auszugeben, war ein kluger Schachzug von ihm gewesen, der gut geklappt hatte, denn jetzt konnte er richtig zur Sache kommen.

Er schaute auf seine Uhr. »Ich weiß, Sie müssen bald zurück. Reden wir über angenehmere Dinge. Wie geht's Ihrem Freund?«

Beth zog die Stirn kraus. »Der ist sauer auf mich.«

»Ärger? Schlafen Sie deswegen so schlecht?«

»Irgendwie schon. Wissen Sie, Jim, ich wäre ein gefundenes Fressen für jeden Therapeuten. Da wohnt Anne Spalding unter meinem Dach, und ich behandle sie wie eine Fremde. Meinen Untermieter Rex McKenna hingegen, den ich auf den Tod nicht ausstehen kann, fasse ich mit Samthandschuhen an, und er legt mich nach allen Regeln der Kunst rein. Meine Freundin Ginny mit ihrer Unausgeglichenheit treibt mich zum Wahnsinn, aber setze ich mich mal mit ihr hin und rede mit ihr? Nein. Und wenn ich dann endlich jemandem begegne, mit dem ich möglicherweise mein Leben teilen könnte, vergraule ich ihn. Es ist nicht zu fassen, ich bin fünfunddreißig! Wann mache ich eigentlich mal was richtig?«

»Man lernt durch seine Fehler, Beth«, beschwichtigte Kearns. Das sagte er durchaus nicht nur so dahin, denn er selbst hatte schon so viel falsch gemacht in seinem Leben, dass er es gar nicht aufzuzählen vermochte. »Dann ist also Schluss mit dem Piloten und Ihnen?«

»Ich weiß es nicht. Ich will's nicht hoffen. Aber Jordan ist bei keinem meiner Anrufe ans Telefon gegangen, und ich habe ihn seit Samstagabend nicht mehr gesehen ...«

»Kopf hoch! Andere Mütter haben auch nette Söhne! Nichts mehr seit Samstag, sagten Sie?«

Sie schüttelte den Kopf. »Das mag sich lächerlich anhören. Vergessen Sie aber nicht, dass Jordan und ich von dem Tag an, an dem wir uns kennen lernten, jeden Abend miteinander verbracht haben. Vergangenen Samstag waren wir auf einer Party, und ich ... na ja, ich bin nicht gerade stolz auf mein Verhalten.«

»Dass Sie sich dermaßen daneben benehmen, dass ein Mann nicht mehr mit Ihnen spricht, kann ich mir überhaupt nicht vorstellen. Möchten Sie drüber reden?«

»Lieber nicht. Jordan setzte mich am Straßenrand vor der Haustür ab. Dann ging ich meiner Wege, und er ging seiner.«

Natürlich. Geradewegs nach Hause, um nach seinem jüngsten Opfer zu sehen.

Kearns wich Beth' Blick aus, damit sie das Glimmen in seinen Augen nicht bemerkte. Er malte auf seinem Notizblock herum und schaute dann auf. »So ist das vielleicht mit den Piloten. Bodenhaftung scheint nicht ihr Ding zu sein. Ist ja auch schwer, wenn sie dauernd sehen, dass über den Wolken die Freiheit wohl grenzenlos ist. Eignen sich vielleicht weniger für feste Beziehungen.« Er beobachtete Beths Mienenspiel. Seine Bemerkung war nicht ohne Wirkung geblieben. »So was tut weh, Beth, ich weiß. Andererseits ging es ja auch ziemlich überstürzt zu zwischen Ihnen und Jordan. Vielleicht ist das jetzt Glück im Unglück.«

Wieder legte sie die Stirn in Falten. »So kommt es mir aber ganz und gar nicht vor.«

Kearns war klar, dass er sich allmählich auf schmalem Grat bewegte. Seine Fragen mussten von nun an den Anschein erwecken, als äußere er lediglich Anteilnahme. In Wirklichkeit ging er knallhart seiner Aufgabe als Polizist nach. »Was fanden Sie denn so toll an ihm?«

Zu Kearns' Erleichterung glättete sich Beth' Stirn. Ihr Blick verriet, dass ihre Gedanken in die Ferne schweiften. Ganz offensichtlich wollte sie sehr wohl über Jordan reden.

»Durch ihn habe ich gemerkt, dass es meinem Leben an Ausgeglichenheit mangelte. Dass sich nicht fortwährend alles um die Arbeit drehen muss. Eine simple Lehre, Jim, ich weiß. Doch vor Jordan bin ich stets durchs Leben gehetzt, ohne mir dessen bewusst zu sein.«

»Er hat Sie angeregt, sich zu öffnen. Meinen Sie das?«

Sie nickte. »Und zwar gegenüber Dingen, die wirklich zählen. Meine Gespräche mit Ginny und mit meinen Kunden sind nur oberflächlicher Art. Im Zusammenhang mit diesen Personen gesehen mag das ja reichen. Doch Jordan vermittelte mir etwas anderes. Zu ihm entwickelte ich eine richtig gute Verbindung.«

»Wie aber verhielt *er* sich Ihnen gegenüber? Hat er Ihnen etwas über sich erzählt?«

Da ist er wieder, jener Blick! Er verschwieg dir etwas, nicht wahr, Beth? Was denn beispielsweise?

»In ein paar Wochen erfährt man nicht jemandes gesamte Lebensgeschichte«, sagte sie.

Treffer!, dachte Kearns. »Nun, wie sagt der Volksmund: Es hat nicht sollen sein. Sie haben mir überhaupt noch nicht erzählt, wie Sie sich kennen gelernt haben.«

Sie berichtete es ihm, und Kearns wusste, dass man ihm am Gesicht ansehen konnte, was dabei in ihm vorging. »Gucken Sie nicht so kritisch, Jim! Und hören Sie auf, dauernd den Polizisten heraushängen zu lassen! Jordan ist eben schüchtern! Dass er mir vom Café bis zu meinem Laden nachgegangen ist, das war doch eigentlich süß von ihm! Romantisch! Wenn er mich in 'ner Single-Kneipe angemacht hätte – wäre Ihnen das etwa normaler vorgekommen?«

»Sie haben Recht. Jeder sucht auf seine Weise Anschluss.« Wieder wich er ihrem Blick aus und krakelte auf seinem Notizblock herum.

Das Täterprofil passte wie angegossen zu Jordan Bailey. Die Art und Weise, wie Beth und dieser Pilot sich kennen gelernt hatten, war für Kearns typisch. Was sie als »süß« bezeichnet hatte, hörte sich für ihn viel eher nach »lauern« an. Wenn dieser Flieger in Zukunft die Finger von Beth ließ, konnte das Kearns nur recht sein. Er versah seine Kritzelzeichnung mit einer Reihe von Ausrufungszeichen, wobei die Punkte das Papier durchstanzten.

»Jim«, bemerkte Beth auf einmal. »Jetzt reicht es! Was tun Sie da überhaupt?«

Kearns rang sich ein schuldbewusstes Grinsen ab.

Er drehte den Block herum und hielt ihn in ihre Richtung. Ihre Pupillen wurden ganz weit; ein Keuchen entfuhr ihr, bevor sie die Fassung wieder gewann und sich scheinbar ungerührt geben konnte. »Ich passe«, sagte sie. »Was soll das sein?«

Das gesamte Blatt war mit Chi-Rho-Zeichen voll gekritzelt, unterschiedlich groß und dick gezeichnet, einige kunstvoll verziert.

»Verschlusssache Teil zwei«, flüsterte Kearns, über den kleinen Resopaltisch gebeugt. »Der Killer schnitzt den Opfern dieses Zeichen in die Haut.«

Dass Beth nach einem hastig gemurmelten »O Gott, höchste Zeit!« fluchtartig das Lokal verließ, bestätigte Kearns' Verdacht.

Er presste seine Finger gespreizt gegeneinander, holte tief Luft und sah sich im Café um. Darstellungen von Kindern, gerahmte, aus einer Kunstakademie stammende Zeichnungen, zierten die Wände. Die Mittagsgäste schlürften Kaffee, stocherten in Salaten herum und wirkten so bunt und fröhlich wie die sie umgebenden Kunstwerke. Plötzlich bekam Kearns Heißhunger. Das Café zählte zwar nicht zu jenen Lokalitäten, in denen ein Trucker oder ein nach einer Verhaftung völlig ausgehungerter Polizist satt geworden wären, trotzdem begab sich Kearns zum Tresen und bestellte sich ein warmes Sandwich mit Schinken und Käse.

Zurück am Tisch, verputzte er, froh, nicht auf weibliche Begleitung und Tischmanieren Rücksicht nehmen zu müssen, sein Sandwich, wobei sich Hirn und Stoffwechsel ein Rennen lieferten. Dann zückte er seinen Block und trug folgende Notizen ein:

1. Annes Freund erwähnt – Beth nervös? Was weiß sie?
2. Streit mit Pilot am Samstag – Baileys Europatour beginnt Sonntag

3. Bailey zurück, als Mowatt starb. Mowatt während Tour am Leben/hungern lassen?

Kearns wusste, dass er Beth, genau wie beabsichtigt, aus dem Konzept gebracht hatte. Den Piloten würde sie nicht wieder treffen, nicht nach dem Gespräch von vorhin, so viel war sicher. Als der eigentliche Volltreffer hatten sich dabei allerdings die Christogramme erwiesen. Quasi aus dem Bauch heraus, einer plötzlichen Eingebung folgend, hatte er sie benutzt, ohne zu wissen, ob die Kritzeleien zu irgendetwas taugten. Doch der Blick in Beth' Augen, die Panik, die darin lag, all das hatte ihm eins verraten: Sie hatte das Symbol erkannt.

31. KAPITEL

Beth schloss die Eingangstür zum Geschäft ab, froh, endlich Feierabend haben zu können. Das Nachmittagsgeschäft war zwar mau gewesen, doch dafür war Beth durch den Laden gewuselt, hatte Möbelstücke abgestaubt, Dekorationsobjekte umgestellt, Rechnungen geordnet und neue Textilmuster auf dem Tresen ausgelegt.

Zu Hause kamen ihre Gedanken jedoch noch immer nicht zur Ruhe. Sichtlich verstimmt nahm Samson zur Kenntnis, dass Frauchen sich nicht zu den abendlichen Kuscheleinheiten mit ihm auf die Chaiselongue zurückzog. In gekränkter Eitelkeit hob er hoheitsvoll das Haupt, schlich aus dem Schlafzimmer und machte sich auf die Suche nach einem besinnlichen Plätzchen. Obwohl Beth ihr übliches Ritual vollzogen hatte – das Gesicht gründlich abgeschminkt, das lange Haar zusammengebunden, die Geschäftsgarderobe gegen Leggings und Sweatshirt eingetauscht –, war an Entspannung nicht zu denken. Das mittägliche Rendezvous mit Jim Kearns wollte ihr einfach nicht aus dem Kopf.

Sie stellte ihren Teebecher auf das englische Tischchen neben der Chaiselongue. Der Tee war ohnehin schon kalt. Mit energischen Schritten durchquerte sie den Flur und begab sich zum Gästezimmer.

Der Raum wirkte genau so wie zu der Zeit, als Anne darin gewohnt hatte. Eine wuchtige Frisierkommode aus kanadischer Kiefer stand an einer Wand, darauf eine Kerosinlampe. Vor einer anderen Wand ein Stuhl aus Kirschbaumholz, neben dem ausziehbaren Zweiersofa ein runder Tisch mit bodenlanger Rüschendecke. Im Fonoschrank Fernseher, Videorecorder und CD-Spieler – allesamt Beth' Eigentum, und, wie nicht anders zu erwarten, vollzählig an Ort und Stelle. Unwahrscheinlich, dass der Killer hier hineinspaziert wäre, um sich eine Trophäe zu sichern. Falls wirklich etwas fehlte, was Anne gehörte, dann musste der Täter es ihr direkt vom Leibe gestohlen oder der Handtasche entnommen haben.

Bemüht, sich an das letzte kurze Gespräch mit Anne zu erinnern, zermarterte Beth sich das Hirn. Worüber hatten sie sich bloß unterhalten? Anne war für einen Flug nach Amsterdam eingeteilt gewesen, einer Stadt, die Beth gefiel. Sie hatten über Grachten und Brücken gesprochen, über den Blumenmarkt, das Reichsmuseum Van Gogh, die Antikläden – und über Brillanten. Da Anne beabsichtigte, eine Diamantschleiferei zu besichtigen, hatte Beth ihr extra einen Blankoscheck mitgegeben. »Falls du's zeitlich schaffst«, hatte sie ihr gesagt. »Ein Paar Brillantohrringe – die hätte ich schrecklich gern!« Anne hatte zugesagt.

An Anne wollte Beth nicht mehr denken. Auch mit Jim Kearns durfte sie sich nicht dauernd beschäftigen. Der steckte sie mit seiner »Spiderman«-Manie derart an, dass sie allmählich zur Besessenheit wurde, was ihrer Hypernervosität nicht gerade gut tat. Briefe hatte sie keine mehr erhalten, ergo bestand auch keine Notwendigkeit zu weiterem engen Kontakt mit Jim. Ganz davon abgesehen hatte ihr der gesamte mittägliche Dialog nicht gepasst.

Sicher, auch vorher schon hatte er ihr die Frage gestellt, ob Anne nicht einen Partner gehabt habe. Diese Frage hatte Beth wahrheitsgemäß beantwortet: Nicht, dass ich wüsste! Nun allerdings hatte sie ihm wider besseres Wissen die Information vorenthalten, dass zwischen Jordan und Anne etwas gewesen war. Wieso? Was hätte es schon geändert, wenn sie es Jim gesagt hätte? Die Beziehung zwischen Jordan und Anne war von kurzer Dauer gewesen, im Grunde gar keine richtige Beziehung, denn kurz darauf hatte Anne ja jemand anderen kennen gelernt.

Wie das wohl auf einen schüchternen Menschen wie Jordan, der sich doch nur schwer zu einer Verabredung überwinden konnte, gewirkt haben mochte? Hatte er sich wohl zurückgesetzt gefühlt? Hintergangen? War er eifersüchtig gewesen?

Außer sich vor Wut?

Als fühlte er, dass sein Frauchen auf eine Antwort warte-te, machte Samson ein Auge auf und miaute.

»Du hast völlig Recht, Samson«, sagte Beth und nahm den Kater auf den Arm. »Ich benehme mich lächerlich. Und ich muss mich mehr entspannen, sonst treibe ich uns beide noch zum Wahnsinn.«

Im Badezimmer setzte sie Samson auf seinen Stammplatz, den Toilettendeckel, füllte den Whirlpool und ließ sich, nachdem sie einige Kerzen angezündet hatte, vom Heißwasserstrahl die verspannte Nackenmuskulatur massieren.

Wieder grübelte sie über Kearns' Täterprofil nach. Mobil. Charmant. Kearns war nicht dumm. Er wusste, Beth kannte das vom Vortrag im Hotel »Fairmont«. Wozu also hatte er ihr alles noch einmal vorgebetet?

Und weswegen interessierte er sich in dieser Ausführlichkeit für Jordan – bis hin zu der Frage, wie sie und Jordan sich kennen gelernt hatten? Dass nach der Auseinandersetzung Funkstille herrschte, schien Kearns sonderbarerweise mit Genugtuung zur Kenntnis zu nehmen.

War das vielleicht seine eigentliche Absicht gewesen – sie über Jordan auszufragen?

Patricia Mowatts Leiche war am Freitag aufgefunden worden.

Und Jordan war am Donnerstagabend von seinem Europaflug zurückgekommen.

Je länger Beth im Wasser blieb, desto schlimmer machte sich ihre Verkrampfung bemerkbar. Die Schultern taten ihr weh, und sie merkte, wie sich die Kopfhaut spannte – Vorboten eines monströsen Kopfschmerzes.

Schuld an diesem Schlamassel trugen die Christogramme, absurde kleine Kritzeleien auf Kearns' allgegenwärtigem Notizblock, Symbole, die genauso aussahen wie jenes auf dem Medaillon, das Jordan um den Hals trug. Beim Abtrocknen begriff Beth, dass Kearns die Zeichen ganz bewusst gekritzelt hatte, um zu sehen, wie sie darauf reagierte. Und sie hatte ihm den Gefallen getan, wie eine Rakete aus dem Lokal zu schießen.

Wie viel wusste Kearns über Jordan und das kirchliche Internat?

Was gab es da überhaupt zu wissen?

Momentan hatte Beth keine Antworten, sondern nur noch mehr Fragen.

Im Schlafzimmer schlüpfte sie in ihren Seidenpyjama, kuschelte sich auf die Chaiselongue und warf sich eine Mohairdecke über die nackten Füße. Sie griff nach der Fernbedienung und schaltete den Fernseher ein, was Samson als

Aufforderung auffasste, mit an Bord zu kommen. Im Handumdrehen hatte sich der Kater behaglich und zufrieden schnurrend in Beth' Schoß geschmiegt.

Als Beruhigungsmittel war das Fernsehprogramm indes ebenso wirkungslos wie die Badewanne. Schon bald stellte Beth fest, dass ihre Hyperaktivität nichts weiter gewesen war als der krampfhafte Versuch, die Gedanken auszuschalten. Ein Druck auf die Fernbedienung – und im Schlafzimmer kehrte Stille ein, abgesehen von Samsons Schnurren sowie vom Ticken des altmodischen Messingweckers auf dem Nachttisch.

Viertel vor elf! Beth war hellwach. Jim brauchte dringend einen Verdächtigen, wünschte sich nichts sehnlicher herbei als eine Festnahme. Gab es einen besseren Weg, sich die Devereaux und ihr Journalistenpack vom Halse zu schaffen, als die Verlautbarung, man führe dem Haftrichter einen Verdächtigen vor?

Jordan als Lückenbüßer! Dass Kearns ihn in Verdacht hatte, stand für Beth fest. Bis auf Voodoo-Hokuspokus hatte Jim mit allen Mitteln versucht, ihr die Beziehung zu Jordan von vornherein madig zu machen – ein Verhalten, das man von einem guten Bekannten eigentlich so nicht erwartete.

Wie hatte sich Kearns noch im »Fairmont« geäußert? *Dieser spezielle Mördertyp reist gern. Neigt möglicherweise zum Voyeuristischen.* Jordan. Ein Pilot. Mit Teleskop im Schlafzimmer!

Sie musste in Erfahrung bringen, was Kearns wusste. Erst dann konnte sie sich ein endgültiges Bild über Jordan machen und entscheiden, ob sie für das Überleben ihrer Beziehung kämpfen oder einen großen Bogen um ihn machen wollte.

Als David Letterman, der Moderator der Mitternachts-Talkshow, schließlich zu einem nichts sagenden Monolog ansetzte, wusste Beth, was sie zu tun hatte.

32. KAPITEL

Inspector Anscombe steckte den Kopf durch die Tür zu Kearns' Dienstzimmer. Fuentes, der Kearns gegenüber am Schreibtisch saß, wirbelte auf seinem Drehstuhl herum, um zu sehen, wer da war.

»Na dann, Anscombe«, forderte Kearns. »Schießen Sie los mit der guten Nachricht! Kriege ich heute Nacht etwas Schlaf?«

Sharon Anscombe warf Fuentes einen raschen Blick zu, machte dann einen Schritt ins Zimmer hinein und lehnte sich gegen den Türrahmen. »Bailey ist Mitglied im Bay Club.«

»Na bitte!«, rief Kearns triumphierend. »Wusste ich's doch!«

»Aber, Lieutenant, ich bin in dem Verein von Pontius zu Pilatus gerannt, habe mit 'nem guten Dutzend Mitarbeitern gesprochen – keiner kann sich erinnern, Bailey jemals zusammen mit der Mowatt gesehen zu haben.«

»Dass keiner sie gesehen hat, muss nicht bedeuten, dass sie nie verabredet waren. Was haben Sie sonst noch rausgekriegt?«

»Ich hab mir noch den Squashtrainer vorgeknöpft. Der hält Bailey für 'nen echt netten Typen. Spiele prima Squash und sei 'n anständiger Kerl, meint er. Stemme ab und zu auch mal Gewichte. Aber die Mowatt leitete Kurse in Aerobic und gab einen Fitnesskursus nach einer bestimmten Methode, hauptsächlich für Frauen. Der Squashtrainer sagt, er könne sich nicht vorstellen, dass Bailey an den Kursen teilgenommen hat.«

»Selbst bei so einer attraktiven Kursleiterin nicht?«

Sharon Anscombe zuckte die Achseln und warf Fuentes wieder einen Blick zu. »Ich persönlich halte es durchaus für möglich, L. T. Mit der Mowatt hätten 'ne ganze Reihe Typen gern etwas angefangen. Wieso Bailey nicht?«

»Wüsste ich auch nicht.«

»Ich hab noch ein paar Gesprächstermine, Chef«, sagte Sharon, wobei sie ein Notizbüchlein aus der Tasche ihrer marineblauen Hose zog. »Einige von Baileys Sportfreunden treffen sich um halb fünf zu 'ner Partie Squash. Da kann ich sie gut abfangen, wenn sie vom Spielfeld kommen.«

Kearns kannte Inspector Anscombe als gewissenhafte Beamtin und wusste, falls es noch irgendetwas über Bailey gab, dann kriegte sie es heraus. Ihr Tonfall verriet ihm allerdings, dass sie nicht recht bei der Sache war. Als er dann noch den Blick bemerkte, den sie Fuentes zuwarf, bevor sie hinausging, begriff er, dass Sharons Diensteifer nur gespielt war, um ihn bei Laune zu halten.

Nachdem sie fort war, schwang Fuentes wieder auf seinem Drehstuhl zurück und sagte zu Kearns: »Gute Polizistin, die Anscombe.«

»Erste Sahne«, bekräftigte Kearns.

Fuentes vertilgte den Rest seines Mittagsimbisses, eine in einer braunen Tüte steckende gefüllte Paprikaschote, und wischte sich den Mund mit einer wattierten Serviette ab. Auf dem Schreibtisch lagen noch ein paar versprengte Reiskörner herum, die Kearns einzeln nacheinander mit dem Finger in Fuentes' Richtung schnippte.

»Dich juckt es wohl richtig in den Fingern nach diesem Bailey, wie?«

»Genau! Der passt wie die Faust aufs Auge!«

»Zugegeben, einiges an ihm fügt sich prima zusammen ...«

»Einiges? Die Liste ist ellenlang! Und damit nicht genug: Bailey kam zwar am Donnerstag aus Europa zurück, traf sich aber nicht mit Beth. Was folgern wir daraus? Er hat vielleicht kein Alibi für den Mowatt-Mord.«

»Ich war an dem Abend auch in der Stadt. Das heißt aber doch nicht, dass ich das Mädchen umgelegt hätte.«

»Weiß ich. Nur: Seit dem Mord an der Mowatt haben Beth und Bailey kein Wort mehr miteinander gesprochen. Wieso nicht? Depressive Phase. Der Tod des Mädchens entsprach nicht seiner Vorstellung – wie immer! Also zieht er sich in seine dunkle Höhle zurück, wo er die nächste Bluttat vorbereitet.«

»Kann doch sein, dass Beth und Bailey lediglich 'ne Auszeit nehmen«, meinte Fuentes unsicher. »Machen Rosalie und ich auch immer so, wenn bei uns mal richtig die Fetzen fliegen.«

»Verlass dich drauf, Manny! Diesmal ist es kein Tunnelblick. Mit dem Bailey stimmt was nicht.« Kearns tippte mit einem Bleistift auf die Tischplatte.

»Aber in der Nacht, als Anne Spalding starb, da hatte er anderweitig zu tun, weißt du noch?«

»Sagen seine Freunde! Möglich, dass Piloten sich gegenseitig decken, wie wir Bullen auch! Ich wiederhole: Mit Bailey stimmt was nicht!«

»Natürlich nicht. Er ist größer als du, verdient mehr als du und hat das Mädchen, hinter dem du her bist.«

»Hör mit dem Unsinn auf, Manny! Jetzt mal im Ernst: Mich beschäftigt da noch einiges, was mit dem Zeitgefühl des Killers zu tun hat.«

»Lass hören!«

»Carole Van Horne starb im April, Monica Turner im Juni, Lydia Price im Juli.«

»Anne Spalding im August, Natalie Gorman im September ...«

»... und jetzt haben wir Patricia Mowatt im Oktober.«

»Was soll das?«

»Wieso kein Mord im Mai?«

»Die Van Horne war sein erstes Opfer. Davon konnte seine Fantasie vielleicht zwei Monate zehren.«

»Oder?«

»Oder er widersetzte sich dem Tötungsdrang. Oder er kriegte die Grippe. Oder er hatte Verwandtenbesuch von außerhalb.«

»Was anderes fällt dir nicht ein?«

»Vielleicht ist er in dieser Beziehung wie du und ich und braucht ab und zu mal Urlaub.«

Kearns nickte. »Amsterdam soll schön sein im Frühling, wie man hört. Lauter bunte Tulpen.«

»Amsterdam?«

»Im Mai flog Bailey die Route San Francisco – Amsterdam. Ich erwarte einen Anruf vom Leiter des Amsterdamer Morddezernats. Lohnt sich vielleicht, überprüfen zu lassen, ob es in der Zeit in Holland einen Mord gegeben hat, der in unser Schema passt.«

»Alle Achtung, Jim.«

Für einen kurzen Augenblick hatte Kearns fast das Gefühl, dass er und Fuentes wieder so im Tandem dachten wie früher. Doch dessen Miene belehrte ihn eines Besseren. »Aber übertreibst du nicht ein bisschen?«, fügte sein Freund hinzu. »Und im Übrigen: Sagtest du da nicht eben was von der depressiven Phase des Killers?«

»Wieso? Ist doch nichts Neues!«

»Stimmt! Ich meine nur, dass ausgerechnet *du* das sagst, finde ich merkwürdig.« Fuentes stand auf, schloss die Tür, setzte sich wieder und fixierte Kearns mit unbeweglichem Blick. Dieser seufzte tief.

»Wie lange weißt du es schon?«

»Ewig.«

»War wohl nicht immer einfach, mit mir klarzukommen. Depressive brüskieren andere leicht. Das können sie echt gut.«

»Ein ausgewachsener Idiot warst du! Hast mich behandelt, als wäre ich dein Lakai!«

»Jetzt mach mal halblang! Geh nicht so hart mit mir ins Gericht!«

»Herzlich gern, wenn du versprichst, dich zu bessern!«

»War nicht so gemeint ...«

»Mein Geduldsfaden ist kurz davor, zu zerreißen.«

Kearns spürte, wie ihm die Röte ins Gesicht stieg. Die wenigen Auseinandersetzungen, die er sich über die Jahre mit Fuentes geliefert hatte, ließen sich an den Fingern einer Hand abzählen. Er und Fuentes verstanden sich besser als so manches Ehepaar, kannten sich sogar besser.

»Und ich finde, das hab ich nicht verdient«, sagte Fuentes.

Kearns saß stumm da und ließ den Satz im Raum stehen. Auf den Tag genau konnte er nicht mehr sagen, seit wann er und Fuentes sich nicht mehr als Team betrachten konnten, seit wann ihre Gedanken sich nicht mehr ergänzten, sondern dafür sorgten, dass sie in entgegengesetzte Richtungen überlegten.

Jedes Paar brauchte mal eine Auszeit. Offensichtlich hatten er und Fuentes jetzt eine nötig, denn die feindselige Atmosphäre war mit Händen zu greifen.

Fuentes, der wohl ebenfalls spürte, dass dicke Luft herrschte, stand auf und begab sich zur Kaffeemaschine hinüber, einem in die Jahre gekommenen Gerät, das sich einer der Kollegen einmal im Zuge seines Scheidungsvergleichs unter den Nagel gerissen hatte.

Nur undeutlich bekam Kearns mit, was um ihn herum vorging. Telefone läuteten, Schubladen knallten zu, doch ihm war, als habe ihm jemand eine Glasglocke übergestülpt. Er konnte beobachten, konnte zuhören, nur mitmachen konnte er nicht. Dieses taube Gefühl, es war ihm nicht neu. Mary und er hatten in ihren letzten Ehejahren zahllose dieser Auszeiten genommen, um die erhitzte Situation abkühlen zu lassen. Geblieben war schließlich bloß Eis.

Fuentes kam mit zwei Tassen Kaffee zurück – ein schwaches Friedensangebot. Er setzte sich wieder.

Kearns ergriff das Wort. »Mit diesem Bailey ist was faul, und das werden wir beweisen! Ich werde alles über unseren frommen Internatszögling herausbekommen. Wenn wir den festnageln können, kenne ich ihn besser als er sich selbst.«

»Ich werde mich nochmal mit Baileys Freunden von der fliegenden Zunft unterhalten«, bot Fuentes an. »Mal sehen, ob sein Alibi für die Zeit des Spalding-Mordes wasserdicht bleibt. Aber die Flieger muss man mit Samthandschuhen anfassen. Wenn's wirklich Bailey ist, dann geht er uns womöglich durch die Lappen, weil er rechtzeitig erfährt, dass wir ihm im Nacken sitzen. Und das hätte uns gerade noch gefehlt.« Er stand auf, hielt aber dann plötzlich inne. »Du sprachst doch von zwei Dingen, die dir am Zeitgefühl des Killers zu denken geben. Was ist denn das zweite?«

»Wir stehen kurz vor Halloween, Manny. Wie man die Hormone kennt, schmiedet unser Mann schon seine Mordpläne für November und ist auf der Pirsch nach einem neuen Opfer. Ich habe keine Lust, noch einmal gelbes Trassierband zu spannen. Höchste Zeit, dass wir in die Gänge kommen!«

33. KAPITEL

El Camino Real, wörtlich übersetzt die »Königliche Straße«, war Kaliforniens erste Schnellstraße. Ungefähr 1000 Kilometer verläuft sie parallel zur Küste und dient als Verbindungsweg zwischen den im 18. und 19. Jahrhundert erbauten einundzwanzig Missionsstationen der Franziskanermönche. Die Säkularisierung der Missionen zur Zeit der mexikanischen Besatzung hatte den Niedergang der historischen Bauwerke zur Folge. Erst gegen Ende des 19. Jahrhunderts fand sich eine Initiative aus passionierten Denkmalschützern zusammen und bewahrte die verfallenden Gebäude vor dem vollständigen Untergang. Die »Church of the Good Shepherd«, die Kirche zum Guten Hirten nebst dazugehöriger Schule, war Anfang des 20. Jahrhunderts als moderne Huldigung an historische Vorgänger gebaut worden.

Während des Fluges hatte Beth versucht, sich durch Lektüre von Hintergrundmaterial auf die Gegend einzustimmen. Nach der Landung in Los Angeles war sie jetzt unterwegs mit dem Mietwagen nach Ventura, und sie war mehr als gespannt auf den Ort, wo Jordan seine Kindheit verbracht hatte.

Für drei Uhr war sie mit einem Pater Daniel Fortescue zu einem Gespräch verabredet. Obwohl der Priester am Telefon einen sympathischen Eindruck erweckt und sich durchaus entgegenkommend gezeigt hatte, hatte Beth in seiner Stimme doch einen gewissen Unterton entdeckt, einen Anflug von ... ja, von was? Erheiterung? Wie sollte ein Außenstehender auch begreifen, dass sie an ihrem freien Tag, einzig zu dem Zweck, einen Blick in Jordans Vergangenheit zu werfen, eine Flugreise auf sich nahm? Eine Vergangenheit, wohlgemerkt, über die zu sprechen er sich geziert hatte? Beth stellte sich einen gütigen weißhaarigen Kleriker vor, der ihr geduldig zuhören und ihr sodann einige allgemeine Informationen Jordan betreffend zukommen lassen würde – Informationen, die auf tausende anderer Schüler, die kirchliche Schulformen durchlaufen hatten, in gleichem Maße zutrafen. Dennoch: So töricht ihr Ausflug auch wirken mochte, zu einer Absage war es zu spät. Es gab kein Zurück. Jordan hatte Geheimnisse vor ihr, und andere Stellen, an die Beth sich hätte wenden können, gab es nicht.

Es ging ziemlich überstürzt zu zwischen Ihnen und Jordan. Kearns' Worte. Und zutreffend, weiß Gott. Es hatte ja selbst Ginny überrascht, dass Beth sich Hals über Kopf verknallt hatte. Beth grübelte über ihre Gefühle zu Jordan nach. Was hatte sie eigentlich, abgesehen von trauten Dinner-Abenden zu zweit und erotischen Höhenflügen, zu diesem Verhältnis getrieben?

Es war das Rätselhafte an Jordan, das sie magisch anzog; sie wollte alles über ihn wissen. Etwas an ihm gemahnte Beth an ein verwundetes Tier, das gesund gepflegt werden wollte.

Doch das war bei weitem nicht alles. Jordan förderte die besten Seiten an ihr zu Tage.

Warum also bin ich gekommen?, fragte sie sich.

Weil Frauen umgebracht werden.

Weil Kearns ein guter Polizist ist.

Und irgendetwas ist mir nicht geheuer.

Von der Hauptverkehrsstraße aus konnte man die Kirche zum Guten Hirten kaum erkennen. Lediglich ein schlichtes Holzschild mit geschnitzter Aufschrift und zwei weiße Kreuze am Fuße einer langen, kiesbestreuten Zufahrt verwiesen darauf, dass überhaupt ein Gebäude hinter dem Hain aus gewaltigen Mammutbäumen lag. Als das Gotteshaus schließlich in Sicht kam, stockte Beth fast der Atem, so bemerkenswert war es in seiner simplen Schönheit, die verputzten Wände in reinem Weiß gestrichen, das Dach mit roten Schindeln gedeckt, dazu ein bogenförmiger Ziergiebel sowie ein dreigeschossiger Glockenturm. Beth stellte sich knarrende Kniebänke aus Holz vor, das betäubende Aroma von Weihrauch, in der Vorhalle flackernde Votivkerzen. Als wolle sie diesem Ort ihre Reverenz erweisen, schaltete sie das Radio aus und verlangsamte die Geschwindigkeit. Während sie näher kam, fiel ihr der einzige Kontrast zur schlichten Architektur der Kirche auf: ein massives Tor im maurischen Stil mit riesigen runden Eisengriffen.

Beth entdeckte einen Kiesweg, der einen Garten voller Yucca-Palmen und Lilien unterteilte. Die Kirchenfassade musste vor kurzem erst einen frischen Anstrich erhalten haben, denn an der Nordwestecke stand noch immer das Gerüst, Anstreicher waren keine in Sicht. Überhaupt war nirgends ein Mensch zu sehen, und schlagartig kam Beth die friedliche Stille, die sie zunächst wie Balsam empfunden hatte, beunruhigend vor.

Kurz darauf kam die Schule in Sicht. Das Gebäude, dessen Frontseite von einem prächtigen Garten mit weiteren Yuccas, Kakteen und Palmwedeln eingenommen wurde, ragte drei Stockwerke hoch auf. Es war weiß gestrichen wie die Kirche und trug ein Dach mit denselben roten Schindeln.

Beth erinnerte sich an ihre eigene Schulzeit, damals in Arkansas, an das Geschrei auf dem Schulhof, wenn die Kinder aus den unteren Klassen sich um Schaukeln und Wippen balgten oder später, etwas älter bereits, hin zu den Sportfeldern fegten. Diejenigen, die sich schon erwachsener dünkten, die Achtklässler nämlich, lümmelten in Cliquen auf Treppen und vor Eingängen herum, tratschten und tauschten Telefonnummern aus. Dieses Schulgelände hingegen war menschenleer, und Beth bezweifelte auch, dass sich so etwas wie ein Freizeitgelände hinter dem Gebäude finden würde.

Sie stieg aus dem Wagen und streckte die Glieder, aufs Neue überwältigt von der erdrückenden Stille des Ortes. Wann mochte hier Unterrichtsschluss sein? In diesem Augenblick hätte Beth sich gefreut, wäre aus den Schultüren ein Schwarm junger Menschen geströmt, die um die Wette rannten, hin zu fröhlicheren Vorhaben. Sie versuchte sich vorzustellen, wie das Leben in einer solch sterilen Umgebung für Jordan oder für jedes andere Kind wohl gewesen sein mochte. Wäre sie auf ein weiteres Holzschild gestoßen, auf dem in Schönschrift stand: »Herumtollen verboten!« –

es hätte sie nicht gewundert. Sie griff nach ihrer Handtasche, schloss den Wagen ab und machte sich auf den Weg zum Schulgebäude, entschlossen, sich bis zum vereinbarten Treffen mit Pater Daniel um eine positivere Einstellung zu bemühen.

Im Inneren des Gebäudes sah Beth zu ihrer Linken eine verglaste Pförtnerloge. Als sie darauf zuging, öffnete sich ein kleines Schiebefenster. Eine mürrisch dreinschauende Matrone herrschte über das Reich jenseits der Glaswand. Beth war drauf und dran, einen Cheeseburger mit Pommes frites zu bestellen, nahm sich aber zusammen, denn die hochgezogenen Augenbrauen der Pförtnerin verrieten, dass sie keinen Spaß verstand.

»Kann ich Ihnen helfen?«, fragte die Frau mit staubtrockener Stimme.

»Mein Name ist Beth Wells. Ich habe einen Termin bei Pater Daniel Fortescue.«

Die Pförtnerin erhob sich etwas von ihrem Drehstuhl, um den Gast besser mustern zu können. Angesichts der Kürze von Beth' Rock, dessen Saum über dem Knie endete, machte sie aus ihrer Missbilligung keinen Hehl.

»Ich werde erwartet«, fügte Beth energisch hinzu. »Würden Sie mir bitte sagen, wo ich ihn finden kann?«

»Treppe ganz rauf. Name steht an der Tür.« Mit diesen Worten schloss die Pförtnerin das Fensterchen und setzte sich wieder hin. Beth hätte gern gewusst, welchem Zweck die Glaswand diente: die Frau ein- oder Besucher auszusperren.

Vor ihr lag ein breiter offener Gang, an dessen hinterer Wand eine Statue stand, die Jesus als Hirten mit einer Schafherde zu seinen Füßen darstellte. Über der Darstellung prangte die Inschrift

FREUET EUCH MIT MIR; ICH HABE MEIN SCHAF WIEDERGEFUNDEN, DAS VERLOREN WAR.

Beth erinnerte sich an das Gleichnis vom verlorenen Schaf, eine Geschichte aus dem Lukasevangelium, die sie vor vielen, vielen Jahren gelernt hatte. Reflektierte das Gleichnis etwa die Philosophie dieser Schule? Diejenigen zur Herde zurückzuführen, die von anderen in die Irre geleitet worden waren? Eine gewaltige Aufgabe! Wie schafften es die priesterlichen Lehrer wohl, die schwarzen Schafe bei der Stange zu halten? Schnell verwarf sie diesen Gedanken. Eine mürrische Pförtnerin und die düstere Stille allein machten aus diesem Haus noch kein Gefängnis.

Zwei offene Treppenaufgänge, einer nach links führend, der andere nach rechts, teilten das Foyer. Großartig. Was hatte die reizende Empfangsdame gesagt? »Treppe ganz rauf!« Ja, aber welche Treppe? Ein schneller Rundblick durch die menschenleere Lobby verriet Beth, dass sie allein war. Ansprechen konnte sie niemanden, und zurück zur Pförtnerin und nachfragen? Um keinen Preis. Da erwies es sich als nützlich, dass ihr angesichts der Atmosphäre ihr Anfängerlatein einfiel. *Sinister* – das hieß nicht nur »links«, sondern auch »böse«. Folglich wandte sie sich nach rechts und stapfte die Treppe hinauf.

Als sie, auf dem ersten Treppenabsatz angekommen, einen Bogen machte, um die Treppe zum zweiten Stock in Angriff zu nehmen, wurde sie fast von zwei etwa fünfzehnjährigen Bengeln über den Haufen gerannt. Einer murmelte eine Entschuldigung, schon liefen die beiden weiter, zwei Stufen auf einmal nehmend, die Treppe hinunter, ehe Beth auch nur dazu kam, sie nach dem Weg zu Pater Daniel zu fragen. Vom Stockwerk tiefer vernahm sie ein anerkennendes Pfeifen. Das war also anscheinend normal.

Am Ende der Treppe sah sich Beth mit demselben Dilemma konfrontiert: Wieder hatte sie die Wahl zwischen links und rechts, geradeaus wäre sie über die Gegentreppe gleich wieder nach unten gelangt. Jeder der beiden Flure glich einem pawlowschen Albtraum – Labyrinthe aus Türen, Bogendurchgängen und Rampen. Ein sadistisch veranlagter Architekt hatte wohl seinen Schabernack mit den zukünftigen Bewohnern treiben wollen und ein Gebäude entworfen, das von außen zwar symmetrisch wirkte, im Inneren jedoch einem Irrgarten glich. Da Beth keine Münze zum Werfen dabeihatte, wandte sie sich kurz entschlossen wieder nach rechts.

Ihre Tritte hallten von den Bodenfliesen wieder. Mittlerweile war das anfänglich so friedvolle Gefühl, das sie beim Anblick der Kirche verspürt hatte, vollkommen verschwunden. Das Schulinnere erwies sich als genau so trist wie die Empfangsdame in der Pförtnerloge. Alles war in Brauntönen gehalten – rötlich braune Bodenfliesen, Klinkerwände, hölzerne Sockelleisten und Türen sienafarben mit einem Stich ins Erdbraune. Die Anschlagtafel aus Naturkork, die der Farbpalette einen weiteren Braunton hinzufügte, hing leer und verlassen da. Dass keinerlei Objekte aus dem Kunstunterricht ausgestellt waren, ließ erneut die Frage aufkommen, wie Jordans Kindheit wohl verlaufen sein mochte.

Im Korridor links von ihr, drei Türen weiter, schaute plötzlich ein Männergesicht um den Türpfosten. »Beth Wells?«, fragte der Mann. »Daniel Fortescue.«

Na, dachte sie, dann auf in den Kampf!

34. KAPITEL

Hier, vor dem weiß getünchten Gebäude, dem Ort, an dem so viele Träume Gestalt angenommen hatten, wunderte er sich selbst darüber, wie klar er sich noch erinnerte, wie ihm nach so vielen Jahren noch die Töne, die Gerüche und Eindrücke aus jenen frühen Tagen gegenwärtig waren. Er saß, die Bodenkälte kaum spürend, unter einer riesigen Platane, alles Gefühl für das Jetzt überlagert von einer Vergangenheit, die wieder lebendig wurde.

Er dachte zurück an den Abend, an dem die beiden Priester, die strengen, vom Alter gezeichneten Gesichter bitterböse verzogen, in seinem Zimmer standen. Pater Francis Xavier, der ältere der beiden, hielt in einer Hand eine Flasche russischen Wodka, in der anderen seine Bibel. Pater Anthony Bennedetto blickte über den Rand seiner Brille, zunächst auf den Jungen, danach auf den Stoß Magazine, die offen auf dem Bett lagen.

»Da hast du für vieles zu büßen, junger Mann«, sagte Pater Francis.

In gespielter Unschuld sah der Junge die zwei mit besonders großen Augen an. »Aber das ist ein Missverständnis! Die gehören mir nicht!«

»Durch Lügen verschlimmerst du alles nur«, mahnte der ältere Priester. »Bereue lieber!«

»Fragen Sie doch die anderen Jungen!«

»Dies ist nicht der rechte Augenblick für Feigheit!«

»Der Junge hinten am Ende des Flurs will mich reinlegen, der fromme Schleimer!«

Pater Anthony blieb stumm. Seine Brille war noch tiefer den Nasenrücken hinuntergerutscht.

»Das achte Gebot!«, befahl Pater Francis. »Aufsagen!«

»Aber ...«

»Aufsagen!« Die wulstige, dunkelrote Ader an der Schläfe des Priesters schwoll an.

»Du sollst nicht falsches Zeugnis geben wider deinen Nächsten«, murmelte der Junge hastig.

»Noch einmal!«

Der Junge sprach lauter diesmal und modulierte, Ernsthaftigkeit vortäuschend, sorgfältig seine Stimme.

Der ältere Priester war offenbar zufrieden. »Komm mit, mein Sohn! Und keinen Laut!«

Pater Francis warf die Wodkaflasche aufs Bett, wo sie neben der halb nackten Posterschönheit eines Männermagazins liegen blieb. Die drei verließen das Zimmer und zogen schweigend den Flur entlang zur am entgegengesetzten Ende liegenden Treppe. Pater Francis drückte die Tür auf und trat hinaus auf das Treppenpodest, dann stiegen sie, einer hinter dem anderen, die Hand fest am Geländer, die Betonstufen hinunter. Der Junge hörte, wie sich oben die Tür zum Treppenhaus mit metallischem Schnappen schloss.

Mittlerweile gab der ältere Priester ein kurzatmiges Keuchen von sich, ein hohes, asthmatisches Pfeifen, das sich anhörte, als dringe es tief aus seiner Brust. Der Junge stellte sich ein Paar zerschrumpelter, spröder Lungenflügel vor, die zu Staub zerfielen wie ausgetrocknete Schmetterlingsflügel. Das Bild entlockte ihm ein Lächeln, wusste er doch, dass die Priester sein Gesicht nicht sehen konnten. Eine weitere Vorstellung ließ sein Lächeln noch breiter werden – die Vorstellung, wie Pater Francis kopfüber die Betonstufen hinunterpurzelte, eine Witzvorlage für eine Karikatur: die flatternde schwarze Mönchskutte, die sich über dem Mönchskopf bauschte, knochige, vergebens nach Halt suchende Hände. Vielleicht konnte man gar kurz seine wenig klerikalen Unterhosen aufblitzen sehen. Der Junge musste sich das Lachen verbeißen.

Wie sich das wohl anhörte, wenn Pater Francis mit dem

Schädel auf die Betonstufen krachte? Vielleicht wie ein dumpfes Klatschen, wie wenn man eine Melone auf den Bürgersteig fallen lässt? Oder eher ein scharfes Splittern, wie ein Axthieb beim Spalten von Holz? Und wie oft der Kopf wohl aufschlagen würde? Würde er nach dem ersten Aufprall schon aufplatzen, oder würde der Körper wie in den Zeichentrickfilmen immer schneller werden und holterdiepolter bis hinunter zum nächsten Treppenabsatz kullern?

Die Hand des Jungen fuhr auf den vor ihm gehenden Priester zu.

In letzter Sekunde fiel ihm ein, dass Pater Anthony noch hinter ihm war. Ein Blick über die Schulter verriet, dass der zweite Mönch nach wie vor schweigend über den Rand der Brille starrte, die er nach fester Überzeugung des Jungen nur trug, um autoritärer zu wirken. Die Hand versank wieder in der Hosentasche.

Wohin gingen sie bloß? Immer weiter stieg Pater Francis mit schlurfenden Schritten im Halbdunkel abwärts, vorbei an der Flurtür im zweiten Stock, was den Jungen erstaunte, denn hier lagen die Klassenräume. Hier, im menschenleeren Lesezimmer, hatte er in stundenlangen Rezitationsübungen Passagen aus der Heiligen Schrift herleiern müssen, bis er heiser war und ihm vor Müdigkeit die Augen brannten.

Auch die Tür zum Hauptkorridor wurde von Pater Francis ignoriert. Weiter ging es hinab. Also waren die Büros der Priester ebenfalls nicht das Ziel. Die Cafeteria auch nicht. Im Geiste hakte der Junge bereits die Skala möglicher Strafen ab: den Cafeteriafußboden schrubben, die Priestertoilette reinigen, die ledergebundenen Bände in der Bibliothek der Priester, sämtliche siebentausend Bücher, Stück für Stück entstauben. Mit jeder dieser Möglichkeiten musste man rechnen. Doch als die stumme Gruppe immer weiter abwärts stieg, da schwante ihm, dass die Priester sich dieses Mal etwas Neues hatten einfallen lassen.

Er war, für einen Moment zumindest, geschmeichelt, dass seinetwegen so viel Aufhebens gemacht wurde. Er war gespannt, was die beiden mit ihm vorhatten, egal, was es sein mochte! Am nächsten Tag gab's bestimmt eine tolle Geschichte zu erzählen. Konnte er seinen Mitschülern berichten, dass er sich von den beiden alten Knackern nicht hatte kleinkriegen lassen, dann würden sie buchstäblich alles für ihn tun. Jawohl, er war kurz davor, eine weitere Leitersprosse in ihrer Achtung zu erklimmen!

Als Pater Francis die Doppeltür am Fuß der Treppe erreichte, kam sein Atem stoßweise und keuchend. Das asthmatische Pfeifen klang mittlerweile wie ein schrilles, ununterbrochenes Fisteln.

Sie betraten die Sporthalle.

Selbst in der Dunkelheit sah der Junge die Mauern aus blau getünchten Betonplatten vor sich, die hölzerne Zuschauertribüne an der Westwand, die sechs Basketballkörbe, einer davon immer noch etwas nach vorn verbogen, weil er an ihm geschaukelt hatte. Zehn Hiebe mit dem Lineal und eine Woche Sporthallenverbot hatte er sich für die kleine Extraeinlage eingehandelt.

Vermutlich sollte er Runden rennen, hundert Liegestütze stemmen oder irgendeine andere strapaziöse Körperertüchtigung durchführen, bis er schlapp machte. Sodann, geschlagen und entkräftet, musste er wahrscheinlich den Rosenkranz beten und eine besonders gründliche Beichte ablegen. Zudem wurde er bestimmt zu irgendeiner Tätigkeit vor aller Augen verdonnert, als abschreckendes Beispiel, damit die anderen Knaben kapierten, dass solche Verfehlungen in der Schule zum Guten Hirten nicht toleriert wurden. Innerlich wappnete er sich für die kommenden Schikanen, wusste, wie er geistig so weit abschalten konnte, dass er unempfindlich wurde für das, was mit ihm geschah. Er sah sich physisch stark, unschlagbar, hörte, wie mühsam Pater Francis Luft bekam. Keine Gegner, die beiden Alten! Gegen die halte ich durch!

Der Parkettboden knarrte, als die drei quer durch die Sporthalle marschierten. Bei jedem Schritt trat der Junge bewusst fest auf und ließ, indem er den Fußballen drehte, die Sohlen seiner Turnschuhe quietschen. Vor ihm blitzte das weiße Kollar auf, als Pater Francis herumfuhr und sein drohender Blick wie ein Sensenschnitt durch die Finsternis zuckte. Der Junge verkniff sich ein Feixen und schritt in normalem Gang weiter.

Die Sporthalle roch nach abgestandenem Schweiß und feuchten Socken, und dieser Geruch verstärkte sich anscheinend noch, je tiefer sie in die Halle vordrangen. Vor der an der rückwärtigen Wand angebrachten Schalttafel hielt der Junge inne, darauf wartend, dass einer der Priester den Schalter betätigte und damit die Turnhalle in bleiches, freudloses Licht tauchte. Zwar hörte er tatsächlich ein Klicken, doch blieb alles weiterhin finster. Statt der erwarteten Helligkeit glomm vor ihnen ein dämmriger Schein durch den Mittelspalt zwischen einer weiteren Doppeltür.

Die Umkleideräume! Immer noch schritt Pater Francis voran und hielt dem Jungen, dessen Augen sich blinzelnd an das Licht gewöhnten, die Tür auf. Hastig folgte der Junge dem älteren Priester, fasste zögernd die Tür und ließ sie dann plötzlich los, sodass sie Pater Anthony mit voller Wucht entgegenschwang.

Im Umkleideraum mischte sich strenger, säuerlicher Körpergeruch mit Deospray und Fußpuder. Die Betonwände waren in demselben Fabrikblau gestrichen wie die Halle. Blau für den Himmel, dem all ihr Trachten und Streben auf Erden zu gelten hatte, rot für das vergossene Blut und das heilige Herz Jesu – die Farben der Schule.

An jeder Wand des Umkleideraums, eines ansonsten leeren Rechtecks, stand eine Bankreihe. Trüb angelaufene Haken, viele bereits abgebrochen oder lose an gelockerten Schrauben baumelnd, ragten aus lasierten, mit Dübeln an der Betonwand befestigten Tischlerplatten.

Wie es nervte, die bedrückende Gegenwart von Pater Anthony hautnah an der Schulter zu spüren! Noch hatte der jüngere der beiden Priester kein Wort gesagt, doch angesichts der ihm offenbar in diesem Schauspiel zugedachten Rolle merkte der Junge, wie sich ihm die Härchen im Nacken aufrichteten.

Auf Pater Francis' Wink hin ging es weiter durch einen bogenförmigen Durchlass in den dahinter liegenden Raum. Hier wäre der Junge beinahe in lautes Gelächter ausgebrochen. Waschbecken und Duschen! Sie wollten ihm also den Mund mit Seife auswaschen!

Ehrenwort, Pater!, hörte er sich sagen. *Ich will nie wieder sündigen! Ich wollte doch nur bei den anderen beliebt sein!* Klar, das konnte klappen! Die Frage war nur: Wann sollte er mit den Entschuldigungen anfangen? Beim Anblick der Seife? Oder sollte er sich erst ein paar Schlucke Seifenbrühe gefallen lassen?

Acht schmierige, von Rostspuren verunzierte Waschbecken mit Gummistöpseln an Ketten aus verchromten Kügelchen reihten sich rechts an der Wand aneinander. Die Becken aber waren anscheinend nicht das erklärte Ziel, denn Pater Francis schlurfte weiter bis hin zu den Duschkabinen im rückwärtigen Bereich und blieb vor der letzten Zelle links stehen.

Schlagartig war dem Jungen die Kehle wie zugeschnürt. Er dachte an Flucht, doch Pater Anthony stand zu dicht neben ihm, erahnte wohl seine Gedanken, denn genau in diesem Moment fasste er den Jungen am rechten Unterarm.

Pater Francis überprüfte offenbar die Duschkabine. Einen Duschvorhang gab es nicht. Die Keramikfliesen waren stumpf und voller stockiger Flecken, die Fugen schwarz. Fehlende

Kacheln hatten leere, schwarzgrüne Quadrate an einer Wand hinterlassen, sodass diese einem grinsenden Totenschädel ähnelte. Zwei langstielige Besen lehnten an der Wand neben der Kabine.

Aus den Falten seiner Kutte zog der ältere Mönch ein Fläschchen mit Öl. Er schraubte den Verschluss ab und goss dann den Inhalt auf den Kabinenboden, eine Anstrengung, die offensichtlich den letzten Rest seiner Energie verbrauchte, denn nun wurde sein keuchendes Japsen zusätzlich von einem flachen Rasseln begleitet.

Wie gebannt starrte der Junge, als der letzte Öltropfen die Flasche verließ. Pater Anthony wechselte blitzartig den Griff und umklammerte den Jungen beidarmig an der Hüfte.

»Nein!«, kreischte der Knabe, doch sein Fußtritt verfehlte Pater Francis und schmetterte gegen das Schienbein des alten Mönchs, der sich fluchend zusammenkrümmte. Nochmals trat der Junge zu, diesmal landete sein Fuß an des Priesters Kinn. Es knackte, der Mönch schrie auf, und als er sich aufrichtete, sickerte ihm Blut aus dem Mundwinkel. Er hatte sich auf die Zunge gebissen.

In Erwartung eines Schlages duckte sich der Junge, doch der Hieb blieb aus. Stattdessen setzte Pater Anthony von hinten eine klammernde Beinschere an, um den Jungen am Treten zu hindern. Mit gleicher Entschlossenheit zerrte Pater Francis ihm die Kleider vom Leib, wobei sein Atem schneller ging. Dann stießen sie ihn in die Kabine und versperrten ihm den Weg, indem sie sich wie eine menschliche Mauer im Eingang postierten.

»Gib Acht, dass du dich nicht zu schnell bewegst«, mahnte Pater Francis mit kaum hörbarer Stimme. »Der Fußboden ist sehr rutschig; du könntest dich verletzen!«

Pater Anthony drehte den Wasserhahn auf. Ein kalter Schwall schoss aus dem Duschkopf. Voller Scham ob seiner Nacktheit, wandte der Junge sich mit dem Gesicht zur Ecke, vom Wasserstrahl weg, fort von den glänzenden, gierigen Priesteraugen. Eiskalt wurde das Wasser, und dem Jungen war, als würden ihm Dolche aus Eis in den Rücken gestoßen.

Er begann mit seiner Litanei. »Bitte, Pater Francis! Pater Anthony! Was ich getan habe, tut mir Leid! Die Magazine gehörten doch mir. Der Alkohol auch! Ich bitte um Verzeihung!«

Das kalte Wasser war arg genug, doch das Schlimmste war, dass er nackt vor den zwei Alten stand. Womöglich geilten die sich noch daran auf! Er schmiegte sich mit der Vorderseite des Körpers eng in den Winkel.

Und noch etwas war da – was, das wusste er noch nicht genau, doch jetzt schon wurde ihm angst und bange.

Die Besen!

Er bettelte weiter, jammerte, flehte, doch seine Reue stieß auf taube Ohren, denn die Mönche stimmten nun ihre eigene Litanei an.

»Durch Buße zum Frieden!«

»Durch Strafe zur Erlösung!«

»Durch Leid zur Freiheit!«

»Auf dass das Wasser deine Seele reinige!«

»Ich sage doch, es tut mir Leid!«, schrie er. »Allmächtiger!«

Der Wasserstrahl erstarb. Für Sekunden herrschte tödliche Stille. Vorbei!

Des Jungen Zehen waren glitschig von Öl, seine Kopfhaut taub, sein Penis zusammengeschrumpft. Er zitterte am ganzen Leibe.

Hinter sich hörte er das Fauchen der Düse.

Er schrie.

Das siedend heiße Wasser prasselte auf sein nacktes Fleisch wie mit Millionen von Feuernadeln. Er drehte sich um, versuchte, an den Duschkopf zu gelangen, das Gesicht schützend zu Seite gewandt, eine Hand vor den Genitalien. In Erwartung eben dieses Versuchs ergriff Pater Anthony einen der Besen, und ein scharfes Klatschen übertönte das Rauschen des Wassers, als der Stiel auf die tastende Hand des Jungen niedersauste.

Der Junge stürzte sich auf den Mönch, rutschte aus, knallte mit Wucht auf die Knie und stieß einen lauten Fluch aus. Die Kabine füllte sich rasch mit Wasserdampf, während der Junge auf dem ölverschmierten Fußboden hin und her rutschte und durch die Beine der Priester zu entkommen versuchte. Beide stießen nun mit Besen nach ihm, deren raue Borsten gnadenlos seine gepeinigte Haut kratzten. Er wurde in eine Ecke gedrängt, einen Besen im Genick, den anderen im Rücken. Schützend breitete er die Arme über den Kopf, machte sich so klein wie möglich, doch das kochend heiße Wasser verbrühte seinen ungeschützten Leib wie rohes Fleisch. Er war sicher, dass er blutete, dass jedes Blutgefäß in seinem Körper explodiert war und dass er langsam starb.

Wieder wurde das Wasser kalt, eiskalt, und nun wartete er auf den Herzinfarkt, der mit dem Schock kommen musste. Wie aus weiter Ferne vernahm er den Singsang der Priester, Fragmente ihrer sadistischen Bußlitanei, die das Rauschen des Strahls übertönte.

35. KAPITEL

Pater Daniel erwies sich keineswegs als der runzlige, gebeugte Geistliche, den Beth eigentlich erwartet hatte, sondern als groß gewachsener Mann mit aufrechter Haltung in marineblauem Trainingsanzug und roten Laufschuhen. Sein langes, an den Schläfen nur leicht ergrautes Haar war zu einem Pferdeschwanz gebunden. Nach Beth' Einschätzung musste er etwa Mitte fünfzig sein, obwohl das schwer zu taxieren war. Wahrscheinlich sah man ihm sein wirkliches Alter nicht an.

Nach einem freundlichen Händedruck bedeutete Pater Daniel ihr, ihm in einen Raum zu folgen, bei dem es sich vermutlich um ein Klassenzimmer handelte, ein alles andere als konventionell aussehender Raum, der so gar nicht dem tristen Braun des Korridors entsprach. Die Schülertische standen in Gruppeneinheiten zu jeweils sechs Arbeitsplätzen um das in der Raummitte postierte Lehrerpult herum. Von den Schülern erstellte Plakate, Porträts von Persönlichkeiten aus Geschichte, Kunst und Musik verliehen dem Raum eine lebendige Note. Quer von Wand zu Wand spannte sich eine Wäscheleine, an der die Unterrichtsprojekte der Klasse hingen, Nachbildungen der Logbücher großer Entdecker, die Seiten mit aufgebürstetem Kaffee künstlich vergilbt. Philodendron, englisches Efeu und Bogenhanf gediehen in tönernen Blumentöpfen auf einem Fensterbrett.

Der Mönch ging weiter voran in sein Büro, ein Zimmer, das ebenfalls viel über den Mann aussagte. Beth sah auf den ersten Blick, dass er ein wahrhaft beliebter Lehrer sein musste, der seinen Schützlingen mehr Freund als nur Respektsperson war. Überall stieß man auf Andenken an ehemalige Schüler – Plaketten, Fotos, Briefbeschwerer. Auf einem Regalbrett reihten sich Kaffeebecher mit witzigen Sprüchen.

»Wissen Sie«, sagte Pater Daniel, während er den Teekessel füllte, »wenn einen ehemalige Schüler besuchen kommen und einem die Fotos ihrer Kinder zeigen, dann merkt man, dass man alt wird.«

In einer Ecke lehnte eine Gitarre. Beth nahm auf einem kleinen, kunstlederbezogenen Diwan neben dem Instrument Platz und tauschte eine Weile Artigkeiten mit dem Priester aus. Man unterhielt sich über Architektur, darüber, wie Kinder sich verändert hatten, über die Anforderungen des Lehrerberufs und über das Priestertum. Es fiel Beth nicht schwer, sich vorzustellen, warum dieser Mann bei seinen Schülern solchen Anklang fand. Seine Persönlichkeit fußte auf einer breiten Allgemeinbildung, doch noch wichtiger war, dass er zuhören konnte.

Der Mönch goss starken Tee in zwei Steingutbecher, reichte Beth einen davon und ließ sich dann ihr gegenüber in einem Sessel nieder.

»Ich hoffe, Miss Wells, Earl Grey trifft Ihren Geschmack. Wie kann ich Ihnen denn Ihrer Ansicht nach helfen?«

Beth spürte, wie ihr die Verlegenheitsröte in die Wangen stieg. »Ich bin nicht sicher, ob Sie es überhaupt können, Pater Daniel. Um es gleich zu sagen: Je länger ich hier sitze, desto mehr frage ich mich, warum ich hergekommen bin. Ich habe bereits ein schlechtes Gewissen, dass ich Ihre Zeit in Anspruch nehme. Sicher haben Sie sich um Wichtigeres zu kümmern.«

Er tat das mit einer Handbewegung ab. »Ich kümmere mich um Menschen. Im Übrigen ist ein schlechtes Gewissen gut fürs Seelenheil.«

»Tatsächlich?«

»Ach was! Ist mir gerade so eingefallen.« Er lächelte. »Also, Miss Wells! Sie haben doch diesen weiten Weg nicht spontan aus einer Laune heraus auf sich genommen! Dass Ihnen etwas auf der Seele lastet, das sieht man Ihnen an, und *mein* schlechtes Gewissen erlaubt mir nicht, Sie wieder fortzuschicken, ohne dass sich wenigstens die Reisekosten gelohnt haben.« Wieder lächelte er, um ihr dann ein wenig auf die Sprünge zu helfen. »Am Telefon sagten Sie, Sie hätten ein paar Fragen zu einem Exschüler. Einem Jordan Bailey, nicht wahr?«

Beth nickte. »Pater«, begann sie, um gleich wieder abzubrechen. »Es ist mir so schrecklich peinlich ...«

»Ich habe die alten Jahrgangsbücher und die Schulakten durchforstet, um meinem Gedächtnis etwas auf die Sprünge zu helfen«, unterbrach er. »Jordan Bailey war ein fleißiger Schüler mit einer ganzen Reihe guter und sehr guter Zeugnisnoten. Er zählte zu jenen, die sich immer voll und ganz einsetzten – bei Arbeiten in der Schule, beim Sport, in unserer Kirche.«

»War er sehr religiös?«

»Übertrieben fromm nicht, aber ein guter Messdiener. Irgendwie fand er Frieden im Glauben, scheint mir. Er hatte eine sehr reife Weltsicht und begriff, dass der Glaube einem Halt gibt, wie ein Anker in rauer See.«

»Brauchte er diesen Anker?«

»Ja, ich glaube schon. Besonders während der Phase vom Jugendlichen zum Erwachsenen. Während die meisten jungen Leute in diesen Jahren ihren Glauben infrage stellen, wurde aus Jordan ein überzeugter Katholik.«

»Und wie kam das?«

»Er fuhr an den Wochenenden nicht mehr heim. Das heißt, er stellte die Fahrten zu seiner Mutter vollständig ein. Unsere Kirche wurde für ihn eine Art Refugium, zu etwas, auf das er sich verlassen konnte.«

»Haben Sie erfahren, warum er nicht mehr nach Hause fuhr?«

»Das müssen Sie Jordan schon selbst fragen.«

»Kümmerte sich seine Mutter um ihn?«

»Auf ihre Weise. Manche Menschen haben zu sehr an ihrem eigenen Päckchen zu tragen, um verantwortungsbewusste und liebevolle Eltern zu sein. Ich denke, zu ihnen gehörte auch Jordans Mutter. Das bedeutet natürlich nicht, dass es ihr gleichgültig war, ob aus ihm ein ordentlicher junger Mann wurde oder nicht. Sie machte sich offenbar durchaus Sorgen um ihn.«

»Und Sie?«

Pater Daniel sah sie an, als durchschaue er sie. »In Wirklichkeit möchten Sie gerne wissen, ob Jordan bei uns irgendwie Schaden genommen, ob ein Vorfall aus seiner Jugend ihn ... aus der Bahn geworfen hat. Habe ich Recht?«

Beth war erschrocken. »So direkt wollte ich es eigentlich nicht ausdrücken.«

»Wenn Sie von so weit herkommen und Ihre Zeit knapp bemessen ist, dann ist es wohl zweckdienlicher, ohne Umschweife zur Sache zu kommen, oder?«

»Vermutlich haben Sie Recht. Was können Sie mir sonst noch über Jordan sagen?«

»Miss Wells, was ich beizutragen habe, sind lediglich vage Erinnerungen an den Schüler Jordan Bailey. Menschen ändern sich. Meinen Sie nicht, Sie kennen ihn bereits besser als ich?«

»Aber gerade über seine Vergangenheit möchte ich etwas erfahren! Jordan verrät mir nicht viel, und offen gesagt, bei einigen Dingen weiß ich weder aus noch ein!«

»Und solange Ihr Bild nicht vollständig ist, so lange meinen Sie, dass Jordan der Mörder sein könnte, nach dem gefahndet wird?«

Beth wollte etwas entgegnen, doch der Priester hob die Hand.

»Ich verstehe durchaus, dass alle Welt sich von ›Spiderman‹ verrückt machen lässt, von dem man so viel hört. Sie haben übrigens gerade Lieutenant Kearns verpasst. Der war heute Morgen hier.«

Natürlich, dachte Beth, erleichtert darüber, dass sie Jim wenigstens nicht direkt in die Arme gelaufen war.

»Erklären Sie mir doch, wieso die Täterbeschreibung Ihrer Ansicht nach auf Jordan zutrifft!«

Beth zählte auf, was ihr verdächtig vorkam. »Und er lehnt es ab, mit mir über seine Vergangenheit zu sprechen ...«

»Haben Sie denn noch nie etwas verheimlicht, was Sie betrifft? Etwas, das so schrecklich oder so peinlich war, dass Sie meinten, niemand würde es verstehen?«

Gewiss hatte sie das. »Nur, die Polizei gab uns diesen Rat – Augen auf im Bekanntenkreis; es besteht die Möglichkeit, dass jemand unwissentlich als Deckung für den Mörder fungiert, und da dachte ich ...«

»Da wollten Sie den Kopf nicht in den Sand stecken. Passen Sie auf, Miss Wells: Ich habe mir mal angesehen, was die Polizei über den Täter zusammengetragen hat. Das ist alles ziemlich allgemein. Ebenso gut könnte *ich* der Killer sein!«

»Aber Sie hatten keine Verabredungen mit Anne Spalding! Und Sie sind mir nicht wochenlang gefolgt!«

»Schauen Sie – mehr, als dass Jordan Bailey ein ziemlich guter Schüler war, kann ich Ihnen nicht sagen. Freilich, ein paar pubertäre Faxen, die gab's schon, doch nur wie bei anderen Bengeln auch, meine ich. Mit den Jahren erfährt man als Lehrer eine ganze Menge über die Jungs, die man unterrichtet. Ein Pädagoge, der diese Bezeichnung auch verdient, erkennt sofort die hoffnungslosen Fälle, die es nie und nimmer schaffen werden. Haben wir jemanden dabei, der nicht ganz richtig tickt, dann fällt der uns relativ rasch auf. Jordan habe ich nie in diese Schublade gesteckt, und so ähnlich habe ich das auch Lieutenant Kearns dargestellt.« Er verstummte, fügte dann jedoch mit verlegenem Grinsen hinzu: »Obwohl man mir oft Naivität nachsagte.«

»Mit anderen Worten: Beruhigen können Sie mich nicht.«

Pater Daniel beugte sich vor, stützte die Ellbogen auf die Knie und sah Beth eindringlich an. »Darf ich Sie mal etwas fragen? Ihre Beziehung zu Jordan – ist das etwas Ernstes?«

»Sie war es.«

»Trotzdem: Statt in San Francisco zu bleiben und zu versuchen zu retten, was zu retten ist, sitzen Sie hier und reden mit einem Wildfremden über jemanden, den dieser vor fünfundzwanzig Jahren kannte. Eine Zauberformel, mit der sich

Ihre Befürchtungen bezüglich Jordan in Luft auflösen, kann ich Ihnen nicht bieten.«

»Ich weiß auch nicht, wieso ich es mir so einfach vorgestellt habe.« Nur noch auf einen ehrenhaften Rückzug bedacht, wollte Beth dem Priester schon für den Besuchstermin danken, doch Pater Daniel schenkte noch einmal Tee nach.

»Passen Sie auf: Da ich mir ohnehin Mühe gemacht und mein Büro extra für Ihren Besuch aufgeräumt habe, könnten Sie sich doch einmal anschauen, wie der Mann, der Ihr Freund war, in seinen Jugendjahren aussah.«

Pater Daniel schob ihr drei Jahrgangsbände, die entsprechenden Seiten bereits mit selbstklebenden Notizzetteln markiert, über den Kaffeetisch zu. Lächelnd betrachtete Beth Jordans Frisur, den dichten, dunkelbraunen Schopf, der nach der Mode der Siebzigerjahre tief in die Stirn fiel. Schon damals hätte sie Jordan angehimmelt, wäre ihm von Klassenraum zu Klassenraum gefolgt und hätte seinen Namen auf ihre Heftmappe gekritzelt. Ein anderes Foto zeigte Jordan, dritter von links in der hintersten Reihe, im Basketballtrikot im Kreis seiner Mannschaftskameraden. Auf weiteren Bildern: Jordan als Messdiener, Jordan beim Bibliotheksdienst, Jordan bei einer Sammelaktion.

»Nun? Was denken Sie?«, wollte der Mönch wissen.

»Ich weiß es nicht, Pater. Sie halten mich sicher für verrückt.«

Der Priester lächelte. Mitgefühl sprach aus seinen Zügen. »Wir leben in schwierigen Zeiten. Ein bisschen Misstrauen ist da nachvollziehbar.«

Beth schlug das Jahrgangsbuch zu. Vorn auf dem Einband prangte ein goldenes Christogramm. Mit dem Finger fuhr sie über die Linien. »Das Zeichen des Killers«, bemerkte sie.

»Das Chi Rho, Miss Wells, ist ein sehr geläufiges Symbol«,

erklärte der Mönch, der offenbar ihre Gedanken wieder erahnte. »Da Lieutenant Kearns mich darauf aufmerksam machte, auf welche Weise der Mörder seine Opfer verstümmelt, ging mir die Sache mit dem Christogramm nicht aus dem Sinn. Es stellt zwar nicht notwendigerweise eine Verbindung zur Schule dar, doch ich sehe ein, dass Kearns den religiösen Aspekt der Morde verfolgt. Überhaupt, was den sozialen Querschnitt der Schüler angeht, unterscheiden sich kirchliche Schulen nicht von anderen. Wie bereits erwähnt, gibt es in jeder Klasse die übliche Anzahl von Sonderlingen, und hin und wieder trifft man als Lehrer auch mal auf einen, der alle Anzeichen einer psychischen Störung aufweist. Dessen ungeachtet konnte ich Kearns unmöglich eine entsprechende Namensliste geben. Das wäre vielleicht ein Blindekuhspiel geworden!«

»Und Sie, Pater? Hatten Sie schon mal einen Schüler, der Ihnen krankhaft gestört vorkam?«

Wieder beugte der Mönch sich vor und stellte den Teebecher auf den Tisch. Beth hatte den Eindruck, als krame er tief in seinen Erinnerungen. Dann lächelte er wieder.

»Nein«, sagte er, allerdings zögernd. »Nein, selbstverständlich nicht.

Beth lag eine Frage auf der Zunge, doch sie blieb unausgesprochen. Der Blick auf die Uhr verriet ihr, dass es höchste Zeit war. Das Flugzeug würde nicht warten.

In diesem Augenblick erhob sich Pater Daniel, augenscheinlich erleichtert, dass auch Beth aufstand. »Ich bringe Sie noch zum Wagen«, sagte er.

36. KAPITEL

Er wusste nicht mehr, wie lange sie ihn in die Duschkabine gesperrt hatten, in diese verschimmelte, heruntergekommene Ecke, um ihn abwechselnd mit siedend heißem und eiskaltem Wasser zu traktieren. Er musste wohl, so beschloss er für sich, das Bewusstsein verloren haben, denn als er aufschaute, war er allein und der Wasserhahn zu. Er sah sich um, ging zögernd in die Hocke und stemmte sich dann mit den Händen in eine halbwegs aufrechte Haltung hoch. Durch seine Rückenbeuge jagte ein jäher, stechender Schmerz, und er wusste wieder, was passiert war. Seine tastenden Finger fanden das wässrige Zentrum einer offenen Wunde, wahrscheinlich eine riesige aufgeplatzte Blase, aus der etwas hinunter in seine Gesäßfalte sickerte.

Seinen Körper zu betrachten, das traute er sich nicht, aus Furcht, er könne beim Anblick erneut ohnmächtig werden. Stattdessen fixierte er die ihn umgebenden Fliesen und zwang sich, bis fünfhundert zu zählen, bevor er um die Trennwand spähte, um festzustellen, ob er auch wirklich allein war.

Vorsichtig wagte er sich aus dem Winkel vor, geriet kurz ins Rutschen, fing sich jedoch wieder, stets auf der Hut vor den Priestern, die, wie er glaubte, jeden Moment aus der Umkleidekabine hervorstürzen konnten, um ihn erneut zu drangsalieren. Doch auch der Umkleideraum war leer.

Seine Sachen! Sie hatten sie mitgenommen!

Der Gipfel der Demütigung war der Rückmarsch, nackt, quer durch die Sporthalle, die Treppen hinauf und zum Zimmer zurück. Von Schmerzen gepeinigt, tastete er sich voran, so schnell es sein Mut zuließ, immer in der Hoffnung, dass niemand ihn sah. Auf dem Treppenpodest im zweiten Stock hielt er inne, lauschte auf das schlurfende Geräusch von in

Pantoffeln steckenden Füßen, das aus dem Korridor drang. Jenseits der Flurtürscheiben schlich ein Schatten vorüber.

Offenbar Pater Simon, der wieder mal schlafwandelte.

Als die Gestalt verschwunden war, setzte der Junge den Aufstieg fort, bis er den Flur des Schlaftraktes erreicht hatte. Die Türen waren noch geschlossen, es war kühl im Gang. Obwohl die Fußbodendielen bei jedem quälenden Schritt knarrten, gelangte er schließlich doch unentdeckt bis zu seinem Zimmer. Hefte und Wodka waren verschwunden.

Im Zimmer angekommen, mochte er sich nicht hinlegen, obwohl sein Körper regelrecht nach Ruhe schrie. Die bloße Vorstellung, seine Haut könne mit etwas in Berührung kommen, stieß ihm übel auf. Er würgte die bittere Brühe hinunter und blieb mitten im Zimmer nackt und aufrecht stehen. In der Finsternis fühlte er nach seiner linken Hand. Geschwollen. Er bewegte die Finger. Gebrochen war nichts.

Im Laufe der Nacht, so fürchtete er, würde die Haut wahrscheinlich den Kampf aufgeben und klaffend aufreißen; irgendwie würde seine empfindliche Schale aufplatzen, und nichts als ein Haufen Muskelmasse und Innereien würde von ihm übrig bleiben. Am Ende sah er dann bestimmt so aus wie eine jener gezeichneten Horrorfantasien, die er mal in einem besonders perversen Comicheft gesehen hatte.

Endlich brachte er sich dazu, sich anzusehen, zu untersuchen, was die Priester ihm angetan hatten, doch er wagte es nicht, das Licht einzuschalten; ab einer bestimmten Zeit hieß es »Licht aus«, und Verstöße gegen das Reglement wurden streng geahndet. Dass womöglich einer der Mönche aufwachte, das durfte er nicht riskieren. Den Schaden konnte er auch noch am Morgen begutachten. Seine Knie waren bestimmt grün und blau, das Gesicht hingegen war offenbar von Schrammen und Blasen verschont geblieben.

Bei Tagesanbruch trat er ans Fenster. Der flammend

orangefarbene Ball der aufgehenden Sonne lugte soeben über die Silhouette der Kirche zum Guten Hirten. Trotz aller physischen Pein verspürte der Junge einen sonderbaren Frieden, der nichts zu tun hatte mit der Pracht des Sonnenaufgangs oder mit Andacht beim Anblick des Gotteshauses. Sein Friede nährte sich aus dem simplen Wissen, dass er überlebt hatte. Die Wassertorturen, die Stöße der Besenstiele, das monotone Geleier der Mönche – im Vergleich zu dem, was er ertragen konnte, waren das Spielereien. Die Nacht war vorüber, er war derselbe geblieben wie immer. Ach was – es ging ihm besser denn je! Er hatte bewiesen, wie stark er war.

Jetzt, auf dem Boden sitzend, den Glockenturm im Blick, aalte er sich in dem Wissen, dass auch andere seitdem begriffen hatten, was für ein Mensch er war. Bewegung auf dem Parkplatz unterbrach seine Tagträumereien. Sie stieg in ihren Wagen!

Wenn ihn seine Kindheit eines gelehrt hatte, dann dieses: Disziplin war wichtig. Warten konnte so süß sein! Komiker wussten, aufs richtige Timing kam es an. Er wusste es auch, und dies Wissen half ihm, jene Phasen zu überstehen, in denen er in solch abgrundtiefer Verzweiflung versank, dass lediglich ein neues Vorhaben ihm Erleichterung verschaffte.

Diesmal konnte er vielleicht der Vollendung näher kommen.

Mit Beth Wells hatte er Großes vor. Sie würde die bislang Beste werden. Das hatte er vom ersten Augenblick an gewusst, als er sie kennen lernte. Mit dem schulterlangen, dunklen Haar, den tiefgründig blaugrünen Augen, in die man hineinsinken konnte wie in die Tiefen der See, war sie umwerfend schön. Ihr Parfüm, ein betörender Mix aus Jasmin und Moschus, ihre vollen, sinnlichen Lippen – all das zog ihn magisch an, nahm ihn gefangen, verstrickte ihn so, dass ihm war, als sei die Zeit im Begriff, stehen zu bleiben. Als sie sich erstmals berührten, hatte es ihn wie ein Stromstoß getroffen. Von da an kannte er kein Zurück mehr.

Er war stets ein vorausschauender Geist gewesen, der sich gleich einem Schriftsteller gern Schauplatz und Fortgang der Handlung vorstellte. Als einigermaßen annehmbare Erstlingswerke hatten die beiden Mönche dran glauben müssen, obwohl beider Ableben nicht ganz nach Plan abgelaufen war. Dennoch, erwischt hatte es Francis schließlich doch, und Anthony auch.

Francis' Tod miterleben zu dürfen, dieses Vergnügen war ihm nicht vergönnt gewesen. Dafür hatte ihm Anthony den Gefallen getan, hatte ihm haargenau demonstriert, wie es klingt, wenn ein Menschenschädel aufs Pflaster knallt – eine unerwartete Draufgabe. Von dem Zeitpunkt an war so ziemlich alles auf die Weise verlaufen, wie er es sich vorgestellt hatte.

Bald schon stand sein nächstes Werk an, und damit das Spiel nicht langweilig wurde, hatte er sich selbst eine kleine geistige Herausforderung auferlegt. Er notierte sich die medizinischen Symptome bei Verabreichung von Überdosen eines Gerinnungshemmers, und zwar in der Reihenfolge ihres Auftretens. Auf dieser Basis versuchte er, bei jedem Opfer möglichst exakt vorauszudatieren, zu welchem Zeitpunkt der Tod eintrat. Bei der Joggerin hatte er das auf fünf Minuten genau hinbekommen.

Die Drehbücher für die Frauen wurden allerdings allmählich öde. Alle sagten sie dasselbe, flehten ihn an, ihnen nichts zu tun, boten ihm alles Mögliche an. Am meisten nervte es, wenn sie ihm vorjammerten, sie wollten nicht sterben, sondern reisen, ins Filmgeschäft einsteigen, ihr eigenes Unternehmen gründen. Zum Gähnen war das!

Sie unternahmen klägliche Versuche, ihn so anzureden, wie er es ihrer Meinung nach hören wollte, nannten ihn

Meister, König, Gott. Wenn er das nicht mehr aushielt, schnitt er sie auf.

Möglich, dass diese hier anders war. Sicher, er wusste, was sie hier suchte, und ihr Eindringen ausgerechnet in die Umgebung, in der er aufgewachsen war, kam ihm so ironisch vor, dass er lächelte. Was mochte sie wohl erfahren haben? Es spielte ohnehin keine Rolle. Er konnte sie haben, wann immer er wollte.

Es war ein Kinderspiel gewesen, ihr zu folgen. Seit ihrem ersten Zusammentreffen kannte er ihren Tagesablauf ziemlich genau. Heute allerdings erwies sie sich als nicht so durchschaubar. Heute – das glich einem Abenteuer. Sie bis zum Flughafen zu beschatten, einen Last-Minute-Flug nach Los Angeles zu erwischen, per Taxi ihrem Mietwagen in gebührendem Abstand zu folgen, all das gestaltete die Aufgabe spannend. Unrasiert, mit Perücke und weiter Kleidung war er so gut wie nicht zu erkennen. Als zusätzliche Sicherheitsmaßnahme hatte er noch getönte Kontaktlinsen sowie ein anderes Aftershave benutzt – eigentlich überflüssigerweise, wie er rückblickend feststellte. Im Flugzeug hatte sie sich in ein Buch vertieft und nicht mal aufgesehen, als er an ihr vorbeigeschlendert war.

Vor seinem geistigen Auge entstand ein Bild. Die Friedenspagode in Japan Town! Nein, dachte er, beschämt über sich selbst. Zu kompliziert. Selbst wenn er es schaffte, seine Last bis ganz nach oben zu transportieren, wäre er immer noch zu weit entfernt gewesen, um die Wucht des Aufpralls zu hören. Auch die Flucht von der Turmspitze musste bedacht sein, ein Ding der Unmöglichkeit, falls sich unten neugierige Zuschauer ansammelten.

Die Golden Gate Bridge erschien ihm zu klischeehaft; von der waren bereits zu viele gestürzt. Einen Augenblick erwog er Pier 39, stellte sich vor, wie ein Dutzend fetter, schwabbeliger Seelöwen ihre Leiche umringten. Das ging schon eher.

Das Bild aber, das in seinem Gedächtnis haften blieb, das weiter wuchs und wucherte, bis er es geradezu in Farbe sehen konnte, das war der Anblick ihres perfekten Leibes, wie er die Lombard Street hinunterpurzelte, die kurvenreichste Straße der Welt. Ob sie wohl beim Herunterrollen von jeder Betonseitenplanke abprallte? Wahrscheinlich nicht. Die Straße konnte noch so abschüssig sein – die Form des menschlichen Körpers verhinderte ein ausreichendes Maß an Geschwindigkeit. Egal, die Vorstellung an sich erregte ihn.

37. KAPITEL

Keine Handlung ist gut oder böse, sie wird nur entsprechend den Konventionen als gut oder böse betrachtet.« Unter dem schwarzen Umriss, der das Foto im Jahrbuch des Entlassungsjahrgangs ersetzte, hatte der Junge ein Zitat von W. Somerset Maugham angeführt.

Schon Jahre hatte Pater Daniel kaum an den Jungen gedacht. Nun aber ging er ihm nicht mehr aus dem Sinn. Und er schloss ihn ständig in seine Gebete ein.

Lieutenant Kearns' Besuch vom Montag hatte Erinnerungen wach gerufen, die Daniel erst nach jahrelanger eiserner Disziplin hatte begraben können. Dennoch glaubte er daran, dass es für alles einen Grund gab. Nach und nach, mit einem kleinen mentalen Anstoß vielleicht, würde er schon erfahren, warum sein Magen so unbarmherzig rumorte und wieso er seit Kearns' Besuch keinen Bissen herunterbrachte.

Auch Beth Wells mit ihrer eigenartigen Mischung aus Verzweiflung, Verwirrung und nagenden Zweifeln trug dazu bei, dass er nachts keinen Schlaf fand und sich stundenlang schweißnass auf dem Lager wälzte, die Beine im durchfeuchteten Laken verheddert. Mit dem letzten Rest von Motivation und Entschlossenheit brachte er die Unterrichtsvorbereitung für den nächsten Tag zu Ende. Hoffentlich verfiel die Klasse nicht auf die Idee, das gestrige Thema, die Inquisition in Spanien, noch einmal aufzuwärmen! Man hatte den Eindruck, dass die Jugend von heute sich vom Sadistischen faszinieren ließ. Oder war das immer schon so gewesen?

In jungen Jahren hatte er einmal während der Sommerferien mit den Eltern in der Nähe der Niagara-Fälle Urlaub gemacht. Sie waren über die kanadische Grenze gefahren, seine einzige Auslandsreise bisher, und hatten jeden Souvenir- und T-Shirt-Laden auf dem Clifton Hill durchstöbert. Zum Pflichtprogramm eines jeden Touristen gehörte ein Besuch in Madame Tussauds Wachsfigurenkabinett, doch nach der Besichtigung der Schreckenskammer mit den Folterwerkzeugen hatte Daniel wochenlang unter Albträumen gelitten. Normalerweise verschlang er gute Horror-Storys; zu seinen wertvollsten Besitztümern gehörte eine Sammlung der Kurzgeschichten von H. P. Lovecraft. Das aber waren Erzählungen, fiktive Texte. Die Inquisition hingegen sowie all die Grausamkeiten, die man davor und danach Menschen in Kriegen angetan hatte, die waren Wirklichkeit.

Wirklich war auch »Spiderman«.

Daniel weigerte sich kategorisch, Pressemeldungen über den Killer zur Kenntnis zu nehmen. Er bezog seine Informationen einzig aus den Pausengesprächen seiner Schüler. Nunmehr hätte er eines gern gewusst: War es möglich, dass all die vielen Jahre, in denen er voller Elan mit seinen Schülern zur Gitarre gesungen, Basketball gespielt und Kameradschaftlichkeit vermittelt hatte, keineswegs einen guten Seelsorger aus ihm gemacht hatten? Dass er gar mit diesen Dingen die wirklichen Probleme des Lebens nur übertüncht hatte, weil das leichter war? Wie man ein guter Kumpel war, das wusste er. Konnte er aber auch ein Freund sein?

Am Missbrauch des Jungen trug Daniel seiner Ansicht nach selbst genauso viel Schuld wie die Priester, die ihren Zögling misshandelt hatten, und wie die Mutter, von der er vernachlässigt worden war. Er hatte nichts unternommen, um dem Jungen den Unterschied zwischen Recht und Unrecht zu verdeutlichen, hatte mit seiner Untätigkeit nur ein weiteres diffuses Signal ausgesandt, sowohl über das Leben selbst als auch darüber, wie man es führen sollte. Stattdessen hatte er das Krankhafte am Verhalten des Jungen verdrängt und ihm Einzelunterricht erteilt, um all die überschüssige Energie zu kanalisieren.

Er schloss seinen Ordner, erhob sich von seinem Schreibtisch und trat ans Fenster des Klassenzimmers. Der weiße Glockenturm der Kirche war von Scheinwerfern angestrahlt, der Kontrast zur Schwärze ringsum für Daniel ein Zeichen dafür, dass Güte, Reinheit, die Allmacht Gottes über die Mächte der Finsternis triumphieren konnten. Seine Berufung hatte er nie angezweifelt, wusste er doch tief im Innern, dass Lehren und Dienen seine Bestimmung war. Wenn es im Klassenzimmer hoch herging, wenn die Sporthalle tobte, dann fühlte er sich in seinem Element. Ein Kirchenschiff voller Stimmen, die sich, vereint im Gesang, emporschwangen, war ihm ein Genuss. An diesem Abend würde er sein akustisches Instrument einmal beiseite lassen und die Elektrogitarre zur Hand nehmen – ein wenig Lärm um der Liebe Gottes willen, denn es grauste ihn vor der tödlichen Stille, die sich, wenn die Lichter verlöschten, wie ein Leichentuch über die Schule legte.

Angefangen hatte alles mit dem Hund, einer offenbar herrenlosen Promenadenmischung, die sich auf der Suche nach Essensresten und Gesellschaft regelmäßig aufs Schulgelände verirrte. Für die Jungen, die das Tier abwechselnd fütterten oder striegelten, war der Hund zu einer Art Maskottchen geworden. Als man seinen Kadaver in Pater Francis' Beichtstuhl an einem Seil hängend auffand, wurde zwar eine Art Knabenmiliz auf die Beine gestellt, der Ruf nach Rache allerdings von Pater Anthony im Keim erstickt. So lange war das nun her, dennoch glaubte Daniel nach wie vor das Gewicht der armen, leblosen Kreatur zu spüren, die ihm, nachdem er sie abgeschnitten hatte, starr und steif auf den Armen lag. Im Garten hinter der Schule war der tote Hund im Zuge einer von ihm initiierten Bestattungszeremonie begraben worden.

Ungefähr eine Woche nach dem Hundemord brach in einem neben Pater Francis' Studierzimmer liegenden Büro ein Feuer aus. Jemand hatte sämtliche Priestergewänder in Brand gesteckt. Entsprechend seiner Angewohnheit hatte Pater Francis sich seinen abendlichen Sherry genehmigt und war daraufhin in einem Ledersessel eingenickt. Als er benommen und verstört aufwachte, wälzte sich bereits dicker Rauch durch beide Räume. Der Priester tastete sich durch den Qualm zur Tür, die auf den Flur führte, musste aber feststellen, dass die wuchtige Eichenpforte klemmte und sich nicht öffnen ließ. Auch das Flügelfenster an der gegenüberliegenden Zimmerseite rührte sich keinen Millimeter. Die kläglichen Hilferufe des Geistlichen verhallten ungehört. Alle befanden sich in der Sporthalle, in der eine Basketballdemonstration stattfand. In einem letzten verzweifelten Versuch, dem Tod durch Rauchvergiftung zu entgehen, schleuderte Francis einen Sessel durch die Fensterscheibe und stürzte sich hinterher.

Francis' Alter, seine Angina pectoris, seine Panik – all dies zusammen führte zu dem Herzinfarkt, der ihn weit über einen Monat lang an ein Krankenhausbett fesselte. Obwohl erst kurz zuvor zum Lehrerkollegium des Internats gestoßen, besuchte Daniel seinen Ordensbruder in der

Hoffnung, ihm etwas Trost spenden zu können. Dieser jedoch war untröstlich. Nach Auskunft der Polizei hatte jemand seinen Sherry mit einem Beruhigungsmittel versetzt, eine Münze unter die Tür des Arbeitszimmers geschoben, damit diese klemmte, und den Fensterflügel vernagelt, um eine Flucht zu verhindern. Ein glatter Mordversuch, ein mehr als makabrer Streich, der auf schreckliche Weise misslungen war.

Innerhalb von Tagen verfiel Pater Francis praktisch vor Daniels Augen. Die knorrigen Hände des betagten Mönchs ruhten verkrampft auf der Decke des Krankenbetts. Seine faltigen Wangen waren eingefallen, als habe man das Gewebe, das ihnen vorher Form und Halt gegeben hatte, abgesaugt. Die Haut war fahl, die Augen lagen tief in den Höhlen, die Augäpfel glänzten fiebrig, und der sonst immer pfeilschnell zuckende Blick war erstarrt, denn Pater Francis hatte begriffen, dass er die Klinik nie mehr würde verlassen können.

»Geben Sie Acht auf ihn, Daniel!«, hatte er gekeucht, während sein Atem sich stoßweise aus den Lungen presste. »Auf den Jungen müssen Sie aufpassen!«

Daniel hatte sich alle Mühe gegeben, ihn zu beruhigen, hatte ihn gedrängt, sich zu erholen und die Polizei die notwendigen Beweismittel sichern zu lassen.

»Beweise!«, zischte Francis. »Beweisen, dass er es war, werden die nie! Sie wissen doch genau wie ich, der Bengel ist mehr als schlau! Bösartig ist der! Man muss ihn stoppen!«

Drei Zacken zuckten wie Dolchspitzen über den Monitor der Herzüberwachungsmaschine. Daniel erinnerte sich noch, wie er dem Priester die Hand getätschelt und sich gewünscht hatte, Pater Francis möge vor Erschöpfung einschlafen.

Francis' Pupillen weiteten sich vor Erregung. Seine dürren

Finger klammerten sich an Daniels schwarze Kutte. »Bei allem, was mir heilig ist – der Junge hat den Hund in meinen Beichtstuhl gehängt, damit ich ihn finde, damit mich dabei schon der Herzinfarkt hinrafft! Er wusste von meiner Angina pectoris!«

Behutsam hatte er versucht, die verkrampften Finger von seiner Kutte zu lösen. »Ich möchte Ihnen nicht zu nahe treten, Pater Francis«, hatte er gesagt, »aber von Ihren Herzproblemen wissen alle! Man sieht Sie nie ohne Ihre Pillen, sämtliche Jungen haben schon mal gesehen, wie Sie Ihre Medikamente nehmen. Da könnten Sie jeden verdächtigen!«

»Warum verschließen Sie die Augen vor dem, was er ist?«

»Ich weiß, wie Sie über den Jungen denken ...«

»Der ist gemeingefährlich«, wiederholte Francis, die Stimme schwach vor Erschöpfung. »Und kommen Sie mir bloß nicht damit, dass es Ihnen noch nicht aufgefallen wäre! Sie kennen ihn besser als jeder andere!«

»Ich weiß, er hat Probleme gehabt, denn seine Mutter ...«

»Verschonen Sie mich mit Ihrer Laienpsychologie, Daniel!« Daniel nahm die Hand des Mönchs in die seine, doch die knochigen Finger ballten sich zu schwächlichen Fäusten. »Sie sind jung, ich weiß. Sie bringen den Idealismus aus dem Priesterseminar mit. Aber das Böse lebt, und zwar in diesem Jungen!«

»Dann ist es meine – unsere – Aufgabe, ihn zu retten!«

»Ihn zu *bändigen*, das ist unsere Aufgabe! Jede Rettung kommt zu spät! Er speit Gott ins Auge!« Dass der Junge gotteslästerlich war, erschütterte Pater Francis offenbar tiefer als der Mordanschlag selbst. Für einen kurzen Augenblick hatte es den Anschein, als wolle er noch etwas hinzufügen, doch ein trockener, stoßartiger Husten riss beide Männer aus ihren Gedanken. Speichel und Schleim spritzten auf die Bettdecke und auf Daniels Kutte. Pater Francis schnellte aus den Kissen hoch, als der Hustenanfall ihn vollends erschütterte und ihm die Luft zu rauben drohte. Das Gesicht rötete sich und lief dann blau-violett an. Schon streckte Daniel die Hand zur Klingel aus, um die Schwester zu alarmieren, doch der Mönch winkte ab.

Als der Husten nachließ, war die Stimme des Paters nur noch ein Röcheln. »Halten Sie ihn auf, Daniel! Bitte!«

Daniel biss sich auf die Unterlippe und nickte, doch der alte Pater hatte bereits die Augen geschlossen. Sein hochrotes Gesicht nahm wieder die gewohnte fahle Blässe an.

Noch einige Zeit verweilte Daniel am Bett des schwer kranken Ordensbruders, um sich davon zu überzeugen, dass der alte Mann wirklich friedlich schlief. Draußen auf dem Stationsflur war alles ruhig; nur das heisere Pfeifen aus Pater Francis' geschwächten, mühsam nach Sauerstoff ringenden Lungen unterbrach die Abendstille.

Das hässliche Krächzen einer draußen auf dem Fenstersims kauernden Krähe schreckte Daniel plötzlich aus seinem Dämmerzustand auf. Ihm grauste. Nach einer alten Volksweisheit waren Träume, in denen Vögel vorkamen, ein Hinweis auf den Tod.

Wie in jener Nacht vor Jahren fiel auch jetzt ein sanfter Herbstregen, der sacht an die Fensterscheibe des Klassenzimmers trommelte und Daniel in die Gegenwart zurückversetzte. Nur noch verschwommen war der Glockenturm auszumachen. Der Pater zog sich vom Fenster zurück und eilte, nachdem er seine Windjacke von der Stuhllehne genommen und das Licht gelöscht hatte, nach draußen, wo er das Gesicht den kühlenden Regentropfen zuwandte.

In der Ferne vernahm er Donnergrollen. Den Kragen seines Jacketts hochgeschlagen, strebte Daniel der Kirche zu und stand Minuten später vor dem wuchtigen, zweiflügeligen Portal, dessen kreisrunde Griffringe ihn anstarrten wie ein totes Augenpaar. Wenn er sich konzentrierte, konnte er die Klänge des Einzugsgesangs hören, wie sie in jener Nacht erschallt waren.

Die Sieben-Uhr-Messe hatte soeben begonnen, und Daniel erinnerte sich noch, wie er leise in die Kirche und dann direkt hinter dem Jungen in eine Kirchenbank geschlüpft war. Mit dröhnender Stimme leierte Pater Anthony die Liturgie herunter, als sei Frömmigkeit an Lautstärke zu messen. Daniel beobachtete den Jungen vor sich so eindringlich, dass er sich auf die Lesungen nicht konzentrieren konnte.

Unfassbar, wie sehr er sich in den wenigen Monaten, seit Daniel ihn kannte, verändert hatte. Breit in den Schultern war er geworden; im Profil wirkte sein makelloses, männlich kühnes Gesicht wie gemeißelt. Als er sich zu Daniel umwandte, um das Zeichen des Friedens zu erhalten, spielte der Anflug eines Grinsens um seine Mundwinkel. Die beiden schüttelten sich die Hand, kräftig und herzlich.

Böse ist er! Du musst ihn stoppen!

Nach dem Austeilen der heiligen Kommunion wirkte Pater Anthony sichtlich angeschlagen. Selbst von seinem hinteren Platz aus bemerkte Daniel die unsicheren Bewegungen, den taumelnden Gang, mit dem Anthony vom Altar zum Tabernakel und von da zu seinem Stuhl schwankte. Ob er betrunken war? Daniel verwarf den Gedanken. Gewiss, es gab Trinker unter den Priestern. Eine ganze Anzahl. Priester führten ein einsames Leben, doch bislang war Daniel nie aufgefallen, dass Anthony mehr als das gelegentliche Glas Wein konsumierte. Eine Grippeepidemie ging um. Die Kirche war nur zu einem Viertel besetzt; viele der Jungen waren erkrankt. Möglicherweise hatte das Virus auch den alten Mönch erwischt. Er sang nicht einmal den Schlusschoral mit, während er den Mittelgang herunterschritt, und als Daniel schließlich das Gotteshaus verließ und noch mit Mitgliedern der Kirchengemeinde plauderte, war Pater Anthony nirgendwo mehr zu sehen.

Ein paar Jungen hatten begonnen, auf dem Gelände unterhalb des Glockenturms »Wer fürchtet sich vorm Schwarzen Mann« zu spielen. Zwar goss es inzwischen in Strömen, doch Daniel ließ sie gewähren und beließ es gelassen bei der Ermahnung, keinen Schmutz in das Wohnheim zu tragen. Einige quittierten seine Hinweise mit einem freundschaftlichen Winken. Gerade kehrte Daniel der raufenden Meute den Rücken zu, als ein Schrei ertönte: »Guckt mal! Da oben! Auf dem Turm!«

Daniel fuhr herum und sah zum Glockenturm auf. Oben, unter dem offenen Rundbogen des Turms, stand Pater Anthony mit im Winde wehender Kutte, eine Messiasfigur im Schein der Flutlichtstrahler, die Arme in makabrer Kreuzigungspose ausgebreitet. Daniel rief ihm etwas zu, doch Anthony schien es nicht zu hören. Er hielt den Blick starr geradeaus gerichtet, als fixiere er einen mysteriösen Punkt, eine Vorstufe zum Nichts, irgendwo in der pechschwarzen Finsternis. Dann stürzte er sich ins Dunkel.

Es konnten nur Sekunden gewesen sein, doch Daniel war, als gefröre die Zeit zu Eis. Selbst jetzt noch hatte er, wenn er sich an die Szene erinnerte, vor Augen, wie Anthonys Körper nicht etwa fiel wie ein Stein, sondern schwebte gleich einem Papiertaschentuch, das man im Fluge erhaschen konnte.

Vieles von dem, was danach passierte, war weit weniger klar, verwischt durch das Durcheinander, durch die gellenden Schreie der Jungen. Daniel hatte versucht, keine Panik aufkommen zu lassen. Er drängte die Jungen beiseite, verwehrte ihnen den Blick auf Pater Anthony, der mit von sich gestreckten Armen und Beinen auf dem gepflasterten Weg lag, den Kopf in einer immer größer werdenden Blutlache.

Eine Einzelheit war Daniel besonders klar im Gedächtnis haften geblieben, auch wenn er das unzählige Male auf seine eigene lebhafte Fantasie sowie auf die Wirkung von Pater Francis' Furcht erregende Worte schob: Der Junge wirkte völlig unberührt, sowohl von der grausigen Szene als auch vom Schock seiner Mitschüler. Trotz Daniels wiederholt geäußerter Bitte, doch zurückzutreten, wich er nicht aus der ersten Reihe der Schaulustigen, von wo er mit schräg zur Seite geneigtem Kopf die Leiche von Pater Anthony betrachtete, als analysiere er ein Insekt unterm Mikroskop. Er schaute hinauf zum Turm, dann wieder auf die sterblichen Überreste des Priesters, offenbar ungemein fasziniert von der aerodynamischen Dimension dessen, was sich gerade zugetragen hatte.

Nach Auskunft der Polizei fand sich im Rest des Messweins eine beträchtliche Dosis LSD. Wegen der Kälte und der umgehenden Grippe hatten die Kirchgänger aus Rücksichtnahme auf die Gesundheit anderer davon abgesehen, aus dem Messkelch zu trinken. Pater Anthony hatte ihn also allein leeren müssen. Eine Viertelstunde später war er scheinbar überzeugt gewesen, er könne fliegen.

In den auf die Tragödie folgenden Tagen und Wochen schränkte die Polizei die Liste der Verdächtigen immer weiter ein, doch der Junge kam nicht in die engere Wahl. Am Ende wurden selbst jene, die zahllose Vernehmungen über sich hatten ergehen lassen müssen, entlastet. Nach und nach wandelte sich Anthonys Tod zu einer der Gruselgeschichten, die sich die Schüler bei Zeltausflügen erzählten.

Daniel war, als blinzelten ihm die Eisenringe an den Portalflügeln zu, als riefen sie ihn jäh in die Gegenwart zurück. Rasch warf er einen Blick ringsum. War vielleicht jemand Zeuge seiner heimlichen nächtlichen Streifzüge geworden? Hatte jemand die verrückten Anwandlungen eines Priesters beobachtet, der im strömenden Regen stand und die Geister anstarrte, die ihn immer noch quälten?

Während er über die Rasenfläche vor dem Wohnheim hastete, eilte sein Blick hinauf zu den erleuchteten Fenstern. Welche Gnade, dass niemand herausschaute! Unbeobachtet erreichte er sein Zimmer. Nur wenig richtete die warme Dusche gegen die Kälte aus, die ihm bis ins Mark kroch. Eine geschlagene Stunde saß Daniel in seinem Sessel und zwang seinen verwirrten Geist dazu, seinen Gedanken so etwas wie eine logische Ordnung zu geben.

Im Klassenzimmer lag noch seine Kladde, in die er hinten, irgendwo auf eine Seitenecke, Kearns' Telefonnummer gekritzelt hatte. In ein paar Tagen, sobald er all seine Informationen geordnet und so vorbereitet hatte, dass er, wenn er sie vortrug, nicht wie ein blutrünstiger Irrer klang, wollte Daniel den Lieutenant anrufen. Seinen ganzen Mut würde er dafür zusammennehmen müssen.

Möglich, dass bei dem Anruf nichts herauskam und dass er nur die Reihen der kriminalistischen Sesselstrategen auffüllte, mit denen die Fantasie durchgegangen war.

Wozu also überhaupt die Mühe?

Weil die Vergangenheit an mir zu nagen beginnt wie ein Fleisch fressendes Virus, weil es an der Zeit ist, meine Dämonen zu exorzieren, dachte Daniel.

Es musste Schluss sein mit der fröhlichen Kumpanei, Schluss mit dem Gitarrengeklimper, mit dem er sich in die Herzen der Menschen hineinmogelte und das Leid einfach überspielte. Wie ein Werkzeug hatte er seine eigene Begeisterung benutzt, um andere davon zu überzeugen, dass das Leben auf Erden, legte man nur eine positive Einstellung an den Tag, dem Paradies glich.

Alles Unsinn!

Es existierte doch, das Böse. Er hatte es immer gewusst.

38. KAPITEL

Beth' Besuch bei Pater Daniel hatte sich als wenig erfolgreich erwiesen und den Verdacht bezüglich Jordan nur unwesentlich ausgeräumt. Sie stellte fest, dass sie sich immense Vorwürfe machte, weil sie die Konfrontation vermieden und ihr Heil in Ausflüchten gesucht hatte. In den Tagen, die auf die Reise nach Ventura folgten, dachte sie zurück an gemeinsame Abende mit Jordan, an Gespräche, in die sich Vergangenes nie hineingedrängt hatte, an Diskussionen, in denen nur Gegenwart und Zukunft galten. Zwar setzten ihr ihre Befürchtungen noch zu, doch nach relativ kurzer Zeit schon triumphierte ihr Herz über das Hirn. Ihr wurde klar, dass eine Aussprache mit Jordan unausweichlich war. Sie hinterließ ihm Nachrichten auf dem Anrufbeantworter und flehte ihn an, zurückzurufen. Er tat es nicht.

An einem Donnerstagabend schließlich hielt sie es nicht mehr aus, setzte sich in ihren Wagen und fuhr nach Noe Valley. Nasskalter Nebel senkte sich nieder; die herbstliche Luft war so frisch, dass Beth es für angebracht hielt, die Heizung einzuschalten. Als sie in die Straße einbog, in der sein Haus stand, stellte Jordan gerade seinen Wagen in der Hofeinfahrt ab. Er stieg aus dem Auto, die Sporttasche in der einen, Schlüssel und Squashschläger in der anderen Hand, und ihr kam zu Bewusstsein, wie sehr er ihr fehlte. Hinreißend sah er aus.

Jordan stieg bereits die Stufen zum Eingangspodest hinauf, als Beth hinter seinem Wagen anhielt. Er wandte sich um, und ein verdutzter Ausdruck erschien auf seinem Gesicht. Beth stellte den Motor ab und hastete hinter Jordan drein. Es hätte nicht viel gefehlt, und sie hätte sich ihm in die Arme geworfen. Zwei Dinge hielten sie davon ab: ihre eigene Aufgeregtheit und seine Miene. Er war nicht begeistert, sie zu sehen.

»Du wirst doch wohl keine Frau wegschicken, die gerade quer durch die Stadt gerast ist, um dich zu sehen, oder?«

»Beth!« Er lächelte nicht. Seine Stimme klang tonlos. »Das ist ja eine ... eine ziemliche Überraschung!« Immerhin ergriff er nicht Hals über Kopf die Flucht.

Ein Wortschwall brach aus ihr heraus. »Jordan, folgender Vorschlag: Du hörst dir meine Erklärung an, und wenn dir danach immer noch nicht einleuchtet, wieso ich mich dermaßen idiotisch benommen habe, darfst du mir jedes noch so üble Schimpfwort an den Kopf werfen und mich achtkantig rausschmeißen, und ich verspreche dir, ich belästige dich nie wieder! Abgemacht?«

»Beth, du kommst etwas ungelegen ...«

»Ach so!«, unterbrach sie ihn, um sich und ihm eine peinliche Situation zu ersparen. »Du erwartest jemanden, nicht? Es gibt eine andere!«

Na wunderbar!, fuhr es ihr durch den Kopf. Jetzt wirst du auch noch sentimental!

»Nein«, widersprach er rasch und schloss die Haustür auf. »Das ist es nicht. Ich würde dich ja hereinbitten; nur ...«

»Nur was?«

»Nur bin ich heute Abend nicht in der Stimmung für ein Verhör unter verschärften Bedingungen.« Er durchbohrte sie regelrecht mit seinem Blick.

»Ich schätze, das geschieht mir recht«, bemerkte sie und drückte sich an ihm vorbei durch den Eingang.

Im Haus verhielt Jordan sich abweisend formell. Weder half er ihr aus dem Trenchcoat, noch bot er ihr Kaffee oder einen Stuhl an. Offensichtlich ging er davon aus, dass sie sich nicht lange aufhalten würde. Es sollte ja schließlich – der Vorschlag kam von ihr – nüchtern und sachlich zugehen, wobei der Heimvorteil bei ihm lag. Nachdem Beth sich am äußeren Ende des Sofas niedergelassen hatte, setzte er sich ihr gegenüber in einen Ohrensessel mit Gobelinmuster. Zwischen ihnen stand ein riesiger quadratischer Couchtisch.

»Warst du beim Training?«, fragte sie und wies dabei auf die grauen Sporthosen, die er trug. Sie schalt sich gleichzeitig eine Idiotin.

»Hab mit Brad Squash gespielt«, erwiderte er höflich, »und hab mir 'ne ordentliche Packung eingehandelt.«

Rasch sagte sie: »Jordan, ich muss dir einiges erklären, wenn du gestattest.«

»Da bin ich aber gespannt«, konterte er zynisch. »Kommt nämlich nicht alle Tage vor, dass mir jemand erläutert, wieso ich verhört werde, als wäre ich ein Verbrecher!«

Beth holte tief Luft. Sie hätte einiges für ein Glas Wein oder – besser noch – etwas Hochprozentigeres gegeben. Schlimmer konnte das Verhältnis zwischen ihnen nicht werden.

»Als Heranwachsende fühlte ich mich in Eureka Springs sehr wohl«, begann sie und kam sich dabei jämmerlich vor. »Ich hatte eine idyllische Kindheit mit allem Drum und Dran. Aber du weißt ja selbst, wie das läuft, wenn Teenager voller Fragen stecken. Allmählich möchte man doch erfahren, was das Leben wohl jenseits der heimatlichen Stadtgrenzen zu bieten hat.«

Regungslos hörte Jordan zu. Er saß kerzengerade da, die Hände auf den Oberschenkeln, und fühlte sich sichtlich unwohl, trotz Trainingshosen und bequemer Sportschuhe.

»Ich komme mir vor wie bei 'ner Nachmittags-Talkshow«, bekannte Beth.

»Beth, du wolltest etwas loswerden! Also, raus damit!«

Sie atmete tief durch, bemüht, den Stich, den seine Gleichgültigkeit ihr versetzte, zu überspielen. »Da meine Eltern einen Gasthof führten, kannten sie jeden im Ort. Ich ging mit den Jungs aus der Stadt aus, mit den Söhnen von Bekannten meiner Eltern, und alle Welt nahm an, dass ich einmal in Little Rock aufs College gehen und mich dann nach einiger Zeit wieder in der Nähe von Eureka niederlassen würde.«

»Klingt doch nicht übel«, bemerkte Jordan.

»Tut's auch nicht. Der Gasthof allerdings erwies sich als Klotz am Bein. Nie konnten wir verreisen, fuhren nie mit der ganzen Familie in Urlaub. Wir schlossen unsere Pension nur, wenn Renovierungen anstanden. So schön die Stadt ist – ich wollte mal etwas anderes sehen. Ich hatte schon immer ein Auge für Kunst und einen guten Geschmack, so half ich meiner Mutter beim Aussuchen von Möbeln, Tapeten und Vorhängen für die Pension. Deshalb kam es kaum überraschend, dass Innendesign mich interessierte. Schließlich lockten mich auch die Lichter der großen Stadt New York. Alles wirkte so exotisch, so anders als das, was ich bislang gekannt hatte. Ich nahm mir fest vor, meinen Traum zu verwirklichen.«

»Was dir ja auch gelang.«

Sie nickte. »Allerdings erst, nachdem ich Robert Clay in meine wagemutigen Vorstellungen einweihte.«

»War er einer aus deinem Ort?«

»Nein. Robert stieg immer bei uns ab. Er sah umwerfend aus. Langes, hellblondes Haar, strahlendes Lächeln, Augen so blau, blauer geht's nicht. Er war vierundzwanzig und fuhr einen Ford Mustang – ziemlich beeindruckend für eine Siebzehnjährige.«

»Lass mich raten«, sagte Jordan. »Du wurdest von ihm schwanger.«

Beth schüttelte verneinend den Kopf. »Dafür blieb er nicht lange genug. Doch die üblichen Backfischfantasien, die spukten mir durchaus im Kopf herum. Ich stellte mir vor, ich würde mir Robert durchbrennen. Er reiste gerade durch die Lande, wollte in Kürze eine neue Stelle antreten, und das ausgerechnet bei einer Maklerfirma in New York! Ich bildete mir ein, dass er mir einen Heiratsantrag machen und mir die Unschuld rauben würde und dass ich, während er die Brötchen verdiente, zur Uni ging. Toller Plan!«

»War er nicht interessiert?«

»Er hat gottlob nie davon erfahren. Ich war so sehr von seinem großmännischen Getue geblendet, von den Storys, die er über New York erzählte – von Restaurants in Greenwich Village, von den kleinen Bühnen abseits des Broadway, von Kutschfahrten durch den Central Park. Mir reichte es schon, ihm bloß zuzuhören. Hinzu kam der nicht unwillkommene Nebeneffekt, dass man uns in der Stadt zusammen sah, wenn wir in seinem Mustang herumgondelten. Ich, Bethany Wells aus der Provinz, wurde von einem gut aussehenden, erwachsenen Mann spazieren gefahren! Innerhalb von zwei Tagen war ich über beide Ohren verknallt.«

»Also, wie es meines Freundes unverheiratete Tante auszudrücken pflegte: Robert Clay war eine gute Partie.«

»Robert Clay war gar nicht Robert Clay.«

Jordan hob eine Augenbraue, ein erstes Anzeichen dafür, dass sein Interesse an ihrer Beichte mehr als bloße Höflichkeit war. »Was soll das heißen?«

Sie wiederholte. »Robert Clay war frei erfunden. Der Name, den ich Dummkopf neben den meinen auf Papierstöße gekritzelt hatte – Mrs. Bethany Clay –, der existierte überhaupt nicht. In Wirklichkeit hieß der Bursche Adam Scott und stammte aus Pacifica. Das liegt gar nicht weit von hier. Und der Ford Mustang war auch nicht seiner, sondern gehörte einem armen Teufel in Berkeley. Außerdem hatte er jede Menge anderer Sportflitzer geklaut – eine Corvette in Sacramento, einen MG in Reno, einen Thunderbird in Denver. Möglich, dass ich die Autos und die Städte durcheinander bringe, aber du verstehst sicher, worauf ich hinauswill.«

»Beth«, rief Jordan, wobei sich seine Miene glättete, als dämmere ihm allmählich, um was es ging. »Du bist auf einen Autodieb hereingefallen! Aber du warst erst siebzehn. Verschossen zu sein ist kein Verbrechen. Trotzdem – ich sehe nicht ganz, was das mit ...«

»Verschossen ist untertrieben«, unterbrach Beth mit schärfer werdender Stimme. »Dumm war ich, schlicht und einfach dumm! Ich schickte mein Hirn in Urlaub und folgte meinem Herzen! Ja, Adam Scott war ein Dieb. Aber Adam Scott hätte auch um ein Haar einen Mord begangen. Und alles, was geschah, war meine Schuld!«

39. KAPITEL

In diesem Moment blitzte für einen Sekundenbruchteil das Bild jenes Jordan auf, für den sie inzwischen solch tiefe Gefühle hegte. Seine Züge spiegelten eine Mischung aus Bestürzung, Anteilnahme und Besorgnis wider, ein Gefühl, das über bloße Höflichkeit hinausging. Etwas regte sich in ihm – sie wusste es. Ob es Liebe war oder nicht, blieb abzuwarten. Einen Wimpernschlag lang sah es so aus, als wolle er aus seinem Sessel aufspringen, zu Beth hinübereilen und sie in den Arm nehmen.

Diesmal war es an ihm, tief Luft zu holen. Er blieb sitzen, brauchte jedoch augenscheinlich einen Moment, um das Gehörte zu verdauen. »Deine Schuld? Was willst du damit sagen?«

Sie schloss die Augen, bemüht, die Abscheulichkeit der Erinnerung mit stummer Willenskraft von sich zu drängen, doch ihr war klar, dass Jordan eine Erklärung nicht nur erwartete, sondern auch verdiente. Selbst nach mehreren tiefen Atemzügen vermochte sie ihm immer noch nicht in die Augen zu sehen.

»Es war einer jener Bilderbuchabende«, begann sie, den Blick zur Decke gerichtet. »Sanfte Brise, tausend Sterne – wir saßen bei einer Limonade auf der Veranda vorm Haus, und ich erzählte ihm tausend Dinge aus meinem Leben. Wie kitschig ihm das alles vorgekommen sein muss! Doch er spielte seine Rolle nach allen Regeln der Kunst ...«

Wieder hielt sie seufzend inne, raffte sich dann aber auf und fuhr fort: »Am folgenden Nachmittag kam ich etwas später als gewöhnlich aus der Schule und fand meine Mutter bewusstlos vor.«

»Himmel! Dieser Scott etwa?«

Sie nickte. »Er hatte sie mit der gerade geraubten vollen Geldkassette niedergeschlagen.« Sie schaute Jordan an, der, nach seiner Miene zu urteilen, die volle Tragweite ihrer Worte noch immer nicht ganz erfasst hatte. »Und wer, denkst du, hatte in seiner Redseligkeit mal eben nebenbei erwähnt, wo wir unser Geld aufbewahrten?«

Fast hätte er auf die Frage reagiert, ließ es jedoch bleiben.

»Was war ich bloß für eine dumme Gans!«, klagte sie mit hängendem Kopf. »Ich hatte ihm außerdem verraten, dass meine Mutter sich mit Freundinnen zum Tee treffen und nahezu den ganzen Tag nicht daheim sein würde. Noch simpler wär's gewesen, wenn ich ihm die Schatulle gleich überreicht hätte. Und Blut, Jordan! Überall so viel Blut! Ich hielt meine Mutter für tot.«

Ihr brach die Stimme; das Schlucken fiel ihr schwer. Jordan hielt sich stumm zurück, ließ ihr Zeit, sich mit den düsteren Schatten ihrer Vergangenheit auseinander zu setzen, mit den Erinnerungen an den Jugendtraum, der diesen entsetzlichen Ausgang genommen hatte. Schließlich fragte er:

»Was hatte dieser Schuft denn eigentlich in eurer Pension zu suchen? Ich find absurd, dass er ausgerechnet so eine gediegene Unterkunft gewählt hat!«

»Würdest du einen Killer in einem idyllischen viktorianischen Gasthaus vermuten? Adam Scott war geübt in der Kunst der Verstellung. Wie ein Mann, dem die Polizei im Nacken sitzt, wirkte er nicht. Er gab vor, einige Tage in Eureka bleiben und die Sehenswürdigkeiten besichtigen zu wollen. In Wirklichkeit wollte er nur Nummernschilder oder Autos auskundschaften, um sie anschließend zu klauen. Ich war nicht oft mit ihm zusammen und wäre nicht im Entferntesten auf den Gedanken gekommen, er könne gemeingefährlich werden. Ich sah nur das strahlende Lächeln, die charmante Art, das schicke Auto ...«

»Hör auf, dich zu quälen, Beth! Du warst gerade mal siebzehn und hast dich von Äußerlichkeiten blenden lassen, die junge Leute zumeist faszinierend finden! Wie aber kommt es, dass du nun, nach so vielen Jahren, einen Verdacht gegen *mich* hegst? Erinnere ich dich etwa an den Kerl? Vor nicht allzu langer Zeit warst du doch offenbar bereit, mir Vertrauen zu schenken!«

Sie nickte und merkte, dass ihr warm wurde bei dem Gedanken daran, wie schnell sie mit Jordan ins Bett gegangen war und wie sehr sie sich das in diesem Augenblick wieder wünschte. »Ich nahm mir felsenfest vor, nie wieder dem Herzen zu folgen, denn auf sein Herz kann man sich in Phasen, in denen man verwundbar ist, nicht verlassen. Deshalb wurde aus mir ein Workaholic sondergleichen und eine wahre Expertin in der Kunst, die Herren der Schöpfung nach zwei Rendezvous abzuservieren. Keine Bindungen, keine Reinfälle.«

»Und?«

»Dann begegnete ich dir und schlug all meine Vorsätze in den Wind. Bei dir fühlte ich mich gleich geborgen.«

Da war sie wieder, die Szene aus dem Melodram!

Jordan beugte sich vor. »Wieso dann die Kehrtwendung?«

Beth blieb stumm, denn sie wusste, dass das, was sie jetzt zu sagen hatte, eine ziemliche Zumutung darstellte. Da konnte sie mit noch so viel Takt und Diplomatie vorgehen.

Offenbar spürte Jordan das. »Na los, Beth! Wo du schon so weit bist, kannst du auch noch den Rest loswerden.«

»Teilweise liegt es natürlich an der Hysterie im Zusammenhang mit dem Killer«, bekannte sie. »Jim Kearns, der Beamte, der die Ermittlungen leitet, ist ein guter Bekannter von mir.«

Jordan machte ein überraschtes Gesicht.

Beth nickte. »Immer wieder wies er mich auf den Irren hin, der hier umgeht. Jims Manie färbte auf mich ab. Ich sah schon Gespenster, wähnte den Killer hinter jedem Gebüsch, und einige typische Eigenheiten hätten auf dich zutreffen können.«

»Hab ich richtig gehört? Dann galten all die Fragen in Wirklichkeit gar nicht meiner vermeintlich mysteriösen Vergangenheit? Du hast allen Ernstes geglaubt, ich könnte so ein durchgeknallter Schlächter sein?« Fassungslos schüttelte er den Kopf. »Beth, das Täterprofil ›Spidermans‹ passt wahrscheinlich irgendwie auf jeden zwischen zwanzig und fünfundvierzig!«

»Weiß ich, aber diese Briefe, die ich dauernd bekam, die waren mir in die Glieder gefahren. Und dann kam Ginny auch noch ganz nebenbei darauf, dass es damit losging, kurz nachdem wir uns kennen gelernt hatten.«

»Und ich dachte, sie mag mich!«

»Du hast dich so dagegen gewehrt, über deine Vergangenheit zu sprechen ...«

»Du hast mir doch auch diesen Adam Scott verschwiegen! Ist er nicht Teil deiner eigenen geheimen Vergangenheit? Schau dir doch an, wie deine Einstellung zu den Menschen durch diese Erfahrung beeinflusst wurde! Jeder Mensch hat Leichen im Keller, die er da liebend gern liegen lassen würde!«

»Begreif doch, wie sehr mich Jim Kearns irritiert! Der fragt mich regelrecht über dich aus und stupst mich immerfort mit der Nase auf das Täterprofil. Und manches passt einfach zusammen! Unsere erste Begegnung – wenn Jim darüber spricht, hört sich das an, als hättest du mir aufgelauert! Das Medaillon, das du trägst – das Symbol darauf weist auch auf den Mörder hin! Und als ich dann noch erfuhr, dass du etwas mit Anne Spalding hattest …«

Sie hatte den Eindruck, dass er jetzt ehrlich konsterniert war. »Woher weißt du, dass ich Anne kannte?«

»Ach komm, Jordan!«

»Ich blicke nicht mehr durch!«

Sie starrte ihn an. Würde sie es merken, wenn das jetzt wieder eine Lüge war? »Anne war meine Untermieterin.«

»Wie bitte?«

»Sie bewohnte mein Gästezimmer. Dass du mit ihr eine Liaison hattest, erfuhr ich von Brad. Und du und Anne – das war für mich etwas zu viel des Zufalls.«

»Also, darauf brauche ich erst einmal etwas zu trinken! Bin gleich zurück!« Er erhob sich aus dem Sessel, begab sich in die Küche und erschien kurze Zeit später mit einer Flasche Sauvignon Blanc, Mineralwasser und zwei Gläsern. Das Entkorken des Weißweins, das Einschenken, die Pausen zwischen den Schlucken – all das entspannte die Atmosphäre und lenkte das Gespräch in etwas ruhigere Bahnen.

Nach einer Weile sagte er: »Davon hatte ich keine Ahnung.«

»Jordan, wie ist das möglich? Ihr habt euch schließlich verabredet, ihr zwei! Du hast sie doch bestimmt mal bei mir abgeholt und später nach Hause gebracht …«

»Nie. Weißt du, Anne und ich, wir trafen uns mal auf einen Drink nach einem Flug, normalerweise in einem Lokal in der Nähe des Flughafens. Zu mehr ist es zwischen uns nie gekommen. Mir war klar, dass sie ihr Privatleben hütete. Wo sie wohnte, wusste ich nicht – und umgekehrt! Sie bestand stets darauf, per Taxi heimzufahren, und da mir die gewalttätigen Neigungen ihres Mannes bekannt waren, richtete ich mich nach ihr. Wahrscheinlich wollte sie von vornherein vermeiden, dass ihr Ex durch Zufall ihre Adresse erfuhr, nur weil jemand den Mund nicht halten konnte. Davor hatte sie eine Heidenangst.«

Das klang logisch. Es lag nahe, dass Anne sich sehr vorsichtig verhalten und Jordan das wiederum respektiert hatte. »Dann muss sich der Mörder aber unwahrscheinliche Mühe gegeben haben, um sich ihr Vertrauen zu erschleichen. Arme Anne! Und auch du, du Ärmster! Jordan, ich kann dir gar nicht sagen, wie Leid mir das alles tut! Und da wir ohnehin schon beim Beichten sind, kann ich dir auch gleich meine schlimmste Sünde gestehen.«

Sie berichtete ihm von ihrem Besuch bei Pater Daniel Fortescue und stellte dar, wie sie versucht hatte, Jordans ehemaligem Lehrer Informationen über ihn zu entlocken, um ein für alle Mal einen Schlussstrich unter ihre Beziehung setzen zu können. Sonderbarerweise wirkte Jordan weder überrascht noch erzürnt.

»Mir scheint, bei dem zurzeit in der Stadt herrschenden emotionalen Klima hat sich das Unschuldsprinzip umgekehrt. Jeder ist offenbar schuldig, solange er nicht das Gegenteil beweisen kann. Zu deiner Beruhigung kann ich dir berichten, dass mich die Polizei bereits bezüglich Anne vernommen hat und davon ausgeht, dass ich nicht zu krummen Touren neige. Dein Kearns hat mich sogar am Morgen vor Brads Party befragt.«

Beth fiel ein, wie mitgenommen Jordan ausgesehen hatte. Verständlicherweise hatte er sich darüber geärgert, dass sie ihn ihrerseits auch noch einem Verhör unterzogen hatte. »Ach, Jordan, ich hab mich einfach unmöglich benommen! Eigentlich müsstest du mich im hohen Bogen hinauswerfen, nach allem, was ich dir angetan habe! Kannst du mir verzeihen?«

»Verzeihen ist nicht das Problem. Vergessen, das könnte schon etwas länger dauern. Doch ich werde mir Mühe geben.«

Beth hob ihr Weinglas. »Auf uns!«

Mit dem Glas in der Hand stand er auf, kam um den Tisch herum und setzte sich neben Beth auf die Couch. »Auf ein Neues!« Sie stießen an.

Beth wusste, dass sich nun alles zum Besseren wenden würde. Sie fühlte sich nach ihrer ehrlichen Aussprache wie befreit.

»Du hast mir noch gar nicht erzählt, wie es mit diesem Scott weiterging!« Jordan schaute sie interessiert an.

Sie zuckte die Achseln. »Der läuft wahrscheinlich inzwischen irgendwo mit dem zwanzigsten falschen Namen herum und legt weiter naive junge Frauen herein. Wenn ich eines aus meiner Vergangenheit löschen könnte ...«

»Aber du kannst es nicht, und ich kann es auch nicht. Doch da du schon weder Kosten noch Mühen gescheut hast, um etwas aus meinen jüngeren Jahren zu erfahren, werde ich es dir leicht machen und dir den Rest auch noch mitteilen.«

Jordan schenkte sich nach, holte tief Luft und begann. »Ich war dreizehn. Am Geburtstag meiner Mutter kam ich plötzlich auf die blendende Idee, in den nächsten Bus zu springen und sie zu überraschen. Wir hatten uns einige Zeit nicht gesehen, und ich vermutete, sie würde vor Freude völlig aus dem Häuschen sein.«

Seine Stimme hatte einen bitteren Unterton angenommen. Er hielt inne, offenbar heftig mit der Erinnerung ringend, während Beth wortlos wartete. Mehrmals musste er an seinem Weinglas nippen, ehe er weitererzählen konnte.

»Nach der langen Busfahrt war ich zwar ziemlich erschöpft, aber auch so aufgedreht, dass alle Müdigkeit wie weggeblasen war. Die letzten drei Häuserzeilen rannte ich im Laufschritt, in der einen Hand Blumen, in der anderen eine Glückwunschkarte. Ich stellte mir vor, wie glücklich meine Mutter sein würde, wenn ich ins Haus gestürzt kam und ›Überraschung!‹ brüllte. Doch natürlich kam es ganz anders. Wie der letzte Idiot stand ich mit meinem halb verwelkten Strauß Gänseblümchen im Türrahmen zu ihrem Schlafzimmer und musste mir ansehen, wie sie sich von irgendeinem widerlichen Kerl bespringen ließ.«

Er erstarrte vor Zorn, presste die Lippen fest aufeinander.

»Offenbar gab es eine ganze Liste geiler Geldsäcke, die sich die angenehme Gesellschaft meiner Mutter einiges kosten ließen.«

Plötzlich zerbrach das Weinglas in seiner Hand. Konsterniert starrte Jordan auf das dünne rote Rinnsal, das sich zwischen Daumen und Zeigefinger gebildet hatte.

»Oh, Jordan, das tut mir schrecklich Leid!« Beth streckte die Hand aus, um die Verletzung zu untersuchen, doch Jordan wehrte ab. Er schaute noch einen Moment auf seine blutende Hand und hielt sich dann die Schnittwunde an die Lippen. »Alles in Ordnung?«, fragte Beth.

»Halb so wild«, erwiderte er.

»Ich kann dir gar nicht sagen, wie sehr ich das alles bedaure«, wiederholte sie, in der Hoffnung, er werde ihr irgendwie verzeihen können. »Ich hätte nicht auf deine Erklärung drängen dürfen.«

»Du brauchst dich nicht zu entschuldigen. Im Übrigen darf die Vergangenheit keine Rolle mehr spielen. Nur die Zukunft zählt! Siehst du? Es blutet schon nicht mehr.« Jordan zeigte Beth die verletzte Hand, stand dann auf und winkte sie zu sich. »Komm mit! Ich habe etwas für dich.«

Er ging voraus, nicht etwa die Treppe hinauf zum Schlafzimmer, sondern in die Küche und dort auf eine schmale Tür links vom Kühlschrank zu.

Er ergriff ihre Hand, ihre Finger verflochten sich mit den seinen – es war ein schönes Gefühl, den kräftigen Druck zu spüren. »Wohin gehen wir?«, wollte sie wissen.

»Zu etwas, an dem ich seit geraumer Zeit arbeite«, sagte er lächelnd. »Ich möchte, dass du es dir ansiehst. Es ist im Keller.«

Jordan betätigte den Lichtschalter, doch die Kellertreppe blieb im Dunkeln. »Verflixt!«, schimpfte er. »Wahrscheinlich ist die Glühbirne kaputt. Na, egal! Unten hab ich noch eine Leuchte mit einer Zugschnur. Aber sieh dich vor!«

Beth ließ ihn vorausgehen. Eine Hand legte sie auf seine Schulter, mit der anderen hielt sie sich an einem Holzgeländer fest. So stiegen sie die Stufen zum Keller hinunter. Hinter Beth schloss sich die schmale Tür und hüllte die beiden in Finsternis.

40. KAPITEL

Kearns und Sondra Devereaux saßen sich im Studio des Senders gegenüber, genauer gesagt in der Garderobe der Medienkoryphäe, einem Kämmerchen von der Größe eines begehbaren Kleiderschranks, ausgestattet mit zwei Stühlen, einem überladenen Tisch und einem Spiegel. Die rosafarbenen Wände boten gerade Platz für ein einziges gerahmtes Kunstwerk, einen Druck, ein bonbonfarbenes Durcheinander, bei dessen Anblick Kearns automatisch an bunte Smarties denken musste. Die Devereaux trug ein königsblaues, maßgeschneidertes Kostüm, in dessen runden Ausschnitt sie ein gewagt gemustertes Halstuch gesteckt hatte. Nach Kearns' Vermutung hatte die Frau unter dem pfannkuchendicken Make-up eine durchaus schöne Haut, auch wenn die Schminkschicht ihre Krähenfüße nicht ganz abdecken konnte. Bezüglich des Gebisses musste Kearns sich allerdings eines Urteils enthalten. Die Devereaux lächelte nicht.

»Sie taxieren mich, als wären wir bei 'ner Misswahl auf der Provinzkirmes«, behauptete sie. »Deswegen sind Sie doch sicher nicht hergekommen.«

»Sie mögen mich nicht besonders, was, Miss Devereaux?«, fragte Kearns.

Ihr Lachen kam tief aus dem Bauch heraus. »Ich höre wohl nicht richtig! Statt Killer dingfest zu machen, schneien Sie hier herein, weil Sie sich auf den Schlips getreten fühlen? Also, das ist 'n starkes Stück!«

»Wir arbeiten Tag und Nacht an dem Fall.«

»Aber klar doch! Ich weiß! ›Unzähligen Hinweisen wird nachgegangen!‹ Das wollen Sie doch aller Welt weismachen, oder? Verschonen Sie mich bloß damit! Sie haben die Hosen voll, Sie und Ihre Sondertruppe! Was erwarten Sie denn von den Leuten? Dankeschön für den Versuch, Jungs? Und wenn Sie noch so sehr klug daherschwafeln – am Ende bleiben sechs tote Frauen, oder hab ich etwa nicht Recht?«

»Keiner weiß das besser als ich, Miss Devereaux. Können Sie sich nicht denken, dass es auch uns jedes Mal an die Nieren geht, wenn wir zu einem Tatort gerufen werden?« Kearns biss sich auf die Lippe. Die Sache lief aus dem Ruder. Er war ausgelaugt und gereizt und stand kurz davor, wieder in seinen gewohnten Zustand zu verfallen: misslaunig und stinksauer. Das Weib machte ihm zu schaffen.

Er atmete tief und gründlich durch, bemüht, sich zu entspannen, so gut das in diesem Ambiente ging. »Wir sind auf die Unterstützung der Öffentlichkeit angewiesen«, sagte er. »Vielleicht gibt es draußen Menschen, die etwas wissen, und denen möchten wir das Gefühl vermitteln, dass sie sich getrost an uns wenden dürfen. Sie, Miss Devereaux, hetzen die Leute aber gegen uns auf.«

»Aha, auf Zusammenarbeit sind Sie also aus?«, knurrte die TV-Queen unwirsch. »Na schön, Lieutenant, ich verklickere Ihnen jetzt mal, was bei dieser Art von Zusammenarbeit rauskommt. Und wenn Sie mit dem Zuhören fertig sind und dann weiter herumjammern, dann fehlt Ihnen das Format, das ich mir für den Leiter der Ermittlungen vorstelle.«

Die Devereaux schlug die Beine übereinander, lehnte sich im Stuhl zurück und stemmte die Ellbogen auf den hinter ihr stehenden Tisch. Kearns musste sich zusammenreißen, um ihr nicht auf die wohl geformten Waden zu starren.

»Es war Juli 92«, begann sie. »Ich war zum Lunch verabredet und schloss gerade meinen Wagen auf, da tauchte aus dem Nichts heraus dieser Strolch auf, ging auf mich los, schubste mich auf den Sitz, hielt mir 'n Messer an die Kehle und sagte: Fahr los! Was dann passierte, brauche ich Ihnen wohl kaum im Detail zu schildern, oder?«

Kearns schüttelte den Kopf.

»Als wäre das, was das Schwein mir angetan hatte, nicht schon schlimm genug gewesen, ging die Tortur im Krankenhaus von vorn los. Der erste Bulle verlangte von mir 'ne Beschreibung, wollte wissen, was der Täter anhatte und was er sagte. Der zweite schnappte sich meine Unterwäsche. Bulle Nummer drei stellte mir dieselben Fragen wie Kollege eins. Wie bei 'ner Monstrositätenshow! He, Leute! Vergewaltigungsopfer zu besichtigen! Eintritt fünfundsiebzig Cents!«

Die Devereaux entfaltete ihre Beine, neigte sich vor und starrte Kearns durchdringend an. »Kapieren Sie, Kearns? Das war meine Erfahrung von Zusammenarbeit mit der Polizei. Jetzt raten Sie mal, was ich davon hatte! Einen Scheißdreck!«

Manuel Fuentes vertilgte die letzten Bissen eines Baguettebrötchens mit scharf gewürzter Salami. In letzter Zeit aß er mit Vorliebe Wurstbrötchen oder Sandwiches aus dem Delikatessenlädchen. Kearns war das recht, denn diese Menüwahl entsprach auch seinem bevorzugten Mittagsimbiss. Zuvor hatte er die Phase miterleben müssen, in der Manny nur pflanzliche Kost zu sich nahm und das Mittagessen zwischen Mehrkornbrötchen und Salaten wechselte. Danach war Mannys Obstperiode angesagt, sodann seine Proteinperiode und schließlich die, in denen er nie Kohlehydrate und Proteine gleichzeitig verzehrte. Jeder neue Diätfimmel, von Rosa in Frauenmagazinen aufgestöbert, fand bei Fuentes begeisterten Anklang. Dabei war ihm bewusst, dass er ein, zwei Wochen später wieder auf einem anderen Trip sein würde. Kearns wusste auch, dass Manny getrost Mastfutter würde essen können und trotzdem noch in den Anzug passte, den er zur Hochzeit getragen hatte.

Er merkte, wie Fuentes auf sein bis auf zwei Bissen aufgegessenes Sandwich mit englisch gebratenem Roastbeef schielte.

»Bist du auf Diät?«, fragte Fuentes.

»Nee, danke! Ich mag die Farbe so gern«, antwortete Kearns und fuhr sich dabei grinsend mit der Hand durch seinen Rotschopf.

»Der Spruch ist so alt wie du. Hast du keinen Appetit?«

»Nicht so richtig.« Kearns schob Fuentes das Sandwich zu. »Bitte, bedien dich!«

Fuentes zögerte, dann nahm er das Sandwich.

Kearns sah zu, wie Manny es verschlang. Er wusste, dass er es selbst nötiger gehabt hätte. Seine chronisch depressiven Phasen lösten die überflüssigen Pfunde in nichts auf. Man konnte danach gehen, dass die Krankheit nach einem bestimmten Muster verlief. Immer dann, wenn ihm die Hose allmählich eng wurde, stellte sich ein Ereignis ein, das so an seinen Nerven zehrte, dass er kaum Hunger verspürte.

Weder er noch Fuentes sprachen über die Auseinandersetzung, die sie vor kurzem gehabt hatten. Heute allerdings fiel Kearns auf, dass sie beide bewusst verhalten, ja fast behutsam redeten, als könne jede falsche Bemerkung das mühsam wieder hergestellte Gleichgewicht erneut kippen.

»Ich hätte es kaum für möglich gehalten, aber langsam kapiere ich, wo bei der Devereaux die Ursache für ihr unsägliches Verhalten liegt. Die hat ihre eigenen Problemfelder aufzuarbeiten.« Er grinste über den Psychologenjargon und erläuterte dann seine Unterredung mit der Primadonna des Kabelfernsehens.

»Wurde der Bursche eigentlich nie gefasst?«

»Nee. Kein Wunder, dass die von uns die Nase voll hat! Damals haben wir versagt, und heute versagen wir wieder. Eins kann ich dir flüstern: Das Weib macht mich verrückt, aber Leid tut sie mir trotzdem.«

Fuentes schluckte den letzten Happen seines Sandwiches und spülte ihn mit einem großen Schluck Diät-Orangensaft hinunter. »Vor gar nicht langer Zeit hättest du sie am liebsten abgemurkst.«

»Nunmehr möchte ich nur ihre bösartige Doppelgängerin abmurksen, weißt du, die Kunstfigur, die die Devereaux aus sich gemacht hat.«

»Man lernt wohl nie jemanden richtig kennen, hm? Was wir wohl über unseren Killer erfahren, wenn wir ihn erwischen?«

»Dasselbe wie bei anderen Serienmördern auch. Sie meinen, sie wären was Besonderes, in Wirklichkeit sind sie stinknormale Langweiler. Mit körperlichem oder seelischem

Missbrauch ist ja wohl jeder von uns schon mal konfrontiert worden – meine Mutter war auch kein Engel. Aber jetzt mal was ganz anderes: Was hatten Baileys Fliegerkameraden denn zu sagen?«

»Ich dachte schon, du fragst überhaupt nicht. Jordan Bailey ist ein zuverlässiger, anständiger Kerl, auf den man nichts kommen lassen kann.«

»Mann, Manny! Das kenn ich doch alles schon!«

»Noch ein Ton, dann hörst du von mir kein Wort mehr!« Fuentes berichtete weiter. »Was die Spalding angeht – der Abend ihres Verschwindens, der Abend, an dem sie umgebracht wurde – sind seine Alibis wasserdicht. Er kann's unmöglich gewesen sein.«

»Mist!«

»Dacht ich mir, dass du so reagierst. Ich hab meine Hausaufgaben gemacht, Jimmy. Was ist mit deinen? Amsterdam?«

»Hab mich mit dem Leiter der dortigen Mordkommission unterhalten. Offenbar gibt's 'ne junge Niederländerin, die einen tätlichen Angriff angezeigt hat, im Mai, als unser Killer allem Anschein nach Urlaub machte. Bailey war zu der Zeit tatsächlich in Amsterdam. Ich hab sämtliche Airlines abgefragt.«

»Und?«

»Das Mädchen hat überlebt, wahrscheinlich deshalb, weil sich unser Täter nicht in heimischen Gefilden bewegte und sich nicht wie üblich vorbereiten konnte. Nach eigener Aussage lernte die junge Frau mit Namen Klara deVries den Mann, von dem sie vermutete, er sei Amerikaner, in einer Kneipe kennen. Sie tranken etwas zusammen und beschlossen dann, noch zu ihr zu gehen. Dort angekommen, so behauptete sie, habe der Typ auf einmal ein merkwürdiges Verhalten an den Tag gelegt, sich durch die Wohnung führen lassen, in Schränke geguckt, aus dem Fenster gespäht.

Sie nahm an, er wollte die Lage peilen, um sie dann zu berauben. Als sie ansetzte ihn rauszuwerfen, machte er auf schüchtern, setzte sich und jammerte ihr was vor von wegen er habe noch nie was mit 'ner Frau gehabt und so. Kannst dir ja vorstellen.«

»Nahm sie ihm das ab?«

»Ja, man kann's kaum glauben. Fand den Typen auf einmal richtig süß. Plötzlich wurde ihr ganz schwindlig, und sie wünschte, sie hätte etwas weniger getrunken.«

»Könnte doch ein stinknormaler Ami-Tourist gewesen sein, der sie vergewaltigen wollte, oder?«

»Nein. Sie war benommen, setzte sich auf die Couch, er hockte sich ganz dicht neben sie. Die Sache kam allmählich in Gang, sie fand ihn richtig sexy, hoffte nur, dass sie nicht umkippte und von nichts mehr was mitkriegte. Auf einmal bemerkte sie, dass er sie streichelte – allerdings nicht mit den Händen, sondern mit 'nem Messer.«

»Ich werd verrückt!«

»Wart's ab, es kommt noch besser! Das Messer hatte 'ne weiße Keramikklinge!«

»Und sie hat überlebt?«

»Klugerweise hat sie gleich kapiert: Wenn ich schreie, schlitzt er mir die Kehle auf. Also tat sie so, als törne sie der Anblick des Messers richtig an, gab vor, er sei genau der Kerl, der wisse, wonach die Frauen sich insgeheim sehnten. Darauf sei er nicht gefasst gewesen, meinte sie. Bei der nächstbesten Gelegenheit stieß sie mit dem Fuß eine Lampe um, ein Handgemenge brach aus, das Mädchen hat dann mit allen zur Verfügung stehenden Gegenständen um sich geworfen und so viel Radau wie möglich veranstaltet. Da haben die Nachbarn an die Tür gepoltert, und der Typ ist geflüchtet.«

»Weiße Keramikklinge«, wiederholte Fuentes. »Also war er in Amsterdam, unser Mann!«

»Ja«, bekräftigte Kearns. »Gibt nur ein Problem.«

»Und das wäre?«

»Der Bursche sieht Bailey kein bisschen ähnlich. Hier«, sagte Kearns, »kannst 'n Blick auf die Aussage des Mädchens werfen.« Er schlug einen roten Aktenordner auf und reichte ihn Fuentes. »Mit freundlicher Unterstützung der niederländischen Kollegen.«

Fuentes starrte auf das Phantombild, das per Computer nach Klara deVries' Täterbeschreibung erstellt und dann ausgedruckt worden war. Die Anlage listete alle körperlichen Merkmale auf, an die das Mädchen sich noch erinnerte.

»Bailey ist das nicht«, stellte Fuentes fest, »nicht mal annähernd. Also ist er aus dem Schneider, es sei denn, er arbeitet mit 'nem Partner zusammen.«

»Möglich«, sagte Kearns. »Möglich aber auch, dass ein Keramikmesser auf niederländischem Boden noch keinen Schluss zulässt.«

»Jimmy, laut der Aussage des Mädchens wurden ihr beträchtliche Dosen eines blutgerinnungshemmenden Mittels verabreicht, sowohl in den Drinks in der Kneipe als auch in ihrer Wohnung; es wurden sogar Spuren eines Beruhigungsmittels gefunden. Das haben Labortests nachgewiesen. Das Mädchen ist tatsächlich unserem Verdächtigen begegnet. Aber Bailey ist es nicht. Muss ich dich daran erinnern, dass Sharon Anscombe auch keine Verbindung zwischen ihm und Patricia Mowatt herstellen konnte? Er kannte die Mowatt nicht.«

»Ich weiß nicht recht, Manny. Diese Fitnessclubs verfügen über dutzende von Kursleitern. Da kann doch nicht jeder alles mitkriegen, was so passiert. Was, wenn Bailey sich tatsächlich meisterhaft maskiert?«

Das Läuten des Telefons unterbrach das Gespräch. Kearns hob ab. »Wehe, es ist keine gute Nachricht«, sagte er, um dann hinzuzufügen: »Schick sie rauf!«

Beim letzten Besuch in Kearns' Zimmer hatte Natalie Gormans jüngere Schwester ein Baumwollkleid getragen, in dem ihr magerer Körper zerbrechlich wie eine Porzellanfigur ausgesehen hatte. Nunmehr wurde sie von einem übergroßen Wollpullover verschluckt, dessen Ärmel ihr bis zu den dürren Fingerknöcheln reichten. Die Beine wirkten in der schwarzen Strumpfhose bis auf die Knochen abgemagert.

»Lieutenant Kearns«, sagte sie mit bebender Stimme. »Haben Sie schon in die Zeitung gesehen?«

Kearns stand auf und schob einen Drehstuhl neben Fuentes' Platz. »Bitte, Miss Gorman, setzen Sie sich. Inspector Fuentes kennen Sie ja noch, oder?«

Stefanie nickte höflich, obwohl sie sich offenbar nicht an das kurze Zusammentreffen erinnerte. Kearns rollte seinen Bürostuhl hinter seinem Schreibtisch hervor, um den Eindruck zu vermeiden, er wolle sich hinter dem Möbelstück verschanzen.

Braucht mal ein ordentliches Stück Fleisch, die Kleine, dachte Kearns. Mit extra viel Soße. Noch dünner, als sie vorher schon war, konnte sie doch unmöglich werden! Die Wangenknochen schienen die pergamentene Haut förmlich zu durchstoßen. Allem Anschein nach hatte er hier einen Fall von passivem Suizid vor sich. Stefanie Gorman trauerte sich zu Tode.

»Was ist denn mit der Zeitung?« Kearns hielt seine Stimme so sanft wie möglich, als fürchte er, das Mädchen könne bei lauteren Tönen in Scherben fallen.

»Sehen Sie!«, sagte sie. »Hier!«

Kearns' Blick wanderte von den tief in den Augenhöhlen liegenden Augen zu der Zeitungsseite und dem grobkörnigen Foto, auf das Stefanies Finger wies. »Ich glaub es nicht!«, entfuhr es ihm. »Nun tritt Phillip Rossner also doch endlich in den Stand der Ehe! Kennst du den noch, Manny?

Du weißt doch, der aus dem Artikel über die begehrtesten Junggesellen der Stadt!« Das Bild zeigte einen würdevollen Herrn mit stolz erhobenem Kopf. Eine Dame namens Nora Prescott hatte sich bei ihm untergehakt und schaute unbewegt in die Linse.

»Ich erinnere mich. Wir haben dich damit aufgezogen, dass du nicht auch in dem Artikel genannt wurdest!«

Als Stefanie Gorman einen Laut der Verärgerung von sich gab, räusperte sich Kearns verdattert, warf Fuentes einen warnenden Blick zu und sagte: »Entschuldigen Sie, Miss Gorman. Wie können wir Ihnen helfen?«

»Das Bild!«, rief sie, offenbar völlig aufgebracht. »Schauen Sie doch! Da!« Ihr Zeigefinger tippte heftig auf das Revers von Nora Prescotts Kostümjacke. Fuentes sah ihr über die Schulter, um das Foto ebenfalls zu betrachten. »Die Brosche! Ich hab's Ihnen doch erzählt! Natalies Brosche!«

Fuentes ließ sich in seinen Stuhl zurücksinken. Kearns wusste, was ihm durch den Kopf ging: dass es heutzutage fast nichts mehr gab, was sich als einmalig bezeichnen ließ. Buchstäblich alles, von Schmuck über Kunst bis zu Geld, konnte kopiert werden, wobei die Fälschungen ständig besser wurden. Er informierte Stefanie entsprechend.

»Nein!« Ihre Verärgerung war ihr deutlich anzusehen. »So begreifen Sie doch! Unser Großvater war Juwelier! Er hat die Nadel extra für unsere Großmutter anfertigen lassen. Und das ...«, sie wies wieder auf das Foto, »... ist Natalies Brosche! Wie ist diese Frau daran gekommen? Wer ist sie?«

Kearns ließ die Faust derart wuchtig auf den Tisch sausen, dass Stefanie Gorman erschrocken den Atem anhielt. Selbst Fuentes machte große Augen. »Scheiße!«, schrie Kearns und sprang auf. »Scheiße und nochmals Scheiße!«

Fuentes und Stefanie standen ebenfalls auf. Kearns hielt einen Moment inne, bemerkte die Verblüffung auf den Gesichtern und sagte dann: »Bitte verzeihen Sie meinen Ton,

Miss Gorman. Wenn das Natalies Brosche ist, wird Ihre Familie sie zurückbekommen. Und zwar bald!«

Fuentes fasste Stefanie beim Ellbogen und schickte sich an, sie zum Ausgang zu geleiten. Sie aber blieb stehen und wandte sich noch einmal zu Kearns um. »Lieutenant Kearns«, sagte sie, »der Mann auf dem Bild – hat der meine Schwester getötet?«

»Das wäre Spekulation, und um dazu etwas zu sagen, ist es noch zu früh«, erwiderte Kearns, der zu spät versuchte, Haltung zu wahren. »Wir melden uns.«

Fuentes und Stefanie Gorman hatten sich kaum drei Schreibtischlängen von ihm entfernt, da war er auch schon mit einem Satz an seinem Aktenschrank. Als sein Kollege zurückkam, wühlte Kearns bereits im Telefonbuch und kritzelte hektisch auf einem Zettel herum.

»Was in aller Welt sollte das denn da eben?«, fragte Fuentes und steuerte um den Schreibtisch herum.

»Ich gehe jede Wette mit dir ein, dass die Frau auf dem Foto Geschenke von unserem Killer bekommen hat!«

»Phillip Rossner soll der Mörder sein?«

»Ach, der doch nicht! Aber der heutige Abend kommt mir gerade recht, um den beiden meine Aufwartung zu machen und dem zukünftigen Hochzeitspaar meine Glückwünsche zu überbringen.«

Als das Telefon klingelte, griff Kearns gerade nach seinem Mantel. Er stand schon halb im Flur, als Fuentes ihn zurückrief. »Jimmy? Nimm den Anruf besser selber entgegen. Pater Daniel Fortescue ist am Apparat. Von der Schule zum Guten Hirten.«

41. KAPITEL

Ginny Rizzuto stieg die Stufen zu Beth' Haustür hinauf und läutete. Durch die Türsprossen hindurch konnte sie erkennen, wie Samson, die getigerte Katze, sie kritisch beäugte. Ungeduldig mit dem Fuß wippend, warf Ginny einen Blick auf ihre Uhr und drückte den Klingelknopf noch einmal. Da das ebenfalls nichts nutzte, hämmerte sie derart mit der flachen Hand an die Tür, dass Samson fluchtartig in Deckung ging.

»Mach schon, Beth!«, rief Ginny laut. »Das Abendessen wird kalt!«

Sie legte ein Ohr an die Tür, hörte aber nichts. Wieder versuchte sie es mit Läuten.

Diesmal wurde ihr aufgemacht. »Mensch, eine alte Frau ist kein D-Zug, Gin!«, keuchte Beth, völlig außer Atem. »Mit diesen Stöckelschuhen schaff ich's nicht so fix die Treppe runter!«

»Überraschung!«, brüllte Ginny, während sie sich um die eigene Achse drehte. »Jetzt kommt die Rizzuto! Die schärfste Braut in ganz San Francisco!«

Es war kaum zu glauben, dass Ginny sich noch toppen konnte, aber dieses Mal präsentierte sie sich tatsächlich in einem Leopardenkostüm. Beth schlug die Augen zum Himmel und zerrte ihre Freundin schnell ins Haus.

In Ginnys Wohnviertel gab es keine Kindergruppen, die zu Halloween singend und Süßkram sammelnd von Haus zu Haus zogen. Deshalb fand sie sich traditionell bei Beth ein und half ihr, die Massen von Knirpsen zu beglücken, die auf ihrer Jagd nach kostenlosem Zuckerzeug die Gegend durchstreiften. Ginnys mitgebrachte Schokoriegel kippte Beth in eine riesige Edelstahlschüssel, die im Windfang auf einem Sideboard stand.

»Du bist mal wieder schnieke kostümiert«, lobte Ginny. »Ist einfach nicht fair, so was!«

Beth' Kostüm bestand aus einem hautengen schwarzen Kleid, schwarzen Stiletto-Pumps, gestärkter weißer Servierschürze und dazugehörigem Häubchen – ein recht gelungenes Zimmermädchen-Outfit, wie sie fand. »Was hast du denn da drin?«

Ginny hielt eine große Papiertüte in der Hand. »Frutti di Mare. Nichts wie runter damit, bevor die kleinen Schnorrer in Bataillonsstärke anrücken.«

Sie begaben sich ins Wohnzimmer. Samson, der auf einem Stapel Post auf Beth' Schreibtisch thronte, musterte verwundert Ginnys Zottelkostüm. »Na, was meinst du, wo der wohl hinguckt? He, neuer Stuhl?«

Beth nickte. »Hat Jordan restauriert und mir geschenkt. Sieht klasse aus, was?«

Ginny trat näher, um den eichenen Schaukelstuhl mit der Speichenlehne genauer in Augenschein nehmen zu können. »Donnerwetter! Der muss dir ja förmlich zu Füßen liegen! An so einer Fummelarbeit wär ich glatt verzweifelt! Dann seid ihr also immer noch Feuer und Flamme füreinander, ihr zwei?«

Beth ging in die Küche voran. »Wir sind übereingekommen, es geruhsamer angehen zu lassen. Samstagabend allerdings gehen wir groß aus. Jordan deutete an, er habe was Besonderes vor.«

»Ah, was Besonderes. Kann mir lebhaft vorstellen, wie der Abend abläuft.«

Beth überhörte die Anzüglichkeit, stellte Ginnys mitgebrachte Schachteln auf dem Küchentresen ab und kletterte auf einen Barhocker. Ginnys Meeresfrüchte entpuppten sich als pappiger, panierter Kabeljau mit einem durchweichten Häufchen Pommes frites.

»Mensch, Beth, wären wir bloß zum Ball Exotica Erotica gegangen!«, klagte Ginny. »Was hätten wir einen Spaß!«

»Kannst du vergessen, Gin. Einmal hat mir gereicht!«

Vier Jahre zuvor hatte Beth sich nach viel Bitten und Flehen erweichen lassen und ihre Freundin zu einer Party begleitet, die vormals unter der Bezeichnung »Nuttenball« firmiert hatte. Angetan mit einem ihrer extravaganten Fummel, war Ginny mit einer endlosen Serie schlüpfriger Witze über jeden hergefallen, der ihr das Ohr lieh. Beth ihrerseits, als Steinzeitfrau verkleidet, hatte mehrmals von männlichen Nachtschwärmern den eindeutigen Hinweis erhalten, sie würden sich gern einmal von ihr Feuer aus dem Stein schlagen lassen. Da war ein Abend im trauten Heim doch erheblich sicherer.

»Schon mal wieder was von Brad gehört?«, fragte sie Ginny.

»Der von der Party? Nö.«

»Und das macht dir nichts aus?«

»Kein bisschen«, versicherte Ginny, »zwei erhitzte Leiber, die mal kurz in Ekstase gerieten. War toll, zugegeben, aber er ist einfach nicht mein Typ, dieser Brad.«

Nachdenklich schaute Beth ihre Freundin an. Wo, so fragte sie sich, ist bloß meine alte Ginny hin? Meine Ginny, die mir sonst von jeder Einzelheit ihrer Sex-Eskapaden in schillernden Farben berichtete?

Kaum war die Abenddämmerung hereingebrochen, klingelte es an der Tür. Beth und Ginny eilten schnurstracks ins Wohnzimmer, während Samson gleichzeitig blitzartig die Treppe hinaufflitzte und dabei Beth' Post auf den Teppich fegte.

Nachdem sie einen Berg Süßigkeiten an einen Pulk verkleideter, Radau machender Kinder losgeworden waren, schlossen die beiden die Haustür und begutachteten den Schaden, den die Katze auf ihrer fluchtartigen Suche nach Ruhe und Frieden hinterlassen hatte. »Aha, gut!« Beth bückte sich und hob ihre Post auf. »Meine Kontoauszüge. Jetzt sehe ich endlich schwarz auf weiß, wieso ich diesen Monat so knapp bei Kasse bin.«

Sie riss den Umschlag auf und fand einen Stapel von ihrem Konto abgebuchter Schecks, darunter einen über einen Betrag von 550 Dollar, ausgestellt auf eine Diamantenschleiferei in Amsterdam. »Komisch!«

»Stimmt was nicht?«, fragte Ginny.

»Ich hatte Anne gebeten, sich nach ein paar Brillantohrringen für mich umzusehen.«

Ginny lugte über Beth' Schulter. »Hat sie dich betuppt?«

»Das hätte sie nie getan. Ich schätze eher, ich müsste jetzt eigentlich die Besitzerin von einem Paar diamantener Ohrstecker sein.«

»Gratuliere!«

»Nicht so voreilig! Annes Sachen habe ich ausgeräumt, alle, jede Handtasche kontrolliert. Ohrringe waren da nicht. Also? Wo stecken sie?«

Sie gingen zurück in die Küche, doch Beth rührte ihr Essen kaum an, tief beunruhigt über diese neuerliche Verbindung mit Anne. Sie erkannte die Handschrift ihrer ehemaligen Untermieterin auf dem Scheckformular, die auffällig nach links geneigte Schreibweise, mit der diese Datum und Verwendungszweck eingetragen hatte. Zum Glück rettete die Türglocke Beth davor, ihre Verwirrung Ginny gegenüber näher erklären zu müssen.

In der Scott Street gab sich zum diesjährigen Halloween Groß und Klein gleichermaßen die Klinke in die Hand, wobei sich die Erwachsenen offenbar in Partystimmung zu bringen versuchten. Auf dem Bürgersteig warteten eine Marlboropackung in Lebensgröße sowie ein nachgemachter Elvis Presley, während vor der Haustür ein gelbes Vögelchen und eine Schildkröte die Beutel aufhielten. Trotz aller Kostümierung schien Halloween diesmal anders zu sein. Die Fröhlichkeit wirkte aufgesetzt. Solange »Spiderman« sein Unwesen trieb, lief kein Kind ohne Begleitung herum.

Gegen acht Uhr ließ der Ansturm kurz nach. Ginny hatte Hunger. »Du machst Popcorn«, schlug sie vor, »und ich hole ein Spiel.«

Die Popcornmaschine ließ die Maiskörner durch die ganze Küche schießen. Bemüht, dem herumsausenden Popcorn auszuweichen, erschien Ginny in der Küche und zog den Gerätestecker aus der Steckdose.

»Was machst du denn da, Ginny?«

»Mir war, als hätte ich draußen was gehört!«

»Klar hast du was gehört! Schließlich ist Halloween! Da ...«

»Nein«, beharrte Ginny. »Irgendwas Merkwürdiges. Komm mal mit ins Wohnzimmer!«

Aus Richtung Haustür drang ein tiefes Stöhnen, dann ein Schaben, als kratzten Klauen an Holz. Beth riss die Tür weit auf.

Vor ihr reckte sich drohend ein teuflisches Monster, ein Untier mit abstoßend entstellter, auf bucklig gekrümmten Schultern baumelnder Fratze. Fetzen von Muskelsträngen und Sehnen ragten aus der zerrissenen Kleidung. Eine klauenartige Knochenhand fuhr auf Beth zu und streifte ihren Hals, sodass sie entsetzt zurückschreckte.

Das Monstrum brach in Gelächter aus.

»Tim O'Malley! Ja, sind Sie denn noch bei Trost?« Beth gab ihm einen Klaps. Ein abgerissener Muskel klatschte aufs Treppenpodest.

»Nass gemachte fleischfarbene Papiertücher«, erklärte Tim stolz. »Hilfreich, wenn man einen Freund hat, der bei Warner Brothers arbeitet. Und in dem Scherzartikelladen in der Chestnut Street kriegt man tolle Masken.« Er bückte sich, um das Stück Arm einzusammeln. »Bin auf dem Weg zu 'ner Party. Was meinen Sie – ob ich 'nen Preis gewinne?«

»Könnte schon sein«, sagte Beth, deren Puls sich allmählich normalisierte. »Aber wundern Sie sich nicht, wenn Sie beim Tanz lauter Körbe kriegen. Hübsch sehen Sie nicht gerade aus.«

»Mensch, Sie sind ja auch kostümiert!« Mit anerkennendem Blick musterte Tim Beth' Beine. »Wie wär's, wenn Sie mich begleiten würden? Wir gäben sicher ein flottes Paar ab!«

»Aber leider gibt's mich auch noch!«, verkündete Ginny, die hinter dem Türpfosten in Deckung gegangen war und sich nun hervorwagte.

»Bedaure, Tim«, sagte Beth. »Die Raubkatze hier hat Vorrechte.«

Tim zuckte mit den Schultern und humpelte wie der Glöckner von Notre Dame die Treppe hinunter in Richtung Hofeinfahrt.

Zwischen halb neun und neun stellten sich noch ein paar Nachzügler ein. Abwechselnd gingen Beth und Ginny zur Tür und schauten dann durchs Fenster.

»Sieht aus, als wären das die Letzten gewesen«, meinte Beth und schickte sich an, die hölzernen Fensterläden zuzuziehen.

»Warte!«, sagte Ginny und griff nach Beth' Arm. »Guck mal, da drüben! Der Typ da!«

»Was soll mit dem sein?«

»Das ist doch der Elvis! Was sucht der da draußen?«

»Wartet auf sein Kind. Was sonst?«

»Glaub ich nicht. Der stand schon vorher da auf der Straße, zusammen mit der Gruppe mit dem Vögelchen!«

Beth überlegte kurz. »Der neben der Marlboropackung! Stimmt! Ach, was soll's! Er haut ja gerade ab!«

Der als King of Rock 'n' Roll verkleidete Mann ging die Straße hinunter in Richtung Bay Street.

Nebenan stand immer noch Tim O'Malleys Kleinlaster.

Seltsam, dass Tim noch nicht losgefahren ist, dachte Beth. Vermutlich hat er ein Taxi genommen. Sie schloss die Fensterläden, ging in den Flur und stellte den Schalter für die Außenleuchten beiderseits des Garagentors auf »aus«. Beide, Beth und Ginny, tauschten ihre Kostüme gegen bequemere Joggingsachen aus und ließen sich im Schneidersitz auf dem Wohnzimmerteppich nieder. Die zweite Spielrunde war bereits eine Zeit fortgeschritten, als es doch noch einmal an der Haustür läutete.

»Herrje!«, schimpfte Beth, kam umständlich auf die Beine und lockerte die verkrampfte Muskulatur. »Ist doch schon fast zehn Uhr! Wissen diese Kids denn nicht, dass Schluss ist, wenn draußen kein Licht mehr brennt? Bin gleich zurück!«

Beth öffnete. Vor der Haustür standen drei verwegene Piraten, die angesichts ihrer Größe nicht älter als elf sein konnten.

»Bisschen spät, was, Jungs?«

Der Mittlere des Trios grinste. »Wir wohnen weiter die Straße rauf und sind schon auf dem Heimweg.« Alle drei schleppten mit Süßigkeiten voll gestopfte Kissenbezüge.

»Das hat sich ja offenbar gelohnt«, sagte Beth und fügte der Sammlung noch einige Schokoriegel hinzu.

Der Junge ganz rechts, der größte der Freibeuter, hielt ihr einen Umschlag hin. »Gehört der Ihnen? Lag direkt hier auf der Fußmatte.«

Beth nahm das Kuvert entgegen, auf dessen Vorderseite säuberlich ihr Name aufgedruckt war. Sie spürte, wie sich ihre Gesichtshaut in düsterer Vorahnung spannte. »Jetzt aber marsch nach Hause, Jungs! Ich guck vom Fenster, damit ich sehe, dass alles okay ist.«

»Nacht!«, erklang es im Chor.

Beth lugte durch die Lamellenspalten in den Fensterläden, bis das Seeräubertrio um die Ecke bog und in der Bay Street verschwand.

»Zu früh gefreut, Ginny«, sagte Beth und legte den Umschlag mitten aufs Spielbrett.

»Das hat er dir vor die Tür gelegt?« Ginny konnte es kaum fassen. »Während wir hier saßen? Keine fünf Meter weg? Der hat aber Nerven, der Bursche! Soll ich's aufmachen?«

Beth schüttelte den Kopf, holte tief Luft und riss das Kuvert auf. »Nein!«, flüsterte sie. Das Schluchzen blieb ihr im Halse stecken.

Ginny nahm ihr das Blatt ab. »O Gott!«

Es war eine kolorierte, detaillierte Zeichnung – die Sicht von oben auf eine an eine rechteckige Unterlage gefesselte nackte Frau. Sie hatte langes dunkles Haar. Ihr Mund stand in stummem Schrei weit offen, Entsetzen spiegelte sich in ihrem Blick. Ein klaffender Schnitt hatte den Körper der Länge nach zwischen den Brüsten aufgeschlitzt. Rund um die Frau waren zackige, konzentrische Kreise gezeichnet, die wiederum untereinander durch strahlenförmig nach außen strebende Linien verbunden waren.

Ein Spinnennetz.

42. KAPITEL

Der Anruf von Pater Daniel Fortescue, noch dazu direkt im Anschluss an Stefanie Gormans Besuch, war mehr, als ein Kriminalbeamter sich erträumen konnte. Zudem versprach der Pater, Kearns ein Fax mit der Kopie eines Fotos aus einem Jahrgangsbuch zu schicken. Während Kearns mit Volldampf über die Van Ness Street brauste, sandte er ein stummes Dankgebet gen Himmel für diesen jüngsten Fingerzeig, der genau zur richtigen Zeit gekommen war. Ein Durchbruch, endlich! Er wünschte, er hätte dem Herrgott auf Knien dafür danken können, dass diese erste wichtige Verbindung zum Killer der Gabe seiner eigenen logischen Folgerung oder seiner übersinnlichen Intuition zu verdanken war. Aber es war das Timing, nicht mehr und nicht weniger, und diesen Verdienst konnte Kearns sich nicht ans Revers heften. Auf hypothetische Vorstellungen von der Art, was wohl gewesen wäre, wenn Stefanie Gorman den *Chronicle* nicht gelesen oder Pater Daniel gegen seinen Instinkt gehandelt und den Anruf unterlassen hätte, verzichtete Kearns lieber.

Vor der Rossner-Villa im Stadtbezirk Russian Hill war ein Trupp kostümierter Süßkramsammler gerade dabei, seiner Enttäuschung mit wüsten Beschimpfungen Luft zu machen, weil sich niemand an der Tür sehen ließ. Das Erdgeschoss des hochherrschaftlich anmutenden Anwesens lag in völlige Dunkelheit gehüllt. Im Obergeschoss drang allerdings der Schein einer Lampe durch ein Fenster.

Kearns stellte den Wagen am Straßenrand ab, schlug das Lenkrad ein, bis der rechte Vorderreifen gegen den Bordstein stieß, und zog die Handbremse an. Es hatte wahrscheinlich wenig Zweck, an der Haustür zu klingeln. Deshalb zog er ein Telefonbuch unter dem Beifahrersitz hervor, schaltete sein Autotelefon auf Empfang und tippte Rossners Telefonnummer ein. Ob der einflussreiche Finanzier wohl daheim war? Kearns erinnerte sich an die zahlreichen Zeitungsartikel, in denen von Rossners Arbeitswut die Rede gewesen war. Also konnte es gut sein, dass er ihn nicht zu Hause antraf. Kearns fehlte die Zeit für eine genaue Planung seiner Vorgehensweise oder für eine bestimmte Strategie, mit der sich die benötigten Informationen aus Nora Prescott herauslocken ließen. Er wusste, dass die Unterhaltung in einem anderen Ton verlaufen würde, falls Rossner zugegen war. Dass Nora faustdicke Lügengeschichten auftischte, um vor ihrem Verlobten ihr Image nicht aufs Spiel zu setzen, das hätte Kearns gerade noch gefehlt.

Beim vierten Klingelzeichen nahm Nora den Hörer ab. »Hallo?«

»Mrs. Prescott? Lieutenant Kearns hier.« Ihm war, als hielte sie erschrocken den Atem an, doch er konnte sich auch verhört haben. »Mordkommission«, fügte er gewichtig hinzu. »Ich stehe hier mit meinem Dienstwagen vor Ihrem Haus.« Das wird sie gern hören, dachte Kearns. Er hatte die Frau bereits entsprechend dem hochmütigen, triumphierenden Eindruck, den sie auf dem Verlobungsfoto machte, eingeschätzt. »Ich weiß, dass Sie nicht gern an die Tür gehen, was man Ihnen an einem so verrückten Abend nicht verdenken kann. Allerdings muss ich Ihnen ein paar Fragen stellen.«

Man konnte hören, dass sie nervös wurde. »Um was handelt es sich denn, Sergeant ... wie war noch Ihr Name? Kearns?«

Bei der Nennung des falschen Dienstgrades verzog Kearns schmerzhaft das Gesicht. »Ich würde das lieber persönlich mit Ihnen besprechen, falls Sie nichts dagegen haben.«

Kearns gab Nora keine Gelegenheit zu einem Einwand. Er hatte bereits aufgelegt. Rasch überquerte er die Straße, riss mit seinem Auftauchen die jugendliche Radautruppe auseinander und brachte ihr begrenztes Vokabular zum Verstummen. Im Foyer des Rossner'schen Hauses flammte das Licht auf.

Das Eichenportal, ein Meisterstück aus Schnitzereien und facettiertem Glas, war eingeseift und mit Eiern beworfen worden. Das hat sie davon, dachte Kearns. Wieso spendierten diese Geldaristokraten nicht einmal im Jahr ein paar Snickers, damit die Kids ihren Spaß hatten?

»Ich muss schon sagen, ich finde Ihr Vorgehen höchst ungewöhnlich«, verkündete Nora beim Öffnen der Tür. Kearns zückte den geforderten Dienstausweis, den Nora mit viel Getue inspizierte. Falls ihr die demolierte Haustür aufgefallen war, ließ sie sich nichts anmerken.

Obwohl es bereits auf zehn Uhr zuging, war Nora noch geschminkt. Ihr aschblondes Haar hatte sie zu einer klassisch-kunstvollen Frisur gestylt, für die sie mindestens eine halbe Stunde vor dem Spiegel zugebracht haben musste. Ihre Hausgarderobe wirkte schicker als Marys bestes Kleid. Möglich, dass man so lebte, wenn man reich war. Für Kearns' Geschmack benötigte die Gute indes zu viel an Instandhaltungsaufwand.

»Ich wüsste nicht, weswegen Sie mich sprechen wollen!« Nora wollte gerade richtig loslegen, doch Kearns marschierte stur an ihr vorbei ins Haus.

Hinter sich vernahm er das Klacken hoher Absätze, das plötzlich verstummte, als Nora auf den dicken Teppich trat. Kearns hätte alles darum gegeben, sich umdrehen und Noras Gesichtsausdruck sehen zu können. Stattdessen forschte sein umherschweifender Blick nach einem soliden Stück Sitzmöbel. Zügig steuerte Kearns auf eines der beiden daunengepolsterten Sofas zu, die in dem Wohnzimmer voller fragiler Antiquitäten noch den robustesten Eindruck machten. Mit Räumen, die eher zu Dekorationszwecken denn zum Wohnen bestimmt waren, konnte Kearns nicht viel anfangen.

»Herr Rossner ist nicht da?«

»Er ist mit einem Kunden zum Dinner.« Nora ließ sich vorn auf der Sitzflächenkante eines zerbrechlich wirkenden, mit geklöppelten Deckchen verzierten Sessels nieder.

Bemüht, eine möglichst freundliche Miene zu machen, sagte Kearns: »Ich sah Ihr Verlobungsfoto im *Chronicle*. Da darf man wohl gratulieren.«

»Oh, danke«, flötete Nora. »Phillip ist ein wunderbarer Mann.«

»Übrigens bin ich genau wegen des Zeitungsartikels gekommen.«

»Ich verstehe nicht ganz! Sie sagten doch, Sie gehörten zur Mordkommission, Sergeant!«

»Lieutenant«, korrigierte Kearns, zog eine Kopie der Fotografie aus der Hosentasche und wies auf Natalie Gormans Brosche. »Dieses Schmuckstück hier«, sagte er. »Woher haben Sie das?«

Im Ausschnitt von Noras schickem Outfit bildete sich eine dunkle Röte, die ihr den Hals hinauf bis über die Wangen kroch. »Die hat mir natürlich Phillip gekauft«, antwortete die Frau schnell. »Warum fragen Sie?«

»Wirklich? Wie lange ist das her?«

»Ach, du liebe Güte, das weiß ich nicht mehr«, sagte sie, wobei sie eine viel zu wuchtig wirkende Armbanduhr unter den Ärmel ihres Oberteils schob. »Phillip bringt mir andauernd Geschenke mit. Aufmerksam, wie er ist, wartet er dabei nicht auf besondere Anlässe. Ich kann mich beim besten Willen nicht mehr erinnern, wann ich die Brosche bekommen habe.«

Kearns ließ das Thema fallen. »Einen Kaffee haben Sie wohl nicht zufällig im Haus? War ein langer Tag! Ein Schuss Koffein täte mir ganz gut.«

Kearns sah, wie sich Noras Lippen für einen winzigen Augenblick verärgert verzogen. Sie hatte aber schnell wieder Fassung gewonnen. »Einen Tee könnte ich Ihnen anbieten.«

»Das wäre nett«, erwiderte er, Muße vortäuschend, konnte es aber kaum abwarten, bis sie endlich aus dem Zimmer verschwand. Wie ein gewöhnlicher Dieb durchsuchte er verstohlen den Raum, öffnete behutsam Schubladen und Schränke. Er war sich nicht ganz sicher, wonach er eigentlich suchte, doch überzeugt davon, dass irgendwo in diesem Haus außer der Brosche noch weitere Trophäen zu finden waren.

Jetzt stand er vor dem massiven, steinernen Kamin. Auf dem Kaminsims stand eine kleine Delfter Vase von der Art, wie man sie in Andenkenläden erhält, ein inmitten der übrigen Ausstattung merkwürdig deplatziertes Objekt. Aber noch etwas irritierte Kearns.

Zwar waren die Herbstnächte bereits kühl gewesen, doch so kalt, dass sie den beträchtlichen Aschehaufen in der Feuerstelle gerechtfertigt hätten, auch wieder nicht. Vermutlich hatte Nora den Kamin zu einem ganz anderen Zweck benutzt. Kearns ging in die Hocke, griff sich den Messingschürhaken und stocherte damit in den Ascheresten herum. Nach einiger Zeit stieß er auf seine Antwort.

Leider kehrte Nora mit einem antiken Silberservice auf dazu passendem Tablett zu rasch zurück. »Wunderschöner Kamin«, sagte Kearns, während er aufstand, und wischte sich die rußige Hand an den Socken ab. Er legte den Schürhaken an seinen Platz zurück. »Solche Wertarbeit kriegt man heutzutage selten.«

»Kriegt man schon, aber zum Fünffachen des Preises«, erwiderte Nora kurz angebunden, während sie das Tablett auf dem vor dem Sofa stehenden Beistelltischchen aus Kirschbaumholz absetzte. »Wie hätten Sie gern Ihren Tee? Stark?«

Kearns wehrte kopfschüttelnd ab. »Heißes Wasser mit ein bisschen Farbe. Sie können ruhig schon einschenken.« Er setzte sich und benutzte die Finger statt der eleganten Silberzange, um sich zwei Stückchen Würfelzucker in den Tee zu geben.

Der Henkel seiner Teetasse war dermaßen verschnörkelt, dass Kearns den Finger nicht durch die Öffnung bekam. Nora, die ihm gegenübersaß, kam dagegen gut mit ihrer Tasse zurecht. Es dauerte eine Weile, bis Kearns sich zu trinken getraute. Bedrückende Stille hatte sich über den Raum gelegt. Eins war sicher: Weder hatte Nora vor, die Rede erneut auf die Brosche zu bringen, noch war sie besonders scharf darauf, von Kearns' den Grund seines Besuchs zu erfahren – für Kearns ihn unzweideutiges Alarmzeichen.

»Sagen Sie mal, Nora«, sagte er, wobei er sie ganz bewusst mit dem Vornamen ansprach, »stellen Sie eigentlich gebrauchte Kleidung als Spende zur Verfügung? Zu gemeinnützigen Zwecken?«

Sie geriet ins Stottern. »Also, Sergeant! Was für eine seltsame Frage. Wozu wollen Sie das wissen?«

»Weil ich mich frage, warum Sie nicht andere in den Genuss ihrer ausrangierten Garderobe kommen lassen, statt die Klamotten in Ihrem wunderhübschen Kamin zu verbrennen!«

»Wie bitte? Was erlauben ...«

Doch es war zwecklos. Aus seiner Hosentasche zauberte Kearns die Reste eines rosafarbenen Reißverschlusses hervor und legte sie auf das silberne Tablett. Dann sah er Nora in die Augen. Er bemerkte, wie die Pupillen sich weiteten. Nora musste ihre Teetasse abstellen, so sehr zitterte ihre Hand.

Volltreffer!

Sie schluckte. »Das wollen Sie in meinem Kamin gefunden haben?«

»Allerdings. Und vermutlich wird die Spurensicherung feststellen, dass diese Reste zur Laufhose der verstorbenen Patricia Mowatt passen. Vielleicht sind Sie jetzt in der Lage, mir zu sagen, wann Sie die rosafarbene Jacke bekommen haben.«

»Jacke? Ich weiß von keiner Jacke! Und wie die in meinen Kamin gelangt sein soll, weiß ich erst recht nicht.« Übertrieben affektiert wies sie auf den Reißverschluss. Ihre Stimme klang entrüstet.

Sie war eine miserable Schauspielerin, die sich unter der arroganten Fassade vor Angst wand, und Kearns musste sich eingestehen, dass er sich regelrecht daran weidete. Hätte er mehr Zeit zur Verfügung gehabt – er hätte sich den Luxus gegönnt und das Ganze noch in die Länge gezogen.

Stattdessen sprang er auf. In hörbar lauterem Ton redete er auf Nora ein: »Ihr Verlobter hat die Brosche *nicht* gekauft, und Sie wissen sehr genau, wie der Reißverschluss ins Feuer gelangt ist! Die Brosche wurde Ihnen zugeschickt, genau wie die rosafarbene Joggingjacke und andere Gegenstände, zum Beispiel die Vase da drüben!« Kearns machte eine Handbewegung in Richtung Kaminsims. »Die passt nämlich nicht in dieses Zimmer! Und genauso wenig passt die viel zu große Uhr, die Sie da am Handgelenk tragen! Wie lange wissen Sie es schon, Mrs. Prescott? Seit wann planen Sie, die Sache für sich zu behalten?«

»Ich verstehe kein Wort«, jammerte sie kläglich.

»Passen Sie auf«, sagte Kearns und machte einen Schritt auf sie zu. »Ich hab keine Lust auf Ihre Sperenzchen. Sie berichten mir jetzt auf der Stelle von William Prescott, Ihrem Sohn, und ich rate Ihnen dringend, keine Zeit zu verlieren.« Kearns' Stimme wandelte sich zu einem leisen Zischen. »Sie wollen doch sicher, dass diese Geschichte abgeschlossen ist und ich verschwunden bin, bis Ihr Verlobter nach Hause kommt!«

43. KAPITEL

Mist!«, schimpfte Beth und legte den Telefonhörer auf. »Jim ist weder zu Hause noch auf seiner Dienststelle erreichbar.« Sie schloss ihr Adressenbüchlein und verstaute es wieder in der mittleren Schreibtischschublade. »Ich belästige ihn äußerst ungern. Er hat weiß Gott genug am Hals, aber von diesem Brief wird er sicher wissen wollen!« Schaudernd warf sie erneut einen Blick auf die Zeichnung. »Sieht aus, als sähe sie ihrer eigenen Obduktion zu!«

»Jetzt steiger dich nicht zu sehr da rein, Beth!«

»Du musst immer alles bagatellisieren, Gin! Ich würde gern deine kessen Sprüche hören, wenn der Umschlag an dich adressiert wäre!« Beth verstummte, um ihren Worten den nötigen Nachdruck zu verleihen.

»Du hast ja Recht.« Ginny ging in sich. »Ich möchte nicht in deiner Haut stecken. Und dass diese Briefe nicht von ›Spiderman‹ stammen, da ist sich Kearns ganz sicher?«

Beth nickte. »Er meint, das sei nicht die Operationsmethode des Killers.«

»Ach, ich steh ja so auf Polizeijargon!«

Beth stöhnte. »Dieser Typ hier, wer auch immer es ist, ist bloß ein Trittbrettfahrer, der mit der Angst der Leute spielt. Der hofft, er könne mich erschrecken. Und das gelingt ihm hervorragend.«

»Ich hab selber auch schon Schiss! Komm!«, rief Ginny und klopfte mit der flachen Hand auf den Teppich. »Lass uns die Partie zu Ende spielen! Offenbar gewinne ich endlich mal. Du kannst doch in ’ner halben Stunde nochmal versuchen, Kearns zu erreichen. Bis dahin können wir ohnehin nichts ausrichten!«

Beth ließ sich auf dem Teppich nieder. Wie aus dem Nichts tauchte auch Samson wieder auf und streckte sich zwischen ihnen aus. Eine Weile spielten sie entspannt weiter. Plötzlich fuhr Ginny auf.

»Hast du das gehört?«, wisperte sie.

»Nicht schon wieder! Jetzt reg dich ab!«

»Nein, ich hab wirklich was gehört! Ist die Haustür abgeschlossen?«

»Ja, und der Alarm ist eingeschaltet. Keine Sorge! Du machst uns noch beide kirre.« Beth sah auf ihre Uhr. »Ich ruf Jim nochmal an.«

»Und ich schau mal nach dem Geräusch. Ich weiß doch, was ich höre!« Stöhnend rappelte sich Ginny hoch. »Mist, mir ist der Fuß eingeschlafen. Los, komm, Samson! Lass uns mal nach dem Rechten sehen!«

Ginny machte sich mit Samson im Schlepptau auf zur Haustür. Gerade hatte Beth Jim Kearns' Privatnummer herausgesucht, um ihn erneut anzurufen, da hörte sie Ginnys Aufschrei.

»Oh, Scheiße! Beth, komm schnell!«

Beth eilte in den Korridor, wo Ginny sich flach gegen die Wand drückte, und schaute in die Richtung, die Ginnys entsetzter Blick nahm. Dort, auf dem grünen Webteppich, krabbelte mindestens ein Dutzend dicker brauner Spinnen herum.

»Tu doch was, Beth!«, jammerte Ginny. »Ich ekle mich vor den Viechern!«

Beth riss die Edelstahlschüssel an sich, die noch auf dem Sideboard stand, kippte die verbliebenen Schokoriegel heraus und ließ sie auf den Teppich hinuntersausen. Jedem Schüsselhieb folgte ein widerwärtiges Knacken. Völlig außer sich schlug Beth um sich. Am ganzen Körper zitternd und mit Tränen in den Augen stand sie schließlich da und schaute Ginny an.

Ginny flitzte in die Küche.

»Das muss dein Briefschlitz gewesen sein«, vermutete Ginny, als sie mit Handschuhen, Beutel, Küchenpapier und einer Flasche Mineralwasser auftauchte. »Das Geräusch, das ich hörte! So sind sie reingekommen.«

»Danke«, sagte Beth und machte sich daran, den Teppich zu reinigen. »Du warst mir 'ne große Hilfe.«

»Und das war erst der Anfang! Los, Jacke an! Wollen wir wetten, dass der Typ, der das hier zu verantworten hat, noch draußen rumsteht? Der hat sich bestimmt kringelig gelacht, als er uns kreischen hörte!«

Sekunden später standen die beiden vor dem Haus und schauten die Scott Street hinauf und hinunter, auch wenn keiner so recht wusste, wonach er eigentlich Ausschau hielt. Eine Häuserzeile weiter stand ein Trupp Halbwüchsiger im Kreis auf dem Bürgersteig. Als die beiden Freundinnen näher kamen, sahen sie, dass eine siebte Person in der Mitte stand.

»Lass doch, Gin«, sagte Beth und hielt ihre Freundin am Arm zurück. »Mir reicht's für heute Abend mit Stress. Mich jetzt auch noch in eine Schlägerei einzumischen, danach steht mir nicht der Sinn.«

»Beth, die machen nur Spaß! Hör doch!«

»Danke, vielen Dank«, sagte einer der Halbwüchsigen.

Ein anderer intonierte zu allgemeinem Gelächter einen Elvis-Hit. »Please let me be your teddy bear.«

Beth legte plötzlich im Laufschritt los.

»He, du da!«, schrie Ginny aus vollem Halse. »Elvis Aron Presley!«

Auf das Geschrei hin schaute der Mann einem der Jungen über die Schulter. Als er die beiden Frauen auf sich zurennen sah, durchbrach er den Kreis aus Teenagern und sprintete in Richtung Bay davon. Beth fiel auf, dass er hinkte – den würden sie noch erwischen, da war sie sicher!

»Beth! Was ist los?« Einer der Halbwüchsigen, der als Clown verkleidet war, entpuppte sich als Bobby Chandler.

»Bobby!«, schrie Beth. »Hilf uns schnell! Wir müssen den Kerl da vorne kriegen!«

Bobby schlenkerte seine riesigen roten Clownslatschen von den Füßen und schloss sich der Hetzjagd an. Selbst ohne Schuhe hatte er im Nu Ginny und Beth überholt.

Am Marina Boulevard bog der Flüchtende nach links ab und rannte in Richtung Yachthafen. Bobby Chandler setzte zu einem Hechtsprung an und brachte den Kerl von hinten zu Fall, sodass er der Länge nach aufs Pflaster knallte.

»Runter von mir, du Mistkerl!«

Beth und Ginny kamen Bobby zu Hilfe, und mit vereinten Kräften gelang es den dreien, den Mann herumzudrehen.

»Ich werd verrückt!«, rief Beth, eingeklemmt zwischen den übrigen Teenagern, die sie umringten und gespannt das weitere Geschehen verfolgten.

»Das isser!«, kreischte Bobby. »Das ist der Vogel! He, Beth, wieso verfolgen wir deinen Freund?«

»Meinen Freund? Was redest du da?«

»Das ist der Typ, nach dem ich dich gefragt habe! Der hängt doch in letzter Zeit dauernd vor deinem Haus rum! Ich hab mir gleich gedacht, der passt nicht zu dir. Aber Tim O'Malley hat ja gemeint, das ginge mich nix an.«

Rex McKenna spuckte Blut. Er hatte sich beim Sturz auf die Zunge gebissen. »Halt's Maul, du verdammter Lügner!« Er riss sich die künstlichen Koteletten ab, während einer der Teenager, ein junges Mädchen, per Handy die Polizei benachrichtigte.

Mit einer Mischung aus Ekel und Erleichterung starrte Beth Rex McKenna an. »Die Briefe und die Spinnen – das waren Sie? Warum?«

Rex spuckte erneut aus. »Zisch ab, du dämliche Zicke!«, sagte er nur.

44. KAPITEL

Was immer Nora Prescott gekonnt an kostspieligen Kosmetika aufgetragen hatte – sowohl ihr Make-up als auch ihre vornehme Arroganz zeigten sichtbare Risse, als der Name ihres Sohnes fiel. Erst sackte sie auf ihrem Stuhl zusammen und wechselte dann, als merke sie plötzlich, wie unbequem das antike Sitzmöbel war, auf das Kearns gegenüberstehende Sofa. Ihre zierliche Gestalt wurde von den daunengefüllten Polstern wie ein Kokon umhüllt.

»William war stets schwierig«, erklärte Nora, als sie sich einigermaßen gefangen hatte. »Schon seine Geburt war kompliziert. Drei Tage Wehen – können Sie sich das vorstellen? Ich habe den Tod herbeigefleht, so furchtbare Schmerzen waren das! Dann endlich kam William zur Welt! Es gibt kein Baby, das mehr von seiner Mutter geliebt wurde.«

Liebe? Nora redete von Liebe? Kearns hätte gern gewusst, was sie darunter verstand.

Ihm war vollkommen klar, dass es keine Freunde gab, auf die Nora Prescott sich stützen konnte. Deshalb würde sie ihm sicher, da er nun aufnahmebereit vor ihr saß, das Herz ausschütten. Kearns glaubte Erleichterung zu erkennen.

Er ließ ihr nicht viel Zeit zur Besinnung. »Und Williams Vater?«

Nora zeigte den Anflug eines Lächelns. »Eine uralte Geschichte. Ich war achtzehn. Williams Vater wollte mit mir oder seinem Sohn nichts zu tun haben. Prescott ist mein Mädchenname. Ich sah nie die Notwendigkeit, mich zu verstellen.«

»Sie haben nie den Namen eines Ihrer Ehemänner angenommen?«

»Nein. Ich ging nie davon aus, dass die Ehe lange währen würde. Es schien mir sinnlos, von Name zu Name zu springen.«

Für Kearns war die Ehe kein Hobby, das man einfach aufgab, wenn es langweilig wurde, sondern ein Sakrament. Nora schien seine Gedanken zu lesen. »Das verstehen Sie nicht«, seufzte sie.

»Ich würde es gern versuchen. Helfen Sie mir!«

»Selbst als ganz kleiner Junge war William ein sehr anspruchsvolles Kind, sehr besitzergreifend. Dauernd wollte er auf meinem Schoß sitzen, beim Telefonieren, beim Fernsehen, beim Zeitunglesen. Selbst die Badezimmertür musste ich abriegeln, um ungestört sein zu können.«

Forderte William Prescott tatsächlich mehr als andere Sprösslinge, oder sehnte er sich nur nach der Zuneigung einer kaltherzigen Mutter? Kearns war sich nicht sicher.

»Dreimal brachte ich verwaiste Kätzchen mit nach Hause, in der Hoffnung, William würde allmählich seine Anhänglichkeit auf die Tiere übertragen und lernen, wie man gibt und nicht nur nimmt.«

»Und das klappte nicht?«

»Keins der Kätzchen blieb uns lange erhalten. Sie liefen weg.«

»Katzen sind eigensinnig«, sagte Kearns. »Vielleicht wäre ein Hund für William besser gewesen.«

»Das hätte keine Rolle gespielt.« Nora seufzte. »Mich, mich wollte er! Die ganze Zeit. Es war ihm nicht einmal recht, dass ich arbeiten ging, als es mir schließlich gelang, eine Stelle als Sekretärin zu ergattern. Jeden Morgen machte William ein Riesentheater.«

»Was sagten denn seine Lehrer?«

»Manchmal kamen Jungs zum Spielen zu uns herüber, aber nicht oft, bald schon blieben sie weg. Es fiel William nicht schwer, Spielkameraden zu gewinnen, sie aber als Freunde zu behalten, das war etwas anderes.

Meine Fehlzeiten im Büro wurden allmählich zur ständigen Einrichtung, bis mich mein Chef schließlich zur Rede stellte. Ich klärte ihn über William auf. Er verhielt sich wunderbar, bot mir sogar an, Vaterpflichten für meinen Sohn zu übernehmen.«

»Ziemlich selbstlos von einem Chef, so was. Der war nicht zufällig unverheiratet?«

Nora schürzte die Lippen. »Doch. Gregory war allein stehend und mochte mich. Unsere gemeinsame Zeit war die normalste Phase meines Lebens. Wir nahmen William überallhin mit, und es sah aus, als sei er glücklich.« Einen Augenblick hielt sie inne. »Solange Gregory mir nicht zu nahe kam.«

»Als Paar konnten Sie Ihre Zuneigung zueinander also nicht zeigen?«

»Jedenfalls nicht in Williams Gegenwart. Kein Händchenhalten, keine Zärtlichkeiten, keine Küsse. William mogelte sich ständig dazwischen.«

»Es fiel ihm halt schwer, seine Mutter als Frau mit romantischen Gefühlen wahrzunehmen«, sagte Kearns. »Dann mussten Sie und dieser Gregory sich wohl gedulden, bis der Junge sich an den Gedanken gewöhnt hatte.«

»Bisher klingt alles noch ziemlich nachvollziehbar, nicht wahr? Erst viel später begriff ich, wie sehr ich mich von meinem Sohn manipulieren ließ.«

»Was ging schief?«

Ein schwerer Seufzer entrang sich ihrer Brust. »Wenn Sie wüssten, wie peinlich mir das ist! Ich hatte das alles längst begraben ...«

Kearns verkniff sich eine Bemerkung. Keinen Pfifferling gab er auf den angeblichen Schmerz dieses Weibes. Die Frau hatte lediglich Erinnerungen zu begraben. Was aber war mit den Familien Mowatt, Gorman, all den anderen, die ihr Liebstes hatten beerdigen müssen? Er schluckte seinen Zorn hinunter. »Bitte, Mrs. Prescott!«

»Wir hatten gemeinsam alle drei den Tag im Candlestick Park verbracht und dann in Chinatown zu Abend gegessen. William hatte schon den ganzen Tag gefuttert wie ein Scheunendrescher. Kein Wunder, dass er erschöpft war und über Magenschmerzen klagte. Daheim ging er direkt ins Bett. Es war ein herrlicher Sommerabend, und Gregory und ich, wir konnten nur so selten allein sein ...«

Kearns hob die Hand. »Sparen Sie sich wortreiche Ausführungen. Eins führte zum anderen ...«

»Danach müssen wir wohl eingedämmert sein. Ich wurde Stunden später von einem knisternden Geräusch wach. Um uns herum stand die Betteinfassung in Flammen. Gregory und ich gerieten in Panik, wir schrien und schlugen mit Kissen auf die Flammen ein, rannten ins Bad, um Wasser zu holen. Schließlich konnten wir das Feuer löschen.«

»Sie wollen doch nicht andeuten ...«

»Gregory fuhr heim, während ich in Williams Zimmer ging. Er stellte sich schlafend – als ob jemand bei dem Radau noch hätte schlafen können! Ich sah, wie seine Lider zuckten, und dann machte er die Augen auf und guckte mich mit jenem schläfrigen, unschuldigen Ausdruck an, mit dem Kinder morgens aufwachen. Noch immer höre ich ihn sagen: ›Mami, mir geht's nicht so gut. Kommst du zu mir ins Bett?‹«

»Sie denken, *er* hat das Feuer gelegt?«

»Genau das denke ich, Sergeant Kearns. Als der kleine Kerl sich im Bett an mich kuschelte, da war ich mir sicher! Seine Hände rochen nach Butan.«

45. KAPITEL

Seit Tagen schon war er aufgeputscht, lebte von der Kraft seiner Nerven und von Koffein. Doch auch ohne literweise Kaffee zu konsumieren, wäre er hellwach geblieben – seine Fantasievorstellungen von Beth, von dem, was er sagen und machen würde, wenn sie erst zusammen waren, hielten ihn wie unter Strom. Wieder und wieder ging er im Geiste die Details durch, bis das Szenario hundertprozentig stimmte. Beth würde anders sein als die anderen, nicht so dumm. Sie würde Abstand nehmen von weiblichen Taktiken. Beth Wells würde ihre Intelligenz einsetzen, würde ihn zu überlisten versuchen, was das Beisammensein so interessant machen würde. Er würde ihr langsam die Kraft nehmen, würde ihr dabei zusehen, wie diese allmählich verebbte, während sie zu ihm hinströmte.

Seine Ausrüstung stand bereit, der Blutgerinnungshemmer natürlich an erster Stelle. Er hatte sich vorgesehen beim Kauf, war extra in verschiedene Städte gefahren, ständig mit anderem Aussehen, doch immer mit derselben Begründung, seinem vertrackten Problem mit der Rattenplage. Das Mittel mit Namen Superwarfarin, ein Gerinnungshemmer mit Langzeitwirkung, war zur Anwendung gegen resistent gewordene Ratten entwickelt worden, gegen die normales Warfarin keine Wirkung mehr zeigte. Superwarfarin war hundertmal so effektiv. Wenn er das Mittel mit seinen anderen Schätzen mischte, verwandelte es Menschenblut in eine Flüssigkeit, die die Konsistenz von Rotwein hatte. Ein einziger Schnitt längs der Radialarterie reichte, und das Blut schoss heraus wie ein Dampfstrahl aus dem Blasloch eines Wals, stoßweise, im Rhythmus des Herzschlags. Die übrigen Schnitte, der Halbkreis des P und das quer über den Stamm gekreuzte X, dienten einzig dekorativen Zwecken.

Jede der Frauen war rasch ausgeblutet. Am längsten hatte es bei dem Model gedauert. In der Handtasche hatte er ein orales Kontrazeptivum gefunden, und er wusste, Antibabypillen wirkten wie ein Gegenmittel zu Blutverdünnern. Doch alle hatten die Frauen vor ihm gelegen, bittend, flehend. Einige hatten, schwächer werdend, hingesehen, wie das Blut ihnen aus dem Handgelenk schoss, andere hatten den Blick abgewandt.

Er hatte seine Studien gründlich betrieben, wusste wahrscheinlich ebenso viel über Serienmörder wie dieser Esel von

Kearns. Er kannte die drei Phasen, in denen man auf die Zielperson einwirkte, zunächst die Auraphase, dann die Suchphase, danach die Lockphase. Ted Bundy hatte das bis zur Meisterschaft entwickelt mit seiner Masche, den Hilflosen mit Gipsarm zu spielen. Aber dass so viel Publicity um ihn betrieben wurde, hatte er im Grunde nicht verdient. Die Opfer mit einem Brecheisen zu betäuben – worin lag da die Kunst?

Wieder kam ihm Beth Wells in den Sinn. Diesmal, so beschloss er, wollte er auf das Chi-Rho-Zeichen verzichten. Allmählich nutzten sich die Christogramme ab, auch wenn sie ihm gute Dienste geleistet hatten. Es ging nichts über einen gelegentlichen Methodenwechsel, damit wieder etwas Schwung in die Sache kam und die Bullen weiter im Dunkeln tappten.

Wenn ihm jene verdammte Schule eins eingeimpft hatte, dann war es seine Lust am Lesen. Wie seine Fantasien, so konnten auch Bücher ihn im Handumdrehen in eine andere Welt versetzen. Was er las, war ihm eigentlich gleich; immer fand er etwas Lehrreiches. Irgendwo, so fiel ihm ein, hatte er mal etwas von Foltermethoden gelesen. Tod durch eintausend Schnitte – das hatte ihn fasziniert.

Ein medizinisches Lehrbuch, das ihm zufällig in die Hände gefallen war, beleuchtete einen interessanten Fall. Durch ein Versehen war einem Säugling eine hohe Dosis Warfarin verabreicht worden, und zwar durch einen Nabelkatheter. Trotz sofortiger Notbehandlung verblutete das Baby durch den Nabelstumpf.

In den verrückten Neunzigerjahren hatte es Massen entwurzelter Kalifornier gegeben, die auf der Suche nach dem eigenen Ich von einem Psychotherapeuten zum anderen rannten, die jedem Trend, jeder Hysterie hinterherliefen, nur um ihr Seelenheil zu finden, das neue Jahrtausend machte da gewiss keine Ausnahme. Reflexologie, Aromatherapie –

alles nur erfunden, um das hektische Tempo der heutigen Zeit zu verlangsamen, um die Menschen dorthin zu versetzen, wo alles anders und besser war. Er konnte das nach Gutdünken. Um sich zu entspannen, brauchte er keine Fußreflexzonenmassage. Seine eigenen Methoden reichten vollauf.

Ob Beth Wells ein hektisches Leben führte? Wirkte es sich wohl negativ auf das Wohlbefinden aus, wenn man ein erfolgreiches Unternehmen leitete? Einmal war er ihr zu einer Massagepraxis in der Fillmore Street gefolgt, hatte im Auto gesessen und sich vorgestellt, wie man sie einölte und knetete, ihr die Verspannungen aus Schultern und Nacken massierte. Aber er kannte eine noch bessere Methode zur Linderung von Stress, von Kopfschmerzen, von den Gebrechen des Alltags, und er wusste, sie würde ihre Wirkung auf Beth Wells nicht verfehlen.

Akupunktur.

46. KAPITEL

Kearns schüttelte den Kopf, nicht nur, weil er fassungslos war, sondern auch, um sich zu vergewissern, dass wenigstens noch einige der grauen Zellen in seinem Dickschädel funktionierten. William Prescott hatte seine mörderische Karriere begonnen, indem er als Kind das Schlafzimmer seiner Mutter in Brand steckte. Nun hatte er sechs Frauen auf dem Gewissen. Ob Nora wohl allen Ernstes glaubte, dass die drei Kätzchen ihres Sohnes fortgelaufen waren?

»Wie alt war William zum Zeitpunkt des Feuers?«

Nora schenkte sich Tee nach und nahm stoisch Milch und

Zucker dazu. Kearns hätte die Frau erwürgen können, so sehr brachte ihn ihre Ruhe in Rage, ihr offensichtliches Bemühen, die Unterredung im Schneckentempo plätschern zu lassen. Jedenfalls schien sie wenig geneigt, sich aus der Fassung bringen zu lassen oder gar hysterisch zu werden. Er stand kurz davor, ihr den Teelöffel aus der Hand zu reißen, als Nora endlich antwortete. »William war acht.«

Obwohl innerlich aufgewühlt, bemühte Kearns sich um eine möglichst ausdruckslose Miene. Er wünschte, in der Teekanne wäre Whisky gewesen. »Vermutlich haben Sie den Brand nicht zur Anzeige gebracht.« Die Antwort war ihm von vornherein klar.

»Ich beschloss, William in ein kirchliches Internat zu geben«, erklärte sie. »Eine Woche später wurde er in der Schule zum Guten Hirten eingeschult. Ich glaubte, die Umgebung einer reinen Jungenschule und die strenge Schulordnung würden ihm gut tun.«

Will diese Frau mich auf den Arm nehmen?, dachte Kearns wütend. Was ihrem Jungen oder sonst irgendjemandem gut getan hätte, das juckte sie doch überhaupt nicht! Noras Prioritäten kreisten in einer winzigen Umlaufbahn, in der sie den Mittelpunkt darstellte. Trotz der Gewissheit, dass ihr Sohn ein Mörder war, hatte sie in aller Seelenruhe seine letzte Trophäe verbrannt und war bereit, weitere Menschenleben zu opfern, damit sie das bleiben konnte, was ... ja, was? Was sie war? Was war sie denn eigentlich? Ein Mitglied der feinen Kreise etwa?

Schon vor längerer Zeit hatte Kearns die endlose Debatte innerhalb seiner Kommission, ob Serienkiller als solche zur Welt kamen oder erst später dazu wurden, mittels eines Moratoriums vertagt. Zu oft hatte er miterleben müssen, wie seine Beamten dabei regelrecht aneinander gerieten. Nachdem er sich nun Nora Prescott angehört hatte und ansehen musste, wie sie während einer Vernehmung, in der es um

Mord ging, ungerührt ihren Tee trank, wurde ihm klar, dass diese Frau das Böse nicht nur in die Welt gesetzt hatte, sondern es auch noch mit Ausreden verharmloste. Was immer William Prescott an rezessiven Genen mitbekommen haben mochte – geschaffen hatte ihn diese Frau, die Männer verschliss und wegwarf wie getragene Unterwäsche, diese Frau, die das Unheil als leidige Bagatelle abtat, es kaltblütig verdrängte.

Noras Schweigen war für ihren Sohn der Freifahrtschein zum Mord. Möglich, dass William Prescott innerhalb von Tagen erneut ein Opfer fand – seine Mutter hätte es einfach geschehen lassen.

Kearns musste sich zwingen, höflich zu bleiben. »Und Ihr Chef? Was wurde aus dem?«

»Gregory hatte natürlich Mitleid mit mir. Er war so freundlich, das Schulgeld für William zu übernehmen. Er bezeichnete es als Darlehen, doch wussten wir beide, dass ich es niemals würde zurückzahlen können. Auf die Dauer können Beziehungen nur von Güte und Barmherzigkeit allein nicht bestehen. Für mich wurde es unangenehm, Gregory jeden Tag im Büro über den Weg zu laufen. Ich kündigte und suchte mir mithilfe eines Geschäftspartners von Gregory einen neuen Job ...«

»Ehemann Nummer eins?«

Nora nickte. »Williams Internatsunterbringung war nicht eben billig, und mit einem Sekretärinnengehalt kommt man nicht weit ...«

Kearns stoppte sie mit hochgehaltener Hand. »Augenblick! Man kann ein kirchliches Internat aber auch nicht mit Harvard vergleichen. Was mag das damals gekostet haben, Kost und Logis plus Schule? Ein paar Tausend pro Jahr?«

»Ich habe der Schule zusätzlich ...«, sie hüstelte verlegen, »... mehrmals Spenden zukommen lassen. Später dann benötigte William andere Dinge – ein Auto, Kleidung ...«

Plötzlich ging Kearns ein Licht auf. »Sie haben die Schule geschmiert, damit die Patres Ihren Sohn nicht rauswarfen! Das hatten sie nämlich vor, oder?«

»Mehrmals. Pater Francis Xavier rief fast jeden Monat an, um mir die neueste Schandtat mitzuteilen. Er hielt William für undiszipliniert, gewissenlos, für einen Menschen, der schlechten Einfluss auf seine Mitschüler ausübte.«

»Aber für den einen oder anderen ansehnlichen Scheck war man bereit, sein Benehmen geflissentlich zu übersehen. Was für Schandtaten hat er denn begangen?«

»Wie mir berichtet wurde, soll er pornografische Literatur, Alkohol und Drogen ins Wohnheim geschmuggelt haben. Die Patres waren mit ihrem Latein am Ende. Ich konnte es ihnen nachfühlen.«

»Ich verhehle nicht, Mrs. Prescott, dass man derartige Verfehlungen nicht auf die leichte Schulter nimmt, besonders vonseiten der Geistlichkeit. Ich bin selbst Katholik. Aber Stubenarrest, Entzug bestimmter Vergünstigungen, Verweis aus einer Sportmannschaft – irgendeine Handhabe werden die Lehrer an der Schule doch gehabt haben! Etwas, mit dem sie ihn an die Kandare nehmen konnten!«

»Sie haben alles versucht, aber offenbar fruchtete es nicht. Laut Pater Francis war es fast so, als habe William sich über die Lehrer lustig gemacht.«

»Und eine Therapie?«

Nora wischte den Gedanken beiseite. »Völlig nutzlos. Er hatte einige Sitzungen mit einem jungen Priester. Sie führten zu nichts. Laut schulpsychologischem Gutachten war William begabt und hochintelligent, ließ sich jedoch häufig ablenken.«

Ob das die Worte von Pater Daniel gewesen waren? Kearns hätte es gern erfahren.

»Ich bat die Schulleitung zwar, die notwendigen Maßnahmen zu ergreifen«, fuhr Nora fort, »flehte sie aber gleichzeitig an, William nicht der Schule zu verweisen. Ich hatte Angst vor ihm, wissen Sie? Ich nehme an, ich habe mich immer schon vor ihm gefürchtet.«

Es war Kearns nicht entgangen, wie die Frau das Gespräch geschickt von William ablenkte und sich selbst in den Vordergrund schob. Er nahm sich vor, die Unterhaltung ihren Gang gehen zu lassen und den Zuhörer zu spielen, den Nora so offensichtlich brauchte. Über kurz oder lang würde er schon sein Ziel erreichen. »Mrs. Prescott, heute Abend rief mich Pater Daniel Fortescue an und berichtete mir vom Tode Pater Francis' sowie eines weiteren Paters namens Anthony Benedetto. Davor habe es ein Feuer in der Schule gegeben, und ein Hund sei aufgehängt worden. Hat man Sie vonseiten der Schule wegen dieser Vorkommnisse einmal angesprochen und Verdächtigungen gegen Ihren Sohn geäußert?«

»Nein«, sagte sie. »Über den Tod der Priester las ich in der Zeitung, über das Feuer stand ein Bericht im Monatsblatt der Schule, das auch den Eltern immer zugeht. Aber angerufen hat mich niemand.«

Das wunderte Kearns nicht. Was hätte ein Anruf auch genützt? Bezüglich ihres Sohnes hatte Nora die Hände in Unschuld gewaschen. Wer gut schmiert, der gut fährt, war ihre Devise, und sie hatte wohl vermutet, dass ihr Geld dafür sorgte, dass bestimmte Leute den Mund hielten.

»Mrs. Prescott, übergroße Rücksichtnahme darf ich mir wohl sparen. Sie sind verlobt mit Phillip Rossner, einem sehr wohlhabenden Mann. Ihr Sohn müsste jetzt wie alt sein ... etwa Mitte dreißig? Er verdient also seinen Lebensunterhalt selbst. Wozu dann die Heirat mit Rossner?«

Nora ließ ihren Blick durchs Zimmer schweifen, ihre Antwort erübrigte sich. Dann seufzte sie tief und resigniert. »Phillip ist natürlich ein Dummkopf. Ein lächerlicher Dummkopf. Aber was soll's? Ich gebe ihm, was er möchte, und er gibt mir, was ich will. Meinen Sohn unterstütze ich immer noch finanziell, Sergeant Kearns. Ich bin sicher, dass er einem Beruf nachgeht, doch welchem, das entzieht sich meiner Kenntnis. Aber ich bezahle ihn, bezahle ihn gut, und zwar dafür, dass er mir vom Leibe bleibt. Außerdem gab es noch eine weitere Bedingung.«

»Welche?«

»Er musste seinen Namen ändern. Ich wollte nichts mehr mit ihm zu tun haben.«

Für Kearns war der Augenblick gekommen, auf den er seit seiner Ankunft – mittlerweile eine Stunde – wartete. »Wie heißt Ihr Sohn jetzt, Mrs. Prescott? Und wo ist er?«

Fast hatte man den Eindruck, als wollte sie wieder zum Teekännchen greifen, doch dann zog sie ihre Hand zurück, legte sie ruhig in den Schoß und sah Kearns an. »Ich habe nicht die geringste Ahnung.«

Kearns fragte sich, ob sie wohl auch so gelassen dreingeschaut hätte, wenn er ihr die Seidenschärpe von der Taille gezogen und sie damit gewürgt hätte. »Sie bezahlen ihn doch«, stellte er fest, die Stimme sorgsam unter Kontrolle haltend. »Wohin schicken Sie die Schecks?«

»Ich gebe ihm Bargeld – wenn er darum bittet. William schreibt mir, jedes Mal mit wechselndem Poststempel, und erteilt mir maschinengeschriebene Anweisungen, wo ich ihm das Geld hinterlassen soll. Er fasst das als Spiel auf. Einmal wies er mich an, es in einer dunklen Gasse zwischen zwei Strip-Lokalen im Tenderloin-Viertel zu hinterlegen. Können Sie sich das vorstellen? Ein andermal war's in der Herrentoilette einer Tankstelle irgendwo in der Wüste. Ich habe Geld an Postfächer in Europa geschickt, bin nach Denver geflogen ... die ganzen Jahre über, und er tyrannisiert mich nach wie vor. Dann fing das mit den Geschenken an.« Sie senkte den Blick. »Ich bin seine Gefangene, wie ich es immer gewesen bin.«

Das brachte das Fass zum Überlaufen. Beim Anblick der auf dem schicken Sofa kauernden Nora Prescott, die so tat, als sei in Wirklichkeit sie das Opfer, platzte Kearns der Kragen. Er schnellte vom Sofa auf, riss den rosafarbenen Reißverschluss vom Silbertablett, das erbärmliche Andenken an das viel zu kurze Leben der Patricia Mowatt, und hielt Nora den verkohlten Rest unter die Nase. »Sechs junge Frauen wurden an Ihrer Stelle hingemetzelt, und da halten Sie sich für das Opfer?« Er spie ihr die Worte geradezu ins Gesicht. »Passen Sie auf, hier kommt eine Eilmeldung für Sie: Erstens bringen Sie mir jetzt auf der Stelle jedes Präsent, das Ihr Sohn Ihnen geschickt hat! Zweitens gebe ich Ihnen den guten Rat, schnellstens Ihr Gedächtnis zu bemühen, und zwar nach jedem, absolut jedem Hinweis, der mir weiterhelfen könnte!«

Im Nu lagen die Trophäen vor Kearns.

»Ich weiß nicht, wo mein Sohn sich aufhält, Sergeant«, wiederholte Nora, die schon wieder beleidigt zu sein schien. »Ich kann Ihnen nicht mal sagen, wie er jetzt aussieht!«

»Keine Fotos?«

Ihrem Blick nach glaubte sie wohl, dass Kearns nun völlig den Verstand verloren hatte.

Er wollte nur noch weg, fort, irgendwohin, wo man wieder saubere Luft atmen konnte. Selbst eine noch so lange, noch so heiße Dusche konnte seine Poren nicht von dem Gestank reinigen, dem er in diesem feinen Salon ausgesetzt war. Als er die schwere Haustür öffnete, mochte er sich einen letzten Seitenhieb, der ihm zumindest ein bisschen Befriedigung verschaffte, nicht verkneifen. »Verehrteste, wo Sie schon so dick in der Tinte sitzen, sollten Sie mich wenigstens endlich mit *Lieutenant* Kearns ansprechen.«

47. KAPITEL

Seit Kearns' letztem Besuch war der irische Pub einer dezenten Schönheitsreparatur unterzogen worden. Schimmernde Messingleuchter und dunkelgrüne Textiltapeten verliehen ihm einen Anflug kultivierter Noblesse. Die Drei-Mann-Band hatte gerade einen Song-Block abgeschlossen und verließ die Bühne. Nach wie vor war die Bar gemütlich eingerichtet; wie Kearns mit Genugtuung registrierte, hatte man die holzverkleideten Nischen beibehalten, die sich an einer Wand reihten. Er ließ sich auf eine Bank in der Ecke gleich neben dem Tresen fallen und gab bei der rothaarigen Kellnerin, der man die Irin an der Nasenspitze ansah, seine Bestellung auf.

Kearns öffnete den Reißverschluss seiner Windjacke und dachte zurück an die vielen Abende, die er hier verbracht hatte. Als habe es damals gereicht, sich unter die geselligen Iren zu mischen und mit dem Fuß zu ein paar munteren Melodien zu wippen, um den depressiven Nebel zu verscheuchen, der ihn wie ein Leichentuch einhüllte!

Er schaute auf seine Uhr, tippte Fuentes' Nummer in die Wähltasten seines Handys, musste eine schlaftrunkene Rosa um Entschuldigung für die Störung bitten und versuchte es dann bei der Nachtschicht des Morddezernats. Fuentes war noch im Dienst.

»Manny«, rief er in den Apparat, »ich hab mit seiner Mutter gesprochen!«

»Na, hoffentlich hat sie dir gesteckt, wo das Schlupfloch des Satans liegt, im CLETS ist über einen William Prescott nichts bekannt.«

In das California Law Enforcement Tracking System, das Tätersuchsystem des kalifornischen Kriminalamts, hatte Kearns ohnehin nur wenig Hoffnung gesetzt.

»Was jetzt?«, fragte Fuentes genervt, als Kearns ihm nicht direkt antwortete.

»Er hat jetzt 'nen anderen Namen, Manny.«

»Und welchen?«

»Das weiß sie nicht.«

»Das glaub ich nicht!«

»Ist aber so! Und falls unser Mann im Besitz eines Führerscheins oder Reisepasses ist, sind die Dokumente gefälscht. Deshalb spricht das Tätersuchsystem auf einen neuen Namen in der Abfrage nicht an.«

»Verdammter Mist«, fluchte Fuentes. »Hatte sie sonst nichts Verwertbares zu vermelden?«

Kearns verneinte. Er unterrichtete Fuentes kurz über die Begegnung mit Nora.

»Ein läppisches Foto aus 'nem Jahrgangsbuch, mehr hab ich auch nicht zu bieten. Aus der neunten Klasse. Darauf steht der Kerl in der hinteren Reihe, den Kopf halb vom Vordermann verdeckt. Was Aktuelleres hatte diese Prescott wohl auch nicht, wie?«

»Nee. Sentimental war die Frau nicht gerade. Keine Kinderfotos, keine alten Schulzeugnisse. Sie verhält sich, als hätte sie nie einen Sohn gehabt! Ich gehe jede Wette ein: Ihre zahlreichen Ehemänner hatten keinen blassen Schimmer von der Existenz Williams.«

Kearns gab der Kellnerin einen Wink. »Sie hat ständig irgendwo Geld deponiert! Dabei will ihr der Sohn nie unter die Augen gekommen sein, obwohl sie das Gefühl hatte, beobachtet zu werden.

Kearns zeigte auf sein leeres Glas; die Rothaarige nickte und war im nächsten Moment mit einem neuen Drink zurück.

»Was ist jetzt mit den Trophäen?«

»Gleich morgen Früh schick ich Anscombe und Bauer zu den Familien der Opfer, damit die Sachen identifiziert werden können.«

»Also«, sagte Fuentes, »noch mal: Prescott ist zwar unser Mann, nur heißt er nicht mehr Prescott. Er könnte jeder x-Beliebige sein und sich überall aufhalten.«

»Du baust mich wirklich auf!«

»Apropos aufbauen: Hier ist heute Abend auch gearbeitet worden. Der mysteriöse anonyme Briefschreiber deiner Beth Wells wurde geschnappt.«

Kearns hörte sich Fuentes' Zusammenfassung der Ereignisse um Rex McKenna an. »Dem Himmel sei Dank«, sagte er, als Fuentes fertig war. »Als Zielscheibe für so einen Blödsinn ist Beth viel zu sympathisch.«

Das Musikertrio betrat wieder die Bühne und begann zu spielen. Die Gäste, die schon etwas tiefer ins Glas geschaut hatten, stimmten mit ein.

»He, sag mal«, fragte Fuentes, »steckst du da, wo ich dich vermute?«

»Genau da.«

»Wehe, du hast kein Mineralwasser im Glas, Jimmy!«

Kearns grinste, als er das Handy wieder in die Tasche steckte. Die Kellnerin servierte bereits das dritte Gingerale. Er starrte zur Bar hinüber, sah die vielen Whiskeysorten, die sich Flasche an Flasche an der Rückwand der Theke aufreihten. Volle Tabletts mit Bier vom Fass wurden ständig hin und her getragen. Kearns hätte sich mit Leichtigkeit einen der Krüge mit dem schäumenden Gerstensaft schnappen können. Er fühlte sich wie gerädert. Eigentlich hab ich mir einen ordentlichen Schluck verdient, dachte er. Stattdessen bestell ich Gingerale! Plötzlich begriff er, dass er die Prüfung mit Bravour bestanden hatte, und lächelte in sich hinein.

Er sah auf seine Armbanduhr. Zehn Minuten nach Mitternacht, doch eins war ihm klar: Falls der Abend für Beth tatsächlich so verlaufen war, wie Fuentes ihn beschrieben hatte, dann war sie noch hellwach. Zumindest gab's eine gute Nachricht, und an der wollte er gern teilhaben. Er schaltete sein Mobiltelefon wieder ein und wählte Beth' Nummer.

Sie nahm nach dem zweiten Klingelton ab. Kearns bekam mit, wie sie ihre Katze vom Schreibtisch scheuchte.

»Sie tun wohl auch kein Auge zu, was?«, fragte er. »Wundert mich nicht. Ich hab schon von Ihrem nächtlichen Abenteuer vernommen.«

»Jammerschade, dass Sie das verpasst haben. Sie hätten einen Heidenspaß gehabt.«

Es freute ihn, den amüsierten Unterton zu hören. »Da sind Sie ja sicher erleichtert.«

»Es geht mir noch immer durch Mark und Bein, wenn ich an die Spinnen denke. Ehrlich gesagt bin ich weniger erleichtert als verwirrt. Was hat sich dieser Rex eigentlich dabei gedacht? Warum war ausgerechnet ich seine Zielscheibe?«

»Zunächst mal neidet er Ihnen den geschäftlichen Erfolg«, erklärte Kearns. »Die beiden Kollegen, die ihn vorläufig festnahmen, die sagen, er hätte sich stundenlang alles von der Seele geredet. Die zwei kamen sich vor wie Psychologen in 'ner Talkshow.«

»Was hat denn mein Erfolg mit Rex zu tun?«

»McKenna hat sein ganzes Leben in der City zugebracht, jahrelang Telefonwerbung betrieben, Klinken geputzt, Leute zum Essen eingeladen, nur um Kunden bei Laune zu halten. Da kommt so jemand wie Sie aus der Provinz, baut seinen Kundenkreis durch reine Mund-zu-Mund-Propaganda auf, und schon rennt man Ihnen den Laden ein ...«

»Na, hören Sie mal! So einfach war das nicht!«

»Brauchen Sie mir nicht zu sagen, aber McKenna sieht das anders.«

»Jim, in dieser Stadt gibt's jede Menge erfolgreicher Geschäftsleute. Wieso fiel seine Wahl da auf mich?«

»Weil er Sie für eine ganz Unverschämte hielt. Ist doch klar, oder? Er kriegte mit, wie die Leute den ganzen Tag scharenweise in Ihren Laden spazierten. *Er* musste *Ihnen* Pacht zahlen. Sie sind ungefähr halb so alt wie er, ein lebender Beweis für das, was er nie erreichen konnte. Er hat Insolvenz angemeldet, wissen Sie das?«

»Und deswegen verfolgt er mich mit Drohbriefen und lässt Spinnen in mein Haus? Jim ...«

Er wusste, was sie dachte. »Nein, er ist nicht ›Spiderman‹. Herrgott nochmal, wie ich diese Bezeichnung hasse! Die Kollegen haben McKenna in die Mangel genommen, bis er fast zusammenklappte, aber unser Mann ist er nicht. Er hatte Alibis noch und nöcher. Seine Frau hält ihn ziemlich kurz. McKenna zeigt zwar 'ne ganz Menge der Symptome des Killers, aber nicht die Krankheit.«

»Symptome? Was meinen Sie damit?«

»Er ist ein Frauenverächter durch und durch, verschlingt geradezu Gewalt verherrlichende Pornografie. Muss Fantasievorstellungen haben, zum Gotterbarmen. Und jetzt halten Sie sich fest: Er wurde als Ehemann misshandelt. Häusliche Gewalt.«

»Rex? Misshandelt? Von seiner Frau? Jim, haben Sie die mal gesehen, die Frau?«

»Nein, aber lassen Sie mich raten: Reicht kaum an einsfünfzig ran, stimmt's?«

»Rex überragt Ida um einen Kopf. Kann nicht sein, dass sie ihn tätlich angreift.«

»Das ist ja das Typische, Beth. Eine ganze Reihe dieser Elfen prügelt auf ihren Mann ein. Die Partner schlagen nie zurück, zunächst aus Angst, sie könnten ihre Frauen wegen des Größenunterschieds ernsthaft verletzen. Später unternehmen sie nichts mehr, es ist ihnen zu peinlich. An wen hätte McKenna sich auch wenden sollen?«

»Deshalb hinkt er also? Nicht zu fassen!«

»Hören Sie, Beth, die Sorge sind Sie immerhin los. Sie können sich jetzt entspannen.«

Nachdem er aufgelegt hatte, musste Kearns sich eingestehen, dass er nur ein ganz klein wenig erleichtert war. Beth konnte nun ruhiger schlafen, ihm selbst war das nicht vergönnt.

Die Sorge um die übrigen Frauen in der Stadt, die nämlich bereiteten ihm starke Kopfschmerzen.

48. KAPITEL

Am Freitagmorgen war der Himmel meergrau wie die Tarnfarbe eines Kriegsschiffes. Laut Wettervorhersage sollte es das ganze Wochenende in Strömen regnen. Beth knipste ihr Autoradio aus. Die Vorfreude auf das für den folgenden Abend verabredete Date mit Jordan wollte sie sich nicht durch das angekündigte Regenwetter verderben lassen. Während sie durch die Straßen fuhr, ging sie im Geiste nochmals die Planung für den Samstag durch. Es würde eng werden. Lorna, ihre Halbtagskraft, hatte nach einem halben Jahr das erste freie Wochenende. Ergo musste Beth am Samstag den Laden solo führen, wie schon in den ersten zwei Jahren nach der Eröffnung. Das hieß, dass ihr kaum Zeit blieb, am Abend nach Hause zu eilen und sich umzuziehen. Jordan wollte sie um sieben Uhr abholen.

Was genau er vorhatte, wusste sie noch immer nicht. Er hatte sie allerdings gebeten, etwas zu tragen, in dem sie sexy wirkte. Falls die Meteorologen Recht behielten mit dem Regen, dann, so hatte Beth sich ausgedacht, wollte sie sich das Haar hochstecken. Ihr Samtkleid war aus der Reinigung zurück, und bei »Victoria's Secret« hatte sie sich einen schwarzen Spitzen-Body gekauft.

»Verflixt«, murmelte sie, als sie auf ihr Handgelenk sah. Das Notfallarmband war nicht angelegt – schon das zweite Mal diese Woche, dass sie es vergessen hatte! Ein Blick auf die Armbanduhr verriet Beth, dass sie ohnehin schon spät dran war! Vor ihrem geistigen Auge konnte sie das Armband deutlich sehen. Es lag neben der Seifenschale auf der Waschkonsole in ihrem Badezimmer.

Beth' Geschäftstag verlief reibungslos. Das Ehepaar Stanton meldete sich telefonisch, um mitzuteilen, dass das Anbausofa, bei dessen Auswahl Beth Hilfestellung geleistet hatte, geliefert worden sei. Nunmehr, so ließen die Stantons verlauten, fühlten sie sich pudelwohl in ihrer neuen Eigentumswohnung und konnten in aller Ruhe ihren Ausblick auf die Bucht von San Francisco genießen.

Lorna sprang mit neuer Kurzhaarfrisur und neuer Garderobe herum. Aus Vorfreude auf die Reise nach Vegas, die sie für dieses Wochenende eingeplant hatte, war sie so aufgekratzt, dass Beth sie eine halbe Stunde vor Feierabend gehen ließ, nachdem sie ihr viel Erfolg am Roulettetisch gewünscht hatte.

Beth befand sich im hinteren Ladenbereich, als sie hörte, wie die Tür geräuschvoll ins Schloss fiel. Fünf vor fünf! Mist, verdammter! Sie hatte versäumt, das Schild an der Tür umzudrehen, damit die Aufschrift GESCHLOSSEN nach außen zeigte. Nun musste sie sich kurz vor Ladenschluss noch mit einem Kunden abgeben! Freitags ließ sich Horace Furwell des Öfteren sehen, weil das herannahende Wochenende wohl seine Bordellerinnerungen beflügelte. Na, wenn schon!, dachte Beth. Wer mit Rex McKenna fertig wird, für den ist das Abwimmeln eines Horace Furwell eine der leichtesten Übungen.

Doch nicht Horace Furwell war ihr Besucher. Mitten im Ausstellungsraum stand Brad Petersen.

»Beth? Sie werden doch hoffentlich unseren Termin nicht verschwitzt haben! Da ich nichts mehr von Ihnen hörte, dachte ich, ich schaue besser mal vorbei.«

Beth ging zu ihrem Schreibtisch, öffnete ihren Terminkalender und verfolgte die Eintragungen mit dem Zeigefinger. »Verzeihen Sie, Brad, doch da muss ein Missverständnis vorliegen. Sie stehen nicht in meinem Tagesplaner.«

»Oh«, sagte er mit einer Spur von Verlegenheit. »Das ist mir aber peinlich! Mir war, als hätte ich gesehen, wie Sie's sich notierten. Ich war mir ganz sicher!«

Über der Stuhllehne hing Beth' schwarze Schultertasche. »Augenblick, Brad«, bat sie und kramte ihr privates Notizbuch aus der Tasche. »Der Termin muss in meinem anderen Kalender stehen«, stellte sie fest. »Ich meinte jedoch, wir hätten noch nichts Festes ausgemacht. Eigentlich ging ich sogar davon aus, dass sich alles nur um höfliche Konversation handelte; ich dachte, dass Sie bloß Interesse an Innendesign äußerten, weil ich mit Ihrem Freund auf Ihrer Party war ...«

»Nein, Beth, mir war es durchaus ernst damit. Ich habe vor, über Weihnachten in den Süden zu reisen. Deshalb hatte ich mir gedacht, wir könnten uns vielleicht über einige Ideen unterhalten ... ich würde den Termin ja gern verschieben, nur, Montag fliegen Ingrid und ich nach Europa. Sie schließt ihr Foto-Essay über Brücken ab.«

Beth erinnerte sich an die Fotografien und an die kühle Eleganz in Brads Haus. Vielleicht lief ja eine Zusammenarbeit mit Brad auf eine angenehme Abwechslung hinaus! Es war eine ganze Weile her, dass sie eine Wohnung in modernem Design eingerichtet hatte.

»Haben Sie die Pläne Ihres Hauses dabei?«, erkundigte sie sich.

»Nein, leider nicht. Die liegen daheim auf 'nem Stapel Illustrierten.«

Beth schaute zum Fenster. Es hatte bereits zu regnen begonnen, und sie war hundemüde. Nach einer Fahrt nach Muir Beach stand ihr wahrlich nicht der Sinn. »Brad, ich kann mir denken, dass Ihnen viel daran liegt, aber heute Abend passt es einfach schlecht ...«

»Wir können mit meinem Wagen fahren. Sie machen es sich gemütlich und lauschen dem Autoradio, mehr brauchen Sie nicht zu tun. Wir setzen uns auf ein Stündchen zusammen, allerhöchstens zwei, dann chauffiere ich Sie zurück.«

»Aber ich kann doch nicht verlangen, dass Sie mich heimfahren ...«

»Natürlich, das ist kein Thema! Ich muss heute am späten Abend ohnehin noch einmal in die Stadt. Hab um neun eine Verabredung mit meiner Muse.«

Beth lächelte. Klar, dass Brad verabredet war. Und dass er vor Energie strotzte. Sie rechnete kurz im Kopf nach. Wenn alles klappte, war sie kurz nach neun wieder am Geschäft, um den Wagen abzuholen, bis zehn konnte sie geduscht haben und in den Federn liegen. Samson hatte bereits am Morgen eine Extraration Trockenfutter erhalten und daher keinen Grund zur Klage. »Abgemacht, Brad«, sagte sie. »Aber ich warne Sie! Wenn's länger dauert als bis halb neun, wird's teurer!«

Sie hörte sein sympathisches Lachen. »Alles klar, einverstanden!«

49. KAPITEL

»Hier sehen wir«, verkündete Kearns, indem er eine vergrößerte Kopie von einem der Fotos aus dem Jahrgangsbuch der Schule zum Guten Hirten hochhielt, »das Gesicht unseres Killers.« Seine Sonderkommission ließ ein kollektives Stöhnen vernehmen. Alles versammelte sich um Kearns, der an der Tür zu seinem Dienstzimmer lehnte. Einige reckten den Hals, um besser sehen zu können.

»Meine Güte, Chef, wie alt ist das denn?«

Kearns wartete ab, bis das Nörgeln verebbte, und fuhr dann fort. »Und so könnte er heute aussehen.« Die Zeichnerin des Morddezernats hatte sämtliche Register ihres Könnens gezogen und mittels eines Phantombildes dargestellt, wie die Person auf der Fotografie möglicherweise inzwischen aussah. Kearns wusste zwar nicht, wie Nancy, die Künstlerin, das angesichts der miserablen Qualität der von Pater Daniel geschickten Originale hinbekommen hatte. Doch auf der Welt gab's nun mal Leute mit allen möglichen Fertigkeiten, und für Nancys Talent musste man dankbar sein. Verglich man ihre Version mit der Computergrafik, die vom Amsterdamer Morddezernat eingetroffen war und den Angreifer des holländischen Mädchens zeigte, ergaben sich eindeutige Parallelen.

Das gezeichnete Bild, das Kearns nun seiner Truppe zur Ansicht hinhielt, stellte einen Mann mit vorstehenden Wangenknochen, hoher Stirn und eng beieinander liegenden Augen dar, die Frisur modern gestylt, weil Nancy dem Killer einen kurzhaarigen Borstenschnitt verpasst hatte. »Er heißt, beziehungsweise hieß, William Prescott. Und angenommen, wir pilgern mit diesem Phantombild nur weit genug, erkennt vielleicht jemand den Burschen. Vielleicht! Irgendjemandes Zahnarzt oder Automechaniker muss er doch sein!«

»Der Laden, in dem Lydia Price gearbeitet hat, ist noch geöffnet«, bemerkte Bauer und wies auf die Uhr. »Gerade noch Zeit, um rüberzugehen und zu fragen, ob ihre Kollegen den Typ kennen.«

Kearns nickte, reichte Bauer Kopien sowohl des Fotos als auch des Phantombildes und schaute ihm nach, bis er verschwunden war.

Als Nächste meldete sich Sharon Anscombe. »Ich könnte noch einmal zum Fitnessclub zurückfahren. Vielleicht hat dieser Prescott die Mowatt ja da getroffen! Im Übrigen finde ich den Anblick schwitzender, Eisen stemmender Männerkörper an 'nem Freitagabend gar nicht mal übel.« Dabei grinste sie zwar breit, doch Kearns wusste, dass sie ihre Aufgabe todernst nahm.

Minutenlang herrschte einige Aufregung darüber, wer wohin fahren sollte. Dann leerte sich das Kommissariat. Schließlich blieben nur noch Kearns und Fuentes, der mit den Fingern auf eine Stuhllehne trommelte. »Du glaubst, sie kommen mit leeren Händen zurück, nicht wahr, Jimmy?«

Kearns hob die Schultern. »Irgendwas müssen wir ja unternehmen. Wenn wir bloß herausbekämen, wo der Lumpenhund den Opfern begegnet!«

»Ich weiß nicht, was wir übersehen haben«, überlegte Fuentes, dessen Trommelwirbel allmählich an Tempo zulegte. »Die Frauen frequentierten nicht dieselben Lokale und Clubs, hatten unterschiedliche Hobbys, Friseure, Ärzte, fuhren in verschiedene Urlaubsorte.«

»Stimmt, weiß ich. Haben wir alles besprochen. Kann ja sein, dass wir wissen, wer er ist, nur wo wir suchen sollen, das wissen wir nicht einmal im Ansatz. Sag mal, muss das sein, das Geklopfe? Geht mir ziemlich auf den Geist!«

Fuentes stellte das Trommeln ein und griff in die Jackentasche. Nachdem er ein Kaugummi ausgewickelt und es sich in den Mund geschoben hatte, sagte er: »Der Kerl ist wie ein

Chamäleon. Sieht aus, als könne er sich an jeden Ort, an jede Frau, an jede Situation anpassen.«

»Wieso sollte sich denn jemand wie Anne Spalding mit so einem einlassen? Das will mir nicht in den Kopf! Nach Beth' Aussage befand Anne sich auf der Flucht, weil ihr Mann sie regelmäßig geprügelt hat. Nimmt sich so eine Frau dann nicht ganz besonders vor Männern in Acht?«

»Wir beide, Manny, haben reichlich Familientragödien miterlebt und wissen: Manche Menschen zieht es genau zu denen, die ihnen am meisten Leid zufügen werden. Vielleicht zählte Anne Spalding ja zu dieser Kategorie. Kann auch sein, dass sie einfach nur wieder einen Mann an ihrer Seite wollte.«

»Ich gäbe dir ja Recht«, antwortete Kearns. »Nur halte ich Annes Wunden für zu frisch. Laut Beth ging Anne nie aus. Wo zum Teufel konnte sie sich dann so gelöst verhalten, dass sie alles vergaß, was man ihr vorher angetan hatte?«

»Du weißt doch, wie Gedächtnis und Hemmschwelle nach ein, zwei Gläschen reagieren!«

»Ich kann mir nicht vorstellen, dass diese Frau sich in irgendeiner Bar von 'nem Typen hat abschleppen lassen. Das passt einfach nicht zu dem, was Beth mir über sie erzählt hat.«

»Gerade erst den Partner verloren, wohnt nur zur Untermiete und von der Hand in den Mund – wer weiß, vielleicht hat unser Killer sich besonders großzügig gezeigt und damit Eindruck gemacht.«

Kearns nahm den Gedanken auf. Vor seinem geistigen Auge erschien das Bild einer verschüchterten Anne Spalding, die sich durch einen eloquenten Charmeur in eine Lage locken ließ, die ihr zum Verhängnis wurde. »Möglich wär's. Aber irgendwie ...«

»Hör zu, Jimmy, mit diesen Spekulationen machen wir uns nur gegenseitig verrückt. Die Spalding kann uns nichts mehr erklären, also müssen wir darauf vertrauen, dass einige unserer hervorragenden Nachwuchsbeamten mit dem Phantombild etwas erreichen. Ich fahr los und zeig Nora Prescott das Foto. Vielleicht kann sie uns 'nen Hinweis geben.«

»Warum nicht? Etwas müssen wir ja unternehmen.« Kearns drehte sich um und verschwand in seinem Büro.

Nur wenige Minuten später schaute er vom Schreibtisch auf und sah Fuentes, dessen Kiefer wie verrückt das Kaugummi bearbeiteten, im Türrahmen stehen. »Du wirst es nicht glauben«, sagte Fuentes. »Nora Prescott wohnt nicht mehr in Russian Hill.«

»Wie bitte?«

»Ich hab eben mit Phillip Rossner gesprochen. Seine geliebte Braut ist weg. Der Vogel ist ausgeflogen.«

»Du willst mir doch nicht etwa erzählen ...«

»Allerdings! Rossner hat keine Ahnung, wo Nora steckt.«

Kearns war, als habe er einen Tiefschlag erhalten. »Super!«, sagte er. »Nicht nur, dass wir den Killer nicht kriegen. Jetzt haben wir nicht mal mehr seine Mutter. Echt super, verdammte Scheiße!«

50. KAPITEL

Brad Petersens schwarzer 750er BMW nahm die Kurven der Route 1 mit einer Souveränität, die Beth beneidete. Brad wirkte sicher und gelassen, obwohl er schneller fuhr als erlaubt.

Unterdrückt gähnend, fragte Beth sich, weshalb sie sich zu dieser Fahrt hatte überreden lassen. Selbst wenn Brad nach Europa fliegen musste – na und? Sie hatte schon knapper bemessene Terminaufträge bewältigt. Auch wenn dieses Treffen um zwei Wochen aufgeschoben worden wäre, hätte sie ihre Entwürfe immer noch so rechtzeitig fertig gestellt, um Weihnachten in der Karibik verbringen zu können. Hätte Brad nicht die Verabredung um neun Uhr erwähnt – Beth wäre nicht mitgefahren. So aber konnte sie zumindest mit Sicherheit davon ausgehen, dass sich der Termin bei Brad nicht zu lange hinzog.

Sie griff zur Radiokonsole und drehte das Autoradio leiser. Es handelte sich schließlich um einen Arbeitsbesuch, bei dem sie mehr über Brad und seine Einrichtungspläne erfahren wollte. Sie hielt es für wesentlich, ihren Kunden das Gefühl zu vermitteln, dass deren Räume nicht nur von ihr eingerichtet wurden, sondern dass sich die Persönlichkeit des Kunden in Einrichtung und Atmosphäre wiederfand.

»Auch auf die Gefahr hin, dass das jetzt klingt wie eine computergesteuerte Verabredung«, begann sie, »erzählen Sie mir, was Sie in Ihrer Freizeit so treiben. Ich muss eine Vorstellung von dem bekommen, was Ihnen wichtig ist.«

»Meine Freizeit verbringe ich größtenteils mit Ingrid. Sie hat mich schon zu einigen Foto-Sessions mitgenommen. Einmal haben wir geschlagene acht Stunden an ein und derselben Stelle auf ideale Lichtverhältnisse gewartet.«

»Sie muss unglaubliche Selbstdisziplin haben.« Beth erinnerte sich an Brads makelloses Eigenheim, an die akkurat angebrachten Bilder in den silbernen Rahmen. Offenbar hielt er Ingrid für die ideale Frau. Warum hatte er dann mit Ginny geschlafen?

»Disziplin dürfte Ihnen als Selbstständige mit eigenem Geschäft doch auch nicht fremd sein! Sich ein Ziel setzen und es erreichen, dann das nächste Ziel anvisieren. So läuft das doch, oder?«

»Stimmt«, sagte Beth mit Blick auf ihre selbst auferlegten Überstunden. »Ginny hält mich für übergeschnappt.« Sie musterte Brads Gesicht. Es zeigte jedoch bei der Erwähnung von Ginnys Namen keine Reaktion.

»Ingrid ist völlig versessen auf ihre Arbeit. Fotografen sind ja auch nochmal eine ganz besondere Spezies. Wenn ich Ingrid in Aktion beobachte, kommt's mir mitunter so vor, als habe ein Fotograf ein bisschen was von einem Spanner«, erklärte er. »Verstecken Sie sich nur lange genug im Gebüsch, kommt ihnen schon irgendwann ein lohnendes Objekt vor die Linse.«

»So habe ich das noch nie gesehen«, gab sie zu, um dann wieder auf das ursprüngliche Thema zurückzukommen. »Gibt's sonst noch etwas, was Sie mir über sich berichten können? Ich weiß, dass Sie Squash und Rakett spielen, dass Sie schicke Partys geben ...«

»... ich koche gern. Beim Kochen kann man hervorragend entspannen.«

»Ihre Videosammlung ist mir noch aufgefallen.«

»Richtig! Es geht doch nichts über die alten Filme, nicht wahr? Das war noch Qualität! *Frühstück bei Tiffany, In achtzig Tagen um die Welt* ... aber nicht, dass ich meine Freizeit nur vor dem Fernseher verbrächte. Ich arbeite ehrenamtlich in einem Seniorenheim. Wer weiß, ob man im Alter nicht auch mal jemanden braucht, der sich um einen kümmert.«

Das allerdings war ein Zug an Brad, auf den Beth im Leben nicht gekommen wäre. »Die Menschen, denen Sie helfen, eröffnen Ihnen sicher interessante Auffassungen vom Leben.«

»Und ob! Die haben tolle Geschichten zu erzählen. Sie brauchen eben nur jemanden, der ihnen zuhört, mehr nicht. Und ihnen vielleicht die Zeitung vorliest, wenn die Sehkraft nachlässt.«

Beth nickte. Da hatte Brad Recht. Soziales Engagement erforderte Zeitaufwand, und doch war es so wichtig! Wie oft hatte sie zum Neuen Jahr den Vorsatz gefasst, ein paar Stunden pro Woche einem Ehrenamt oder einer Initiative zu widmen? Unzählige Male!

»Ich bin ein unternehmungslustiger Mensch«, erzählte Brad weiter. »Ich habe vor, in der Karibik mit dem Schnorcheln anzufangen, oder mit dem Windsurfen. Ehe und Familie liegen auch nicht mehr in allzu ferner Zukunft.«

Bislang hatte Beth den Eindruck gehabt, als fühle Brad sich in seiner Rolle als Single pudelwohl. Sie sah ihn erstaunt an. »Jetzt verblüffen Sie mich aber. Die Vorstellung, dass Sie in Pantoffeln herumlaufen, Tunfischauflauf essen und den Sprösslingen bei den Hausaufgaben helfen, fällt mir wirklich schwer.«

Er lächelte. »Warum nicht! Der Auflauf müsste allerdings außergewöhnlich lecker sein.« Brad gab ein verhaltenes Lachen von sich. »Bisher bin ich vom Glück verwöhnt worden, Beth. Bin außergewöhnlich viel in der Weltgeschichte herumgekommen, hab das Leben genossen. Nun ist es Zeit für was Festes.«

»Mit Ingrid?«

Er nickte. »Vorigen Monat habe ich ihr einen Heiratsantrag gemacht. Ich war völlig aus dem Häuschen, als sie Ja sagte. Ingrid wird sicher 'ne großartige Mutter sein.« Er lächelte stolz übers ganze Gesicht. »Und Sie, Beth? Noch keine Heiratspläne? Kinderwunsch?«

»Wir planen von einem Tag auf den anderen, Jordan und ich. Ich habe allerdings den Verdacht, dass die Natur mir eine biologische Miniuhr mitgegeben hat. Noch hänge ich keinen Tagträumereien nach, die schmutzige Windeln oder Zooausflüge zum Inhalt haben.«

Darauf erwiderte Brad nichts. Beth war zufrieden. Die Sache wurde allmählich etwas persönlich.

Nach einer Weile bog der BMW in eine Seitenstraße ab, die hügelan in Richtung Brads Haus führte.

Die Grundrisspläne von Brads Eigentumswohnung lagen bereits auf dem Esstisch ausgebreitet, detaillierte, maßstabgetreue Zeichnungen, versehen mit einem Overlay, auf dem die Lage der Elektroinstallationen vermerkt war. Beth vertiefte sich in die Pläne, während Brad sich entschuldigte und sich in die Küche zurückzog. Beth hörte, wie Küchenschranktüren geräuschvoll zuklappten. Die Mikrowelle piepte.

Als Brad zurückkam, stellte er einen Becher stark gewürzten Glühwein auf den Tisch, dazu einen kleinen Teller mit diversen Häppchen. »Sie sind doch sicher völlig ausgehungert«, sagte er, während er ihr den Teller zuschob. »Ich hab ein echt schlechtes Gewissen, dass ich Sie an einem Freitagabend so weit hier herausgelotst habe. Und dann auch noch zur Dinnerzeit! Zu Mittag haben Sie bestimmt auch nicht gegessen!« Er ließ sich Beth gegenüber auf einem Stuhl nieder.

»Stimmt«, räumte Beth ein und spießte mit einem Zahnstocher eine Minifrikadelle auf. Die Sauce war scharf, würziger als gewöhnliche Tunken, mit einem Beigeschmack, den Beth nicht recht einzuordnen wusste. »Echt lecker, Brad. Was ist da drin?«

»Das ist Pfeffersauce mit Sherry. Auf den Bermudas zubereitet. Alles andere ist allerdings weniger exotisch. Eben Hausmannskost.«

»Das haben Sie alles selbst zubereitet?« Beth warf einen Blick auf das Häppchensortiment.

Er nickte. »Wie gesagt, ich koche gerne!«

Schlagartig stellte Beth sich die Frage, ob sie noch recht bei Trost gewesen war, als sie sich von ihm hier hinaus hatte kutschieren lassen. Sollte dies vielleicht eine besondere Verführungsmasche sein? Bei der Party hatte Brad sich vor Verehrerinnen kaum retten können. Erwartete er jetzt, dass Beth sich ihm ebenfalls an den Hals warf? Schon des Öfteren hatten Kunden versucht, bei ihr zu landen, jedes Mal hatte sie die Lage souverän gemeistert. So glaubte sie zumindest. Sowohl sie als auch Lorna konnten ein Lied von penetranten männlichen Kunden singen, die ihnen Drinks aufdrängten oder sie dazu bewegen wollten, die Aussicht aus ihren Schlafzimmern zu genießen. Wenn nach Ladenschluss ein Hausbesuch anstand und bekannt war, dass keine Frau in dem betreffenden Haus wohnte, fuhren sie nur zu zweit hin. Das war zwischen Beth und Lorna so vereinbart. Doch Lorna war in Las Vegas, und Beth war hier allein. Eine verfängliche Situation mit Jordans Freund – das hatte ihr gerade noch gefehlt!

»Essen Sie denn selber nichts?«, fragte sie Brad.

»Ich stibitze mir mal die hier«, erwiderte er, langte über den Tisch, angelte eine Weintraube vom Teller und steckte sie sich in den Mund. »Ich muss mich zurückhalten. Ich gehe gleich ja noch essen.« Mit der flachen Hand klopfte er sich auf den strammen Bauch. »Was meinen Sie – wollen wir loslegen?«

Erleichtert registrierte Beth, dass er offenbar nur seine Einrichtung im Kopf hatte und keine Hintergedanken hegte. Stumm schalt sie sich ob ihrer Befürchtungen. Der Mann war schließlich Jordans Freund! Außerdem hatte er später noch eine Verabredung mit seiner Verlobten! Beth sah auf ihre Armbanduhr. Es war Viertel nach sechs.

»Die Wohnung ist relativ geräumig, wie man unschwer erkennt.« Brad unterbrach Beth' Grübeleien und schob die Pläne näher an sie heran. »Wie sieht's aus – glauben Sie, Sie können daraus mein Traumheim fern der Heimat machen?«

»Wenn *ich* das nicht kann, dann kann es niemand«, sagte sie lächelnd. »Nur einen Moment noch, ja? Ich muss mir das nochmal genau ansehen.« Sie schlug die Folie zurück und studierte den Grundrissplan, wobei sie gleichzeitig den Glühwein austrank und bei den Kanapees zulangte. Das

Warten machte Brad offensichtlich nichts aus. Er blätterte einen Stapel Einrichtungsmagazine durch, markierte einige Seiten mit Eselsohren und biss dabei in ein belegtes Brötchen.

»Ich bin sicher, dass wir das ideale Feriendomizil für Sie aus der Wohnung machen können.«

»Wie Sie bereits erwähnten – wenn's einer schafft, dann Sie. Und was ich bei der Party sagte, das war mein Ernst. Sie und Jordan, Sie sollten auf eine Woche zu uns herunterfliegen. Dann können wir zu viert segeln gehen oder die örtliche Gastronomie erkunden. In St. Bart gibt's erstklassige französische Restaurants.«

»Klingt nicht schlecht.« Beth war nicht darauf erpicht, das momentane Verhältnis über das Geschäftliche hinaus zu vertiefen. Dass Brad seine Verlobte sowie auch Jordan erwähnt hatte, beruhigte sie allerdings.

Sie studierte weiter den Grundrissplan aus hochwertigem Urkundenpapier. Die Bauträgergesellschaft hatte ihren Kunden das typische Exposé-Paket zusammengestellt: Seiten mit Angabe von Wohn- und Nutzfläche sowie mit Grundrissen der unterschiedlichen Wohnungstypen, dazu eine Liste aller Einrichtungen des dazugehörigen Fitnesszentrums, das ausschließlich Bewohnern der Wohnanlage zur Verfügung stand. Alles steckte in einem eleganten olivgrünen Ordner. Merkwürdig nur, dass vorn auf dem Deckel der Name des Komplexes fehlte.

Beth höre, wie Brad etwas von Farbmustern murmelte, von aquablau oder vielleicht pfirsichgelb, von gebleichtem Holz, von seiner Abneigung gegen Rattanmöbel. Sie war sich zwar bewusst, dass sie zustimmend nickte, konnte sich aber auf das, was er sagte, nicht konzentrieren. Seine Worte schienen ineinander zu verfließen. Sie setzte sich kerzengerade hin und riss die Augen weit auf.

»Fehlt Ihnen was, Beth?«

Eigentlich nicht, dachte sie. Sie hatte am Morgen ihr Medikament eingenommen, war vor einiger Zeit zur Routineuntersuchung gewesen, und Grippe fühlte sich anders an. »Das kommt davon, wenn man aufs Mittagessen verzichtet!« Ihre Worte hörten sich wie ein Nuscheln an.

»Kann ich Ihnen etwas anderes anbieten?«, fragte er mit besorgter Miene. »Einen starken Kaffee vielleicht?«

»Irgendetwas Kaltes«, japste sie. »Sorry, Brad. Geht sicher gleich vorüber.«

Brad eilte in die Küche, während Beth sich mit aller Macht auf den Plan der Eigentumswohnung zu konzentrieren versuchte. Die Einrichtung war ein Klacks, weil die Wohnung der neuen Behausung der Stantons ähnelte. Der Grundplan war nur spiegelverkehrt, und es fehlte ein Zimmer. Selbst das Papier für die Pläne war identisch.

»Brad«, sagte Beth, als er mit einem großen Glas Orangensaft ins Esszimmer zurückkam, »wo, sagten Sie, ist Ihre Eigentumswohnung noch?«

»In St. Barts. Warten Sie's ab, bis Sie hinkommen. Wird Ihnen gefallen.«

Ihr war, als gehorche ihr der Mund nicht mehr, und obwohl sie ihrer Hand den stummen Befehl gab, das Glas zu ergreifen, versagte ihr diese den Gehorsam und hing schlaff am Körper herab. Als ihre Lider sich senkten und Grabesdunkel Beth umschloss, da fiel ihr ein, was Brad bei der Party gesagt hatte: dass seine neue Wohnung in St. Croix sei.

51. KAPITEL

Am Samstagmorgen um halb elf marschierte Horace Furwell auf dem Bürgersteig vor »Personal Touch Interiors« auf und ab. Zum fünften Mal seit seinem Erscheinen rüttelte er an der Klinke und studierte erneut das Schild mit den Öffnungszeiten.

Da stand ganz unmissverständlich, dass samstags ab neun Uhr geöffnet sei.

Er klopfte auf seine Armbanduhr und hielt sie sich ans Ohr. Sie tickte noch.

Zwei schick gekleidete Damen tauchten auf und machten genau das, was Furwell vorher schon getan hatte. Das Gesicht an das Schaufenster gepresst, spähte eine der beiden durch die Scheibe und murmelte dann ihrer Begleiterin etwas Unverständliches zu. Danach entfernten sich die zwei.

Furwell hielt weiteres Warten gleichfalls für wenig sinnvoll. Sicher eine dringende Familienangelegenheit. Konnte schon mal vorkommen, so etwas.

Ginny Rizzutos Geigenschülerin sagte ihren für elf Uhr angesetzten Unterricht ab. Eine schlimme Grippe kursierte. Der Schüler für die folgende Stunde hatte sich ebenfalls das Virus eingefangen, sodass Ginny bis zum nächsten Unterricht um zwei Uhr nichts zu tun hatte.

Sie rief Beth an. Eigentlich hatte sie vorgehabt, in einem Sandwichladen zwei Snacks zum Mitnehmen zu erstehen und damit ins Geschäft zu kommen, doch zu ihrer Überraschung meldete sich bloß Beth' Anrufbeantworter. Das konnte nur eins bedeuten: Der Laden war derart voll, dass Beth nicht mal ans Telefon gehen konnte. Bei der Vorstellung eines gerammelt vollen Geschäftes besann Ginny sich rasch eines Besseren. Weder hätte Beth Zeit zum Essen gehabt noch für einen Plausch mit einer Besucherin. Deshalb hinterließ Ginny ihr einen launigen Gruß auf dem Anrufbeantworter, stopfte einen Stapel schmutziger Wäsche in einen Müllsack und machte sich auf zum Waschsalon, um nach interessanten Typen Ausschau zu halten.

Um zwei Uhr erschien Rex McKenna zwecks Räumung seines Büros. Ursprünglich hatte er nach Ladenschluss kommen wollen, um der blöden Zicke unten nicht in die Quere zu kommen. Ida hatte allerdings einige Nachbarn auf einen Canasta-Abend eingeladen, sodass ihm keine Wahl blieb. Montag sollte er nämlich seine neue Stelle als Werkzeugverkäufer im Baumarkt von Idas Cousin antreten. Momentan war's besser, sich nicht mit seiner besseren Hälfte anzulegen. Schlimm genug, dass die ihm die nächsten sieben Monate ständig aufs Butterbrot schmieren würde, was für ein Schwein er gehabt habe, dass sie ihm den Karren aus dem Dreck gezogen hatte. Wieder mal!

Als er sich der Haustür näherte, stellte er mit Erleichterung fest, dass er der Designer-Tussi doch nicht aus dem Wege gehen musste. Sie war nicht da. Verrammelt wie ein Keuschheitsgürtel, der Ramschladen. Das hatte es ja noch nie gegeben! In den fünf Jahren, seit er Mieter der Räume im Obergeschoss war, hatte Miss Schöner Wohnen nicht einen Tag krankgefeiert.

Er stakste über einen Strauß frischer weißer Rosen, der auf der Schwelle vor der Ladentür lag. Während er vorsichtig seine drei leeren Umzugkartons die schmale Stiege hinaufbugsierte, wobei die sperrigen Dinger ihm ständig gegen die Hüfte stießen, verzog sich sein Gesicht zu einem Grinsen. Ob das Miststück ebenfalls pleite war? Gegönnt hätte er's ihr allemal!

Die Vorstellung war ihm eine Zigarre wert.

Teilweise verschwommen nahm Beth um sich herum eine blendend weiße Umgebung wahr. Linkerhand, etwa einen Meter entfernt, erkannte sie eine Wand aus Sprossenfenstern. Das Ganze erinnerte an ein Krankenhaus, an das Krankenzimmer, in dem sie gelegen hatte, als ihr im Alter von vier Jahren die Mandeln entfernt worden waren. Als sie aus der Narkose aufgewacht war, hatte ihre Mutter am Bett gesessen, damit das Kind sich nicht erschreckte, wenn es in ungewohnter Umgebung zu sich kam. Beth wusste noch, dass sie ein Eis bekommen hatte.

Sie schluckte und wünschte sich so ein Eis auch jetzt herbei, denn sie spürte einen abscheulich salzigen Geschmack im Mund, ein beängstigendes Gefühl, selbst in ihrem benommenen Zustand. Sie kniff die Augen fest zu und öffnete sie, einmal, dann gleich ein zweites Mal.

Sobald sie etwas klarer sehen konnte, erkannte sie, dass sie sich keineswegs in einem Krankenhaus befand, sondern in einem großen, undefinierbaren Raum. Stahlstützen ragten in regelmäßigen Abständen aus dem grau gestrichenen Estrich und trugen die Holzbalken, auf denen die Decke ruhte. Beth reckte den Hals, um besser sehen zu können, merkte jedoch, dass ihre Bewegungsfreiheit eingeschränkt war. Mittlerweile funktionierte ihr Sehvermögen wieder problemlos. Sie sah, dass sie an Handgelenken und Knöcheln mit Klebeband an eine transportable Liege gefesselt war, an einen Tisch von der Art, wie ihn ihr Masseur benutzte. Sie war nicht geknebelt, aber sie war nackt.

Beth konnte nun zwar wieder richtig sehen, wünschte sich jedoch, es wäre nicht so gewesen. Was sie links von sich fälschlicherweise als großflächiges Fenster aufgefasst hatte, entpuppte sich bei näherem Hinsehen als Serie von Fotos, alle in exakt gleichem Abstand voneinander aufgehängt und zu einem perfekt symmetrischen Ganzen arrangiert. Insgesamt waren es dreißig Fotos, angeordnet in sechs senkrechten Reihen zu jeweils fünf Objekten, Darstellungen der grausigsten Szenen, die Beth je zu Gesicht bekommen hatte. Angst und Kälte ließen sie erschauern, und sie empfand ihre Nacktheit als so beschämend, dass sie die Augen schloss. Steckte Rex dahinter? Wieso konnte sie sich an nichts erinnern?

Die Augen fest zugekniffen, sträubte sie sich gegen ihre Fesseln, doch ohne Erfolg. Sie war nicht nur fest angebunden, sondern fühlte sich zudem benommen und kraftlos, als sei sie tagelang ohne Wasser in der Wüste umhergeirrt oder sterbe an Auszehrung. Ihr Atem ging schneller. Sie musste fort!

Dann schlug sie die Augen wieder auf und zwang sich dazu, ihre Umgebung genauer in Augenschein zu nehmen. Neben ihrem rechten Knie stand ein einzelner schwarzer Metallstuhl, dazu am Fußende ihrer Liegestatt, nur Zentimeter von ihren Fußsohlen entfernt, ein hohes Gestell mit einem Fernsehmonitor und einem Videorecorder. In der Zimmerecke gegenüber lehnte eine ausziehbare Leiter. Daneben sah Beth einen doppelbödigen Servierwagen, auf dem allerlei Gerätschaften lagen, die sie allerdings auf die Entfernung nicht genau bestimmen konnte. An der Wand rechts waren Träger angebracht, auf denen Regalböden mit Reihen von Handbüchern lagen sowie kegelförmige Gegenstände, Reflektoren, wie Beth erkannte. An einer unter dem Regal angeschraubten Hakenleiste hingen eine Schere, eine Rolle Klebeband, ein Lineal und ein Zeichendreieck. Beleuchtungsstative, Scheinwerfer und Schirmreflektoren standen wahllos im Raum herum. Die Stirnwand des Zimmers war grau gestrichen.

Ein Foto-Studio!

Beth' Blick wanderte zurück zur Wand neben sich, deren düstere Geheimnisse sie anzogen und hypnotisierten wie die Augen einer Kobra.

Ihr war, als steigere sich ihr Grauen mit jedem Bild, während ihr Blick von links nach rechts über die Fotos glitt, und als er auf der vierten Bilderreihe verhielt, da erstarrte sie: Anne Spalding, nackt, den Mund in stummem Schrei geöffnet, ausgestreckt auf dem Tisch, der auch Beth gefangen hielt, fotografiert in genau diesem Raum! Die Kamera hatte einen Moment eingefangen, in dem eine Blutfontäne aus Annes Handgelenk schoss. Das unterste Foto zeigte Anne mit geschlossenen Augen und geschlossenem Mund.

Es waren blutige Aufzeichnungen von viel zu jäh endenden Leben, gerahmte Gemetzel im Standardmaß achtzehn mal vierundzwanzig, angeordnet von oben nach unten in schauriger Folge: gefangen, blutend, verblutend, im Sterben liegend, tot. Anne Spalding, Natalie Gorman, ganz links außen Patricia Mowatt.

Links von der senkrechten Reihe, die Patricia Mowatt zeigte, war nackte Wand – Platz für weitere Fotos. Wieder überlief Beth ein Schauder, sie schmeckte Salz, als sie schluckte. Bald sollte auch sie in dieser Galerie verewigt, ihre letzten Sekunden Teil dieser Collage aus Qual und Tod werden.

Was für eine Närrin sie gewesen war! Das makellose Weiß dieses Kerkers, die perfekte Symmetrie der Fotokollektion, die verchromten Rahmen!

Nicht Rex McKenna! Brad Petersen! Jetzt erinnerte sie sich! Mit Grausen fiel ihr ein, wie selbstverständlich sie ihn begleitet, wie natürlich und redegewandt er sich über seine Verlobte und den Wunsch nach Heim und Familie ausgelassen hatte.

Von jenseits der gegenüberliegenden Wand ertönte das Geräusch von Schritten. Wie ein Tausendfüßler kroch die Angst Beth den Nacken hinauf. Die Tür öffnete sich, dann stand er im Raum.

»Na?«, sagte er mit breitem Lächeln. »Endlich wach? Ich dachte schon, ich müsste ewig warten!«

52. KAPITEL

Jordan Bailey pfiff vor sich hin. Dabei war das eigentlich gar nicht seine Art. Jetzt noch eine große Blume im Knopfloch, und er wäre sich wie ein in die Jahre gekommener Abiturient beim Abschlussball vorgekommen. Am Morgen war das Auto gewaschen worden, die Schuhe waren blitzblank poliert, und die Hosen seines dunklen Anzugs hatten messerscharfe Bügelfalten. Frisur und Krawatte saßen perfekt; es konnte losgehen.

Eigentlich musste Beth die Rosen am frühen Nachmittag bekommen haben. Der Gedanke an den Neuanfang, den sie beide an diesem Abend wagen wollten, beflügelte ihn dermaßen, dass er bereits eine halbe Stunde zu früh im Wagen saß und in Richtung Marina fuhr, weil er es einfach nicht mehr abwarten konnte, Beth zu sehen.

Als er in Beth' Einfahrt bog, sah er die Katze auf dem Fensterbrett vor dem Wohnzimmerfenster sitzen. Er stellte den Motor ab und eilte, zwei Stufen auf einmal nehmend, die Treppe hinauf.

Allerdings reagierte nur Samson auf sein viermaliges Läuten. Die Katze hockte nun auf der anderen Türseite und beäugte Jordan argwöhnisch durch das Gitter. Als Beth auch nach nochmaligem Klingeln nicht an die Tür kam, beschlich ihn erstmals so etwas wie ein ungutes Gefühl. Zugegeben, er war früh dran. Doch selbst wenn sie gerade ein Vollbad nahm, wäre genug Zeit gewesen, rasch den Bademantel überzuwerfen und zur Haustür herunterzukommen.

Er hämmerte mit der Faust an die Tür, läutete noch einmal, legte das Ohr an die Glasscheibe, doch alles blieb still. Fünf nach halb sieben – ob sie noch im Geschäft war? Er wusste, heute war sie allein im Laden gewesen, da sich ihre Mitarbeiterin ein freies Wochenende genommen hatte. Vielleicht machte Beth gerade Feierabend oder hatte einen Großauftrag in der Mache und konnte sich deshalb nicht einfach loseisen. Nur nicht nervös werden, sagte er sich. Der Tisch im Restaurant war für acht Uhr reserviert. Selbst wenn Beth keine Zeit mehr finden würde, sich umzuziehen, wäre das kein Problem. Sie sah so oder so hinreißend aus. Zunächst blieb Jordan nichts weiter übrig, als im Auto zu warten. Sie musste ja jeden Augenblick kommen.

Er ging zum Wagen zurück, ließ die Lehne des Fahrersitzes in Liegestellung einrasten und richtete sich aufs Warten ein. Um Viertel vor sieben – gerade war er ein wenig eingenickt, wie er peinlich berührt bemerkte – pochte jemand an die Seitenscheibe. Neben dem Wagen stand ein schlaksiger Jugendlicher. Er trug Jeans, ein Trikothemd und eine verkehrt herum aufgesetzte Baseballkappe der New York Giants. Jordan steckte den Zündschlüssel ins Zündschloss und betätigte den elektrischen Fensterheber, um die Scheibe herunterzulassen.

Der Junge bückte sich und äugte ins Wageninnere. »Warten Sie auf Beth?«

»Ja«, antwortete Jordan. »Wie's aussieht, muss sie bis zur letzten Minute arbeiten. Du bist sicher Bobby Chandler, was? Beth hat mir viel von dir erzählt.«

»Echt? Wäre mir übrigens lieber, wenn Sie Bob zu mir sagten.«

Jordan nickte lächelnd.

»Und Sie sind Beth' Freund, was?«

»Und zwar ein ziemlich hungriger. Wir sind zum Essen verabredet. Ich frage mich, wo sie so lange bleibt.«

Bobby zuckte die Schultern. »Gestern Abend war sie auch nicht da. Ich gucke hier nämlich immer so 'n bisschen nach dem Rechten. Na, dachte ich, sie ist sicher aus, weil sie Elvis' Verhaftung feiern will.«

»Wie bitte?«

Bobby registrierte verschmitzt, dass er offenbar etwas aus Beth' Privatleben wusste, das dem Typen vor ihm bislang verborgen geblieben war. »Irgend so 'n Kerl hat ihr doch Drohbriefe geschrieben! Und wer war's? Der Knilch, der das Büro überm Laden gemietet hat, Rex oder wie der heißt. Hatte sich zu Halloween als Elvis verkleidet und wollte Beth erschrecken. Ich hab mitgeholfen, ihn zu schnappen.« Er tippte sich mit dem Daumen an die Brust.

Normalerweise, so ging es Jordan durch den Sinn, waren die Freitagabende »Kuschelabende« für Beth – Bad, Buch und dann ins Bett, spätestens um zehn. Wie auch immer: Auf den Schreck mit den Briefen und nach der Verhaftung dieses Spinners wollte sie sich vielleicht erst recht in die Arbeit stürzen.

»Wann hast du denn hier gestern Abend nochmal nachgesehen, Bob?«

Der Junge überlegte kurz. »Ich bin um halb neun raus. Oben in der Pierce Street ging 'ne Party ab – jede Menge Kids aus der Schule. Kurz nach eins bin ich wieder hier vorbei. Da war sie noch immer nicht zu Hause.«

»Woher willst du das wissen?«, fragte Jordan. »Kann doch sein, dass sie schon schlief! Das Licht hat sie bestimmt ausgemacht!«

»Nee, nee!«, widersprach Bobby wichtigtuerisch. »Mit Beth' Gewohnheiten kenne ich mich aus. Im Wohnzimmer brannte noch Licht. Das geht automatisch an, mit 'ner Zeitschaltuhr, bis sie heimkommt.«

»Dann hat sie vielleicht vergessen, es auszuschalten.«

»Beth passiert so was nicht!« Bobby wurde allmählich ungeduldig. »Und außerdem«, fuhr er mit einem Seitenblick fort, »stand ihr Auto nicht in der Garage.«

»Pass mal auf, Bob! Ich düse mal kurz zum Geschäft und schau nach. Vielleicht hat sie 'ne Reifenpanne.«

»Soll ich mitkommen?«

Jordan schüttelte den Kopf, ließ den Motor an und legte den Rückwärtsgang ein. »Du hältst hier die Stellung«, rief er Bobby zu, während er rückwärts aus der Einfahrt setzte. »Falls Beth vor mir ankommen sollte – sag ihr, ich bin sofort wieder da!«

Beim Anfahren bemerkte Jordan den Ausdruck auf dem Gesicht des Jungen. Offenbar hatte Bobby seine helle Freude daran, schon wieder bei einem mysteriösen Abenteuer mitmischen zu können, insbesondere bei einem, in dem es um Beth ging.

Jordan selbst war von dieser sonderbaren Geschichte alles andere als begeistert, und seine Besorgnis verdreifachte sich bei Ankunft vor Beth' Geschäft. Der von ihm in Auftrag gegebene Rosenstrauß war angeliefert worden und lag, noch in Zellophan gewickelt, unberührt auf der Türschwelle. Die Blüten welkten bereits.

Was in aller Welt hatte das zu bedeuten?

Auch ein oberflächlicher Blick durchs Schaufenster half Jordan nicht weiter. Er konnte nichts Außergewöhnliches feststellen. Die Tür war verschlossen. Er lief um das Gebäude herum und sah hinten nach. Beth' Wagen war noch da, doch von Beth keine Spur, weder im Fahrzeug noch im Hinterzimmer des Geschäfts, wie ihm ein Blick durch die vergitterten Fenster verriet. Er hastete zu seinem Auto zurück, griff nach seinem Handy und gab Beth' Privatnummer ein. Das Klingelzeichen ertönte sieben, acht, neun Mal. Niemand hob ab. Innerhalb weniger Sekunden war Jordan bereits auf der Rückfahrt zur Marina. Jede rote Ampel, jeder Fußgänger, alles, was ihn nötigte, den Fuß vom Gaspedal zu nehmen, handelte sich einen Kraftausdruck ein. Er zermarterte sich das Hirn. Wo konnte sie bloß stecken? Hatte das Ganze vielleicht mit diesem McKenna zu tun? Gab's da nicht auch noch diesen Perversen, diesen alten Lüstling, den Beth immer schon aus ihrer Kundenkartei raushaben wollte?

Unsinn. Beth passte bestimmt auf, dass sie mit solchen Kerlen wie diesen beiden nicht allein war. Dazu war sie viel zu intelligent – und zu vorsichtig. Autopanne. Das musste es sein. Sicherlich hatte sie sich ein Taxi genommen und befand sich gerade auf dem Heimweg. Wahrscheinlich entschuldigte sie sich gleich für die Verspätung, und er hatte sich für nichts und wieder nichts Sorgen gemacht. Termin beim Friseur, vielleicht noch eine Erledigung auf die letzte Minute – warum gleich vom Schlimmsten ausgehen?

Offenbar mit Leib und Seele bei seiner Aufpasserrolle, patrouillierte Bobby Chandler auf dem Bürgersteig auf und ab, als Jordans Wagen mit einer Bremsspur in der Einfahrt zum Stehen kam. Auf das Quietschen der Reifen hin kam der Junge schnurstracks zum Auto.

»Und? Nichts?«

»Kein Spur von ihr beim Geschäft«, berichtete Jordan und warf einen Blick auf die Digitaluhr am Armaturenbrett. Acht Uhr!

»Vielleicht wurde es ihr zu spät, und sie ist direkt zum Restaurant.«

Der Hoffnungsschimmer erstarb schnell. »Das wäre nicht möglich gewesen. Sie wusste ja nicht, wohin wir fahren wollten.«

Da er merkte, dass er in Jordan einen aufmerksamen Zuhörer hatte, war Bobby nun nicht mehr zu bremsen und ließ eine ganze Salve von Hypothesen vom Stapel. Alles Mögliche fiel ihm ein, was Beth zugestoßen sein könnte.

»Hör auf, Bob!« Jordan riss allmählich der Geduldsfaden.

»Vielleicht hat sie Sie versetzt«, fügte der Junge nicht ohne eine Spur von Schadenfreude hinzu. Das Feixen verging ihm allerdings, als Jordan ihm einen giftigen Blick zuwarf. Jordan musste in Ruhe nachdenken, und bei Bobbys Gequassel war das unmöglich. Als Zeichen dafür, dass er die Unterhaltung beenden wollte, ließ er die Seitenscheibe hoch und griff nochmals zum Mobiltelefon. Mit einiger Mühe erinnerte er sich an Ginnys Nachnamen, der irgendetwas mit einer Baseballgröße zu tun hatte, Rizzuto. Viermal hörte er sich den Spruch auf Ginnys Anrufbeantworter an, bekam sie aber nicht an den Apparat. Als es auf halb neun Uhr zuging, fiel ihm die Tischreservierung ein. Er rief an und erfuhr, dass man den Tisch bereits an andere Gäste vergeben hatte.

Unentwegt schaute er in den Rückspiegel, als ließe sich Beth' Wagen allein durch diesen Kontrollblick gleichsam herbeizaubern. Bei jedem in der Scott Street auftauchenden Scheinwerferpaar zuckte er zusammen.

Um neun Uhr erwischte er endlich Ginny, die ebenfalls nichts von Beth gehört hatte und genauso besorgt war wie er.

Anfragen bei den Krankenhäusern erbrachten, dass keine Patientin, auf die Beth' Beschreibung hätte zutreffen können, eingeliefert worden war.

Als es halb zehn wurde, war Jordan klar: Da stimmte etwas nicht.

53. KAPITEL

Finger und Zehen wurden ihr kalt. Auf ihrem nackten Körper bildete sich eine Gänsehaut. Ihre Brustwarzen spannten sich, ihr Unterleib fühlte sich aufgebläht an. Sie spürte Harndrang.

»Spiderman« näherte sich. Ruckartig warf Beth den Kopf nach links und schloss fest die Augen, als könne diese Bewegung dafür sorgen, dass sich alles in nichts auflöste, dass er verschwand.

»Zeit, der Realität ins Auge zu sehen«, sagte er mit beklemmend ruhiger, kontrollierter Stimme. »Ich habe Sie ausgewählt. Da könnten Sie mich zumindest ansehen und mich ein wenig besser kennen lernen. Das wollten Sie ja ohnehin, nicht wahr? Alle Welt will das – herausfinden, wie jemand wie ich tickt.«

Langsam wandte Beth den Kopf in die Richtung der Stimme, öffnete die Augen und musterte das Gesicht des Mannes, der über sie gebeugt stand. Er war sorgfältig rasiert und roch schwach nach Rasierwasser. Keine Narbe, kein Muttermal verunzierte die Gesichtshaut. Der Anflug eines Lächelns enthüllte ebenmäßige, perfekte Zähne. Dunkle Brauen und Wimpern umrahmten die blauen Augen und ließen sie heller, größer und hypnotischer wirken.

Ihre Nacktheit ließ ihn offenbar völlig ungerührt. Anders als bei Rex McKenna glitt sein Blick nicht anzüglich über ihren ganzen Körper. Fast hätte sie es sich gewünscht – Lüsternheit, so abstoßend sie sein mochte, wäre zumindest verständlich gewesen. Bei Brad hatte sie das Gefühl, als schaue er durch sie hindurch in eine eigens für ihn geschaffene Unterwelt, einen Hort, in dem seine Bösartigkeit Gestalt annahm und sich ausbreitete wie eine schwärende Wunde. Beth wusste, sie durfte jetzt nicht hysterisch werden, durfte ihm keine Gelegenheit geben, sich an ihrer Angst zu ergötzen.

»Sie interessieren mich nicht im Geringsten«, erwiderte sie, selbst überrascht, als sie ihre Stimme hörte. Sie klang beunruhigend normal, als gehöre das quälende Grauen, das ihr über die Haut kroch, jemand anderem. »Wie lange habe ich denn geschlafen?«

»Es ist Samstag, zehn Uhr abends.«

»Dann war ich vierundzwanzig Stunden k. o.?« Eigentlich hätte sie jetzt schick zurechtgemacht mit Jordan im Restaurant sitzen sollen, vielleicht gerade bei der Nachspeise. Ein riesiger Kloß setzte sich in ihrer Kehle fest. An Jordan durfte sie jetzt nicht denken. Er wusste ja nicht, wo sie war. Er konnte sie nicht retten.

»Sie haben offensichtlich noch nie Beruhigungsmittel eingenommen«, bemerkte Brad, zog den Metallstuhl näher heran und setzte sich. »Das Sedativum hat Sie länger außer Gefecht gesetzt als ursprünglich von mir geplant.«

»Die Häppchen!«

Nun fiel ihr die Hausapotheke im Unterschrank von Brads Bad ein, alles nicht verschreibungspflichtige Medikamente, von denen sie angenommen hatte, er habe sie zum Stressabbau gekauft. All diese Mittel verstärkten die Wirkung ihrer normalen Warfarindosis. Was hatte er ihr gegeben? Wieder schaute sie auf ihre Haut, auf ihre von Ausschlag geröteten Knie, die geschwollenen Knöchel. Das Blut strömte ihr wie Leitungswasser durch die Adern, und ob sie nun an einer Magen- oder an einer Hirnblutung starb, blieb dem Zufall überlassen – ein bloßes Würfelspiel. Daher der üble Geschmack im Mund. Sie lag bereits im Sterben.

Beth blieb regungslos liegen, denn sie wusste, dass das Blut genau nach Brads Plan durch ihren Körper zirkulierte. Sie musste die Oberhand gewinnen. Irgendwie. Sie war zwar bewegungslos und fluchtunfähig, doch sie wollte nichts unversucht lassen, um sich selbst einen wie auch immer gearteten Vorteil zu verschaffen. Es war schließlich nicht das erste Mal, dass sie einem Verbrecher zum Opfer fiel. Damals, als Siebzehnjährige, hatte sie den Zustand als unerträglich empfunden. Das, was sie jetzt erlebte, war noch eine Steigerung dessen, aber sie würde den Teufel tun, sich einfach in ihr Schicksal zu fügen! Diese Fotoserie, die wollte sie ihm gehörig vermasseln, ihm seine Illusionen von Perfektion nehmen, und sei es auch nur um der Genugtuung willen, ihm nicht den letzten Triumph gelassen zu haben.

»Wollen Sie mich auch aufschlitzen? So wie die anderen?«

»*Aufschlitzen* – welch unzivilisiertes, primitives Verb! Nein, aufschlitzen werde ich Sie nicht. Sie sind anders als Ihre Vorgängerinnen. Das habe ich gleich gemerkt. Als Sie wach wurden, haben Sie nicht mal geschrien – im Gegensatz zu den anderen!«

Beth wusste, dass sie nicht schreien konnte. Sie durfte nicht. Sie hätte eine Blutung im Kehlkopf oder in der Luftröhre bekommen und sich regelrecht zu Tode geschrien.

Also sprach sie so leise wie möglich, kaum lauter als im Flüsterton. »Was hätte das schon genützt?«

»Genau! Kluges Mädchen!«

Dies war kein fairer Kampf. Beth sah, wie Brad aufstand und die Kamera vorbereitete.

Zum gegenwärtigen Zeitpunkt blieb ihr nur eine einzige Waffe, und nicht einmal eine besonders schlagkräftige: die Zeit. Zeit zu gewinnen – diese Waffe hatten Opfer immer schon benutzt. Zweifellos würde Brad eine derartige Hinhaltetaktik sofort als solche erkennen, doch das war Beth gleich. Sie musste es darauf ankommen lassen.

Sie sah zu, wie Brad, die Kamera am Tragriemen über der Schulter, bis zur Spitze der Leiter kletterte.

»Es gibt gar keine Verlobte, nicht wahr?«

Er schüttelte den Kopf.

»Aber das Foto neben Ihrem Bett, im Silberrahmen ...«

»Meine Erste«, erwiderte er seelenruhig. »Möglich, dass sie Ingrid hieß. Ich weiß es nicht mehr. Sie hat sich nur allzu bereitwillig für das Foto zur Verfügung gestellt. Direkt bevor sie ohnmächtig wurde.«

»Aber warum haben Sie nicht Ginny genommen? Mit der waren Sie doch auch zusammen!«

»Mit wem soll ich zusammen gewesen sein?«

»Mit Ginny Rizzuto, meiner Freundin! Bei Ihrer Party!«

»Mit der hab ich mal getanzt! Na und?«

»Geschlafen haben Sie mit ihr! Sie hat mir doch erzählt, was für eine Kanone Sie im Bett sind!« Beth konnte es selbst nicht fassen, dass sie auf einem Niveau redeten wie ein Paar in einer Vormittags-Talkshow.

Er brach in ein so herzhaftes, schallendes Gelächter aus, dass es in dem kahlen Raum widerhallte. »Ich versichere Ihnen«, japste er und verschluckte sich fast vor Lachen, »ich habe mit Ihrer Freundin nicht geschlafen. Gleich beim ersten Mal? Ja, wofür halten Sie mich denn?« Seine Stimme hatte einen spöttisch-empörten Unterton.

»Ginny sagte ...«

»Ihre Freundin hat geflunkert.« Das Blitzlicht flammte auf. Beth empfand es wie ein anzügliches Augenzwinkern. »Das war aber nicht nett von ihr!«

Natürlich hatte sie geflunkert. Ginny, die sich so sehr nach Liebe sehnte, die sich und anderen stets etwas beweisen zu müssen glaubte, sie hatte bezüglich Brad gelogen. Um ihr Gesicht zu wahren. Um Beth zu beweisen, dass sie auf einen gut aussehenden Mann wie Brad begehrenswert wirkte. Und weil Ginny vorgegeben hatte, sie sei mit ihm zusammen gewesen, hatte Beth nichts dabei gefunden, ebenfalls mit ihm bis hinaus nach Muir Beach zu fahren. Allein!

Der Teufel soll dich holen, Ginny!

»Und Ihr karibisches Domizil?«

»Ein Produkt meiner Fantasie.«

»Aber eins müssen Sie zugeben – Ihre Story mit dem Engagement im Seniorenheim, die war doch ein wenig weit hergeholt.«

Brad wirkte enttäuscht. »Das stimmt tatsächlich!« Schweigend wartete er darauf, dass Beth diese aberwitzige Information verarbeitete, dass sie sich fragte, wie dieser Schlächter, dieser Killer in der Gestalt eines Gentlemans sich für ältere Menschen einsetzen konnte, während er das Leben junger Menschen wahllos und brutal zerstörte. Dann sagte er: »Einige meiner besten Medikamente stammen aus den Hausapotheken der älteren Herrschaften. Ich kann schließlich nicht dauernd Rattengift im Garten-Center kaufen. Könnte ja sein, dass sich jemand mein Gesicht merkt. Aber Seniorenresidenzen sind wahre Warfarin-Paradiese. Die alten Leutchen nehmen samt und sonders Blut verdünnende Mittel. Und Sie wissen ja, wie vergesslich Senioren sein können. Die verlegen schnell mal etwas!«

Er nutzte betagte Menschen aus, um sich Medikamente zu beschaffen und sich später am Anblick verblutender Frauen berauschen zu können!

»Bei Ihrer Party flogen doch die Frauen nur so auf Sie«, sagte Beth, ohne zu wissen, wohin dies führen sollte, nur aus dem Gefühl heraus, dass sie unbedingt weiterreden musste. »Warum, Brad? Wozu das alles?«

»Welch banale Frage! Enttäuschend, etwas so Abgedroschenes aus Ihrem Munde zu hören! Ich war sicher, Sie würden sich etwas Originelleres einfallen lassen!«

Er wurde ihrer offenbar nicht überdrüssig. Noch nicht! Krampfhaft suchte Beth nach der richtigen Antwort.

Er nahm ihr die Mühe ab und antwortete auf ihre Frage. »Mag daran liegen, dass ich aus gestörten Familienverhältnissen stamme«, sagte er achselzuckend. »Mutter gewalttätig, Vater Alkoholiker, das Übliche. Oder ich bin so, seit ich damals vom Klettergerüst fiel und mir den Kopf aufschlug.«

Beth lag da, ohne zu wissen, wie sie reagieren sollte. Erwartete er etwa Mitgefühl? Verständnis? Sie entschied sich für den therapeutischen Ansatz, wartete darauf, dass er fortfuhr.

»Wie wär's mit Impotenz? Klassisches Motiv! Es klappt nur, wenn man dabei jemandem Schmerzen zufügt. So was gibt's! Oder ich habe 'ne Macke seit 'nem Horrortrip mit LSD, noch von der Highschool. Die Liste ist ellenlang. Suchen Sie sich was aus! Möglich wäre jeder der Gründe, möglich auch eine Kombination aus zwei oder mehreren. Mehr als wahrscheinlich ist allerdings ...«

Er unterbrach sich, hielt kurz die Luft an und stellte dann schlicht fest: »... dass das alles Quatsch ist.« Er lächelte – kein grausames, hämisches Grinsen, sondern ein ganz natürliches, kumpelhaftes Lächeln, das alles nur noch schlimmer machte. »Da habe ich Ihnen aber ganz schön zu denken gegeben, was?«

»Ja«, sagte Beth. »Allerdings!«

Er führte noch immer, beherrschte sein Spiel nach wie vor, doch etwas fiel Beth auf. Seit sie in diesem Kellerraum aufgewacht war, stellte sie eine Veränderung an Brad fest, nicht nur in seinen Augen, sondern an der Art und Weise, wie er mit ihr sprach. Sie erinnerte sich daran, wie er am Vorabend mit ihr geredet hatte, sowohl im Auto als auch im Haus, nach der Ankunft. Auch fiel ihr nun ein, wie Brad sich während der Party von Gast zu Gast bewegt hatte, alle beim Vornamen genannt hatte – ein geschickter Vertrauen bildender Werbetrick.

Hier unten indes hatte er sie nicht ein einziges Mal mit dem Vornamen angesprochen. Auch Ginny war lediglich als »Ihre Freundin« bezeichnet worden. In seinem Keller waren Brads Opfer keine Individuen mehr. Bot das einen Ansatzpunkt? Konnte sie Brad dazu bringen, sie als Menschen zu sehen? Oder hatte das keinen Sinn, weil er schon zu sehr in seinem Ritual gefangen war?

»Wozu die Nacktheit, Brad?«, wollte sie wissen. »Hier geht's doch nicht um Sex! Wieso haben Sie mich also ausgezogen? Versuchen Sie, meinen Körper mit dem von Natalie Gorman zu vergleichen? Oder mit dem von Anne Spalding? Ist das die Frage? Kann Beth Wells mithalten?«

Brad seufzte tief auf und erhob sich langsam. Wieder lag der gelangweilte Ausdruck auf seinem Gesicht. Beth glaubte schon, er werde die Frage ignorieren und einfach weitermachen. Mit einer jähen Bewegung beugte er sich über sie und brachte den Mund ganz nah an ihre Brust. »Sagen Sie mir –

wie ist das für Sie, wenn Sie nackt sind? Fühlen Sie sich wohl? Befreit?«

Sie spürte seinen heißen Atem und spannte jeden Muskel bis zur Schmerzgrenze an. »Sie wissen doch, dass ich das nicht tue!«

Sein Gesicht fuhr ganz nah an das ihre heran. »Genau! Im Übrigen sind Sie ohne Ihre Bekleidung viel fotogener. Und einer anspruchsvollen Käuferschicht eine ganze Ecke mehr Geld wert.«

Dann wandte er sich ab und schritt auf die Tür zu, die Beth von ihrer Position aus vor sich sehen konnte. Bevor er hindurchging, drehte er sich um und sah Beth noch einmal an. Messerscharf zerschnitt seine kalte, flüsternde Stimme die Luft. »Und nun hab ich etwas ganz Besonderes für Sie.«

Er machte die Tür auf und war verschwunden.

54. KAPITEL

Jim Kearns leerte bereits seinen vierten Becher Kaffee und war drauf und dran, sich den fünften einzuschenken, als er aufschaute und registrierte, dass er nicht der Einzige in der Stadt war, der an diesem Samstagabend ohne Rendezvous dastand.

Ted Weems, der »Junge«, wie Kearns ihn nannte, schlängelte sich durch das Labyrinth aus Schreibtischen und kam kopfschüttelnd auf Kearns Dienstzimmer zu. »Sie sind ja bekannt wie 'n bunter Hund, Lieutenant«, sagte er. »Bekannter, als Ihnen lieb sein kann!«

»Erzählen Sie lieber mal was Neues.« Kearns hatte eine Kritik über sich in der Morgenausgabe der Zeitung gelesen. Darin war er so miserabel weggekommen wie ein Schauspieler in einem zweitklassigen Film. »Was ist denn nun schon wieder?«

»Gucken Sie sich mal die Telefonnotizen hier an.« Weems klopfte sich mit der flachen Hand auf die Jacke und zog einen Stapel Zettel aus der Innentasche. »Hoffentlich werde ich nie so berühmt!«

»Berüchtigt meinen Sie wohl«, konterte Kearns mit einem Blick auf die Zettel. Der Captain hatte angerufen, der Bürgermeister gleichfalls. »Ja, heiliger Bimbam, ich war doch gerade mal 'ne Stunde außer Haus!«

Auf Kearns' Schreibtisch standen drei flache Pappschachteln mit chinesischen Gerichten. Nach einer Woche, in der seine Mahlzeiten überwiegend aus Schokoriegeln, Kaffee und lauwarmen Tütensuppen bestanden hatten, wollte sich Kearns einmal etwas Gutes gönnen und zur Abwechslung richtig im Sitzen speisen. Trotz dieser guten Vorsätze und trotz Henrys Versprechen, seine Peking-Ente schmecke vorzüglich, hatte er die Warmhalteverpackungen bislang kaum angerührt.

»Junge«, sagte Kearns, »dass *ich* hier hocke und aus 'ner Schachtel futtere, das mag ja noch im Rahmen sein, aber Sie? Sie müssten doch eigentlich mit 'ner flotten Braut die Stadt unsicher machen! Ich dachte, Sie hätten heute Abend frei! Wo hängt's denn?«

Weems fuhr sich über das kurz geschorene Haar. »Meine Braut hat mich abserviert, L. T. Gestern Abend. Kaum zu glauben, was? So einen netten Kerl wie mich?«

»Tut mir Leid, Junge! Üble Sache!«

»Ja, ich dachte, es hätte was draus werden können, aber da hab ich mich wohl verkalkuliert. Jedenfalls hilft Ablenkung, da kann ich mich auch hier ein bisschen nützlich machen. Unser Fall geht mir ohnehin an die Nieren. Geht Ihnen sicher auch so, was, Chef?«

»Ziemlich oft«, erwiderte Kearns, wobei sich ein melancholischer Unterton in seine Stimme schlich. »Deshalb hab ich heute auch kein Date!«

Jordan wusste sich keinen Rat mehr. Er zerbrach sich den Kopf bei der Suche nach sonstigen Möglichkeiten, mit denen man Kearns erreichen und ihn davon überzeugen konnte, dass Beth wirklich verschollen war. Jedenfalls hatte er Kearns nicht ans Telefon bekommen, und der Beamte, bei dem er vorgesprochen hatte, war offensichtlich überfordert und zudem nicht ganz bei der Sache gewesen.

Der junge Kriminalbeamte hatte sich bemüht, nicht herablassend zu wirken. »Lieutenant Kearns ist augenblicklich nicht in seinem Dienstzimmer.«

»Aber Beth ist eine gute Bekannte von ihm. Es wird ihn bestimmt interessieren!«

»Ich werde ihn informieren, sobald er zurück ist. Immerhin wird sie ja noch nicht allzu lange vermisst ...«

Jordan hatte den Blick des Polizisten bemerkt, eine Mischung aus Mitleid und Frust. »Sie kennen sie nicht«, hatte er zu erklären versucht, jedoch gemerkt, dass der Beamte die Geduld verlor. Jordan hatte seinen Namen und seine Telefonnummer auf einen Zettel gekritzelt. »Geben Sie das bitte Lieutenant Kearns und richten Sie ihm aus, was ich Ihnen hier gemeldet habe!«

Der Polizist hatte die Notiz in seine Hosentasche gesteckt. Jetzt, während der Heimfahrt, hatte Jordan das Gefühl, als entgleite ihm die Sache immer mehr, als könne er immer weniger für Beth' Sicherheit tun.

»Wird schon schief gehen«, hatte der junge Kripobeamte gemeint. »Die taucht bald wieder auf, Ihre Freundin. Bei so' nem anständigen Kerl wie Ihnen!«

Jordan kam sich alles andere als anständig vor. Am liebsten hätte er das Schaufenster eingeschlagen, Beth' Geschäft und ihre Wohnung durchsucht, sämtliche Schubladen herausgerissen, Schränke durchwühlt, Möbel umgekippt und nach irgendeinem Anhaltspunkt gesucht, der ihm hätte andeuten können, wo sie steckte. Am liebsten hätte er laut ihren Namen herausgeschrien.

Als er endlich bei sich zu Hause war und die Tür hinter sich schloss, tat er genau das.

55. KAPITEL

VERBLUTEN ...

Beth fragte sich, wie lange das dauern würde. Ihr Hausarzt hatte es ihr nie gesagt. Wozu auch? Sie sah sich stets vor, nahm ihre Medikamente, ernährte sich bewusst und ließ die Finger von körperbetonten Sportarten. Weder sie selbst noch ihr Arzt waren bisher vom schlimmsten Fall ausgegangen. Doch nun war genau der eingetreten, und deshalb dachte Beth über den Tod nach.

Der Schnitt würde sicher schmerzen. Und dann? Würde sie einfach einschlafen, ganz friedlich, wie die Heldin eines Kinofilms aus den Vierzigerjahren? Oder würde sie nach Luft ringen, an ihrem eigenen blutigen Erbrochenen ersticken ...?

Der Harndrang hatte sich gelegt. Der Rücken tat ihr jetzt weh, und in den Gelenken spürte sie ein schmerzendes Ziehen, das mit der körperlichen Bewegungsunfähigkeit nichts zu tun zu haben schien. Als sie an sich heruntersah, fiel ihr auf, dass ihre Haut einen Stich ins Gelbliche angenommen hatte. Die Symptome verschlimmerten sich.

Und wenn schon! Sterben musste sie so oder so. Wenn sie schon sonst nichts zu kontrollieren vermochte, so konnte sie zumindest über ihr eigenes Schicksal bestimmen. Sie wollte es sich selbst antun, bevor *er* Hand an sie legen konnte.

Massagetische waren leicht, möglicherweise war dieser mit Rollen versehen wie der, der im Behandlungsraum ihres Masseurs stand. Wahrscheinlich konnte sie den Tisch zum Umfallen bringen, wenn sie sich heftig genug hin und her warf, bis er kippte. Vielleicht brach sie sich bei dem Fall das Genick!

Ruckartig schnellte ihr Kopf hoch; Oberkörper und Oberschenkel zuckten, ihr Brustkasten stemmte sich gegen den breiten Klebestreifen, der unterhalb der Brüste verlief. Sie versuchte waagerechte Schaukelbewegungen, aber die Liege bewegte sich keinen Zentimeter.

Er hatte den Tisch am Fußboden festgeschraubt.

Kraftlos und schmerzgepeinigt gab sie auf. Tod durch Sturz – daraus wurde nichts!

Sie klemmte die Zunge zwischen die Backenzähne und presste die Kiefer zusammen. Ob es wohl sehr wehtat, wenn die Zähne das eigene Fleisch zerquetschten? Nur kurz, sagte ihr der Verstand, und dann machte es ihr wahrscheinlich ohnehin nichts mehr aus. Sie hoffte nur, dass sie im rechten Moment noch genügend Kraft besaß, um Brad einen Schwall ihres Blutes ins Gesicht spucken zu können.

Ganz plötzlich hasste sie sich selbst. Das ganze Leben war sie auf der Flucht gewesen, hatte ihrer Heimatstadt den Rücken gekehrt, um den Erinnerungen an einen Hochstapler zu entrinnen, hatte sich von einer bedeutlungslosen Liaison zur anderen gehangelt. Und nun, im Angesicht der Niedertracht eines Brad Petersen, wählte sie erneut die Flucht, den Ausweg durch den Tod von eigener Hand. Die Alternative, das Leben nämlich, die hatte sie überhaupt nicht in Betracht gezogen!

Durch Klebeband an die Liege gefesselt, war und blieb sie gefangen. Zerrte sie weiter an ihren Fesseln, zog sie sich mit Sicherheit eine Blutung zu. Wollte sie aber überleben, durfte sie sich nicht die kleinste Schramme erlauben. Nur ein Ausweg blieb. Brad musste ihr die Fesseln abnehmen.

Mit einem Stapel Videos kehrte er in den Kellerraum zurück. »Da Sie noch ein Weilchen bleiben werden, habe ich mir gedacht, dass Sie für ein wenig Unterhaltung dankbar sein würden. Ist nicht fair, wenn nur ich meinen Spaß habe.« Er legte die Kassetten links neben ihr auf die Liege. »Ziemlich große Auswahl. Was für Filme mögen Sie denn?«

Beth hatte sich vorgenommen, keine Furcht zu zeigen, ganz gleich, welche Grausamkeit er ihr zufügen mochte. Doch dies hatte sie nicht voraussehen können. Sie wusste nicht, wie sie darauf reagieren sollte.

»Bitte!« Seine Stimme hatte einen unerträglich beschwingten Unterton angenommen. »Sie sind der Gast. Sehen Sie gern Tanzfilme? Ich habe *Ich tanz mich in dein Herz hinein* dabei.«

Das ist doch nicht wahr!, fuhr es Beth durch den Kopf. Es weiß zwar keiner, wie die Opfer die letzten Tage ihres Lebens verbrachten – aber hatten sie sich tatsächlich einen Klassiker mit Fred Astaire angesehen? Das musste ein Vorwand sein, ein Trick, um sie weiter zu irritieren. Nur wozu? Solange er ihr die Fesseln nicht abnahm, konnte sie nichts tun!

Brad zog eine Videokassette aus dem Stapel und legte die übrigen auf den Boden. Beth sah ihm zu, wie er den fahrbaren Videorecorder näher heranrollte und dann seinen Stuhl herumrückte, sodass er direkt vor dem Bildschirm stand.

»So! Fertig! Machen Sie es sich schön bequem, und viel Spaß beim Zuschauen!«

Das Video verschwand im Kassettenfach.

56. KAPITEL

In der Version des Filmklassikers, den ihr Peiniger ihr vorführte, trat allerdings kein Tänzer wie Fred Astaire in der Hauptrolle auf, sondern eine Tänzerin. Vor Beth' Augen spielte sich auf dem Monitor ein Horrorszenario ab, in dem Carole Van Horne Schritt für Schritt qualvoll umgebracht wurde. Im Verlauf des Videos machte die Frau eine Wandlung durch: Nachdem sie zunächst leise um ihr Leben flehend vor sich hin gewimmert hatte, schleuderte sie ihrem Peiniger zuletzt einen obszönen Ausdruck nach dem anderen ins Gesicht, dann bettelte sie nur noch. Gegen Ende kamen ihr verworrene Worte über die Lippen sowie eine Aufzählung von Wunschträumen, die sich noch nicht erfüllt hatten. Dann begann sie, die Namen all derer aufzusagen, die sie gern hatten. Ihre Rolle schloss mit einem herzzerreißenden Schrei, während sie dabei zusah, wie ihr eine Blutfontäne aus dem Handgelenk schoss.

Brad spielte seinen Part, ohne eine Miene zu verziehen. Auf dem Bildschirm hatte er denselben Gesichtsausdruck wie jetzt – distanziert, fast gelangweilt, als habe er sich aus der Realität in eine Art Dämmerzustand zurückgezogen. Beth wusste, dass die Filme seinen Hunger nicht mehr stillten. Er brauchte den Horror real, und zwar immer öfter.

Wie gelähmt lag Beth da, von Angst wie mit Fangarmen umklammert. Bei Caroles Todesschrei raste ihr das Herz. Doch trotz des unbarmherzigen Tumults, der in ihrem Kopf tobte, bemühte sie sich um Beherrschung und zwang ihre Lungen zu ruhigen, regelmäßigen Atemzügen.

Auf dem Bildschirm hauchte Carole Van Horne ihr Leben aus, und Beth wandte das Gesicht nicht ab.

Brad warf ihr einen neugierigen Blick zu, sagte aber nichts. Er drückte einen Knopf auf der Fernbedienung, und das Video spulte zurück. Der ganze Film hatte knapp eine Viertelstunde gedauert. Wie lange mochte Carole das Sterben wohl vorgekommen sein?

Beth wartete ab, bis das Surren des Rücklaufs endete, und sagte dann mit einer Stimme, die ihr selbst völlig fremd klang: »Es muss frustrierend für Sie sein, Brad, dass Sie nicht an mehreren Orten gleichzeitig sein können.«

Er zog eine Augenbraue hoch. »Wie meinen Sie das?«

»Nun ja, Sie wollen doch den Frauen im Augenblick des Todes möglichst nahe sein, weswegen die Kamera auf ein Stativ montiert werden muss. Ich bin beileibe keine Filmexpertin, doch hielte ich einige Varianten für angebracht, um den wahren Kern der Handlung einzufangen. Nahaufnahmen, verschiedene Perspektiven ... so etwas in der Richtung! Unter den gegenwärtigen Umständen ist der Film ... na ja, einseitig. Fotos gelingen Ihnen offenbar erheblich besser.«

Er wirkte etwas ratlos. »Das ist natürlich mein Fachgebiet. Trotzdem, vielleicht ist der nächste Film mehr nach Ihrem Geschmack.«

Bemüht ruhig sagte sie: »Darf ich die Titel noch einmal sehen?«

In seinen Augen flackerte ganz kurz so etwas wie Verblüffung auf.

Brad hob die Videos vom Boden auf und hielt sie so, dass Beth die Hüllenrücken lesen konnte. Seine Fingerknöchel berührten dabei ihre Brust. Sie unterdrückte ein Schaudern und hob den Kopf. Es waren etwa ein Dutzend Videos, alle säuberlich etikettiert. Die Sammlung bewies, dass die Polizei lediglich an der Oberfläche kratzte, denn »Spiderman« wurden ja nur sechs Morde in San Francisco zur Last gelegt! Wer mochte wissen, wie viele weitere Morde er auf dem Gewissen hatte?

Beth ging die Titel durch: *Ein Amerikaner in Paris, Finale in Berlin, Auf der Jagd nach dem Juwel vom Nil.* Dazu Robert Altmans *Prêt à Porter* und *Schlank und schön durch Fitness* von Kathy Smith.

»Das dritte von unten«, forderte sie.

Sie machte sich auf ein weiteres Beispiel lebensechten Horrors gefasst, wobei ihr vollkommen bewusst war, dass sie das tragische Ende eines Mitmenschen benutzte, um sich selbst kostbare Zeit zu verschaffen. Egal, dachte sie: Solange die Filme laufen, konzentriert er sich nicht auf mich! Noch bedeutender erschien es ihr, dass ihre Reaktion auf das Gezeigte beziehungsweise die Tatsache, dass sie überhaupt nicht reagiert hatte, ihn offensichtlich aus dem Konzept brachte. Mit den Filmen wollte er sie schockieren, in Todesangst versetzen, aber das war ihm nicht gelungen – was ihn eine Winzigkeit aus dem Gleichgewicht brachte. Instinktiv ahnte Beth, dass genau das wichtig war!

Wieso hatte dieser Instinkt sie während der abendlichen Party, auf der Brad sie angesprochen hatte, im Stich gelassen? Er war ihr viel zu nahe gekommen und viel zu freundlich gewesen – ein Raubtier auf der Pirsch nach dem nächsten Opfer. Das unbehagliche Gefühl, das sie in seiner Nähe verspürt hatte, es war das erste Anzeichen von Angst gewesen! Nur erkannt hatte sie es nicht!

Jetzt musste sie auf der Hut sein! Jede Nuance in Brads Handlungen, jeder auf dem Bildschirm geäußerte Satz konnte ihr das Stichwort liefern, das sie brauchte, um ihm den Boden unter den Füßen wegzuziehen.

Der Videorecorder zog die Kassette ein. Nur Sekunden später blieb Beth ein Schluchzen im Halse stecken. Zu spät begriff sie die Bedeutung des Filmtitels: *In achtzig Tagen um die Welt*, der Streifen, der nun summend anlief, er stellte die letzten Stunden der Anne Spalding dar.

57. KAPITEL

Kearns hatte sich gerade mit den Fäusten die vor Müdigkeit entzündeten Augen gerieben, als er Inspector Anscombe mit triumphierender Miene auf sich zukommen sah.

»Wieder ’n Volltreffer, L. T.«, sagte sie, indem sie sich auf die Schreibtischkante hockte. »Die Armbanduhr! Sie gehörte Lydia Price!«

Es ging um die Cartier-Uhr, von der Nora Prescott sich nur höchst ungern getrennt hatte. Kearns hatte sie ihr beinahe mit Gewalt vom Handgelenk zerren müssen.

Kearns hatte Sharon Anscombe, die hervorragend mit Leuten umzugehen verstand, zu den Angehörigen der Mordopfer geschickt, und zwar mit dem Auftrag, herauszufinden, wem welcher Gegenstand gehörte. Lydia Price’ Eltern hatten sich für einige Tage in ihr Wochenendhaus in Tahoe zurückgezogen, um Abstand zu gewinnen. Sie waren somit als Letzte befragt worden. Nun leuchteten Sharons Augen, deren Blau von getönten Kontaktlinsen noch verstärkt wurde, vor Stolz.

»Saubere Arbeit!« Kearns hatte das Gefühl, als schnüre ihm ein Kloß von der Größe eines Tennisballs die Kehle zu, sodass er nur mit Mühe das ehrlich gemeinte Lob über die Lippen brachte.

»Den Typ auf dem Bild, den kannten die Eltern von Lydia Price allerdings nicht. Aber ein Schrittchen weiter sind wir doch«, bemerkte Sharon Anscombe. »Zumindest haben wir eine Vorstellung davon, wer er ist, stimmt’s?«

Kearns nickte. Der Tennisball hatte sich durch die Speiseröhre weiter abwärts vorgearbeitet und lag nun bleischwer im Bereich des Magens. Kearns verzog schmerzhaft das Gesicht. Die körperlichen Qualen waren mittlerweile ebenso schlimm wie seine seelische Erschöpfung.

»Sharon, Sie brauchen doch nicht viel Schlaf, oder?«

Sie grinste. »Was soll ich denn machen?«

»Überprüfen Sie sämtliche größeren Hotels der Stadt, die teuersten zuerst. Höchste Zeit, dass wir diese Nora Prescott aufgabeln und zur Vernehmung vorladen. Die muss irgendeine Ahnung haben, wo ihr Sohn steckt! Wenden Sie doch mal Ihre sattsam bekannte Überzeugungskunst an!«

Das Grinsen wurde noch breiter. »Mit Vergnügen. Der mach ich Feuer unterm Hintern!«

»Tun Sie das«, erwiderte Kearns. »Wird Zeit, dass ihr endlich mal jemand die Meinung sagt!«

Sharon wandte sich zum Gehen, blieb aber plötzlich stehen und sagte über die Schulter: »Übrigens, Chef, Sie haben doch Ihren Bekannten erreicht, oder? Der, mit dem Weems gesprochen hat?«

Kearns guckte sie verständnislos an.

»Sagen Sie nicht, Sie hätten die Nachricht nicht gekriegt!«

58. KAPITEL

Brad wollte ihre Meinung zu dem Film hören, als schriebe sie Filmkritiken.

Seine einschmeichelnde leise Stimme kroch ihr wie eine Gänsehaut über den Körper. Am liebsten hätte sie ihm mit ihren Fingernägeln in die Augen gestochen, sein makelloses Gesicht zerkratzt, nur um ihm annähernd das anzutun, was er den anderen angetan hatte. Allzu gern hätte sie ihm seine Krypta zerschlagen, dieses totenstille Gewölbe, hätte ihm seine Todesgalerie zerstört, alle Fotos von der Wand gerissen und zerschmettert, ihm die scharfen Glassplitter in seine untadelige Haut getrieben!

Dann begriff sie, dass sie sich dann selbst in ein Monster verwandelte.

Sie hielt inne, tat so, als strenge sie alle Sinne an für eine klug klingende Antwort, schluckte bittere Gallenflüssigkeit hinunter, verdrängte das Bild der gemarterten Anne Spalding aus ihren Gedanken.

Sie antwortete erst, als sie sich sicher war, dass ihre Stimme nicht verriet, was in ihr vorging. »Ich bleibe dabei: Ihre besten Arbeiten stammen von einem Apparat mit 35-mm-Film, nicht von einer Videokamera. Beispielsweise die Aufnahme da ...«, sie wies auf eine der Fotografien ihrer ehemaligen Untermieterin, »... der künstlerische Wert dieses Fotos lässt sich doch mit einem Video gar nicht vergleichen! Wie haben Sie das hinbekommen?«

»Mit einer Facettenlinse«, erklärte Brad nicht ohne Stolz. »Ich fürchtete schon, das Resultat könnte zu sehr nach Effekthascherei aussehen, doch mir scheint, es ist mir recht ordentlich gelungen. Natürlich würde ich niemals dieselbe Technik ein zweites Mal anwenden. Spezialinsen und Filter können die Fantasie eben nicht ersetzen.«

»Deshalb sind die Standfotos wahrscheinlich besser als die Videos«, sagte Beth. »Der Betrachter fragt sich: Wozu all das Blut? Wie kommt das? Die Angst wirkt echter, wenn man der Fantasie freien Lauf lassen kann. Hingegen enthüllen die Videos zu viel. Da bleibt nichts Geheimnisvolles mehr, der Betrachter kann seine Intelligenz nicht mehr einsetzen.«

Die Künstlernatur in Brad nahm diese Anregung offenbar dankbar auf. »Da haben Sie selbstverständlich Recht. Allerdings lässt sich mit den Videos besser Geld verdienen. Mitunter muss das Künstlerische vor dem Finanziellen zurückstehen, selbst bei solch kreativen Geistern wie uns.«

»Sie scheinen aber nicht am Hungertuch zu nagen. Ihr Haus, Ihr Auto, die gesamte Ausrüstung ...«

»Ich bin ein Einzelkind«, erwiderte Brad. »Meine Mutter verwöhnt mich.«

Beth wurde fast übel. Seit sie in diesem Keller aufgewacht war, hatte sie Brad als bloßes Objekt gesehen, so wie er auch in ihr eines sah. Er stellte die Schreckgestalt sämtlicher Albträume ihrer Kindheit dar. Nun brachte er die Sprache auf eine Mutter! Ein eisiger Schauer durchrann Beth bei dem Gedanken daran, dass er eine Familie hatte!

Brad lachte. »Sie fragen sich wahrscheinlich, wie meine Mutter jemanden wie mich lieben kann? Was sie wirklich sieht, wenn sie mich anschaut?«

»Nein, ich ...«

»Sie hat immer über mich Bescheid gewusst«, stellte er ungerührt fest. »Sie war bemüht, die Augen vor meiner wahren Natur zu verschließen, hat immer versucht zu verdrängen, dass ich bin wie ich bin. Doch mir scheint, sie begreift allmählich, dass sie mir nicht entkommt. Genau wie Sie.«

Mit aller Macht verdrängte Beth den letzten Satz in eine dunkle Nische ganz hinten in ihrem Kopf. Lenke seine Aufmerksamkeit von dir ab!, flüsterte ihre innere Stimme warnend. »Sie weiß von ...«

»Von den Frauen? Mittlerweile schon. Meine Mutter hat sich als so großzügig erwiesen, dass der dankbare Sohn sich verpflichtet fühlte, sie mit Liebesbeweisen zu überhäufen.« Die Häme in seiner Stimme war unüberhörbar.

Die Souvenirs! Die Gegenstände, von denen Kearns gesprochen hatte! Brad hatte sie den Opfern abgenommen und seiner Mutter geschenkt!

Beth bemerkte den Zorn in Brads Augen und begriff, dass sie sich auf verbotenem Gelände bewegte. Dass seine emotionale Waagschale sich in diese Richtung neigte, das durfte sie nicht riskieren. Noch nicht! Gib ihm lieber Streicheleinheiten für sein Ego, sagte sie sich und warf einen Blick auf eine weitere gerahmte Fotografie. »Und die Aufnahme dort? Wie haben Sie die hinbekommen?«

Er folgte ihrer Blickrichtung zu einer künstlerisch anmutenden Darstellung eines seiner Opfer. Dabei musste die Kamera sich irgendwo hinter dem Massagetisch befunden haben. Der Kopf der Frau hing über der Tischkante, die Brüste ragten wie verzweifelt in die Höhe. Die nackte Haut war mit Abbildungen von Nagellackfläschchen in allen möglichen Farbschattierungen überzogen – Monica Turner, die Kosmetikerin!

»In einem Kaufhaus habe ich ein Diapositiv von ausgestellten Nagellacken angefertigt und das Dia dann im Überblendverfahren auf die Haut projiziert, wobei ich den Hintergrund schwarz ließ, damit die Fläschchen nirgendwo sonst sichtbar wurden.«

Beth sah sich im Raum um, soweit ihr dies möglich war. »Ich sehe aber keinen Diaprojektor. Und Ihre Linsen sehe ich auch nicht. Bewahren Sie die dort hinten auf?« Sie richtete ihren Blick auf die Tür an der gegenüberliegenden Wand.

Brad nickte. »In der Dunkelkammer.«

Eine Fluchtmöglichkeit! Dort musste sie hineingelangen, aber sie durfte ihren Wunsch nicht zu auffällig äußern. »Das muss doch ein Vermögen kosten, die ganze Ausrüstung! Ich verstehe ja nicht allzu viel vom Fotografieren ...«

»Und ich bin sicher, es ist Ihnen auch völlig gleichgültig.« In seiner Stimme war eine gewisse Schärfe zu bemerken. »Hat Spaß gemacht, unser kleiner Plausch, mal was anderes als das ständige Geflenne und Gejammer. Aber Sie denken doch nicht etwa, Ihr kluges Geschwätz würde etwas bewirken, oder?«

Was ihr an Mut noch geblieben war, stürzte gleichsam in einen düsteren Abgrund, und mit ihm der allerletzte Hoffnungsschimmer. Hatte sie wirklich geglaubt, sie könne Brad austricksen? Wo das doch mindestens ein Dutzend andere vergeblich versucht hatten?

Nach einer Weile sagte sie: »Nein, Brad. Mir ist klar, dass ich hier sterben werde. Es liegt in Ihrer Hand, wann das sein wird. Doch ich sehe überhaupt nicht ein, dass ich meine Lage noch verschlimmern soll, indem ich meine letzten Energiereserven in hysterischen Anfällen vergeude.« Sie dachte an Carole Van Horne, an das obszöne Wüten einer vor Todesangst wahnsinnig gewordenen Frau.

Er sah sie auf ganz merkwürdige Weise an. »Entweder schauspielern Sie so, dass Sie reif sind für den Oscar, oder Sie sind kalt wie Eis.«

»Weder noch«, konterte sie. »Aber ich halte es mit Max Ehrmann: *›Was auch immer dein Mühen und Sehnen ist, erhalte dir den Frieden deiner Seele in der lärmenden Wirrnis des Lebens.‹«*

»Philosophie ödet mich an«, unterbrach er sie. »Insbesondere die trivialen Sinnsprüche, die sich auf Postern und Lesezeichen finden.« Gähnend schaute er auf seine Armbanduhr.

Beth blieb stumm. Welchen Weg sie auch wählte – er brachte sie doch nur dem Ende näher. Sie war jetzt etwas mehr als einen Tag hier, und allmählich wurde Brad ihrer überdrüssig und immer gelangweilter. Ihr Bemühen, sich anders zu verhalten als die anderen, war vergebens gewesen. Brad mochte ruhig behaupten, er könne Hysterie nicht ausstehen – wahrscheinlich hatte genau diese Hysterie ihn aufgereizt und wahnwitzige Machtfantasien in ihm hervorgerufen. Ganz gleich, was Beth nun tat, ändern würde es nichts. Vielleicht sollte ich hinnehmen, was unabänderbar ist, dachte sie. Sie musste sterben, schon bald. Ihr blutete nämlich die Nase.

Brad zog ein makellos weißes Taschentuch aus der Hosentasche und tupfte Beth damit das Blut von der Nase.

Dann klemmte er ihr mit Daumen und Zeigefinger die Nasenflügel zusammen, sodass sie keine Luft mehr bekam. Ihr Kopf ruckte hoch, sie riss ihren Mund auf; keuchend rang sie nach Atem, sog gierig den Sauerstoff ein. Blut rann ihr den Rachen hinunter, bis sie hustete. Brad nahm die Hand weg. Die Blutung ließ nach; nur noch ein dünnes Rinnsal sickerte über Beth' Oberlippe. Er wischte es mit dem Tuch fort. »Ist ja schon gut! Alles halb so schlimm. Wird schon wieder!«

Dann, urplötzlich, als sei überhaupt nichts Lebensbedrohliches passiert, fragte er: »Möchten Sie noch einen Film sehen? Ich könnte Ihnen meine jüngste Produktion vorführen! Diese Aerobic-Lehrerin, die war hier unten an dem Abend, als meine Party stattfand – als wir uns begegneten, Sie und ich! Ganz schwach im Hintergrund hört man die Musik.«

Patricia Mowatt! Gefangen gehalten in dieser Gruft, während über ihr Scharen von Partygästen aßen, tranken und tanzten! Sie musste das Lachen gehört, das Feiern und Tanzen gefühlt haben! Ginny, Jordan, Beth und an die einhundert andere Leute! Nicht einer war ihr zu Hilfe gekommen!

»Ich würde mir lieber Ihre Dunkelkammer ansehen«, antwortete Beth.

Er beugte sich dichter über sie. »Was fasziniert Sie denn so an dem, was hinter der Tür sein könnte?«

»Mit Faszination hat das nichts zu tun. Nur mit Neugier. Zum einen wird mir langsam der Nacken steif. Zum anderen bin ich ebenso eitel wie die meisten Frauen. Wenn Sie schon Fotos von mir machen, dann, so denke ich, müsste ich ein Wort mitreden dürfen, wie ich mich gerne porträtiert sehen würde!«

Sie hatte keine Ahnung, wie ihr das so schnell eingefallen war. Sie wusste nur eins: Blieb sie auf diesem Tisch angebunden, schwand alle Hoffnung dahin.

Ihre Bemerkung traf ihn anscheinend überraschend. Die

aktive Mitwirkung eines Opfers am eigenen Tod – vielleicht bot das die neue Variante, auf die Brad so sehnsüchtig aus war, ein frischer Wind kam auf in einem Ritual, das allmählich für ihn an Reiz verlor.

»Mal sehen«, sagte er leichthin, stand dann auf und durchschritt das Zimmer. Hinter ihm klappte die hölzerne Tür ins Schloss.

59. KAPITEL

Ted Weems, der »Junge«, war so weiß im Gesicht, als hätte man es in ein Bleichmittel getaucht. Er rang mühsam nach Fassung, doch trotz seiner reuigen Miene war Kearns noch nicht mit ihm fertig.

»Wie konnte das passieren, zum Teufel?«

»Die Nachricht steckte in meiner Hosentasche, Chef. Ich muss sie wohl vergessen haben.«

»Weems! Wir haben es mit sechs Morden zu tun, Beth Wells wird vermisst, und Sie kommen mir mit ›vergessen haben‹! Das müssen Sie mir erklären!«

»Ich weiß auch nicht, L. T. Hab Mist gebaut. Konnte wohl nicht klar denken. Aber so lange wird Ihre Bekannte doch noch nicht vermisst.«

Kearns biss sich auf die Lippen. Er hatte sich nicht die Mühe gemacht, die Tür zu seinem Dienstzimmer zu schließen. Einige Beamte im Raum nebenan taten angestrengt so, als hörten sie nicht mit. Damit es jeder mitbekam, erhöhte Kearns die Lautstärke um einen kleinen Tick. »Jetzt passen Sie mal auf, mein Junge: Mit dieser Geschichte haben Sie einen kapitalen Bock geschossen. Wenn man in einer Polizeidirektion zum Dienst erscheint, dann bleiben persönliche Probleme vor der Tür. Klar?«

»Ja, Chef. Tut mir Leid.«

»Richtig Leid wird's Ihnen erst tun, wenn Beth Wells nicht bald auftaucht. Da können Sie Ihren letzten Dollar drauf wetten. Und jetzt raus, damit ich eruieren kann, was hier eigentlich los ist, verdammt nochmal!«

Weems vollführte eine Kehrtwendung und stolperte unbeholfen hinaus, wobei er sich die Hüfte am Türpfosten stieß.

»Verdammt!«, fluchte Kearns leise vor sich hin, nachdem der Beamte fort war.

Um Mitternacht rief er Jordan Bailey an.

»Beth!«, schrie Jordan ins Telefon.

»Nein, Bailey, ich bin's, Lieutenant Kearns.«

»Haben Sie sie gefunden? Wo ist sie?«

Kearns merkte, wie sein Herz angesichts der Panik in Baileys Stimme schneller schlug. »Jetzt mal langsam! Was ist passiert, zum Teufel?«

»Ich war um sieben bei ihr zu Hause an der Tür, um sie abzuholen. Sie war aber nicht da. Und Blumen hab ich ihr geschickt, zum Geschäft! Die lagen auf der Schwelle, noch eingewickelt, als ich hingefahren bin, um zu sehen, ob sie noch dort ist. Beth hat das Geschäft heute nicht aufgemacht, Lieutenant!«

Das kam Kearns allerdings sehr spanisch vor. Der Samstag war gemeinhin der lukrativste Geschäftstag. »Lassen Sie uns nichts überstürzen! Schauen wir erst mal, was wir ausschließen können. Könnte sie in einer dringenden Familienangelegenheit unterwegs sein?«

»Nein. Ginny hat bei Beth' Eltern angerufen. Bei denen ist alles in Ordnung.«

»Und um eine Beziehungskrise handelt es sich hier auch nicht?«

»Sie hat ihr Auto am Geschäft stehen lassen, Lieutenant! Sie kennen doch Beth! Die würde jemanden anrufen, wenn sie ein Problem hätte!«

Bailey hatte Recht. Da stimmte etwas nicht.

»Versuchen Sie, etwas zu schlafen, Bailey. Ich schau mal, was sich machen lässt.«

»Sehen Sie zu, dass Sie sie finden, Lieutenant! Bitte!«

Kaum war das Gespräch beendet, legte Kearns los. Es ging Schlag auf Schlag. Zwei Angehörige seiner Sonderkommission wurden zu Beth' Haus in der Marina beordert, um dort nach dem Rechten zu sehen. Weitere zwei durchkämmten sämtliche Bistros und Cafés in der Gegend.

Mit einem nagenden Angstgefühl fuhr Kearns selbst zu Beth' Geschäft. Wahrscheinlich ist es gar nichts, versuchte er sich einzureden. Vielleicht ist 'ne Freundin krank geworden. Es konnte dutzende logischer Erklärungen geben. Dennoch: Kearns vermochte den stechenden Schmerz in seinem Magen nicht zu ignorieren, und auch Baileys Stimme ging ihm nicht aus dem Sinn. Vor ein paar Tagen erst war ihm der Kerl noch verhasst gewesen; er hätte ihn beinahe eingebuchtet. Seit er aber bei dem nächtlichen Anruf Baileys aufgewühlte Stimme gehört hatte, das leichte Husten, das seine Erregung nur unvollkommen getarnt hatte, konnte er sich einer gewissen Verbundenheit mit dem Mann nicht entziehen.

Vor Beth' Geschäft angekommen, ließ Kearns den Lichtkegel der Taschenlampe durch die Schaufensterscheibe wandern. Im Ladeninneren konnte er nichts Verdächtiges entdecken. Wie von Bailey erwähnt, lagen die weißen Rosen noch direkt im Eingang, und zwar unangetastet.

Beim Anblick von Beth' Audi, dem einzigen Fahrzeug auf dem rückwärtigen Parkplatz, überkam ihn eine Welle von Melancholie, deren Gründe er sich nicht erklären konnte. Der Strahl seiner Taschenlampe enthüllte, was Bailey ihm bereits erzählt hatte: Das Auto war leer. Als er die flache Hand auf die Motorhaube legte, wusste er von vornherein, was er fühlen würde. Der Motor war kalt.

Er ging zu seinem Wagen zurück, holte Werkzeug und knackte damit den Kofferraum von Beth' Wagen – man konnte ja nie wissen. Erleichtert blies er die Luft aus, als der Kofferraumdeckel hochschnappte. Eine Sporttasche und ein zusammengeklappter Liegestuhl, mehr lag dort nicht.

Zwei Fenster flankierten den Lieferanteneingang des Geschäfts, beide mit schmiedeeisernen Gittern gesichert. Kearns klemmte seine Taschenlampe zwischen die Gitterstäbe, doch im hinteren Bereich des Geschäfts war ebenfalls keine Spur von Beth auszumachen. Es hatte sich auch niemand am Schloss der Hintertür zu schaffen gemacht.

Ein zweites Mal kam Werkzeug zum Einsatz, schon war Kearns im Innern des Ladens. Doch wieder enthüllte der Schein der Lampe nur das, was er ohnedies wusste: Beth war nicht da.

Fünf Jahre zuvor, als Mary ihm angedroht hatte, sie werde ihn verlassen, hatte Kearns eine Abmachung mit dem Herrgott getroffen und ein Gelübde abgelegt: Schluss mit dem Saufen, wenn Mary nur bei mir bleibt. Bei diesem Deal hatte er zwar haushoch verloren, jedoch glücklicherweise in religiöser Hinsicht nicht sämtliche Brücken hinter sich abgebrochen. Vielleicht konnte man ja aufs Neue mit Gott in Verhandlungen treten. Nur – was hatte er groß als Gegenleistung zu bieten, wenn er Beth unversehrt wiederhaben wollte?

Alles, so begriff er plötzlich. Lieber Gott, du kriegst, was du willst, wenn du nur Beth zurückbringst, betete er im Stillen.

Er sah auf seine Armbanduhr. Halb zwei in der Nacht. Er rief im Kommissariat an und forderte zwei Beamte an, die für den Fall, dass Beth ihren Wagen abholen kam, als Wachposten am Geschäft fungieren sollten. Sharon Anscombe wurde beauftragt, Rex McKenna aufzusuchen und ihn zu befragen. Ihren Hinweis auf die nachtschlafende Zeit quittierte Kearns mit einem »Ist mir scheißegal!«

Sharon teilte ihm mit, dass Bailey sich bereits zweimal telefonisch gemeldet habe.

»Noch nichts Neues, Bailey«, sagte Kearns, nachdem er den Piloten erneut angerufen hatte. Der Mann war offenbar völlig durcheinander. »Sieht ganz so aus, als hätte sie Freitagabend ganz normal Feierabend gemacht und sich dann von jemandem abholen lassen. Sie melden sich, sobald Sie was hören. Ich mich umgekehrt auch.« Dann fügte er noch hinzu: »Tut mir Leid, Bailey!«

»Danke, Lieutenant.«

Obwohl mittlerweile die halbe Spezialeinheit mobilisiert und auf der Suche nach Beth war, kam Kearns sich nutzlos vor. Sie brauchte Hilfe, das spürte er bis tief ins Mark. Er nahm kaum Notiz von Ampeln oder Straßenverkehr, während er den Wagen durch die Straßen steuerte. Wieder und wieder erschien vor seinem geistigen Auge ein düsteres Bild: zwölf welke Rosen.

60. KAPITEL

Beth hatte geglaubt, sie würde sich ohne Brads Anwesenheit im Raum erleichtert fühlen. Das Gegenteil war jedoch der Fall. Wenn er da war, konnte sie immerhin seinen Gesichtsausdruck studieren, seine Reaktionen auf das, was sie selber sagte, wahrnehmen und möglicherweise etwas Lebensrettendes für sich in Erfahrung bringen. Sie ahnte, wie gefährlich er war, wenn man ihn allein ließ.

Es nützte nichts, sich darüber den Kopf zu zerbrechen. Sich im Nachhinein über jedes Wort, was sie von sich gegeben hatte, Gedanken zu machen, lief auf reine Vergeudung von Energie und Zeit hinaus, und von beidem stand ihr nicht mehr viel zur Verfügung. Sie merkte, dass sie Bauchkrämpfe bekam, und spannte ihren Schließmuskel an. Sie wusste, welche Demütigung ihr als Nächstes bevorstand: Durchfall. Sie blickte auf ihr linkes Handgelenk, das Brad ihr nach eigener Aussage nicht aufschneiden wollte. Die Haut kam ihr jetzt noch gelber vor; dort, wo ihre Armbanduhr gesessen hatte, verlief ein blasser Streifen.

Minuten, vielleicht Stunden später erschien Brad im Türrahmen. Er hatte sich umgezogen. Sein weißes Hemd wirkte frisch gestärkt. Er war glatt rasiert; ein Hauch seines nach Zitrusfrüchten duftenden Aftershaves durchwehte den Kellerraum. All dies war Teil der Tortur, das war Beth klar, ein physischer Hinweis darauf, dass das Leben für ihn weiterging. Mit seinem gepflegten Äußeren wollte er ihr seine Überlegenheit demonstrieren, während sie selbst ständig hoffnungsloser und hinfälliger wurde.

Auf der Schwelle zögerte er, kam dann aber mit einem Glas Orangensaft und einem Paar Handschellen zu Beth herüber. »Wie du mir, so ich dir«, sagte er und stellte das Saftglas zwischen ihre Schenkel auf die Liege.

Beth spannte die Muskeln an; seine Hand so nahe an ihrer Scham rief nun ganz andersartige Befürchtungen in ihr hervor.

»Trinken Sie das, dann gehen wir zwei auf Besichtigungstour.«

Sie wusste, was das Glas enthielt. Die Flüssigkeit würde sie zwar nicht direkt vergiften, aber dennoch langsam umbringen. »Im Augenblick habe ich keinen Durst.« Ihre bebende Stimme verriet die Angst, die zu verbergen sie sich so sehr bemüht hatte.

Sacht legte Brad ihr die Handschellen auf den nackten Bauch, platzierte die Stahlringe perfekt symmetrisch zu beiden Seiten des Nabels. Aus der Gesäßtasche seiner Hose zog er ein Messer, dessen reinweiße Klinge im Licht der Leuchtstoffröhre blitzte. Während er das Messer über Beth in der Luft schweben ließ, streichelte er es mit Blicken und bewegte es hin und her, um dem Spiel des Lichts auf der Klinge zuzusehen.

In einer raschen, eleganten Bewegung fuhr die Klinge Beth an die Kehle. »Wir können es auch gleich hinter uns bringen«, flüsterte er. »Wollen Sie das?«

»Sie sagten doch, ich sei anders«, stammelte sie, den Druck der Klinge am Hals spürend. »Sie meinten doch, Sie wollten mich nicht aufschneiden!«

Er zuckte die Achseln. »Es wäre nicht das erste Mal, dass etwas nicht nach Plan verliefe. Ich könnte einfach hier beginnen ...« – die Messerspitze bohrte sich in Beth' Halsansatz – »... und mich dann so weiter vorarbeiten ...« Die Klinge beschrieb eine Gerade zwischen ihren Brüsten hindurch und zeichnete dann eine Linie an den Handschellen vorbei, bis die Messerspitze am Ansatz des Schamhaars innehielt. »Ihre Leiche werde ich verstecken. Ihre Familie wird nie erfahren, was Ihnen zugestoßen ist. Ihrem geliebten Jordan wird es das Herz brechen; kann sein, dass er jahrelang nach Ihnen sucht und darauf wartet, dass Sie nach Hause kommen. Die Polizei wird nicht den geringsten Hinweis darauf haben, dass Sie ›Spiderman‹ begegnet sein könnten.«

Bitte!, durchzuckte es sie. Mach, dass es schnell geht! Wenn ich schon sterben muss, möchte ich nicht dabei zusehen müssen! Ein rascher Stoß mit der weißen Klinge, und alles wäre vorbei. Sie schloss die Augen.

Sie nahm nun seinen Atem ganz nah an ihrem Gesicht wahr. Die Zeit verging, und Beth spürte, wie sie sich der Klinge entgegenbog, doch das erhoffte Geschenk stellte sich nicht ein. Das Messer drang nicht in ihren Körper ein, und sie konnte auch nicht spüren, wo es war. Sie fühlte nur Brads Atem, der ihr über die Haut kroch wie eine Ameisenarmee, und den abscheulichen Geruch seines Aftershaves. Der unerträgliche Todeskampf ging weiter.

Beth öffnete die Augen und sah ihren Köper an. Noch immer hatte die Klinge ihre Haut nicht durchbohrt. Brad hielt sie über ihrem Unterleib in der Luft, prüfte sie spielerisch mit dem Daumen und grinste dabei. »Sie wollen doch sterben, nicht wahr?«, sagte er mit melodischer Stimme. »Sie sind wie das Vögelchen, das vor die Fensterscheibe geflogen ist. Sie können sich nicht bewegen, und weiterleben ist nur Quälerei.«

»Sie haben behauptet, ich sei anders«, schrie sie auf. Ihre Stimme hatte jetzt den letzten Rest von Fassung verloren.

Ein verächtliches Lachen entfuhr ihm, und wieder hob er die Schultern. »Solche wie Sie gibt's wie Sand am Meer! Also, sagten Sie nicht, Sie hätten Durst?« Er nahm das Glas von seinem Platz zwischen ihren Schenkeln und legte stattdessen das Messer dorthin.

Als Brad ihr das Gefäß an die Lippen führte, trank sie. Obwohl sie versuchte, langsam zu schlucken, rann ihr die Flüssigkeit unaufhörlich durch die Kehle. Sie presste die Lippen gegen das Glas und hoffte, etwas würde an ihren Mundwinkeln herabsickern. Letzten Endes leerte sie das Glas bis zur Neige. Sie hatte erwartet, dass die Flüssigkeit einen üblen, bitteren Geschmack haben würde, doch sie schmeckte wie Orangensaft.

»Ich zeige Ihnen, wie anders Sie sind«, verkündete er, wandte sich dem Rollwagen zu und schob ihn aus der Zimmerecke neben den Massagetisch. Dann hielt er Beth die flache Hand hin. Auf ihr lag ein Schächtelchen.

»Stecknadeln!«, flüsterte sie. »Nein!«

Nickend legte er ihr die Schachtel auf den Bauch und erklärte das Unausweichliche. »Sie werden mein menschliches Sieb sein. Mein Blutspringbrunnen.«

Sie verlor das letzte bisschen Kraft, das sie noch besaß.

Die Tränen stiegen ihr in die Augen, rannen ungehindert aus den Augenwinkeln und tröpfelten ihr in die Ohren. »Bitte!« Sie hörte ihr eigenes Wimmern, hasste sich selbst, konnte aber nicht aufhören. »Nein!«

Von dem Rollwagen angelte Brad einen Apparat, machte ein Foto von Beth und ließ noch ein weiteres Dutzend Aufnahmen folgen, wobei er sich um den Massagetisch herumbewegte, um mit der Kamera ihr Leiden aus allen erdenklichen Winkeln einzufangen.

Ihr Kopf schlug hin und her; verzweifelt versuchte sie, sich dem grässlichen Zucken des Blitzlichts zu entziehen. »Bitte!«, schluchzte sie. Er ließ die Kamera zu einer Großaufnahme ganz nah an ihr Gesicht heranfahren. Dreimal klickte der Auslöser. »Brad, ich will nicht sterben!«

»Schon gut, schon gut!«, tröstete er sie. »Bin doch noch gar nicht so weit! Ich habe Ihnen eine Besichtigungstour versprochen, wissen Sie nicht mehr?« Er zog ein blütenweißes Taschentuch aus der Hosentasche, tupfte ihr die Augen ab, wischte ihr sacht über Schläfen und Wangen. Seine Berührung war sanft, fast liebevoll.

»Ehe wir losgehen«, sagte er dann und beugte sich näher über sie, »sagen Sie mir, was Sie in der Schule zum Guten Hirten in Ventura gesucht haben!«

»Sie sind mir gefolgt?«

Lächelnd faltete er das Taschentuch zu einem säuberlichen Quadrat und steckte es in die Hosentasche zurück.

Auf der hektischen Suche nach einer Antwort rasten ihr die Gedanken im Kopf herum, doch unter dem Einfluss der Medikamente, die Brad ihr verabreicht hatte, reagierte ihr Hirn nur schleppend. »Ich wollte überprüfen, wer Sie sind«, sagte sie. »Sie gefielen mir auf der Party. Einer Ihrer früheren Lehrer, mit dem ich sprach, hielt Sie für einen unangenehmen Zeitgenossen. Es lägen zwar keine Beweise vor, meinte er, gab mir jedoch den Rat, mich von Ihnen fern zu halten.«

»Ach nein!«, bemerkte er mit hämischem Unterton.

Beth redete einfach weiter. »Und ich habe auch Lieutenant Kearns von Ihnen erzählt und ihm mitgeteilt, dass Sie dem Täterprofil des Mannes entsprechen, nach dem die Polizei fahndet.«

Prüfend musterte Brad ihr Gesicht, studierte es gleichsam wie eine Probe, die in einem Labor untersucht wird. Sie hielt den Atem an, als er sich näher an sie heranschob und seine Lippen ihr Ohr streiften. »Sie sind die schlechteste Lügnerin, die mir je untergekommen ist.«

»Nein, ich ...«

Er schüttelte den Kopf. »Lügen kann eine Kunst sein, wissen Sie? Lässt man genügend Wahrheit in eine Geschichte einfließen, wird einem die Lüge als glaubhaft abgenommen. Sie hingegen sind von der Beherrschung dieser Kunst meilenweit entfernt. Meine früheren Lehrer haben noch nie von einem Brad Petersen gehört. In Wirklichkeit haben Sie meine alte Schule aufgesucht, um Nachforschungen bezüglich Ihres Freundes anzustellen, habe ich Recht? Aber sicher, natürlich habe ich Recht! Nachdem ich sein Techtelmechtel mit einer gewissen Flugbegleiterin erwähnte, waren Sie völlig verunsichert.«

Er hat ein Spiel mit mir getrieben, dachte Beth. Von der ersten Begegnung an! Und ich Närrin habe das mit mir machen lassen!

»Der gute, alte Jordan! Ach, ich kenne ihn noch von der Schule her! Damals war er ein begnadeter Basketballspieler, bewundernswert, wie ich fand. Natürlich würdigte er mich keines Blickes; ich gehörte ja zu den jüngeren Jahrgängen. Damals, wohlgemerkt! Heute hat sich das Blatt gewendet, nicht wahr? Offenbar hält es Ihr Jordan nie lange bei einer Freundin aus. Und im Squash ist er nur Mittelmaß.« Brad starrte Beth durchdringend an und fügte hinzu: »Er hat einfach keinen Killerinstinkt!«

Beth spürte, wie sich eine der Handfesseln um ihr Handgelenk schloss. Die andere legte sich Brad selber an. Dann nahm er das Messer und durchschnitt das Klebeband, mit dem Beth' Füße festgebunden waren. Er löste auch die übrigen Fesseln und forderte sie auf, sich aufzusetzen und dann von der Liege gleiten zu lassen. Noch wacklig auf den Füßen, spürte sie den kalten Estrich unter den nackten Sohlen. Das Nasenbluten hatte wieder eingesetzt.

»Kommen Sie«, sagte Brad.

61. KAPITEL

Als es am Montagmorgen auf zwei Uhr zuging, war Jordan klar, dass er allmählich durchdrehte. Ihm schien, dass er die Schwelle zum Wahnsinn schon seit einiger Zeit überschritten hatte.

Er zog sich die Schuhe aus und setzte eine zweite Kanne Kaffee auf. Seine Füße waren geschwollen, weil er den Großteil des Sonntags ruhelos hin und her gelaufen war. Noch immer trug er das T-Shirt und die Jogginghosen vom Vortag. Er traute sich nicht, sich unter die Dusche zu stellen, weil er befürchtete, das Rauschen des Wassers könne das Klingeln des Telefons übertönen. Die Bartstoppeln in seinem sonst immer so sorgfältig rasierten Gesicht juckten dermaßen, dass er sich bereits beide Wangen blutig gekratzt hatte.

Er schenkte sich einen Becher Kaffee ein und sah dann zu, wie das Gebräu kalt wurde.

Nur ein einziges Mal zuvor hatte er sich ähnlich hilflos gefühlt. Sein jetziger Zustand ließ sich vergleichen mit der Erinnerung an jenen Tag, als er im Sonntagsstaat im Türrahmen zum Schlafzimmer seiner Mutter gestanden und mit angesehen hatte, wie sie ihren Lebensunterhalt verdiente, nackt wie Gott sie geschaffen hatte. Dieses lähmende Gefühl verspürte er auch nun wieder: Entsetzen angesichts dessen, was er erfahren hatte, sowie völlige Machtlosigkeit.

Maschinen waren einfach zu handhaben. Eine Boeing 747 steuerte er mit derselben Leichtigkeit wie ein Auto. Mit Menschen auszukommen – das fiel ihm hingegen schwer. Es war viel leichter gewesen, seine Gefühle zu begraben, sodass sie nicht an die Oberfläche gelangen und ihm nichts anhaben konnten.

All das war mit Beth anders geworden. Obwohl beide gebrannte Kinder, hatten sie, schneller, als er es für möglich gehalten hätte, in ihrer Bindung zueinander scheinbar ihren Seelenfrieden gefunden. Mit Beth beisammen zu sein, das empfand er als belebend und beruhigend zugleich; bei ihr fühlte er sich befreit, obgleich er, bevor er ihr begegnet war, nicht gewusst hatte, dass er der Befreiung überhaupt bedurfte.

Er musste sie finden. Er wählte Kearns' Dienstnummer und stellte fest, dass der Lieutenant noch im Büro war. Vom Koffein und von seiner Verzweiflung aufgeputscht, polterte er die Treppe hinauf, schnappte sich ein Sweatshirt und streifte sich eine Jacke über. Die brünette Meteorologin im Wetterkanal kündigte Regen an. Telefonisch bestellte er Ginny in seine Wohnung, die kurz darauf erschien und die Telefonwache übernahm, während er selbst in Richtung Innenstadt aufbrach.

Der Lieutenant war gerade dabei, seinen Schreibtisch aufzuräumen. Er sortierte Aktenhefter scheinbar ohne Plan von einem Stapel auf einen anderen. Seine Erschöpfung war nicht zu übersehen.

Kearns schaute auf. »Konnten Sie auch nicht schlafen?«

»Noch keine Spur von ihr?«, fragte Jordan.

Kearns schüttelte den Kopf. »Nichts.« Er wies auf einen freien Stuhl. »Kaffee?«

»Nein, danke. Ich bin schon zur Genüge mit Koffein abgefüllt«, erwiderte Jordan. »Wir müssen was unternehmen!«

»Jetzt hören Sie mal zu«, mahnte Kearns. »Meine Leute suchen überall, haben aber noch nichts gefunden. Außerdem, Bailey, hab ich einen Mordfall zu bearbeiten und Hinweisen zu folgen. Nach wie vor muss ich diesen Irren fassen, sonst werden Sondra Devereaux, der Oberbürgermeister und der Rest der Stadt mich lynchen. Und das Wichtigste: Den Anblick von noch einer Leiche ertrage ich nicht.«

»Deshalb bin ich doch so außer mir wegen Beth' Verschwinden! Was ist, wenn der Killer sie hat? Sind Sie seiner Verhaftung denn inzwischen näher gekommen?«

Kearns schnaubte. »Na, eins steht immerhin fest: Sie sind es nicht! Ich hatte eine Zeit lang auf Sie getippt. Wissen Sie eigentlich, wie genau Sie dem Täterprofil entsprechen?«

»Sehen Sie sich dieses Gesicht an!« Jordan versuchte es mit Humor, doch seine Stimme klang nicht überzeugend. »Sieht so das Gesicht eines Mörders aus?«

»Nein, aber wie ein Killer sieht der hier auch nicht aus«, konterte Kearns und schob Jordan die Fotokopie eines Fotos über den Schreibtisch. »Deshalb ist er aber wahrscheinlich trotzdem unser Mann. Wenn wir den nur finden könnten!«

Jordan nahm das Blatt Papier und starrte das Foto an, der Frisur nach zu urteilen die Kopie eines vor zwanzig Jahren gemachten Bildes. Angesichts des Blazers mit dem auffälligen Wappen und dem paspelierten Revers schaute er genauer hin. »Das hier soll der Täter sein? Der hat dieselbe Schule besucht wie ich!«

»Sehen Sie jetzt, wie ich das meinte? Bekannt kommt er Ihnen wohl nicht vor, wie?«

Jordan schüttelte verneinend den Kopf. »Ich war ein ziemlicher Einzelgänger während meiner Schulzeit, hatte immer die Nase in den Büchern. Wegen meiner Körpergröße habe ich Basketball gespielt, aber der hier, der war nicht in der Schulmannschaft, das weiß ich genau. Und in einem meiner Kurse auch nicht. Wie soll er denn heißen?«

»William Prescott. Sagt Ihnen nichts, was?«

Jordan überlegte stumm. Irgendwo in ihm regte sich etwas, nagte an ihm. Angestrengt dachte er nach. »Nein«, versicherte er schließlich. »Ich dachte erst, da wäre was. Aber die Erinnerung lässt sich nicht erzwingen. Wenn es was gibt, an das ich mich erinnern müsste, dann wird es mir schon beizeiten einfallen. An meine Schuljahre denke ich ohnehin nicht gern zurück. Hab nicht mal das Jahrgangsbuch gekauft.«

»Das Bild hat uns freundlicherweise Pater Daniel Fortescue zur Verfügung gestellt. Hier ist die einzige andere Aufnahme, die wir von dem Burschen haben.«

Jordan nahm das Blatt entgegen, die vergrößerte Kopie der Sportseite aus dem Jahrgangsbuch der Schule zum Guten Hirten – eine Collage geometrischer Ausschnitte von unterschiedlichen Sportlern in voller Aktion. Jordan stieß sogar auf eine Aufnahme, die ihn selbst bei einem Korbwurf zeigte, obschon die Details infolge der Vergrößerung etwas unscharf waren. »Und die Bilder hat Ihnen Pater Daniel geschickt? Wieso das denn?«

»Erzähle ich Ihnen bei Gelegenheit, wenn ich mehr Zeit habe.«

Mit rotem Filzstift war ein Kreis um William Prescotts Foto gemalt worden. Das Bild zeigte eine straffe Athletenfigur beim Badminton, den Körper in der Bewegung gewinkelt, den Schläger in Verlängerung des gestreckten Arms gerade zum knallharten Return angesetzt, das Gesicht vor sportlichem Ehrgeiz zu einer angespannten Grimasse verzogen. Prüfend betrachtete Jordan Zähne, Nase, die Wölbung der Stirn. So konzentriert starrte er auf das Foto, dass es allmählich vor seinen Augen verschwamm.

Er verschob die auf dem Schreibtisch liegenden Akten, bis er auf ein paar weniger wichtige Papierschnipsel stieß, und deponierte diese auf dem Jahrbuchfoto, eins oberhalb der Stirn des Jungen, die beiden anderen über den Ohren, sodass das Haar nunmehr vollkommen verdeckt war.

»Großer Gott! Nein! Das ist nicht wahr!«

Mit einem Satz schnellte Kearns zu Jordan hinüber, schaute erst das Foto, dann Jordan an. »Was gibt es?«

»Auf diesen Aufnahmen ist das Haar dunkel. Das hat mich etwas irritiert. Aber Teufel, das Gesicht kenne ich doch! Das ist Brad Petersen!«

»Wer ist das denn, zum Henker?«

»Mit dem spiele ich ein paar Mal im Monat Squash! Auf dem Badminton-Schnappschuss – da hab ich ihn erkannt! Brad will immer unbedingt gewinnen. Ich bin fast sicher, dass er es ist.«

Kearns warf einen erneuten Blick auf das Bild. »Fast? Und wegen diesem *fast* kriege ich fast einen Herzinfarkt?«

»Lassen Sie mir Zeit! Menschen verändern sich! Ich sehe schließlich auch nicht mehr aus wie dieser schlaksige Bengel auf dem Basketballfoto!«

Urplötzlich wusste Jordan: Es blieb keine Zeit mehr zum Nachdenken. Er fuhr vom Stuhl auf und packte Kearns am Ärmel. »Los!«

»Ja, sind Sie verrückt geworden ... Bailey!«

Doch Jordan hastete bereits zur Tür. Über die Schulter brüllte er zurück: »Wollen Sie den Typ auf dem Foto nun sehen oder nicht?«

Kearns erwischte Jordan an der Kapuze seines Sweatshirts. »Augenblick mal! Hinsetzen!« Er stellte Bailey einen Bürostuhl hin, doch der blieb aufrecht stehen, während

Kearns sich auf eine Schreibtischkante hockte. »Was ist los? Kommen Sie schon, raus damit!«

»Anne Spalding! Sie ist Brad begegnet! Und nun ist sie tot! Und Beth ...« Sein Atem kam kurz und stoßweise. »Wir können hier jetzt nicht rumstehen und quatschen! Wir müssen sie da rausholen!«

Verwirrt schüttelte Kearns den Kopf. »Jetzt beruhigen Sie sich erst mal, Bailey! Wie hat Anne Spalding denn diesen Petersen kennen gelernt?«

»Bei 'ner Party!« Während Jordan im Gang zwischen den Tischen hin und her stapfte, berichtete er Kearns über die Partys, die von den Mitgliedern seines Fitnessclubs reihum veranstaltet wurden. »Mit Anne und mir war's just zu dem Zeitpunkt vorbei, nachdem sie Brad bei der Party, die ich geben musste, begegnet war. Und als Brad als Gastgeber an der Reihe war und ich Beth zu ihm mitnahm, da tat er so, als hätte er es ausschließlich auf ihre Freundin Ginny abgesehen. Aber ich habe ihn beobachtet! Die ganze Zeit hatte er nur Augen für Beth!« Langsam dämmerte ihm eine grausige Erkenntnis. »Ich habe sie ihm buchstäblich in die Arme geführt! Erst Anne, und nun Beth! Brad hat jetzt blonde Haare, doch seine Brauen und Wimpern, die sind dunkel! Anne ist das sofort aufgefallen!«

»Er färbt sich die Haare?«

»Keine Ahnung! Wahrscheinlich! Aber während wir hier herumstehen ...«

»Moment noch!« Kearns trat nah an ihn heran. »Sie gehen nirgendwohin, es sei denn nach Hause! Ich knöpfe mir diesen Petersen persönlich vor. Geben Sie mir seine Adresse!«

Jordan schrieb sie auf einen Zettel, den Kearns ihm zuschob. »Ist aber nicht leicht zu finden. Ich kann mit Ihnen fahren.«

»Den Teufel werden Sie tun!« Kearns' kräftige Hände packten seine Schultern. »Klettere ich etwa zu Ihnen ins

Cockpit? Fahren Sie nach Hause! Warten Sie neben dem Telefon! Ich rufe Sie an, sobald ich was weiß!«

Jordan wollte aufbegehren, doch Kearns' Gesicht näherte sich dem seinen bis auf wenige Zentimeter. Die Finger des Lieutenants bohrten sich in Jordans Schultern. »Fahren Sie heim!«

62. KAPITEL

Brads Allerheiligstes erwies sich als gut ausgestattetes, gut belüftetes Fotolabor, dessen winkelförmiger Arbeitstisch mit einem Sammelsurium von Gläsern, Schalen, Zangen und Trichtern überhäuft war. In einer Ecke lehnte eine tragbare Projektionsleinwand. An einem verchromten Garderobenständer hingen Beth' Kleider; ihre Schuhe und ihre Handtasche standen auf dem Boden. Auch ein Handwaschbecken nebst einem darüber an der Wand montierten Papiertuchspender fehlte nicht. Alles war dort, wo es hingehörte.

Über der Arbeitsplatte hatte Brad eine Reihe auf Metallträgern ruhender Regalböden angebracht. Auf dreien dieser Böden standen identische Fotoalben in DIN-A4-Format, alle senkrecht nebeneinander, mit länglichem Etikett und Datum auf dem Rücken versehen – die Opfer, auf Fotos verewigt und katalogisiert.

Brad führte Beth stolz seine Dunkelkammer vor. Er wies auf ein Vergrößerungsgerät, das Entwicklungsbad, eine Papierschneidemaschine, doch Beth' Blick wurde von zwei Gegenständen angezogen, die neben einer Zeitschaltuhr auf der Arbeitsplatte lagen: eine Schere und ein Skalpell. Auch Brad fielen diese Instrumente auf. Mit einer raschen Bewegung wischte er sie in eine Schublade und schob sie zu, ohne seinen Vortrag zu unterbrechen.

Sie hatte zu langsam reagiert, und das war ihr Verhängnis. Das Messer mit der weißen Klinge steckte in Brads linker Gesäßtasche. Um heranzukommen, hätte Beth blitzschnell so herumwirbeln müssen, dass sie Rücken an Rücken mit ihm stand, um es aus seiner Tasche ziehen zu können, bevor er selbst zugriff. Das war schlicht unmöglich. Ehe sie das Messer hatte, würde Brad es längst gegen sie eingesetzt haben. Da musste sie sich schon etwas anderes einfallen lassen.

Ein dünnes Blutrinnsal rann ihr aus der Nase bis übers Kinn und landete in tränenförmigen Tropfen auf ihrer nackten Brust. Mit den Fingern der linken Hand kniff sie die Nasenflügel zusammen, um die Blutung zu stillen.

Brad schmollte gekränkt. »Ich dachte, mein Hobby interessiert Sie! Viel gesagt haben Sie aber noch nicht, seit wir hier drin sind! Und dabei hab ich mir solche Mühe gegeben!«

»Stimmt«, sagte sie, einer blitzartigen Eingebung folgend. »Ich wollte wissen, wie Sie Ihre Spezialeffekte hingekriegt haben –auf den Bildern nebenan!«

Er führte sie zum äußersten Ende des winkelförmigen Arbeitsbereichs und zog eine Schublade heraus. Ähnlich einem Schmuckkästchen war das Innere in viereckige, beschriftete Fächer eingeteilt, in jedem lag eine Schutzhülle. Brad zeigte Beth eine spezielle Facettenlinse für Kaleidoskopeffekte. Die gläserne Oberfläche war so angeschliffen, dass sie großen Facetten auf einem Edelstein ähnelte. Des Weiteren lagen dort Spezillinsen für Nahaufnahmen, mit der nur eine Hälfte des Bildes vergrößert wird, Linsenfilter, die radiales Streulicht auf helle Stellen setzen, Spektralfilter, mehr als ein Dutzend Farbfilter sowie ein Nebelfilter.

Doch während Brad sich offenbar in seiner Dozentenrolle

gefiel, lief Beth die Zeit davon. Sie kniff sich die Nase zu, aber das Tröpfeln war mittlerweile in einen stetigen Strom übergegangen, der ihr warm über die Oberlippe floss. Als könnte sie so ein Ausbluten verzögern, fing sie das Blut mit ihrer Zunge auf.

Auf einem Regalboden über der Schublade mit den Filtern lagerten mehrere Objektivvorsätze, einige davon klein, andere wiederum riesige, zylindrische Apparate – Zoomobjektive, wie Beth vermutete. Aufgrund ihres Gewichtes musste ein Fotograf vermutlich ein dreibeiniges Stativ einsetzen, weil die Kamera anders nicht ruhig zu halten war. Beth behielt das größte Gerät im Blick. Während Brad weiter schwadronierte und die Überblendtechnik bei Diapositiven beschrieb, mit der man eine bestimmte Bildkomposition erzielte, beobachtete Beth ihn aus den Augenwinkeln, musterte sein Profil und berechnete grob den Bogen, den ein auf seine Nase gezielter Hieb mit der rechten Hand wohl beschreiben würde. Hoffentlich ziele ich gut!, fuhr es ihr durch den Kopf.

»Wozu brauchen Sie so viele Objektive?«, fragte sie ihn. »Auf dem Regal liegen ja mindestens fünfzehn Stück!«

»Fotografen neigen zum Experimentieren. Immer wieder bietet der Fotomarkt irgendeinen technischen Schnickschnack, der einem ganz neue Ansätze für die Aufnahme eines ansonsten schon überstrapazierten Objekts bietet.«

Zum Beispiel sterbende Frauen. Beth streckte die Hand nach dem kleinsten Objektiv aus. »Und was ist das hier für eines!«

Während Brad den Zweck des von Beth ausgesuchten Objektivs erläuterte, drehte und wendete sie es in der Hand, hielt es dann hoch und äugte hindurch. Sie legte es jedoch nicht aufs Regal zurück, sondern deponierte es direkt vor sich auf der Arbeitsplatte. Dann erkundigte sie sich nach dem Sinn eines weiteren, das in der Mitte des Regals lag. Für einen Augenblick sah es so aus, als wolle Brad das kleinere Objektiv an seinem angestammten Platz verstauen, doch zu Beth' Erleichterung verfiel er in einen Vortrag über die Vorzüge des zweiten von Beth ausgesuchten Objektivs.

»Mir scheint, allmählich bekomme ich einen Durchblick vom Fotografieren, obwohl ich mir beim besten Willen nicht vorstellen kann, wie jemand dieses gewichtige Ding mit sich herumschleppt. Das muss doch tonnenschwer sein!« Sie ergriff das größte der Objektive, wuchtete es mühsam mit einer Hand vors Auge und lugte hindurch. Dann legte sie es behutsam wieder hin. Langsam schob sie es eine Winzigkeit von den beiden anderen fort, so, dass es weiterhin in ihrer Reichweite blieb.

Noch war Brad zu sehr in der Gegenwart verhaftet, zu sehr auf der Hut vor Beth und ihren Fragen. Sie musste eine Möglichkeit finden, ihn in jenen Dämmerzustand zu versetzen, in dem sie ihn auf dem Video gesehen hatte. Sobald er sich in seinen Fantasien verlor, sich verfing im Hochgefühl seines Tötungstriebs, verlangsamte sich vermutlich seine Reaktionsfähigkeit. Möglich, dass es sich nur um den Bruchteil einer Sekunde handelte – es war ihre einzige Chance.

Sie wandte sich um. »Erzählen Sie mir von der Person, die Sie als Erste umgebracht haben!«

63. KAPITEL

Nach Kearns' Ansicht hatte er Bailey einigermaßen überzeugend etwas vorgespielt und mit seiner vermeintlichen Ruhe dafür gesorgt, dass der Mann sich schleunigst nach Hause begab. In Wirklichkeit war Kearns alles andere als ruhig. Seine Nerven waren zum Zerreißen gespannt. Zum ersten Mal seit dem Verschwinden von Carole Van Horne, dem ersten Mordopfer, hatte seine Spürnase die Witterung des Killers aufgenommen.

Carole Van Horne war an der Route 1 aufgefunden worden, der Verbindungsstraße von Petersens Wohnhaus in Muir Beach zur Innenstadt von San Francisco.

Wie hatte Nora Prescott noch gesagt? *Ich habe ihn veranlasst, seinen Namen zu ändern.*

Kearns trat das Gaspedal etwas weiter durch. Falls Petersen wirklich William Prescott und Beth in seiner Gewalt war, blieb Kearns nicht viel Zeit.

So liebend gern er den Dreckskerl eigenhändig dingfest gemacht hätte, so klar war ihm doch, dass es ohne Verstärkung nicht ging. Muir Beach lag außerhalb des Zuständigkeitsbereichs der Polizeidirektion San Francisco. Kearns griff zum Handy. Wie der Sheriff von Marina County ihm mitteilte, waren Streifenbeamte bereits in Marsch gesetzt worden.

Mit kreischenden Bremsen kam Kearns' Dienstwagen in der Einfahrt vor Fuentes' Doppelgarage zum Stehen. Im Eiltempo sprang Kearns aus dem Fahrzeug, hastete durch den nächtlichen Dunst zur Haustür und drückte die Klingel.

In T-Shirt, Boxer-Shorts und miserabler Stimmung öffnete Fuentes die Tür. Eine aufgebrachte Rosalie machte ihrer Empörung lautstark Luft. »Halb fünf in der Frühe! Herrgott nochmal, Manuel! Soll sich der Kerl doch gleich hier häuslich einrichten! Ich ziehe so lange aus!« Kearns hörte lautes Türenknallen im Obergeschoss und dann eine Kinderstimme. »Mami, was ist denn?«

»Da hast du's!«, zürnte Fuentes. »Zufrieden? Dass deine eigene Ehe in die Binsen ging, das reicht dir wohl noch nicht, was? Jetzt kommst du auch noch und machst ...«

Kearns ließ ihn nicht aussprechen. »Beeil dich, Fuentes, Ich glaub, jetzt haben wir ihn!«

»Wen?«

»Spiderman!«

Fuentes fuhr sich mit der Hand über die Stirn und warf einen flüchtigen Blick in Richtung Obergeschoss. »Gib mir zwei Minuten!«

Während er ungeduldig im Korridor wartete, vernahm Kearns lautes Geschrei von oben, das ihn nur allzu sehr an seine eigenen häuslichen Auseinandersetzungen erinnerte, wenn der Dienst mal wieder mit dem Familienleben kollidiert war. Wie Rosa Fuentes, so hatte es auch Mary auf den Tod nicht ausstehen können, dass mitten in der Nacht das Telefon klingelte, dass Kearns dann unbedingt auf der Stelle losmusste, dass sie selbst immer nur die zweite Geige spielte. Anfangs hatte sie es noch toleriert, wenn er wegen eines schwierigen Falles wochen-, ja monatelang angespannt war und wenn nach der Aufklärung die große Langeweile hereinbrach. Doch auf Dauer konnte Mary das nicht ertragen. Dass sie ihn verlassen hatte, konnte man in einem einzigen Satz begründen: Sie wollte wieder lachen.

Endlich kam Fuentes die Treppe hinuntergestürzt. »Wie viele Stunden Schlaf hast du diese Woche gekriegt? Doch höchstens fünf oder sechs! Ich fahre! Wir nehmen meinen Wagen, der ist voll getankt!«, rief er und war schon zur Haustür hinaus. Kearns hastete hinter ihm her. Fuentes' etliche Jahre alter Ford Taurus machte keinen besonders Vertrauen erweckenden Eindruck. Kearns ächzte, kletterte jedoch dennoch auf den Beifahrersitz.

Sie fuhren in Fahrtrichtung Norden. Die Route 1 war glitschig vom Regen. In jeder Kurve gaben die Pneus ein gotterbärmliches Jaulen von sich.

»Verdammt!«, fluchte Kearns. »Läuft die Kiste nicht 'n bisschen schneller?«

»Das Auto ist in Ordnung«, belehrte ihn Fuentes, indem er auf das Armaturenbrett klopfte und dabei gleichzeitig auf die Bremse trat. Wieder jaulte es. »Nur die Reifen sind völlig abgefahren! Im Übrigen habe ich nicht die Absicht, uns beiden den Hals zu brechen. Was ist, wenn das alles nur ein Blindekuhspiel ...«

»Jetzt mach mal 'nen Punkt und hör mir zu!« Kearns gab eine Kurzfassung des Gesprächs mit Jordan Bailey wieder.

»Darum geht's hier also? Beth Wells ist verschwunden?«

»Ja, Beth wird vermisst«, gab Kearns mit sichtlicher Verärgerung zu. »Und sonst hast du nichts mitgekriegt? Bailey hat sich das Foto angesehen und meint fast sicher, dass das dieser Petersen ist!«

»Augenblick mal«, sagte Fuentes und sah Kearns scharf an. »Wir rasen hier in aller Herrgottsfrühe die Route 1 entlang, es regnet in Strömen, und das alles nur wegen eines ›fast sicher‹?«

»Ich weiß, ich weiß!« Die Reifen streiften das Kiesbankett der Straße. »Guck nach vorn!«

Fuentes riss das Lenkrad herum, die Reifen bekamen wieder Haftung.

»Petersen und Bailey gehören einem Fitnessclub an. Eher jüngeres Publikum, das großen Wert auf soziale Kontakte legt. Die Mitglieder müssen reihum Partys geben, die jeweils unter einer Devise stehen – Feten, bei denen man sich kennen lernt, Zugezogene einlädt oder einen Freund mitschleppt. Die Gäste müssen im Dreierpack erscheinen. Also, selbst wenn zwei davon ein Pärchen sind, ist immer noch der oder die Dritte im Bunde da. So läuft das Gesellschaftsspiel. Aber das Ganze hat nicht den anrüchigen Beigeschmack dieser Swinger-Partys, zu denen Singles sonst oft gehen. Ist eher 'ne seriösere Art, Anschluss zu finden.«

»Und du meinst, er geht bei diesen Partys auf die Pirsch? Ködert da seine Opfer? Wie viele Leute treiben sich denn an so 'nem Abend rum?«

»Etwa hundert über den Daumen gepeilt, so Bailey. Stell

dir das mal vor! Da marschiert ein ganzer Harem von Frauen ohne Anhang auf, und dieser Petersen darf den Scheich spielen! Der Bursche braucht nicht ein einziges Mal an 'ner Bushaltestelle zu lauern, muss keine Bar und keinen Uni-Campus abklappern. Der kann ganz einfach jemandes Wohnzimmer als Jagdrevier benutzen, sucht sich seine Opfer aus wie aus 'nem Schaufenster, spielt ein bisschen den Charmeur, besorgt sich vielleicht von einer die Telefonnummer. Oder er erfährt durch Smalltalk so viel über eine Frau, dass er sich von ganz allein in ihren Tagesablauf hineindenken kann. Und dann taucht er ganz zufällig dort auf, wo sie nach seinem Wissen sein oder vorbeikommen muss. ›Ach, wir kennen uns doch! Von der Party bei dem und dem!‹ So könnte es laufen.«

Fuentes stellte die Scheibenwischer auf ein höheres Intervall ein. »Durchaus möglich«, sagte er nickend, »aber genau wissen wir's nicht.«

»Wie könnte ein Serienkiller seine depressive Phase nach dem Mord besser überwinden als auf 'ner Party, bei der er sich die Opfer für das nächste Ritual aussucht?«, fragte Kearns. Plötzlich schrie er laut auf. »Vorsicht! Pass auf!«

Ein fetter Waschbär watschelte über die Fahrbahn. Instinktiv trat Fuentes auf die Bremse. Er hielt das Steuer krampfhaft fest, als der Wagen ins Schleudern geriet. »Heilige Muttergottes!«, stieß er hervor und nahm den Fuß von der Bremse. Dann fassten die Räder wieder. Kearns sah im Seitenspiegel, wie der Waschbär sich über die Straße trollte und im Graben verschwand. Eine Weile sagte niemand etwas, Fuentes blinzelte angespannt durch die Frontscheibe. Es regnete so heftig, dass er kaum etwas erkennen konnte. »Häng dich ans Telefon und ruf die Marina County an! Die sollen Verstärkung schicken. Ich hab keine Lust, den Helden zu spielen!«

Kearns nickte. »Schon passiert. Mit 'nem bisschen Glück

treffen die eher ein als wir mit dieser Klapperkiste und haben den Kerl schon hinter Schloss und Riegel, wenn wir ankommen. Aber trotzdem, drück auf die Tube! Nur für alle Fälle!«

Fuentes manövrierte den Wagen durch eine enge Straßenbiegung. Er legte sich mit seinem ganzen Gewicht in die Kurve. Als es wieder geradeaus weiterging, entspannte er ein wenig und sagte: »Also, gehen wir mal vom schlimmsten Fall aus: Petersen ist unser Mann und hat Beth in seiner Gewalt. Wir wissen, der Killer lässt die Frauen fast eine Woche am Leben. So lange wird Beth Wells noch nicht vermisst. Somit müsste es ihr noch einigermaßen gehen.«

»Und genau da irrst du dich«, widersprach Kearns. »Beth hat eine künstliche Herzklappe. Sie nimmt ohnehin bereits Blutverdünner. Wenn der Kerl ihr was gegeben hat, das über ihre medizinisch notwendige Dosis hinausgeht, dann ist sie vielleicht schon tot. Also, jetzt zeig endlich, was diese elende Schleuder draufhat, verdammt nochmal!«

64. KAPITEL

»Dann führen Sie also die Polizei schon jahrelang an der Nase herum, nicht wahr?«

Brad lächelte. Forschend sah Beth ihm ins Gesicht, versuchte, dort eine Spur von Heimtücke zu entdecken, doch vergebens. Das Lächeln strahlte Wärme aus. »Ich töte seit meinem dreizehnten Lebensjahr«, sagte er. »Tiere zählen ja nicht mit, oder?«

Darauf war Beth nicht vorbereitet. Von plötzlicher Übelkeit erfasst, hätte sie sich fast übergeben, würgte den Brechreiz jedoch herunter. Sie konnte es sich nicht leisten, noch mehr Flüssigkeit zu verlieren, brauchte jedes bisschen Kraft, das ihr verblieben war.

Sie schluckte, bemühte sich um kontrolliertes Atmen und versuchte zu ergründen, welche Reaktion er wohl von ihr erwartete. »Mit dreizehn? Dann müssen Sie damals schon außerordentlich gerissen gewesen sein!«

»Sie sind so leicht zu entlarven! Die anderen haben auch versucht, mir zu schmeicheln!«

Nach besten Kräften verdrängte Beth die Angst, die ihr über den Rücken kroch. »Ich versuchte gar nicht, Ihnen zu schmeicheln. Ich staune einfach, dass Sie so etwas wie einen Mord geheim halten konnten. Meistens brüsten sich junge Leute doch mit ihren Missetaten! Nur die wenigsten sind gescheit genug, alle Spuren zu verwischen. Wie haben Sie das geschafft?«

»Die Polizei konzentrierte ihre Ermittlungen auf die Älteren, und zwar auf die, die bereits mit dem Gesetz in Konflikt geraten waren. Sie kam überhaupt nicht auf den Gedanken, sich auf einen dreizehnjährigen Messdiener zu konzentrieren, dessen Mutter die Schule mit großzügigen Zuwendungen unterstützte.«

»Dreizehn!«, wiederholte Beth. »Sie müssen voller Hass gewesen sein!«

Er erzählte von seiner Mutter, der es wichtiger gewesen war, sich Kosmetika zu kaufen, als ihrem Sohn etwas Warmes zu essen zu geben, die den Jungen einmal auf der untersten Stufe der Kellertreppe hatte liegen lassen, während sie Herrenbesuch empfing. »Ich war gestürzt«, berichtete er mit Bitterkeit in der Stimme, »und ich hörte, wie sie vor dem Kerl behauptete, ich wollte mich bloß in den Vordergrund spielen. Sie gab mich als ihren Neffen aus! Als sie mich später in diese Klosterschule steckte, da nahm ich mir fest vor, dass aus mir mal etwas werden sollte. Ich wollte dafür sorgen, dass sie mich nicht mehr einfach ignorieren konnte.«

Er erwähnte zwei ältere Priester und berichtete von den Misshandlungen, die sie ihm zugefügt hatten. Ganz in Gedanken wandte er dabei den Rücken zur Arbeitsplatte und stützte sich mit den Armen darauf ab. Beth sah verstohlen zu dem Zoomobjektiv hinüber. Sie musterte Brads Profil. Würde ihr jetzt – in diesem Augenblick – ein Hieb gelingen? Nein, sie musste seine Augen sehen! Ein winziger Blick auf sein Gesicht würde ihr verraten, wie sehr er sich in seine Geschichte vertieft hatte. Solange sie Schulter an Schulter neben ihm stand, war sie zur Untätigkeit verurteilt.

»Der ältere der beiden Pfaffen starb im Krankenhaus«, erzählte Brad. »Der Schock wegen des Brandes hatte ihm zu sehr zugesetzt. Nur hätte ich mir gewünscht, er wäre nicht ganz so friedlich von dannen geschieden. Anthony sollte deshalb, da war ich wild entschlossen, unter erheblich mehr Aufsehen ins Gras beißen.« Er ließ ein schrilles Lachen hören. »Also mixte ich ihm Rauschgift in den Messwein und in den Sherry in seinem Arbeitszimmer. Vor der Messe genehmigte sich Anthony nämlich stets ein Schlückchen oder zwei. Bis die Polizei eintraf, hatte ich längst meine Fingerabdrücke beseitigt und war im allgemeinen Chaos, das logischerweise herrschte, untergetaucht. Alle rannten durcheinander und beschrieben lautstark, wie Anthony sich aus dem Glockenturm gestürzt hatte. Es war ein großartiges Spektakel. Von mir nahm man nicht einmal Notiz.«

Wieder fiel Beth dieses Auf und Ab in seiner Stimme auf, der Singsang, den sie immer wieder wahrnahm, seit sie zwei Tage zuvor in Brads Kellerraum aufgewacht war. Anfangs hatte sie noch geglaubt, er wolle sich mit dieser Sprechweise über sie lustig machen. Nun merkte sie, dass er sich selbst damit tröstete, etwa so wie ein Kind, das sich wiegt oder am Daumen saugt.

»Wir sahen alle, wie er da oben stand mit seiner im Wind flatternden Kutte. Wie ein tollpatschiger Vogel sah er aus! Da wusste ich noch gar nicht, dass er sterben würde. Es klappte besser, als ich mir je hätte träumen lassen. Können Sie sich ausmalen, wie sich das anhört, wenn einer mit dem Schädel auf das Pflaster pr...«

Mit voller Wucht fuhr das schwere Objektiv auf Brads Nasenwurzel nieder. Seine linke Hand schnellte hoch, seine Finger ertasteten Blut. Er stieß einen kurzen, wimmernden Schmerzlaut aus – oder war es ein Laut der Überraschung? Ohne zu zögern, setzte Beth zu einem zweiten Hieb an. Sie holte von unten aus und traf ihn an der Nasenspitze. Ein hässliches Knacken ertönte. Blut spritzte aus Brads Nasenlöchern auf Beth' Brust, wo es sich mit ihrem eigenen vermengte. Ein drittes Mal schlug sie zu, dann noch einmal. Sie vergaß zu zählen, wusste nur, sie musste ihn jetzt außer Gefecht setzen, durfte nicht aufhören, bis sie ihr Ziel erreicht hatte.

Als Brad zusammensackte, wurde Beth heftig mitgerissen. Sie schrie unter dem schmerzhaften Ziehen der Handschelle laut auf. Dann lag sie nackt auf ihm. Sie befürchtete, er könne die Augen öffnen und sie angrinsen. Wie schwer mochte sie ihn getroffen haben? Langsam wälzte sie sich von ihm herunter. Ob ihr noch viel Zeit blieb, bevor er das Bewusstsein wieder erlangte? Mit der linken Hand durchwühlte sie seine Taschen nach dem Schlüssel zu den Handschellen. Die vorderen Hosentaschen waren leer. Sie schob ihre Hand zwischen sein Gesäß und den Boden, zerrte das Messer aus der Gesäßtasche und legte es neben sich, außerhalb Brads Reichweite. Er würde nicht gleich merken, dass sie es hatte. Sollte er aber aus der Bewusstlosigkeit erwachen, dann, so wusste sie, würde sie nicht zögern, ihn zu töten. Sie würde die Klinge in jedes Köperteil stoßen, das sie treffen konnte. Doch das Messer wollte sie nur im äußersten

Falle benutzen. Sie tastete weiter seine Taschen nach dem Handschellenschlüssel ab.

Er konnte überall sein, der verdammte Schlüssel! Hektisch riss sie das Oberhemd auf. Auf Brads Brust ruhte ein Medaillon mit dem Christogramm, genauso eines, wie Jordan es besaß. Es kam Beth so vor, als grinse es sie von seinem Platz aus höhnisch an. Hysterisch zerrte sie an dem Kettchen, bis es zerriss, und schleuderte es quer durch die Dunkelkammer.

In all den Behältern, Schubladen und Schränken, in diesem ganzen Labyrinth ringsum – überall konnte er versteckt sein, der Schlüssel zur Freiheit, womöglich oben im Haus. Aber es spielte keine Rolle, denn Beth' Organismus gab mit deutlichen Anzeichen zu verstehen, dass zum Suchen keine Zeit blieb. Als sie merkte, wie sich ihr der Magen umdrehte, rollte sie sich seitlich gegen Brad und übergab sich. Sie spie hellroten Schaum auf Brads Brust. Der salzige Geschmack in ihrem Mund ließ sie erneut würgen.

Als die Krämpfe in ihren Eingeweiden abklangen, presste sie ihre Finger zusammen, hoffte, sie könne nach der geringen Nahrungsaufnahme der letzten Tage und nach dem Flüssigkeitsverlust ihre Hand so schmal machen, dass sie sie aus der Handschelle herausziehen konnte. Der Stahlring rutschte bis zu dem Muskelpolster unterhalb des Daumens und blieb dort stecken. Um den ersten Daumenknöchel herum bildete sich eine blutunterlaufene Stelle. Beth lockerte die Hand, und plötzlich fiel ihr das Messer ein.

Vorsichtig steckte sie die Spitze der Messerklinge in das Handschellenschloss, ein Abrutschen würde fatale Folgen haben. Sie drehte sie hin und her, doch die Fesseln wollten nicht aufspringen. Beth sah sich im Zimmer um, sie fand nichts, womit sich die Stahlringe unter Umständen hätten zerschlagen lassen.

Ein Telefon gab es hier unten nicht, und solange sie sich

nicht bemerkbar machte, war auch keine Hilfe zu erwarten. Sie musste heraus aus diesem Verlies, darin bestand ihre einzige Hoffnung, und – sie musste Brad mit sich zerren.

Er war etwas kleiner als Beth, aber sehr muskulös. In ihrem angegriffenen Zustand, das wusste Beth, konnte sie ihn unmöglich vom Boden auf die Füße bekommen. Sie klemmte sich das Messer zwischen die Zähne, packte Brad mit der freien rechten Hand beim Gürtel und zerrte mit aller Kraft. Kalt und klebrig spürte sie ihr eigenes Erbrochenes auf der nackten Haut. Brad hing jetzt mit seinem ganzen Körpergewicht an der Handschelle und damit an ihrem Handgelenk. Beth stieß einen unterdrückten Schmerzensschrei aus. Das Messer fiel zu Boden und schlitterte aus ihrer Reichweite. An ihrem Handgelenk bildete sich ein Bluterguss.

Sie riskierte einen kurzen Blick auf Brads Gesicht. Er lag unverändert in tiefer Bewusstlosigkeit. Beth versuchte, ihren Griff am Gürtel neu anzusetzen, um sich langsam hochzustemmen. Im gleichen Moment gaben die Knie unter ihr nach, sie sackten wieder zu Boden. Brads Schädel schlug hart auf den Betonfußboden auf. Sie hoffte, dass er so bald das Bewusstsein nicht wieder erlangte.

Beth holte Luft, hielt den Atem an, kniete sich im Reitersitz über Brad und richtete sich ganz langsam in vornübergebeugter Haltung auf. Das gefesselte Handgelenk weiter zu belasten war ausgeschlossen; der Bluterguss schillerte dunkelviolett und sah böse aus. Also musste der freie rechte Arm die gesamte Arbeit leisten. Mit aller Kraft schleifte sie Brad über den Fußboden bis zur Tür der Dunkelkammer. Ganz kurz hielt sie inne, um zu verschnaufen. Ihr Blick fiel auf das Messer, das bis zum Fuß des Garderobenständers gerutscht war, der jetzt vor ihr stand. Mit dem rechten Auge sah sie nur noch verschwommen – ein Äderchen musste geplatzt sein. Beth griff nach oben, wo ihre Kleider hingen, zerrte die Bluse vom Kleiderbügel und stopfte sie sich als

Polster zwischen Handgelenk und Handfessel. Bedauerlicherweise war der leichte Seidenstoff nur wenig lindernd für ihre malträtierte Haut.

Beth wusste, dass die Gewalttour – der Weg nach oben – jetzt erst richtig begann. Es war möglich, dass sie sie nicht überstand, doch ihr Entschluss stand fest: Wenn sie schon sterben musste, dann nicht an diesem schrecklichen Ort! Sie klemmte das Messer wieder zwischen die Zähne, zerrte Brads Körper, weiter vorwärts taumelnd, der nächsten Tür entgegen.

Ihr war, als sei der Raum, den sie noch vor gar nicht langer Zeit so mühelos durchquert hatte, endlos groß. Mit jedem quälenden Schritt ließ ihre Kraft nach. Als sie endlich die Tür erreichte, konnte sie kaum mehr etwas sehen. Plötzlich wurde sie von neuer Furcht gepackt. Was, wenn die Tür verschlossen war?

Der Griff ließ sich leicht drehen. Natürlich hatte Brad keinen Fluchtversuch seines Opfers in Erwägung gezogen und in seiner Verblendung wohl auch nicht im Entferntesten damit gerechnet, jemand könne die Wahrheit über ihn herausfinden und seinen Schlupfwinkel durchsuchen wollen. Die Tür ging auf, und Beth spürte einen Schwall frischer Luft auf ihrer Haut.

Verschwommen erkannte sie direkt über sich eine Lichtquelle, ein hellgraues Rechteck. Um es zu erreichen, musste sie einige Stufen erklimmen, und das mit ihrer immer schwerer werdenden Bürde. Jede Faser ihres Körpers schrie nach einer Atempause. Hock dich einfach hier nieder, hier im Eingang zum Kerker deines Killers! Hier kannst du in Ruhe sterben! Beth wusste, innerhalb weniger Minuten würde sie vor Erschöpfung in tiefen Schlaf fallen, die Blutungen in ihrem Körper würden stärker werden, sie würde keine Schmerzen spüren, ohne Qual langsam sterben. Das Finale würde »Spiderman« versagt bleiben! Nach dem Aufwachen aus der Bewusstlosigkeit würde Brad sie tot vorfinden; der Triumph, so paradox es klingen mochte, wäre am Ende doch ihrer! Wenn das kein würdevoller Abgang war. Anderen war dieses Glück versagt geblieben.

Doch das Licht über ihr, es zog sie magisch an. Beth holte tief Atem und nahm die Stufen in Angriff.

65. KAPITEL

Kearns und Fuentes hätten den Wagen in Petersens Einfahrt abstellen, an seine Haustür klopfen, sich ausweisen und die üblichen Routinefragen stellen können. Sie hätten sich Petersens Lügen anhören und derweil auf Verstärkung warten können. Letztere war wegen einer Straßensperre aufgrund eines umgestürzten Lkws bislang noch nicht eingetroffen. Doch auf Kearns' Anweisung hin steuerte Fuentes den Ford weiter auf den verlassenen Strand zu. Sein sechster Sinn veranlasste Kearns, sich von allen Seiten gegen einen möglichen Hinterhalt abzusichern.

Schon einmal hatte er sich durch seine Spürnase in die Irre leiten und sich in eine völlig abwegige Gegnerschaft zu Jordan Bailey ziehen lassen. Falls er nun wieder danebenlag und Sondra Devereaux davon Wind bekam, würde sie wahrscheinlich, bevor sie ihn in der Luft zerriss, einen Lachanfall kriegen. Mit der flachen Hand klopfte er sich auf die Jackentasche, vergewisserte sich, dass er Handy und Dienstrevolver dabeihatte, und stieg aus dem Wagen.

Unmittelbar vor der Morgendämmerung hatte der Himmel eine quecksilbergraue Farbe angenommen. In der kurzen Zeit, die Fuentes brauchte, um den Wagen zu umrunden und sich Kearns anzuschließen, waren sie beide völlig durchnässt. Über den Sand gingen sie auf die Häuser zu, die, ein Sammelsurium unterschiedlichster Strandarchitekturstile, auf einer steilen Böschung standen.

»Welches ist das von Petersen?« Fuentes musste heftig gegen den Sturm anschreien.

»Das vierte den Hügel rauf!«, brüllte Kearns zurück und wies, da ihm gerade Baileys Beschreibung einfiel, in die entsprechende Richtung. »Das mit der Holzterrasse und den vielen Fenstern! Beeilen wir uns!«

Kearns wechselte, Fuentes dicht auf den Fersen, in Laufschritt über und sah plötzlich schemenhaft durch den heftigen Regen, wie sich unter der Terrasse von Petersens Haus etwas bewegte. Er wischte sich mit dem Ärmel seiner Jacke übers Gesicht. »Was war das, zum Teufel?«

Fuentes blinzelte. Der Regen klatschte ihm heftig ins Gesicht. »Wo? Ich hab nichts gesehen!«

Kearns gestikulierte ungeduldig. »Bei der Terrasse! Da hat sich was bewegt! Los, schnell!«

Fuentes zog seine Dienstwaffe, doch Kearns hielt ihn am Arm fest. »Warte! Das ist Bailey!«

Die zwei hasteten über den nassen Sand, kletterten mühsam die Böschung hinauf, die vom Regen völlig aufgeweicht war, mussten sich Halt suchend tief mit den Schuhspitzen abstoßen. Endlich hatten sie das Ende des Abhangs erreicht. Ihnen bot sich ein völlig unerwartetes, grausiges Bild.

Das Gesicht nach unten, Arme und Beine weit von sich gestreckt, lag Beth auf dem Boden. Mit letzter Kraft hatte sie versucht, durch Heben des Kopfes auf sich aufmerksam zu machen, und sich dabei vollkommen verausgabt. Der Anblick ihres nackten Körpers, an den bekleideten Körper Brad Petersens gekettet, erfüllte Kearns mit einer kaum für möglich gehaltenen Abscheu vor dem Mörder. Er zog sein Mobiltelefon aus der Jackentasche und forderte einen Hubschrauber an. Unterdessen hüllte Jordan Bailey Beth in seine Windjacke.

Es kam Kearns so vor, als dauere es eine Ewigkeit, bis der Helikopter endlich eintraf. Aus der Ferne vernahm er Sirenengeheul, kurz darauf erschienen die Verstärkungseinheiten, die sich in Windeseile überall verstreuten. Kearns war, als lege sich über den Tumult um ihn herum nunmehr der Wortlaut des Gelübdes, das er Gott gegeben hatte.

Mach, dass sie wohlbehalten zurückkommt, und ich tue alles, was du willst!

Bailey hatte sich über Beth gebeugt, um sie vor dem strömenden Regen zu schützen. Sie bekam es nicht mit. Sie war ohnmächtig, aber sie lebte.

Kearns war dermaßen durchgefroren, dass das anfängliche taube Gefühl nunmehr in unkontrolliertes Zittern überging. Trotz des gefütterten Trainingsanzugs, den ihm ein junger Polizeianwärter besorgt hatte, war ihm, als würde ihm nie wieder warm werden. Daran änderte auch der starke Kaffee nichts, den er widerwillig hinunterwürgte. Jordan Bailey, der am anderen Ende des Krankenhausflurs hockte, sah auch nicht viel besser aus. Auf dem Tisch neben ihm standen vier leere Kaffeebecher.

»Ich musste erst meinem Vorgesetzten Meldung machen«, erklärte Kearns. »Hab gemacht, so schnell es ging. Wie geht's ihr?«

Jordan erhob sich. Kearns, der merkte, wie schwer dem Mann das Aufstehen fiel, legte ihm die Hand auf die Schulter, führte ihn zu seinem Platz zurück und ließ sich Jordan gegenüber auf einem Stuhl nieder.

»Nach wie vor ist ihr Zustand kritisch«, antwortete Jordan. »Sie bekommt frisches Blutplasma. Die Ärzte versuchen, ihren Prothrombinfaktor zu normalisieren. Doch selbst wenn ihnen das gelingt, wird es noch mindestens zwei Wochen dauern, bis wir wissen, ob sie das Schlimmste überstanden hat.«

»Verdammter Mist!« Kearns hatte nicht die geringste Ahnung, was ein Prothrombinfaktor war, aber um zu erkennen, in welch miserabler Verfassung sich Bailey befand, dazu brauchte man keinen Doktortitel. Als man Beth nackt und an ihren Peiniger gekettet auffand, hatte ihr Körper einem makabren Flickenteppich unterschiedlichster Farbschattierungen geglichen – blauviolette Hämatome, blutrot unterlaufene Augen, verkrustete, rostrote Flecken auf Brust, Oberlippe und Kinn. Dort, wo die Haut unverletzt war, hatte sie sich seltsam gelb verfärbt.

An Bord des Rettungshubschraubers wäre Kearns um ein Haar ausgeflippt. Nur mit Mühe hielt es ihn in seinem Sitz. Als endlich das große »H« des Hubschrauberlandeplatzes vor dem Krankenhaus in sein Sichtfeld kam, hatte ihn das nur wenig erleichtert.

Nur einmal hatte Beth während des Rettungsfluges die Augen geöffnet. Über dem lärmenden Rotorengeknatter hatte man einen einzigen Laut wahrnehmen können, an den Kearns sich plötzlich erinnerte.

»Wer soll eigentlich Kah sein?«, fragte er Bailey.

»Sie meinte keine Person«, erläuterte Jordan. »Sie meinte den Buchstaben K. Vitamin K, eine wesentliche Substanz bei der Gerinnungsfähigkeit von Blut.«

Kearns nickte. »Die roten Augen, die vergess ich mein Lebtag nicht. Und die Handgelenke. Sie sahen schrecklich aus!«

»Sie hat diesen Perversen mitgeschleppt! Und sie war selbst schon halb tot!«

»Sie wollte unbedingt nach draußen. Sie konnte ja nicht wissen, dass wir bereits unterwegs waren.«

»Einer der Ärzte sagte, die Handschellen wären total zerkratzt gewesen«, berichtete Jordan. »Offenbar hat sie versucht, die Dinger abzubekommen. Wo der verdammte Schlüssel wohl war?«

»Den hatte der Kerl in seinem Schuh!«

Jordan schlug die Hände vors Gesicht. »Oh Gott!«

Väterlich legte Kearns Bailey eine Hand auf die Schulter. »Wollen Sie ihr sagen, dass Petersen gleich tot war?«

»Spiderman«, so Kearns' Mitteilung an die sensationslüsterne Presse, war ums Leben gekommen, als ihm der Hieb mit dem Objektiv einen Nasenknorpel ins Gehirn gerammt hatte. Die Stadt San Francisco hatte endlich ihre Heldin. Nur durchkommen musste sie noch.

66. KAPITEL

Kearns zog seine locker sitzende Hose zurecht. In den sechs Wochen seit der Aufklärung des Falles hatte er um eine volle Gürtelgröße abgenommen. Er schlug sich mit chronischer Müdigkeit herum, und das Gefühl der Verlassenheit ähnelte mittlerweile jenen düsteren Monaten direkt nach seiner Scheidung. Die Adrenalinstöße und die mentale Herausforderung, welche die Fahndung nach dem Killer mit sich gebracht hatten, waren nunmehr einer Art postkrimineller Depression gewichen – eine Rückkehr zum altbekannten Zustand. Nicht auszudenken, wo es mit ihm hinginge, wenn so ein Fall sich jeden Monat aufs Neue ereignete!

Als er sich Beth' Haus näherte, fielen ihm auch dort Veränderungen auf. An der Tür hing kein Adventskranz, die Topfkoniferen waren nicht mit bunten Lichterketten geschmückt. Dieselbe freudlose Atmosphäre bemerkte er, nachdem er hereingebeten worden war. Auf dem Schreibtisch türmte sich die ungeöffnete Post. Ein Sortiment von Schuhen stapelte sich neben der Tür. Handtaschen baumelten an Türklinken.

Dennoch nahm er den Duft von vor sich hin schmorendem *Coq au Vin* wahr. Beth hatte ihm versprochen, etwas Besonderes für ihn zu kochen, und er freute sich bereits den ganzen Tag darauf.

Sie begrüßte ihn mit einem Lächeln, und er schloss sie plump wie ein Teddybär in die Arme, wobei er unter Aufbietung aller Kräfte einen heiteren Eindruck zu vermitteln suchte. Er hatte ihr eine Packung Haferkekse aus seiner Stammbäckerei mitgebracht.

»Entschuldige bitte die Unordnung«, sagte sie. »Ich bin gerade erst heimgekommen.«

»Wirklich?« Kearns sog tief den Duft ein. »Wer ist denn dann in ...«

Aus der Küche trat Jordan Bailey, ein Tablett mit drei Gläsern Aperitif in den Händen. »Hallo, Jim! Hoffentlich macht's dir nichts aus, wenn ich heute Abend den Chefkoch spiele!«

»Mitnichten! Wenn's so gut schmeckt, wie es riecht!«

Sie nahmen im Wohnzimmer Platz, Jordan und Beth eng nebeneinander auf dem Zweiersofa, Kearns auf einem Sessel gegenüber. Samson schmiegte sich Besitz ergreifend an Beth' Beine.

»Heute ist Montag«, sagte Kearns. »Du wirst mir doch nicht erzählen wollen, dass du heute ins Geschäft gegangen bist!«

Beth schüttelte abwehrend den Kopf. »Ich habe eine ehrenamtliche Funktion übernommen. Im Frauenhaus.«

Das Frauenhaus diente Frauen, die Opfer häuslicher Gewalt geworden waren, als Zuflucht. Das viktorianische Gebäude mit dem verrosteten Eisenzaun und der abblätternden Farbe lag, wie andere seiner Art, in versteckter, geschützter Lage in einem Stadtteil etwas außerhalb der City. Sein System aus Passwörtern, Vorhängeschlössern und Sicherungsanlagen erinnerte auf düstere Weise daran, dass potenzielle Killer überall lauern konnten.

»Ich denke, es wird mir gut tun, Jim«, bemerkte Beth.

»Der Frauenhasser, der es auf mich abgesehen hatte, ist tot. Aber viele andere leben noch!«

Kearns bedachte sie mit einem aufmunternden Lächeln. Alle drei tranken stumm auf die beginnende Weihnachtszeit.

»Du errätst nicht, wer zusammen mit mir im Frauenhaus tätig ist!«

Kearns zuckte die Achseln und nahm einen ordentlichen Schluck aus seinem Becher.

»Sondra Devereaux!«

»Ja, gibt's denn so was? Immer dann, wenn ich meine, ich müsste das Weib hassen, kommt sie mit solchen Sachen daher!« Er stellte seinen Becher auf den Tisch.

Die Sprache kam auf Ginny Rizzuto, die Blumen geschickt hatte und jeden Tag anrief. Beth hatte schließlich eingewilligt und sich für den kommenden Freitag mit ihr zum Lunch verabredet. »Ich werde ihr wohl verzeihen«, gestand Beth. »Aber ändern muss sie sich, da hilft alles nichts. Entschuldigt mich für einen Augenblick; ich sehe mal nach dem Essen.« Sie stand auf, gab der Katze einen sanften Stups und strebte gemeinsam mit Samson der Küche zu.

Sobald sie außer Hörweite war, flüsterte Kearns: »Alles in Ordnung mit ihr?«

Jordan nickte. »Am Tag läuft es zumeist ganz gut, aber die Nächte sind zuweilen schlimm.« Er schilderte Beth' Schlafstörungen, wenn sie von albtraumhaften Anfällen heimgesucht wurde, von Vorstellungen eines gut aussehenden Mannes, der sich über sie beugte, dessen tiefblaues Augenpaar sie umgarnte, bis aus den zwei Augen vier, dann sechs, schließlich acht wurden, bis er kein Mann mehr war, sondern eine geifernde, grässliche Spinne. Die grausigen Träume ließen sie schreiend aus dem Schlaf auffahren. »In solchen Nächten«, fuhr Jordan fort, »laden wir uns eine Komödie in den Videorecorder und bleiben auf, bis es hell wird.«

Mit schlimmen Träumen, mit jenen entsetzlichen Stunden vor Sonnenaufgang, in denen man eigentlich am tiefsten schlafen sollte, es aber häufig nicht tat, kannte Kearns sich aus. »Das mit den Albträumen gibt sich mit der Zeit«, versicherte er, wich dabei aber Jordans Blick aus.

»Du hörst dich so skeptisch an, Jim. Es geht ihr aber ganz gut, wirklich.«

»Klar. Sie hat ja dich.« Er verstummte, merkte, wie ihm die Röte in die Wangen stieg, und sagte dann: »Ich habe mich noch gar nicht bei dir bedankt, was ich eigentlich längst hätte tun müssen.«

»Wofür?«

»Wenn du nicht gekommen wärst und Petersen auf dem Foto identifiziert hättest, dann wäre Beth womöglich nicht mehr unter uns. Und sie ist mir nicht egal.«

»Weiß ich«, erwiderte Jordan. »Ich bin froh, dass ihr zwei euch angefreundet habt. Und du weißt sicher, ich musste einfach rausfahren zu Brads Haus. Schließlich war ich der Idiot, der sie ihm vorgestellt hatte!«

Kearns ließ den Kopf hängen. Dort vor ihm saß ein Mann, den er ursprünglich lediglich für einen Schönling gehalten und deswegen nicht für voll genommen hatte. Mittlerweile wusste er, dass Bailey wirklich Mumm besaß. Er zog eine kleine Samtschachtel aus der Hosentasche und klappte den Deckel auf. »Meinst du, man kann Beth das hier zumuten?«

Beth kam zurück, in der Hand eine große Schüssel mit Salat. Samson folgte ihr dicht auf den Fersen. Sie sah die Schachtel, die Kearns zwischen den Fingern hielt, stellte die Salatschüssel auf den Couchtisch und trat zu Kearns. »Was hast du denn da?«

In dem Kästchen lag ein Paar Brillantohrstecker.

»O nein!« Sie hielt den Atem an. »Doch nicht die, die Anne gekauft hat?«

Kearns unterbrach sie. »Na, du hast sie doch schließlich bezahlt!«

»Und was soll ich damit? Ich kann sie doch unmöglich ...« Ihre Stimme versagte.

Kearns klappte das Kästchen zu und reichte es Jordan. »Steck es irgendwo in eine Schublade. Vielleicht kommt mal der Tag, an dem sie einfach nur ein Paar hübsche Ohrringe sind.«

Jordan stand auf und küsste Beth sanft auf die Stirn. »Du brauchst doch nicht sofort eine Entscheidung zu treffen! Wollen wir nicht essen? Jim könnte ein paar Pfund auf den Rippen gebrauchen!«

Während des Essens verlief die Unterhaltung eher oberflächlich. Sie beschränkte sich auf Kommentare zu den Meldungen in der Abendzeitung – der neuesten Band, der Kriminalitätsquote angesichts des herannahenden Weihnachtsfestes, dem jüngsten Politskandal.

Erst als Kearns sich verabschiedete, brachte Beth die Sprache wieder auf die Ohrstecker. »Ich werde sie verkaufen«, erklärte sie bestimmt. »Die Frauen im Frauenhaus brauchen das Geld. Das wäre doch sicher in Annes Sinn. Meinst du nicht auch?«

»Bei jedem neuen Roman von Thomas Gifford ist der Erfolg vorprogrammiert.«

Los Angeles Times

Ein über zweihundert Jahre altes Dokument kommt überraschend ans Tageslicht. Der Student, der es entdeckt hat, wird ermordet aufgefunden. Eine junge, forsche Fernsehreporterin lässt nicht locker. Und ein harmloser Geschichtsprofessor aus Harvard, Massachusetts, findet sich plötzlich im Kreuzfeuer der Geheimdienste. Gemeinsam versuchen die beiden ungleichen Verbündeten, das Geheimnis zu lüften. Sie stoßen dabei auf eine Verschwörung, welche die Grundfesten der Nation erschüttern könnte.

ISBN 3-404-15118-6

BASTEI LÜBBE

ISBN 3-404-15103-8